HARLAN COBEN

Nur für dein Leben

AF178212

GOLDMANN

Buch

David und Cheryl Burroughs lebten ein Traumleben, als die Tragödie zuschlug. Jetzt, fünf Jahre nach jener schrecklichen Nacht, ist Cheryl wieder verheiratet. Und David verbüßt eine lebenslange Haftstrafe in einem Hochsicherheitsgefängnis für den brutalen Mord an ihrem gemeinsamen Sohn. Doch dann taucht Cheryls Schwester Rachel unerwartet während der Besuchszeit auf und lässt eine Bombe platzen: Sie hat ein Foto dabei, das ein Freund im Urlaub aufgenommen hat, mit einem Jungen im Hintergrund, der ein vertrautes, markantes Muttermal hat. Und obwohl David und Rachel wissen, dass das nicht sein kann, haben sie keine Zweifel. Es ist Davids Sohn Matthew, und er ist noch am Leben ...

Weitere Infos zu Harlan Coben
sowie zu lieferbaren Titeln des Autors
finden Sie am Ende des Buches.

Harlan Coben
Nur für dein Leben

Thriller

Aus dem Amerikanischen
von Gunnar Kwisinski

GOLDMANN

Die englische Originalausgabe erschien 2023 unter dem Titel
»I will find you« bei Grand Central Publishing, New York/Boston.

Penguin Random House Verlagsgruppe FSC® N001967

2. Auflage
Taschenbuchausgabe Dezember 2024
Copyright © der Originalausgabe by Harlan Coben 2023
Copyright © der deutschsprachigen Ausgabe 2023
by Wilhelm Goldmann Verlag, München,
in der Penguin Random House Verlagsgruppe GmbH,
Neumarkter Str. 28, 81673 München
produktsicherheit@penguinrandomhouse.de
(Vorstehende Angaben sind zugleich
Pflichtinformationen nach GPSR)
Umschlaggestaltung: UNO Werbeagentur, München
Umschlagmotiv: Trevillion Images / Michael Trevillion, Silas Manhood
Redaktion: Anja Lademacher
ES · Herstellung: ik
Satz: GGP Media GmbH, Pößneck
Druck und Bindung: GGP Media GmbH, Pößneck
Printed in Germany
ISBN: 978-3-442-49537-5

www.goldmann-verlag.de

Für
meine Neffen und Nichten
Thomas, Katharine, McCallum, Reilly, Dovey;
Alek, Genevieve, Maja,
Allana, Ana, Mary; Mei,
Sam, Caleb, Finn,
Annie, Ruby, Delia,
Henry und Molly

In Liebe,
Onkel Harlan

TEIL EINS

Ich verbüße das fünfte Jahr einer lebenslangen Haftstrafe für den Mord an meinem eigenen Kind.

Spoiler-Alarm: Ich war es nicht.

Mein Sohn Matthew war drei Jahre alt, als er brutal ermordet wurde. Er war das Beste, was mir im Leben passiert ist, dann habe ich ihn verloren, und dafür büße ich lebenslang. Nicht im übertragenen Sinne. Oder besser gesagt: nicht nur im übertragenen Sinne. Die Strafe wäre auf jeden Fall lebenslang gewesen, selbst wenn man mich nicht verhaftet, angeklagt und verurteilt hätte.

Aber in meinem Fall, in diesem ganz konkreten Fall, ist es eine lebenslange Strafe, sowohl im übertragenen Sinne als auch ganz real.

Aber wie, werden Sie sich fragen, kann es sein, dass ich unschuldig bin?

So ist es einfach.

Aber habe ich mich denn nicht gewehrt und mit aller Kraft dafür gekämpft, meine Unschuld zu beweisen?

Nein, das habe ich nicht. Und das hat mit der Strafe zu tun, die ich im übertragenen Sinne erdulde. Es interessierte mich einfach nicht sonderlich, dass ich verurteilt wurde. Ich weiß, das mag schockierend klingen, aber das ist es nicht. Mein Sohn ist tot. So lautet die Überschrift, das ist die Schlagzeile, in Großbuchstaben, auf der Titelseite. Er ist tot, ich habe ihn für immer verloren, und daran ändert auch ein Urteil der Jury nichts, egal ob es auf schuldig oder nicht schuldig lautet. Schuldig oder nicht schuldig, ich habe meinen Sohn im Stich gelassen. So oder so – Matthew wäre auch dann nicht wieder lebendig, wenn die Geschworenen die Wahrheit erkannt und mich freigesprochen hätten. Ein Vater muss seinen Sohn beschützen. Das ist seine wichtigste Aufgabe. Selbst wenn ich also nicht die Waffe geführt hatte, die die schöne Gestalt meines Jungen in die blutige Masse verwandelte, die ich in jener schrecklichen Nacht vor fünf Jahren vorfand, habe ich es eben auch nicht verhindert. Ich habe meine Aufgabe als Vater nicht erfüllt. Ich habe ihn nicht beschützt.

Ganz egal, ob ich die Schuld an dem Mord trage oder nicht, es war mein Fehler, und daher muss ich meine Strafe verbüßen.

Und so habe ich auch kaum eine Reaktion gezeigt, als die Sprecherin der Jury das Urteil verkündete. Beobachter kamen zu dem Schluss, dass ich ein Soziopath, ein Psychopath, geisteskrank oder sonst wie schwer gestört sein müsste. Ich hätte keine Gefühle, behaupteten die Medien. Mir würde ein Empathie-Gen fehlen, ich könnte keine Reue empfinden, ich hätte tote Augen, oder mit welchen Begriffen und Formulierungen auch immer man mich zum Mörder abstempelte. Nichts davon entsprach der Wahrheit. Ich sah nur einfach keinen Sinn darin, irgendeine Reaktion zu zeigen. Der Schlag, den es mir versetzt hatte, als ich meinen Sohn Matthew in jener Nacht in seinem Marvel-Helden-Pyjama fand, hatte mich niedergestreckt, und ich kam nicht wieder auf die Beine. Damals nicht. Heute nicht. Keine Chance.

Die lebenslange Strafe, die ich im übertragenen Sinne verbüßen musste, hatte sofort begonnen.

Wenn Sie jetzt glauben, dass ich Ihnen eine Geschichte über einen Mann erzählen möchte, dem Unrecht angetan wurde und der seine Unschuld beweisen will, dann liegen Sie falsch. Das wäre keine gute Geschichte. Denn im Endeffekt macht es keinen Unterschied. Aus diesem Höllenloch einer Zelle entlassen zu werden, wäre für mich keine Erlösung. Mein Sohn wäre auch dann noch tot.

Eine Erlösung ist in meinem Fall ausgeschlossen.

Zumindest dachte ich das bis zu dem Moment, in dem der etwas sonderbare Wärter, den wir hier Curly nennen, vor meiner Zelle erscheint und sagt: »Besuch.«

Ich rühre mich nicht, weil ich davon ausgehe, dass ich nicht gemeint bin. Ich bin seit fünf Jahren hier und hatte in dieser Zeit nicht einen einzigen Besucher. Im ersten Jahr wollte mein Vater ein paarmal herkommen. Auch Tante Sophie und eine Handvoll Verwandte, enge Freunde und Bekannte, die mich für unschuldig oder zumindest für nicht *richtig* schuldig hielten, hatten sich angemeldet. Ich habe nicht mit ihnen gesprochen. Matthews Mutter Cheryl, meine damalige Ehefrau (die heute – keineswegs überraschend – meine Ex-Frau ist), hatte es auch versucht, wenn auch nur halbherzig, aber auch sie habe ich nicht zu mir gelassen. Ich habe allen klipp und klar gesagt: Keine Besucher. Ich versank weder in Selbstmitleid noch in irgendein anderes Mitleid. Besuche helfen weder dem Besucher noch dem Besuchten. Ich sah und sehe keinen Sinn darin.

Ein Jahr verging. Dann das zweite. Danach hat sich kein Besuch mehr für mich angekündigt. Nicht, dass irgendjemand, außer vielleicht Adam, so meschugge gewesen wäre, nach Maine raufzukommen, aber Sie verstehen, was ich meine. Und jetzt ist also zum ersten Mal seit langer Zeit wieder jemand hierher ins Briggs Penitentiary gekommen, um mich zu besuchen.

»Burroughs«, faucht Curly, »auf geht's. Du hast Besuch.«

Ich verziehe das Gesicht. »Wer ist es?«

»Seh ich aus wie dein Privatsekretär?«

»Der war gut.«

»Was?«

»Der Spruch mit dem Privatsekretär. Sehr witzig.«

»Willst du mich verscheißern?«

»Ich hab keine Lust auf Besuch«, sage ich. »Schick ihn bitte weg.«

Curly seufzt. »Burroughs.«

»Was ist?«

»Erheb deinen Arsch von der Pritsche. Du hast die Formulare nicht ausgefüllt.«

»Welche Formulare?«

»Man muss Formulare ausfüllen«, sagt Curly, »wenn man keinen Besuch will.«

»Ich dachte, ich müsste eine Gästeliste führen.«

»Gästeliste«, wiederholt Curly und schüttelte den Kopf. »Glaubst du, das hier ist ein Hotel?«

»Führen Hotels inzwischen Gästelisten?«, erwidere ich. »Na ja, jedenfalls hab ich irgendwelche Zettel ausgefüllt, auf denen steht, dass ich keinen Besuch will.«

»Als du hier angekommen bist?«

»Genau.«

Wieder seufzt Curly. »Das muss man jedes Jahr erneuern.«

»Was?«

»Hast du dieses Jahr ein Formular ausgefüllt, in dem steht, dass du keinen Besuch willst?«

»Nein.«

Curly breitet die Arme aus. »Na siehst du. Und jetzt hoch mit dir.«

»Kannst du den Besuch nicht einfach wieder nach Hause schicken?«

»Nein, Burroughs, das kann ich nicht, und ich sag dir auch warum. Das würde mir mehr Arbeit machen, als deinen Arsch in den Besuchsraum zu schleifen. Weißt du, wenn ich das tue, muss ich erklären, warum du nicht da bist, und vielleicht stellt dein Besuch noch irgendwelche Fragen, und hinterher muss ich womöglich selbst noch ein Formular ausfüllen, was ich hasse, und später musst du auch noch ein Formular ausfüllen, und ich renne dauernd hin und her, und weißt du, auf den Ärger kann ich verzichten. Und du kannst auch drauf verzichten. Also, es läuft jetzt folgendermaßen: Du kommst mit und kannst von mir aus einfach dasitzen und kein Wort sagen. Hinterher kannst du dann die richtigen Formulare ausfüllen, die Sache ist erledigt, und weder du noch ich müssen das noch mal durchmachen. Alles klar?«

Ich bin schon lange genug hier, um zu wissen, dass zu viel Widerstand nicht nur sinnlos ist, sondern einem richtig schaden kann. Und ehrlich gesagt, bin ich auch neugierig. »Alles klar«, sage ich.

»Cool. Dann los.«

Ich weiß natürlich, wie das abläuft. Ich erlaube Curly, mir erst die Handschellen, dann die Bauchkette anzulegen, mit denen er meine Hände an der Taille fixiert. Die Fußfesseln spart er sich, vor allem, weil es ihm zu anstrengend ist, sie mir anzulegen und dann wieder abzunehmen. Der Weg vom Sicherheitstrakt mit den Einzelzellen zum Besuchsbereich ist ziemlich lang. Wir sind derzeit achtzehn Männer, gegen die eine besondere Sicherungsmaßnahme angeordnet wurde – sieben Kinderschänder, vier Vergewaltiger, zwei kannibalische Serienmörder, zwei ›normale‹ Serienmörder, zwei Polizistenmörder und natürlich ein kindermordender Ex-Polizist, meine Wenigkeit. Was für ein Panoptikum.

Curly mustert mich mit einem strengen Blick, was ungewöhnlich ist. Die meisten Wärter sind gelangweilte Möchtegern-Polizisten und/oder Muskelprotze, die uns Insassen mit erstaunlicher Gleichgültigkeit betrachten. Ich will ihn fragen, was los ist, weiß aber, wann ich den Mund halten muss. Das lernt man hier drinnen. Auf dem Weg zittern meine Beine ein wenig. Ich bin eigenartig nervös. Es ist einfach so, dass ich mich hier eingelebt habe. Es ist schrecklich hier – schlimmer, als Sie sich vorstellen können –, aber an diese spezielle Ausprägung der Schrecklichkeit habe ich mich eben gewöhnt. Der Besuch, wer auch immer es nach all den Jahren sein mag, ist gekommen, um eine Nachricht zu überbringen, die meine Welt erschüttert.

Das gefällt mir nicht.

Ich habe das Blut aus jener Nacht wieder vor Augen. Ich denke oft an das Blut. Ich träume auch davon. Wie oft, weiß ich nicht. Anfangs jede Nacht. Jetzt vielleicht einmal in der Woche, aber ich führe nicht Buch darüber. Im Gefängnis vergeht die Zeit nicht wie gewöhnlich. Sie bleibt stehen, rast los, gerät ins Stocken, bewegt sich im Zickzack. Ich weiß noch, dass ich blinzelnd aufgewacht bin in jener Nacht, im Bett neben mir meine Frau Cheryl. Ich habe nicht auf die Uhr gesehen, aber für alle, die zu Hause mitrechnen: Es war gegen vier Uhr morgens. Im Haus war es still, alles war ruhig, und doch spürte ich, dass etwas nicht stimmte. Aber vielleicht stimmt ja auch das nicht, vielleicht bilde ich mir das im Nachhinein ein. Die Erinnerung kann ein extrem fantasievoller Geschichtenerzähler sein. Vielleicht habe ich also gar nichts »gespürt«. Ich weiß es nicht mehr. Es war nicht so, dass ich mich im Bett aufgerichtet hätte und aufgesprungen wäre. Es dauerte eine Weile, bis ich auf den Beinen war. Ich bin noch einige Minuten im Bett liegen geblieben, während mein Gehirn in dieser seltsamen Phase zwischen Schlaf und Wachsein festhing und sich nur langsam in Richtung Bewusstsein kämpfte.

Aber irgendwann bin ich dann doch aufgestanden und den Korridor entlang zu Matthews Zimmer gegangen.

Und da sah ich das Blut.

Das Rot war intensiver, als ich erwartet hätte – frisches Wachsmalstiftrot, das sich grell und spöttisch wie der Lippenstift eines Clowns vom weißen Laken abhob, sodass ich es schon von Weitem durch die offene Tür sehen konnte.

Sofort geriet ich in Panik. Ich rief Matthews Namen, lief unsicher auf sein Zimmer zu. Und rief erneut seinen Namen. Ich erhielt keine Antwort. Als ich schließlich in sein Schlafzimmer stürmte, dabei heftig gegen den Türrahmen stieß, fand ich … etwas Unkenntliches.

Ich muss zu schreien begonnen haben.

So traf mich jedenfalls die Polizei an. Ich schrie noch immer. Die Schreie verwandelten sich in Glasscherben, die meinen ganzen Körper durchbohrten. Irgendwann habe ich wohl aufgehört zu schreien. Aber auch daran kann ich mich nicht mehr erinnern. Vielleicht sind meine Stimmbänder gerissen, ich weiß es nicht. Aber der Nachhall dieser Schreie hat mich nie verlassen. Diese Splitter zerreißen, zerfetzen und zerfleischen mich innerlich noch immer.

»Mach hinne, Burroughs«, sagt Curly. »Sie wartet auf dich.«

Sie.

Er hatte »sie« gesagt. Einen Moment lang stelle ich mir vor, dass es Cheryl ist, und mein Herz schlägt schneller. Aber nein, sie würde nicht kommen, und ich würde auch nicht wollen, dass sie kommt. Wir waren acht Jahre lang verheiratet. Den Großteil dieser Zeit glücklich, wie ich dachte. Am Ende war es nicht mehr so gut. Die Belastungen waren größer geworden, es hatten sich Risse gebildet, und an diesen Rissen war es zu Brüchen gekommen. Hätten wir es geschafft, Cheryl und ich? Ich weiß es nicht. Manchmal denke ich, dass wir uns Matthew zuliebe mehr Mühe gegeben hätten und zusammengeblieben wären, aber das kann auch Wunschdenken sein.

Nicht lange nach meiner Verurteilung habe ich diverse Papiere unterschrieben und so der Scheidung zugestimmt. Seitdem haben wir nicht mehr miteinander gesprochen. Was eher von mir als von ihr ausging. Daher weiß ich inzwischen auch nichts mehr über ihr Leben. Ich habe keine Ahnung, wo Cheryl jetzt ist, ob sie noch leidet oder trauert oder ob es ihr gelungen ist, sich ein neues Leben aufzubauen. Ich halte es für besser, dass ich es nicht weiß.

Warum habe ich in jener Nacht nicht besser auf Matthew aufgepasst?

Ich will nicht sagen, dass ich ein schlechter Vater war. Das glaube ich auch nicht. Aber an diesem Abend war ich einfach nicht in der Stimmung. Dreijährige können schwierig sein. Und langweilig. Das wissen wir alle. Eltern geben oft vor, dass jeder Moment, den sie mit ihrem Kind verbringen, von Glückseligkeit erfüllt ist. Das ist nicht wahr. Zumindest empfand ich es an diesem Abend nicht so. Ich habe Matthew keine Gute-Nacht-Geschichte vorgelesen, einfach weil ich keine Lust dazu hatte. Schrecklich, oder? Ich habe mein Kind einfach ins Bett gesteckt, weil ich mit meinen eigenen bedeutungslosen Problemen und Unsicherheiten beschäftigt war. Bescheuert. Völlig bescheuert. Wenn unser Leben gut läuft, verhalten wir alle uns so unglaublich bescheuert.

Cheryl, die gerade ihre Ausbildung zur Fachärztin für Allgemeinchirurgie abgeschlossen hatte, machte eine Nachtschicht in der Transplantationsstation im Boston General Hospital. Ich war mit Matthew allein. Ich fing an zu trinken. Ich bin kein großer Trinker und vertrage Alkohol nicht besonders gut, aber in den letzten harten Monaten für Cheryl und unsere Ehe hatte ich darin vielleicht keinen Trost gefunden, den Kummer aber ein wenig betäubt. Also habe ich mir ein paar Drinks gegönnt, die offenbar schnell und heftig Wirkung zeigten. Kurz gesagt, ich habe zu viel getrunken und bin eingedöst. Statt auf mein Kind aufzupassen, statt meinen Sohn zu beschützen, statt sicherzustellen, dass alle Türen verschlossen sind – was sie nicht waren, oder die Ohren zu spitzen und aufzupassen, dass niemand in die Wohnung kommt oder, verdammt noch mal, statt ein Kind zu hören, das vor Angst und/oder Schmerz schreit, befand ich mich in einem Zustand, den der Staatsanwalt bei der Verhandlung spöttisch als »alkoholinduziertes Nickerchen« bezeichnete.

Weiter kann ich mich an nichts erinnern, bis ich dann mit einem mulmigen Gefühl aufwachte und mir dieser Geruch in die Nase stieg.

Ich weiß, was Sie jetzt denken: Vielleicht hat er – also ich – es doch getan. Schließlich war die Beweislage gegen mich ziemlich erdrückend. Ich verstehe das. Das ist absolut nachvollziehbar. Ich frage mich das auch manchmal. Man müsste völlig blind oder naiv sein, wenn man diese Möglichkeit nicht in Betracht ziehen würde, daher möchte ich Ihnen eine kurze Geschichte erzählen, die meiner Meinung nach ganz ähnlich gelagert ist: Ich habe Cheryl im Schlaf einmal einen kräftigen Tritt verpasst. Ich hatte einen Albtraum, in dem ein riesiger Waschbär unseren kleinen Hund Laszlo angriff, und in meiner Panik habe ich mit aller Kraft nach dem Waschbären getreten und Cheryl so am Schienbein getroffen. Im Rückblick war es auf eine seltsame Art komisch, Cheryl dabei zu beobachten, wie sie versuchte, die Ruhe zu bewahren, während ich mein Tun erklärte – »Hättest du gewollt, dass Laszlo von einem Waschbären gefressen wird?« –, aber in meiner wunderbaren Frau, der Chirurgin, die Laszlo und überhaupt alle Hunde liebte, brodelte es immer noch.

»Vielleicht«, sagte Cheryl damals zu mir, »wolltest du mir unbewusst wehtun.«

Sie sagte das mit einem Lächeln, daher ging ich davon aus, dass es nicht ihr Ernst war. Aber vielleicht war es das doch. Wir vergaßen das Ganze sofort wieder und verbrachten einen wundervollen Tag zusammen. Inzwischen denke ich allerdings oft daran. In jener Nacht habe ich auch geschlafen und geträumt. Ein Tritt ist natürlich kein Mord, aber wer weiß?

Die Mordwaffe war ein Baseballschläger. Mrs Winslow, die schon seit vierzig Jahren in dem Haus hinter dem Wäldchen wohnte, hat gesehen, wie ich ihn vergraben habe. Das hat den Ausschlag gegeben, wobei ich mich gewundert habe, wie ich so dumm sein konnte, ihn so nahe am Tatort zu vergraben, obwohl er mit meinen Fingerabdrücken übersät war. Ich habe mich über viele Dinge gewundert. Natürlich war ich schon ein-, zweimal nach ein paar Drinks zu viel eingeschlafen – wer ist das nicht? –, aber noch nie so wie in jener Nacht. Vielleicht hatte man mir Drogen oder Betäubungsmittel verabreicht, aber zu dem Zeitpunkt, als ich in Verdacht geriet, war es für einen Test zu spät. Die örtlichen Polizisten, von denen viele meinen Vater verehrten, hatten anfangs auf meiner Seite gestanden. Sie sahen sich ein paar Straftäter näher an, die er ins Gefängnis gebracht hatte, aber das passte von Anfang an nicht richtig und kam selbst mir etwas seltsam vor. Dad hatte sich in diesen Kreisen gewiss ein paar Feinde gemacht, aber das war lange her. Warum sollte einer von ihnen aus Rache einen dreijährigen Jungen umbringen? Das ergab einfach keinen Sinn. Es wurden auch keine Hinweise auf einen sexuellen Übergriff oder ein anderes Motiv gefunden, alles in allem gab es daher nur einen echten Verdächtigen.

Mich.

Vielleicht war es also so ähnlich wie in meinem Waschbär-Tritt-Traum abgelaufen. Unmöglich ist das nicht. Mein Anwalt Tom Florio wollte meine Verteidigung in diese Richtung aufbauen. Auch meine Familie, zumindest einige von ihnen, glaubten, dass ich diesen Weg einschlagen sollte. Verminderte Zurechnungsfähigkeit oder so etwas. Schließlich hätte ich auch eine Vorgeschichte mit Schlafwandeln und ein paar anderen Dingen, die man als psychische Probleme bezeichnen könnte, wenn man die Definition etwas weiter fasste. Sie wiesen mich darauf hin, dass ich das vorbringen sollte.

Aber nein, ich würde kein Geständnis ablegen, denn trotz all dieser Ausführungen habe ich es nicht getan. Ich habe meinen Sohn nicht umgebracht. Ich weiß, dass ich es nicht getan habe. Ich *weiß* es. Und ja, ich weiß auch, dass jeder Täter das sagt.

Curly und ich biegen um die letzte Ecke. Das Briggs Penitentiary ist ganz in frühamerikanischem Beton gehalten. Alles ist verwaschen grau wie eine ausgebleichte Straße nach einem Regenschauer. Ich habe in einem sonnengelben Haus im Kolonialstil gewohnt, mit grünen Fensterläden, drei Schlafzimmern, zweieinhalb Bädern, einer in Erdtönen gehaltenen Einrichtung aus antiken Kiefernmöbeln, das auf einem dreitausend Quadratmeter großen Grundstück am Ende einer Sackgasse steht, und bin direkt an diesem Ort gelandet. Aber das tut nichts zur Sache. Die Umgebung spielt keine Rolle. Hier lernt man, dass Äußerlichkeiten eine Illusion, vergänglich und daher bedeutungslos sind.

Der Summer ertönt und Curly öffnet die Tür. Viele Gefängnisse haben ihre Besuchsbereiche modernisiert. Häftlinge mit geringem Fluchtrisiko oder Gewaltpotenzial können sich ohne Trennwände oder andere Barrieren zu ihren Besuchern an einen Tisch setzen. Ich kann das nicht. Hier in Briggs sind wir noch durch kugelsicheres Plexiglas voneinander getrennt. Mein Platz ist ein am Boden festgeschraubter Metallhocker. Curly lockert meine Bauchkette, sodass ich den Telefonhörer in die Hand nehmen kann. So kommunizieren die Besucher im Hochsicherheitsgefängnis – per Telefon durch eine Plexiglasscheibe.

Die Besucherin ist nicht meine Ex-Frau Cheryl, obwohl sie fast wie Cheryl aussieht.

Es ist ihre Schwester Rachel.

Rachel sitzt auf der anderen Seite der Scheibe, aber ich sehe, wie sich ihre Augen weiten, als sie mich sieht. Ihre Reaktion hätte mir beinahe ein Lächeln entlockt. Ich, ihr einst geliebter Schwager, der Mann mit dem schrägen Sinn für Humor und dem unbekümmerten Grinsen, habe mich in den letzten fünf Jahren stark verändert. Ich frage mich, was ihr zuerst auffällt. Vielleicht der Gewichtsverlust. Oder, was wahrscheinlicher ist, die zertrümmerten Wangenknochen, die nie richtig verheilt sind. Es könnte aber auch mein aschfahler Teint oder das dünne, allmählich grau werdende Haar sein.

Ich setze mich und sehe sie durch das Plexiglas hindurch an. Ich nehme den Hörer in die Hand und fordere sie mit einer Geste auf, es mir gleichzutun. Als Rachel ihr Telefon ans Ohr hält, frage ich:

»Was willst du hier?«

Sie lächelt fast. Rachel und ich standen uns immer nahe. Ich habe gern etwas mit ihr unternommen. Und sie hat gerne etwas mit mir unternommen. »Wie ich sehe, hältst du dich nicht lange mit Höflichkeitsfloskeln auf«, sagt sie.

»Bist du hergekommen, um Höflichkeitsfloskeln auszutauschen, Rachel?«

Das Lächeln, das sich angedeutet hatte, verblasst. Sie schüttelt den Kopf. »Nein.«

Ich warte. Rachel sieht abgekämpft aus, ist aber immer noch schön. Ihre Haare sind genauso aschblond wie Cheryls, ihre Augen vom gleichen Dunkelgrün. Ich drehe mich auf meinem Hocker etwas zur Seite, weil es wehtut, sie direkt anzusehen.

Rachel blinzelt die Tränen weg und schüttelt den Kopf. »Das ist total irre.«

Sie senkt den Blick, und einen Moment lang habe ich die achtzehnjährige junge Frau vor Augen, die ich kennenlernte, als Cheryl mich in unserem ersten Studienjahr auf dem Amherst College nach New Jersey mitnahm, zu sich nach Hause. Cheryls und Rachels Eltern waren nicht uneingeschränkt begeistert von mir. Als Sohn eines Streifenpolizisten, aufgewachsen in einer Reihenhaussiedlung, war ich ihnen etwas zu proletarisch. Rachel hingegen hatte mich sofort ins Herz geschlossen, und auch ich liebte sie bald so, wie ich eine kleine Schwester geliebt hätte. Ich kümmerte mich um sie. Ich wollte sie beschützen. Ein Jahr später habe ich ihr beim Umzug geholfen, als sie auf die Lemhall University ging, um ihren BA zu machen, und ein paar Jahre später noch einmal, als sie von dort zum Publizistikstudium auf die Columbia University in Manhattan wechselte.

»Lange nicht gesehen«, sagt Rachel.

Ich nicke. Ich will, dass sie geht. Es tut weh, sie anzusehen. Ich warte. Sie sagt nichts. Schließlich ergreife ich doch das Wort, weil Rachel aussieht, als bräuchte sie einen rettenden Strohhalm.

»Wie geht's Sam?«, frage ich.

»Gut«, sagt Rachel. »Er arbeitet jetzt für Merton Pharmaceuticals. Im Verkauf. Er hat's bis ins Management geschafft und ist viel unterwegs.« Dann zuckt sie die Achseln und ergänzt: »Wir sind geschieden.«

»Oh«, sage ich. »Tut mir leid.«

Sie wischt meine Bemerkung beiseite. Eigentlich tut es mir auch nicht leid. Ich fand immer, dass Sam nicht gut genug für sie war, aber so ging es mir mit den meisten ihrer Boyfriends und Liebhaber.

»Schreibst du noch für den *Globe*?«, frage ich.

»Nein«, sagt sie in einem Tonfall, der jede Nachfrage verbietet.

Wir sitzen noch ein paar Sekunden schweigend da. Dann versuche ich es noch einmal.

»Geht's um Cheryl?«

»Nein. Eigentlich nicht.«

Ich schlucke. »Wie geht's ihr?«

Rachel knetet die Hände. Sie blickt überallhin, nur nicht zu mir. »Sie hat wieder geheiratet.«

Die Worte treffen mich wie ein Schlag in die Magengrube, den ich aber hinnehme, ohne auch nur mit der Wimper zu zucken. Deshalb, denke ich. Genau deshalb will ich keinen Besuch haben.

»Sie hat dir nie die Schuld gegeben, weißt du. Wir alle nicht.«

»Rachel?«

»Was ist?«

»Was zum Teufel willst du hier?«

Wir verfallen wieder in Schweigen. Hinter ihr steht ein anderer Wärter, einer, den ich nicht kenne, und starrt uns an. Im Moment sind noch drei weitere Häftlinge im Besuchsraum. Ich kenne keinen von ihnen. Briggs ist ein großes Gefängnis, und ich versuche Distanz zu wahren. Ich überlege, ob ich aufstehen und gehen soll, als Rachel endlich etwas sagt.

»Sam hat einen Freund«, sagt sie.

Ich warte.

»Na ja, er ist kein enger Freund. Ein Arbeitskollege. Er ist auch im Management. Fürs Marketing bei Merton Pharmaceuticals. Er heißt Tom Longley. Er hat eine Frau und zwei Jungs. Nette Familie. Wir haben uns manchmal getroffen. Bei Grillabenden der Firma und so. Seine Frau heißt Irene. Ich mag sie. Irene ist ziemlich witzig.«

Rachel bricht ab und schüttelt den Kopf.

»Ich erzähl das nicht richtig.«

»Doch, absolut«, sage ich. »Bis hierhin ist es eine total faszinierende Geschichte.«

Rachel lächelt. Sie lächelt tatsächlich über meinen Sarkasmus. »Ein Hauch vom alten David«, sagt sie.

Wir schweigen wieder. Als Rachel erneut ansetzt, spricht sie langsamer und bedächtiger.

»Vor zwei Monaten waren die Longleys auf einem Betriebsausflug in einem Vergnügungspark in Springfield. Ich glaube, er heißt Six Flags. Ihre beiden Jungs waren mit. Irene und ich sind auch nach der Scheidung Freunde geblieben, daher haben wir uns vor ein paar Tagen zum Mittagessen getroffen. Sie hat mir von dem Ausflug erzählt – wollte vermutlich einfach ein bisschen quatschen –, wohl auch, weil Sam seine neue Freundin mitgebracht hatte. Als ob mich das interessieren würde. Aber darum geht's ja nicht.«

Ich verkneife mir eine sarkastische Bemerkung und sehe sie an. Sie hält meinem Blick stand.

»Und dann hat Irene mir ein paar Fotos gezeigt.«

Rachel hält inne. Ich habe keine Ahnung, worauf sie hinauswill, meine aber, so etwas wie unheilvolle Filmmusik zu hören. Rachel holt einen braunen Briefumschlag zum Vorschein. A4-Format, oder so etwas. Sie legt ihn vor sich auf die Ablage. Dann starrt sie etwas zu lange darauf, als überlegte sie, was sie tun soll. Schließlich greift sie nach dem Umschlag, zieht etwas heraus und hält es ans Glas.

Wie schon angekündigt, ist es ein Foto.

Ich weiß nicht, was ich davon halten soll. Das Foto scheint tatsächlich in einem Vergnügungspark aufgenommen zu sein. Eine Frau – ich frage mich, ob das die ziemlich witzige Irene ist – lächelt schüchtern in die Kamera. Zwei Jungs, wahrscheinlich die Longleys, sitzen auf ihren Hüften. Sie blicken nicht in die Kamera. Rechts auf dem Foto steht eine Person im Bugs-Bunny-Kostüm, links jemand, der wie Batman gekleidet ist. Irene wirkt etwas genervt – aber auf eine witzige Art. Ich kann mir die Szene gut vorstellen. Der gute alte Pharma-Marketing-Manager Tom spornt die Ziemlich-Witzige-Irene an, mit den Jungs zu posieren, die Ziemlich-Witzige-Irene ist zwar nicht ganz überzeugt davon, will aber keine Spielverderberin sein, obwohl die beiden Jungs überhaupt keine Lust haben. Wir alle kennen diese Situation. Im Hintergrund ist eine riesige rote Achterbahn zu sehen. Die Sonne scheint den Longleys ins Gesicht, was erklärt, warum sie die Augen zusammenkneifen und sich leicht abwenden.

Rachel sieht mich an.

Ich hebe den Blick. Sie drückt das Foto weiter an die Scheibe.

»Guck noch mal genauer hin, David.«

Ich starre sie noch ein, zwei Sekunden an, dann senke ich den Blick wieder auf das Foto. Diesmal sehe ich es sofort.

Eine stählerne Klaue greift mir in die Brust und presst mein Herz zusammen. Ich kann nicht mehr atmen.

Da ist ein Junge.

Er befindet sich im Hintergrund, am rechten Bildrand, fast nicht mehr auf dem Foto. Man sieht sein Gesicht perfekt im Profil, fast so, als würde er für eine Münze Modell sitzen. Der Junge muss etwa acht Jahre alt sein. Jemand, vielleicht ein Mann, hält seine Hand. Jedenfalls blickt der Junge zu etwas hinauf, das ich für den Rücken eines Mannes halte, aber die Person befindet sich außerhalb des Fotos.

Mir schießen Tränen in die Augen und ich strecke zaghaft die Finger aus. Durch die Scheibe streichle ich das Bild des Jungen. Das ist natürlich völlig unmöglich. Ein verzweifelter Mann sieht, was er sehen will – und seien wir ehrlich –, kein durstiger, hitzegeplagter, ausgemergelter Wüstenbewohner, der sich ein Wunder herbeigewünscht hat, ist je so verzweifelt gewesen wie ich. Matthew war keine drei Jahre alt, als er ermordet wurde. Niemand, nicht einmal seine liebenden Eltern, können erahnen, wie er fünf Jahre später aussehen würde. Nicht mit Sicherheit. Es besteht eine Ähnlichkeit, das ist alles. Der Junge sieht aus wie Matthew. *Sieht aus wie*. Wir sprechen von Ähnlichkeit. Weiter nichts. Eine Ähnlichkeit.

Ein Schluchzen zerreißt mich fast. Ich stecke mir die Faust in den Mund und beiße darauf. Es dauert ein paar Sekunden, bis ich wieder sprechen kann. Als es so weit ist, sage ich nur:

»Das ist Matthew.«

ZWEI

Rachel hält das Foto noch immer gegen die Plexiglasscheibe. »Du weißt, dass das unmöglich ist«, sagt sie.

Ich antworte nicht.

»Er sieht aus wie Matthew«, sagt Rachel bewusst tonlos. »Ich gebe zu, dass er so aussieht. Sehr ähnlich. Aber Matthew war noch ein Kleinkind, als er …« Sie bricht ab, sammelt sich und setzt wieder an. »Natürlich ist da dieses Blutschwämmchen auf seiner Wange – aber es ist viel kleiner als bei Matthew.«

»Natürlich ist es das«, sage ich.

Der medizinische Fachausdruck für das riesige Blutschwämmchen, das die rechte Gesichtshälfte meines Sohnes bedeckte, lautet infantiles Hämangiom. Der Junge auf dem Foto hat auch eins – kleiner, weniger farbintensiv, aber fast genau an der gleichen Stelle.

»Die Ärzte haben uns gesagt, dass das passiert«, fahre ich fort. »Irgendwann verschwindet es ganz.«

Rachel schüttelt den Kopf. »David, wir wissen beide, dass das nicht sein kann.«

Ich antworte nicht.

»Das ist nur ein aberwitziger Zufall. Eine große Ähnlichkeit gepaart mit dem Wunsch, das zu sehen, was wir sehen wollen – was wir sehen müssen. Und vergiss nicht die forensische Untersuchung …«

»Stopp«, sage ich.

»Was ist?«

»Du bist damit doch nicht zu mir gekommen, weil du dachtest, er sähe Matthew ähnlich.«

Rachel kneift die Augen zusammen. »Ich bin zu einem Kriminaltechniker der Bostoner Polizei gegangen, den ich kenne. Ich habe ihm ein altes Foto von Matthew gegeben.«

»Welches?«

»Das, auf dem er das Amherst-Sweatshirt trägt.«

Ich nicke. Cheryl und ich hatten es ihm bei unserem Treffen zum zehnten Jahrestag unseres Abschlusses gekauft. Und das Foto hatten wir später auf unserer Weihnachtskarte verwendet.

»Jedenfalls hat dieser Techniker Zugang zu einer Alterungssoftware. Zur aktuellsten professionellen Version. Die Polizei setzt sie bei der Suche nach vermissten Personen ein. Ich habe ihn gebeten, den Jungen auf dem Foto fünf Jahre älter zu machen und …«

»… es passte«, beende ich den Gedankengang für sie.

»Zumindest ziemlich gut. Es hat keine Beweiskraft. Das ist dir schon klar, oder? Das hat mein Bekannter auch betont – und ich hab ihm nicht verraten, warum ich ihn darum gebeten habe. Nur damit du Bescheid weißt. Ich habe niemandem etwas davon erzählt.«

Das überrascht mich. »Du hast Cheryl das Bild nicht gezeigt?«

»Nein.«

»Warum nicht?«

Rachel windet sich auf dem unbequemen Hocker. »Es ist doch Irrsinn, David.«

»Was?«

»Diese ganze Sache. Es kann nicht Matthew sein. Wir erlauben unseren Wünschen, unser Urteilsvermögen zu trüben.«

»Rachel«, sage ich.

Sie sieht mir in die Augen.

»Warum hast du das Foto nicht deiner Schwester gezeigt?«, hake ich nach.

Rachel dreht die Ringe an ihren Fingern. Sie wendet ihren Blick ab, der wie ein aufgeschreckter Vogel herumhuscht, um sich schließlich wieder zu beruhigen. »Das musst du doch verstehen«, sagt sie. »Cheryl versucht, wieder auf die Beine zu kommen. Sie versucht, das Ganze hinter sich zu lassen.«

Ich spüre den Herzschlag in meiner Brust.

»Wenn ich es ihr sage, würde ihr das noch einmal den Boden unter den Füßen wegziehen. Wenn es sich als falsche Hoffnung herausstellt … es würde sie fix und fertig machen.«

»Aber mir sagst du es.«

»Weil du nichts hast, David. Wenn ich dir den Boden unter den Füßen wegziehe, spielt das doch keine Rolle? Du hast kein Leben. Du hast schon vor langer Zeit aufgehört zu leben.«

Das mag hart klingen, aber in ihren Worten liegen weder Wut noch Drohung. Sie hat natürlich recht. Es ist eine angemessene Beschreibung meiner Situation. Ich habe nichts zu verlieren. Wenn wir uns hinsichtlich dieses Fotos irren – und objektiv betrachtet, muss ich zugeben, dass die Wahrscheinlichkeit hierfür ziemlich groß ist –, wird sich für mich nichts ändern. Ich werde immer noch an diesem Ort sein, weiter dahindämmern und verrotten, mir keinerlei Mühe geben, diesen Prozess aufzuhalten oder auch nur zu verlangsamen.

»Sie hat wieder geheiratet«, sagt Rachel.

»Das sagtest du schon.«

»Und sie ist schwanger.«

Eine kurze, linke Gerade aufs Kinn, gefolgt von einem kräftigen rechten Haken. Ich taumle zurück und lasse mich anzählen.

»Ich wollte es dir nicht sagen …«, murmelt Rachel.

»Schon in Ordnung.«

»… und wenn wir versuchen, damit etwas zu machen …«

»Ich hab's begriffen«, sage ich.

»Gut, ich weiß nämlich nicht, was ich tun soll«, sagt Rachel. »Schließlich ist das ja kein Beweis, der einen vernünftigen Menschen überzeugen würde. Es sei denn, du willst, dass ich es versuche. Also, natürlich könnte ich damit zu einem Anwalt oder zur Polizei gehen.«

»Die würden sich höchstens totlachen.«

»Stimmt. Vielleicht könnten wir es der Presse zukommen lassen.«

»Nein.«

»Oder … oder Cheryl. Wenn du es für richtig hältst. Vielleicht bekommen wir so die Erlaubnis, die Leiche zu exhumieren. Eine neue Obduktion oder ein erneuter DNA-Test könnten das eine oder andere beweisen. Vielleicht bekämst du dann einen neuen Prozess …«

»Nein.«

»Was? Warum nicht?«

»Jedenfalls noch nicht«, sage ich. »Wir dürfen niemandem etwas davon erzählen.«

Rachel sieht mich verwirrt an. »Das versteh ich nicht.«

»Du bist doch Journalistin.«

»Ja und?«

»Dann weißt du, wie das läuft«, sage ich. Ich beuge mich ein wenig vor. »Wenn das rauskommt, wird es ein Riesending. Sämtliche Medien werden sich wieder auf uns stürzen.«

»Auf uns? Oder meinst du auf dich?«

Zum ersten Mal höre ich so etwas wie Schärfe in ihrer Stimme. Ich warte einen Moment. Sie irrt sich. Das wird sie gleich merken. Als Matthews Leiche gefunden wurde, war die Berichterstattung in den Medien anfangs wohlwollend und mitfühlend. Sie stellten es so dar, als wäre es einfach ein Teil der menschlichen Tragödie, spielten aber auch mit der Angst, dass der Mörder noch frei herumlaufen könnte, sodass Sie, liebe Öffentlichkeit, auf der Hut sein müssen. In den sozialen Medien war man nicht ganz so zahm. »Es ist ein Verwandter«, lautete einer der ersten Tweets. »Ich wette meinen A... darauf, dass es dieser Loser war, dieser Hausmann«, lautete ein anderer, der viele Likes erhielt. »Wahrscheinlich ist er neidisch auf den Erfolg seiner Frau.« Und so ging es weiter.

Als niemand festgenommen wurde und das Interesse an der Story abflaute, reagierten die Medien frustriert und ungeduldig. Vorgebliche Experten fragten, wie ich das Blutbad verschlafen haben konnte. Und allmählich fanden sich auch Antworten auf ein paar offene Fragen: Die Mordwaffe, ein Baseballschläger, den ich vier Jahre vorher gekauft hatte, wurde in der Nähe unseres Hauses gefunden. Eine Zeugin, unsere Nachbarin Mrs Winslow, behauptete, sie habe gesehen, wie ich ihn in der Mordnacht vergraben hätte. Die Kriminaltechnik bestätigte, dass sich meine Fingerabdrücke – und zwar nur meine – auf dem Schläger befanden.

Die Medien waren begeistert von dieser neuen Sicht auf die Dinge, vor allem, weil sie einer hinlänglich durchgekauten Geschichte neues Leben einhauchte und so wieder für Aufmerksamkeit sorgte. Sie schwärmten herbei. Ein Psychiater, der mich in der Vergangenheit behandelt hatte, ließ durchblicken, dass ich unter Nachtangst litt und schlafwandelte. Cheryl und ich hätten ernsthafte Eheprobleme gehabt und sie hätte womöglich eine Affäre gehabt... Sie verstehen schon. In den Kommentaren wurde gefordert, dass man mich festnehmen und vor Gericht stellen müsse. Es hieß, ich würde eine Vorzugsbehandlung bekommen, weil mein Vater Polizist war. Was habe man sonst noch alles vertuscht? Wenn ich nicht weiß wäre, säße ich längst hinter Gittern. Das sei Rassismus, ich würde Privilegien genießen, offensichtlich würde da nicht mit gleichem Maß gemessen.

Vieles davon stimmte wohl.

»Glaubst du, dass ich mir aus schlechter Presse etwas machen würde?«, frage ich Rachel.

»Nein«, sagt sie leise. »Aber ich begreif es nicht. Wie sollten die Medien uns jetzt noch schaden können?«

»Sie werden darüber berichten.«

»Ja, das ist schon klar. Na und?«

Sie sieht mir wieder in die Augen. »Alle werden das erfahren«, sage ich. »Auch …«, ich zeige auf die Erwachsenenhand auf dem Foto, die Matthews Hand hält, »… der da.«

Stille.

Ich warte auf eine Antwort. Als ich keine bekomme, sage ich: »Begreifst du es nicht? Wenn er es erfährt, wenn er herausbekommt, dass wir ihm auf der Spur sind oder was auch immer …, wer weiß, wie er reagiert? Vielleicht flieht er. Taucht unter, damit wir ihn nicht finden. Oder das Risiko wird ihm zu groß. Er hat sich in Sicherheit gewiegt. Wenn sich das ändert, könnte er mögliche Beweise endgültig vernichten.«

»Aber die Polizei«, sagt Rachel. »Die kann doch heimlich ermitteln.«

»Vergiss es. Da sickert immer was durch. Außerdem werden die das sowieso nicht ernst nehmen. Nicht aufgrund dieses Fotos. Das weißt du auch.«

Rachel schüttelt den Kopf. »Was willst du dann tun?«

»Du bist doch eine angesehene investigative Journalistin«, sage ich.

»Nicht mehr.«

»Wieso? Was ist passiert?«

Wieder schüttelt sie den Kopf. »Ist eine lange Geschichte.«

»Wir müssen mehr in Erfahrung bringen«, sage ich.

»Wir?«

Ich nicke. »Ich muss hier raus.«

»Wovon zum Teufel sprichst du?«

Sie sieht mich besorgt an. Ich kann das nachvollziehen. Ich höre es selbst an meinem Tonfall. Etwas von dem alten Schwung ist wieder da. Nach Matthews Ermordung habe ich mich gewissermaßen in Fötusstellung zusammengerollt und auf das Ende gewartet. Mein Sohn war tot. Alles andere war unwichtig.

Aber jetzt ...

Der Summer ertönt. Die Wärter betreten den Raum. Curly legt eine Hand auf meine Schulter.

»Die Zeit ist um.«

Schnell steckt Rachel das Foto wieder in den Umschlag. Das weckt in mir eine Sehnsucht, ein Verlangen, das Foto weiter anzustarren, eine Angst, dass alles nur eine Illusion war. Denn jetzt, wo ich es nicht mehr vor Augen habe, auch wenn es erst ein paar Sekunden her ist, verschwimmt alles sofort, und ich habe das Gefühl, mich an Rauch zu klammern. Ich versuche das Bild meines Jungen in mein Gehirn einzubrennen, aber sein Gesicht fängt bereits an, sich aufzulösen wie das letzte Bild eines Traums.

Rachel steht auf. »Ich wohne in der Motor Lodge ein Stück die Straße hinunter.«

Ich nicke.

»Ich komm morgen wieder.«

Wieder nicke ich.

»Und wenn du mich fragst ..., ich glaube auch, dass er es ist.«

Ich öffne den Mund, um ihr zu danken, bekomme aber nichts heraus. Doch das macht nichts. Sie dreht sich um und geht. Curly drückt mir die Schulter.

»Was war das denn jetzt?«, fragt er mich.

»Sag dem Direktor, dass ich ihn sehen will.«

Curly lächelt und zeigt mir dabei seine Zähne, die wie kleine Minzbonbons aussehen. »Der Direktor empfängt keine Gefangenen.«

Ich stehe auf. Ich sehe ihm in die Augen. Und zum ersten Mal seit Jahren lächle ich. Ein richtiges Lächeln. Als Curly das sieht, weicht er einen Schritt zurück.

»Mich wird er empfangen, sag es ihm.«

DREI

W as willst du, David?«
Gefängnisdirektor Philip Mackenzie scheint über
meinen Besuch nicht erfreut zu sein. Sein Büro ist so karg
eingerichtet, wie es für eine solche Anstalt angemessen ist. In
einer Ecke hängt eine amerikanische Flagge an einer Stange
und daneben ein Foto des amtierenden Gouverneurs. Sein
Metallschreibtisch ist grau und funktional und erinnert mich
an die meiner Grundschullehrer. Auf der rechten Seite steht
ein Stifthalter-Set aus Messing mit Uhr, wie man es in der
Geschenkabteilung von TK Maxx findet. Hinter dem
Schreibtisch ragen zwei dazu passende graue Metallakten-
schränke wie Wachtürme in die Höhe.

»Also?«

Ich habe meine Worte einstudiert, halte mich aber nicht
an das Drehbuch. Ich bemühe mich, mit ruhiger, monoto-
ner, ja professioneller Stimme zu sprechen. Ich weiß, dass
der Inhalt verrückt klingt, also muss mein Tonfall diesem
Eindruck entgegenwirken. Der Gefängnisdirektor lehnt sich
zurück, hört mir zu und sieht anfangs gar nicht allzu ent-
geistert aus. Als ich fertig bin, lehnt er sich zurück und wendet den Blick ab. Er atmet ein paar Mal tief durch. Philip
Mackenzie ist über siebzig Jahre alt, wirkt aber immer noch
kräftig genug, um eine der Stahlbetonmauern einzureißen,
die diesen Ort umgeben. Er hat eine kräftige Brust, sein
kahler Kopf klemmt zwischen zwei Bowlingkugel-Schultern,

sodass ein Hals offenbar nicht nötig ist. Seine Hände sind groß und knorrig. Sie liegen wie zwei Rammböcke auf dem Schreibtisch.

Schließlich sieht er mich aus seinen von buschigen weißen Augenbrauen gekrönten blauen Augen an.

»Das ist doch wohl nicht dein Ernst«, sagt er.

Ich richte mich auf. »Es ist Matthew.«

Er winkt mit seiner riesigen Hand ab. »Ach, lass gut sein, David. Was soll das werden?«

Ich starre ihn nur an.

»Du versuchst, hier irgendwie rauszukommen. Wie alle Insassen.«

»Du hältst es für einen Trick, damit ich entlassen werde?« Ich versuche, meine Stimme davon abzuhalten, sich zu überschlagen. »Glaubst du, es würde mich einen Scheißdreck interessieren, ob ich je aus diesem Höllenloch rauskomme?«

Philip Mackenzie seufzt und schüttelt den Kopf.

»Philip«, sage ich, »mein Sohn läuft da draußen irgendwo rum.«

»Dein Sohn ist tot.«

»Nein.«

»Du hast ihn umgebracht.«

»Nein. Ich kann dir das Foto zeigen.«

»Das Foto, das deine Schwägerin dir gezeigt hat?«

»Ja.«

»Okay, alles klar. Und darauf soll ich deinen Sohn Matthew erkennen, der vor fünf Jahren als Dreijähriger gestorben ist?«

Ich antworte nicht.

»Und nehmen wir einfach mal an, was weiß ich, dass ich ihn erkennen würde. Was ich nicht kann. Das ist einfach unmöglich, das sagst ja selbst du. Aber nehmen wir dennoch an, der Junge auf dem Foto wäre Matthews Ebenbild. Du hast gesagt, dass Rachel es mit einer Alterungssoftware hat überprüfen lassen, richtig?«

»Richtig.«

»Woher willst du dann wissen, dass sie nicht einfach das von der Alterungssoftware erzeugte Bild mit Photoshop in das Foto eingefügt hat?«

»Was?«

»Weißt du, wie einfach es ist, Fotos zu fälschen?«

»Das soll doch wohl ein Witz sein?« Ich runzle die Stirn. »Warum sollte sie so etwas tun?«

Philip Mackenzie hält plötzlich in der Bewegung inne. »Moment. Ach so, klar doch.«

»Was ist?«

»Du weißt vermutlich überhaupt nicht, was Rachel passiert ist.«

»Wovon sprichst du?«

»Ihre Karriere als Journalistin. Die ist vorbei.«

Ich sage nichts.

»Das wusstest du nicht, oder?«

»Es tut nichts zur Sache«, sage ich. Aber natürlich tut es das sehr wohl. Ich beuge mich vor und fixiere den Mann, den ich mein Leben lang als Onkel Philip kenne. »Ich bin hier jetzt seit vier Jahren«, sage ich so ruhig ich kann. »Wie oft habe ich dich um Hilfe gebeten?«

»Nicht ein einziges Mal«, sagt er. »Das heißt aber nicht, dass du keine bekommen hättest. Hältst du es für einen Zufall, dass du bei mir im Gefängnis gelandet bist? Oder dass du so viel zusätzliche Zeit in einer Einzelzelle verbracht hast? Die wollten dich wieder in den normalen Vollzug schicken, selbst nach der Prügelei.«

Das war drei Wochen nach meiner Inhaftierung. Ich war

im Normalvollzug, nicht wie jetzt in der Einzelzelle. Vier Männer, deren Körpermasse allenfalls durch ihre Verkommenheit übertroffen wurde, drängten mich in der Dusche in die Ecke. In der Dusche. Der älteste Trick der Welt. Es war keine Vergewaltigung. Nichts Sexuelles. Sie wollten nur jemanden verprügeln, um in eine Art primitiven Rausch zu geraten – und wer wäre da besser geeignet als der neue, prominente Kindermörder? Sie brachen mir die Nase. Sie zertrümmerten meinen Wangenknochen. Mein gebrochener Kiefer klapperte wie eine Tür, der ein Scharnier fehlt. Vier gebrochene Rippen. Gehirnerschütterung. Innere Blutungen. Auf dem rechten Auge kann ich nur noch verschwommen sehen.

Ich lag zwei Monate auf der Krankenstation.

Ich ziehe mein Ass aus dem Ärmel. »Du bist mir was schuldig, Philip.«

»Korrigiere: Ich bin deinem Vater etwas schuldig.«

»Das ist inzwischen das Gleiche.«

»Glaubst du, ein Schuldschein geht auf den Sohn über?«

»Was würde Vater dazu sagen?«

Philip Mackenzie wirkt gequält und plötzlich auch erschöpft.

»Ich habe Matthew nicht umgebracht«, sage ich.

»Ein Häftling, der mir erzählt, dass er unschuldig ist«, sagt er und schüttelt ein wenig amüsiert den Kopf. »Muss das erste Mal sein.«

Philip Mackenzie steht auf und tritt ans Fenster. Er blickt über die Gefängnismauer in den Wald. »Als dein Vater zum ersten Mal von der Sache mit Matthew gehört hat ... und schlimmer noch, als er erfahren hat, dass du verhaftet wurdest ...« Seine Stimme wird leiser. »... warum hast du eigentlich nicht auf vorübergehende Unzurechnungsfähigkeit plädiert, David?«

»Glaubst du, ich hätte Interesse daran gehabt, mir ein juristisches Schlupfloch zu suchen?«

»Es wäre kein Schlupfloch gewesen«, sagt Philip, und jetzt liegt Mitleid in seiner Stimme. Er dreht sich wieder zu mir um. »Du hattest einen Blackout. Irgendetwas ist da durchgebrannt. Es muss eine Erklärung dafür geben. Wir hätten alle zu dir gehalten.«

In meinem Kopf beginnt es zu pochen – das ist entweder eine weitere Spätfolge der Prügelei oder es kommt von seinen Worten. Ich schließe die Augen und atme tief durch. »Hör mir bitte zu. Es war nicht Matthew. Und was auch immer da geschehen ist, ich war es nicht.«

»Dann hat dich also jemand reingelegt, ja?«

»Ich weiß es nicht.«

»Und wessen Leiche hast du dann im Bett gefunden?«

»Ich weiß es nicht.«

»Wie erklärst du deine Fingerabdrücke auf der Mordwaffe?«

»Das war mein Baseballschläger. Er war in der Garage.«

»Und was ist mit der alten Dame, die gesehen hat, wie du ihn vergraben hast?«

»Auch das weiß ich nicht. Ich weiß nur das, was ich auf dem Foto gesehen habe.«

Wieder seufzt der ältere Mann. »Ist dir eigentlich klar, wie irre das klingt, was du mir da erzählst?«

Ich stehe jetzt auch auf. Zu meiner Überraschung weicht Philip einen Schritt zurück, als hätte er Angst vor mir. »Du musst mich hier rausholen«, flüstere ich. »Zumindest für ein paar Tage.«

»Bist du verrückt geworden?«

»Gewähr mir einen Sonderurlaub wegen eines Trauerfalls in der Familie oder so was.«

»Bei solchen Verbrechen, wie du sie begangen hast, gibt es so etwas nicht. Das weißt du doch.«

»Dann finde einen Weg, mir einen Ausbruch zu ermöglichen.«

Er lacht. »O klar doch, kein Problem. Und selbst wenn wir rein hypothetisch annehmen, dass ich das könnte, dann wird die gesamte Polizei hinter dir her sein. Das wird brutal, David. Du bist ein Kindermörder. Sie werden dich ohne zu zögern abknallen.«

»Das ist nicht dein Problem.«

»Natürlich ist es das.«

»Stell dir einfach mal vor, dir wäre das passiert«, sage ich.

»Was?«

»Versetz dich mal in meine Situation. Stell dir vor, Adam wäre der ermordete Junge. Was würdest du tun, um ihn zu finden?«

Philip Mackenzie schüttelt den Kopf und sinkt wieder auf seinem Stuhl zusammen. Er legt die Hände aufs Gesicht und reibt es kräftig. Dann drückt er den Knopf auf der Sprechanlage und ruft einen Wärter.

»Auf Wiedersehen, David.«

»Bitte, Philip.«

»Tut mir leid. Tut mir wirklich leid.«

***

Philip Mackenzie wandte den Blick ab, um nicht mit ansehen zu müssen, wie der Gefängniswärter eintrat und David hinausführte. Er verabschiedete sich nicht von seinem Patenkind. Als sie gegangen waren, blieb Philip allein in seinem Büro sitzen. Die Luft um ihn herum fühlte sich schwer an. Er hatte gehofft, dass Davids Bitte, ihn sehen zu dürfen – die erste, die David in den fast fünf Jahren, die er hier verbracht hatte, an ihn herantrug –, in irgendeiner Form ein positives Zeichen sein würde. Dass David endlich bereit war, fachliche Hilfe für seine psychische Gesundheit in Anspruch zu nehmen. Oder dass er anfing, sich mit dem auseinanderzusetzen, was er in dieser schrecklichen Nacht getan hatte. Oder dass er zumindest versuchte, selbst hier, selbst nach dem, was er getan hatte, ein produktives Leben zu führen.

Philip öffnete seine Schreibtischschublade und nahm ein Foto aus dem Jahr 1973 heraus, das zwei junge Männer – Korrektur: zwei dumme Jungs – in Uniform im vietnamesischen Khe Sanh zeigte. Philip Mackenzie und Lenny Burroughs, Davids Vater. Beide waren vor ihrer Einberufung auf die Revere Highschool gegangen. Philip war im obersten Stockwerk eines Dreifamilien-Reihenhauses in der Centennial Avenue aufgewachsen. Lenny hatte einen Block weiter in der Dehon Street gewohnt. Beste Freunde. Kriegskameraden. Polizisten, die am Revere Beach Streife gingen. Philip war Davids Patenonkel geworden, Lenny der von Philips Sohn Adam. Adam und David waren zusammen zur Schule gegangen. Auf der Revere High School waren sie beste Freunde geworden. Der Kreis hatte sich geschlossen.

Philip starrte das Bild seines alten Freundes an. Lenny lag inzwischen im Sterbebett. Niemand konnte ihm helfen. Es war nur noch eine Frage der Zeit. Der Lenny auf dem alten Foto lächelte dieses Lenny-Burroughs-Lächeln, das Lächeln, das Herzen zum Schmelzen brachte, aber sein Blick schien sich direkt in Philips Augen zu bohren.

»Ich kann da nichts machen, Lenny«, sagte er laut.

Der Foto-Lenny lächelte und starrte ihn weiter an.

Philip atmete ein paar Mal tief durch. Es war schon spät. Kurz vor Feierabend. Er streckte die Hand aus und drückte wieder auf den Knopf der Gegensprechanlage auf seinem Schreibtisch.

Seine Sekretärin sagte: »Ja, Herr Direktor?«

»Buchen Sie mir ein Ticket für den ersten Flug nach Boston morgen früh.«

VIER

In einem Gefängnis ist es nie still.

Mein ›experimenteller‹ Trakt besteht aus achtzehn in einem Kreis angeordneten Einzelzellen. In der Zellentür sind immer noch die klassischen, altmodischen Gitter eingebaut, durch die man hindurchsehen kann. Eine der seltsamsten architektonischen Ideen besteht darin, dass sich die Toiletten-Waschbecken-Kombination – ja, es handelt sich um ein multifunktionales Edelstahl-Modul – direkt neben den Gittern befindet. Im Gegensatz zu den normalen Zellen sind hier in der Ecke kleine private Duschen eingebaut – für den Fall, dass jemand zu lange duscht, haben die Wärter draußen Absperrventile. Die Matratze auf dem Gussbeton-Bett ist so dünn, dass man fast hindurchsehen kann. An den vier Ecken des Betts befinden sich Ösen für Fixierungsgurte. Bisher wurden sie bei mir nicht gebraucht. Außerdem gibt es einen Gussbeton-Schreibtisch und einen Gussbeton-Hocker. Ich habe einen Fernseher und ein Radio, in dem nur religiöse oder Bildungsprogramme laufen. Die Aussicht auf ein winziges Stück Himmel durch den schräg nach oben verlaufenden Fensterschlitz quält mich Tag für Tag.

Ich lege mich auf besagtes Betonbett und starre an die Zellendecke. Ich kenne diese Decke in- und auswendig. Ich schließe die Augen und versuche, die Fakten zu ordnen. Ich gehe den Tag noch einmal durch – diesen furchtbaren Tag – und überlege, ob ich vielleicht etwas übersehen habe. Ich war mit Matthew draußen, zuerst auf dem nahe gelegenen Spielplatz am Ententeich und dann im Supermarkt in der Oak Street. Ist mir an einem dieser Orte eine verdächtige Person aufgefallen? Natürlich nicht, aber jetzt blicke ich zurück und suche in meinem Gedächtnis nach Details, die mir bisher entgangen sind. Ich finde nichts. Man sollte annehmen, dass ich mich an diesen Tag besser erinnere, dass ich jeden Augenblick noch lebhaft im Gedächtnis habe, aber die Erinnerungen verschwimmen von Tag zu Tag immer mehr.

Auf dem Spielplatz habe ich auf der Bank neben einer jungen Mutter mit einem dieser aggressiv hypermodernen Kinderwagen gesessen. Die junge Mutter hatte eine Tochter in Matthews Alter. Hat sie mir den Namen ihrer Tochter genannt? Wahrscheinlich, aber ich weiß ihn nicht mehr. Sie trug ein Yoga-Outfit. Worüber haben wir gesprochen? Ich weiß es nicht mehr. Wonach genau suche ich? Auch das weiß ich nicht. Vermutlich nach dem Mann, zu dem diese Hand gehört – die Hand des Erwachsenen, die Matthews auf Rachels Foto hält. Hat dieser Mann uns auf dem Spielplatz beobachtet? Ist er uns gefolgt?

Ich habe keine Ahnung.

Ich gehe den Rest des Tages durch. Wir kommen nach Hause. Ich bringe Matthew ins Bett. Ich schenke mir einen Drink ein. Zappe im Fernsehen herum. Irgendwann muss ich ins Bett gegangen sein. Ich erinnere mich nicht mehr. Ich weiß nur noch, dass ich den Geruch von Blut in der Nase hatte, als ich dort aufgewacht bin. Ich weiß noch, wie ich den Flur entlanggegangen bin …

Mit einem lauten Knall wird das Licht im Gefängnis eingeschaltet. Ich schrecke hoch. Mein Gesicht ist schweißgebadet. Es ist Morgen. Mir pocht das Herz. Ich schnappe ein paar Mal nach Luft und versuche mich zu beruhigen.

Das, was ich in diesem Marvel-Superhelden-Pyjama gesehen habe, diese schreckliche, entstellte, blutige Masse … das
war nicht Matthew. Nur so kann es gewesen sein. Es war
nicht mein Sohn.

Wäre das möglich?

Zweifel bohren sich in mein Gehirn. Wieso sollte er es
nicht gewesen sein? Aber im Moment kann ich mir keine
Zweifel erlauben. Zweifel bringen nichts. Wenn ich falsch-
liege, werde ich das irgendwann erfahren, und dann stehe ich
wieder da, wo ich jetzt stehe. Wer nicht wagt, der nicht ge-
winnt. Also für den Moment: keine Zweifel. Nur Fragen, wie
es möglich sein könnte. Vielleicht, mutmaße ich, diente das
brutale Vorgehen dazu, die Identität des Opfers – ja, so ist es
gut, sieh den Jungen im Marvel-Pyjama als Opfer, nicht als
Matthew – zu verschleiern. Natürlich war das Opfer männlich. Es war so groß wie Matthew, hatte einen ähnlichen Kör-
perbau und eine ähnliche Hautfarbe. Es hatte keinerlei Fakten gegeben, die die Identität des Opfers infrage stellten.

Oder?

Meine Mitgefangenen vollführten ihre täglichen Morgen-
rituale. Wir sind zwar allein in unseren dreieinhalb mal zwei
Meter großen Zellen, können aber fast alle anderen Insassen
sehen. Das soll ›gesünder‹ sein als die älteren Trakte, in denen es überhaupt keine soziale Interaktion gab, sodass man zu
stark isoliert war. Ich wünschte, sie hätten sich die Mühe ge-
spart, denn je weniger Interaktion, desto besser. Earl Clem-
mons, ein Serienvergewaltiger, beginnt den Tag mit einer
detaillierten Berichterstattung zu seinem morgendlichen Toi-
lettenbesuch mit Soundeffekten wie jubelnde Menschenmen-
gen oder einer ausführlichen ›Sportberichterstattung‹, bei der
er mit einer Stimme den Bericht und mit einer anderen die
launigen Experten-Kommentare spricht. Ricky Krause, ein

Serienmörder, der seinen Opfern mit einer Rosenschere die Daumen abgeschnitten hat, startet den Tag gerne mit einer Art Songparodie, wobei er den Texten alter Klassiker seinen eigenen perversen Dreh verpasst. In diesem Moment schmettert Ricky immer wieder »Someone's in the kitchen, getting vagina«, angelehnt an Nat King Coles *Someone's in the kitchen with Dinah*. Er schreit immer lauter und lauter, je heftiger die Typen um ihn herum brüllen, dass er still sein soll.

Wir stellen uns in die Schlange fürs Frühstück. Früher wurden den Insassen in diesem Trakt die Mahlzeiten gebracht, so als hätten wir bei DoorDash oder irgendeinem andern Lieferdienst bestellt. Das ist vorbei. Ein Mitgefangener hat protestiert und vorgebracht, dass es gegen die Verfassung verstoße, einen Mann zu zwingen, allein in seiner Zelle zu essen. Er hat sogar Klage eingereicht. Gefangene reichen gerne Klage ein. In diesem Fall hat die Gefängnisverwaltung die Gelegenheit allerdings beim Schopf gepackt, um das System fest zu etablieren. Schließlich war es teuer und arbeitsintensiv, die Gefangenen in ihren Zellen zu bewirten.

In der kleinen Cafeteria sind sowohl die vier Tische als auch die Metallhocker am Boden festgeschraubt. Ich laufe normalerweise ein bisschen hin und her und warte, bis alle anderen Platz genommen haben, um dann den Hocker zu nehmen, der mir den größtmöglichen Abstand zu den lebhafteren Mitgefangenen gewährt. Nicht, dass es hier keine anregenden Unterhaltungen gäbe. Neulich waren mehrere Insassen in einen hitzigen Wettstreit darüber geraten, wer die älteste Frau vergewaltigt hätte. Earl ›übertrumpfte‹ seine Kontrahenten mit der Behauptung, er habe Analverkehr mit einer Siebenundachtzigjährigen gehabt, nachdem er über die Feuerleiter in ihre Wohnung eingedrungen sei. Die anderen Insassen bezweifelten den Wahrheitsgehalt von Earls

Behauptung – sie meinten, er übertreibe, um bei ihnen ›Eindruck zu schinden‹ –, aber am nächsten Tag brachte Earl ein paar Zeitungsausschnitte mit, die er aufbewahrt hatte.

Heute Morgen habe ich Glück. An einem Tisch sitzt noch niemand. Nachdem ich mir etwas Rührei aus Trockenei, Speck und Toast geholt habe – ich erspare mir den eigentlich unvermeidlichen Kommentar über die Scheußlichkeit des Gefängnisessens –, nehme ich den Hocker in der hintersten Ecke und fange an zu essen. Ich habe seit Langem zum ersten Mal wieder Appetit. Ich merke, dass meine Gedanken nicht mehr zu jener Nacht zurückkehren, auch nicht zu dem Foto, sondern dass mein Gehirn sich mit etwas Irrwitzigem und Fantastischem beschäftigt.

Wie man aus dem Briggs Penitentiary ausbrechen kann.

Da ich schon lange genug hier bin, kenne ich die Routinen, die Wärter, das Gelände, den täglichen Ablauf, das Personal und so weiter. Ergebnis: Es gibt keine Möglichkeit auszubrechen. Absolut keine. Ich muss über den Tellerrand blicken.

Als ein Tablett vor mir auf den Tisch knallt, schrecke ich auf. Mir wird eine Hand ins Gesicht gestreckt, damit ich sie schüttele. Ich hebe den Blick und sehe dem Mann ins Gesicht. Es heißt, die Augen seien die Fenster zur Seele. Wenn das stimmt, dann steht in diesem Fenster ein Schild mit der Aufschrift: BELEGT.

»David Burroughs, stimmt's?«

Ich weiß, dass er Ross Sumner heißt. Er wurde letzte Woche hierherverlegt, angeblich um darauf zu warten, dass über seine Berufung entschieden wird, die keinerlei Aussicht auf Erfolg hat. Ich bin allerdings überrascht, dass sie ihn überhaupt aus seiner Zelle gelassen haben. Sumners Fall hat Schlagzeilen gemacht, war Stoff für Dokumentarfilme und True-Crime-Podcasts. Er war der Inbegriff eines Preps – nennt man die jungen

Männer aus superreichen Familien eigentlich noch so? –, der übergeschnappt und auf die dunkle Seite gewechselt ist. Ross, gut aussehend im Sinne einer Ralph-Lauren-Werbung, hatte mindestens siebzehn Menschen ermordet – Männer, Frauen, Kinder jeden Alters – und ihren Magen-Darm-Trakt verspeist. Mehr nicht. Nur den Magen-Darm-Trakt. In einem hochwertigen Sub-Zero-Gefrierschrank im Keller seines Familienanwesens hatte man Leichenteile gefunden. All diese Fakten sind unstrittig. Sumners Berufung wendet sich einzig und allein gegen die Bewertung der Jury, dass er zurechnungsfähig ist.

Ross Sumner hält mir immer noch die Hand vors Gesicht und wartet darauf, dass ich sie schüttele. Ein Lächeln liegt in seinem Gesicht. Ich würde lieber einer lebendigen Ratte einen Zungenkuss geben, als ihm die Hand zu schütteln, aber im Gefängnis tut man, was man tun muss. Widerwillig schüttle ich so kurz wie möglich seine Hand. Sie ist erstaunlich klein und zierlich. Als ich meine zurückziehe, kann ich nicht anders, als daran zu denken, was diese Hand alles berührt hat. Angeblich hat er seine Opfer bei lebendigem Leib aufgeschlitzt und den Schlitz dann mit den Händen – auch mit dieser Hand – weiter aufgerissen, ihnen in den Bauchraum gegriffen und die Eingeweide herausgezogen.

So viel zum Thema wieder Appetit haben.

Ross Sumner lächelt, als könnte er meine Gedanken lesen. Er ist etwa dreißig Jahre alt, hat tiefschwarze Haare und feine Gesichtszüge. Er setzt sich auf den Hocker gegenüber. Ich Glückspilz.

»Ich bin Ross Sumner«, sagt er.

»Ja, das weiß ich.«

»Ich hoffe, Sie haben nichts dagegen, dass ich mich zu Ihnen setze.«

Ich sage nichts.

»Es ist nur so, dass die anderen Männer hier …«, Ross schüttelt den Kopf, »… ich finde sie ziemlich derb. Unkultiviert, wenn Sie so wollen. Wissen Sie, dass wir beide hier die Einzigen sind, die einen Uni-Abschluss haben?«

»Tatsächlich?« Ich nicke. Mein Blick bleibt auf meinem Teller.

»Sie waren in Amherst, oder?«

Er hat Amherst richtig ausgesprochen, das H bleibt stumm.

»Gute Uni«, fährt er fort. »Mir gefiel es besser, als sie sich noch Lord Jeffs nannten. Die Amherst Lord Jeffs. Was für ein erlauchter Name. Aber das hat der ach so woken Masse natürlich nicht gefallen, stimmt's? Sie müssen ja unbedingt über einen Mann herziehen, der im 18. Jahrhundert verstorben ist. Absurd, finden Sie nicht auch?«

Ich stochere mit der Gabel in meinem Rührei herum.

»Also wirklich, jetzt nennen sie sich die Amherst Mammoths. Mammuts? Ich bitte Sie. Diese politische Korrektheit ist doch erbärmlich, oder? Aber ich verrate Ihnen etwas, das Sie gerne hören werden. Ich war auf dem Williams College. Bei den Ephs. Damit wären wir also Rivalen. Komisch, oder?«

Sumner grinst jungenhaft.

»Ja«, sage ich. »Urkomisch.«

Dann sagt er: »Ich habe gehört, dass Sie gestern Besuch hatten.«

Ich erstarre. Ross Sumner sieht es.

»Oh, schauen Sie nicht so überrascht, David.«

Das jungenhafte Grinsen ist immer noch in seinem Gesicht. Wahrscheinlich hat ihn dieses Grinsen weit gebracht. Rein äußerlich ist es ein nettes, charmantes Grinsen, ein Grinsen, das Türen öffnet und Hemmungen abbaut. Wahrscheinlich war es auch das Letzte, was seine Opfer gesehen haben.

»Das hier ist ein kleines Gefängnis. Man hört so einiges.«

Das ist wahr. Gerüchten zufolge scheut sich die Familie Sumner nicht, ihr Geld dafür einzusetzen, ihm eine Vorzugsbehandlung zu sichern. Ich glaube diesen Gerüchten.

»Ich bemühe mich, immer auf dem Laufenden zu bleiben.«

»Mhm«, sage ich und blicke auf mein Rührei.

»Und wie ist es gelaufen?«, fragt er.

»Wie ist was gelaufen?«

»Das Treffen. Mit Ihrer ... Schwägerin, richtig?«

Ich antworte nicht.

»Muss doch toll sein, stimmt's? Ihr erster Besuch nach so langer Zeit. Sie haben etwas abwesend gewirkt, bevor ich zu Ihnen rübergekommen bin.«

Ich blicke auf. »Hören Sie, Ross, ich würde gern essen, okay?«

Ross reißt abwehrend die Arme hoch. »Oh, entschuldigen Sie, David. Ich wollte Sie nicht aushorchen. Ich wollte nur, dass wir Freunde werden. Mich dürstet nach jeder Art intellektueller Stimulation. Ich könnte mir gut vorstellen, dass es Ihnen ähnlich geht. Da wir beide eine Universität absolviert haben, die zu den ›Little Ivies‹ zählt, hatte ich gehofft, dass wir etwas gemeinsam haben. Dass eine Art Verbindung zwischen uns besteht. Aber offensichtlich habe ich Sie zu einem schlechten Zeitpunkt erwischt. Ich bitte nochmals um Entschuldigung.«

»Schon gut«, murmle ich. Ich nehme einen weiteren Bissen. Ich spüre, wie Sumners mich ansieht.

Dann flüstert er: »Denken Sie gerade an Ihren Sohn?«

Ein Schauer läuft mir vom Schädelansatz den Rücken hinunter. »Was?«

»Was war das für ein Gefühl, David?« Seine Augen leuchten. »Ich stelle diese Frage aus rein intellektuellem Interesse.

Im Sinne einer guten Diskussion zwischen zwei gebildeten Männern. Ich begreife mich als eine Person, die die *Condition humaine*, das Menschsein an sich, zu ergründen sucht, ich bin ein Lernender. Daher interessiert es mich. Egal, ob Sie es eher auf der analytischen oder der emotionalen Ebene beschreiben möchten. Was ging Ihnen durch den Kopf, als Sie mit dem Baseballschläger ausholten und ihn auf den Schädel Ihres eigenen Kindes heruntersausen ließen? War es eine Erlösung? Ich meine, glaubten Sie, es tun zu müssen? Haben Sie versucht, die Stimmen in Ihrem Kopf zum Schweigen zu bringen? Oder war es eher ein Gefühl von Euphorie …«

»Fick dich ins Knie, Ross.«

Sumner runzelt die Stirn. »Ich soll mich ins Knie ficken? Echt jetzt? Mehr fällt Ihnen dazu nicht ein? Mal ganz ehrlich, David, ich bin enttäuscht. Ich bin hergekommen, um ein ernsthaftes philosophisches Gespräch zu führen. Wir wissen Dinge, die andere nicht wissen. Ich versuche zu verstehen, was einen Menschen dazu bringt, so etwas Barbarisches zu tun. Seinen eigenen Sohn zu töten. Fleisch von Ihrem Fleische. Mir ist klar, dass das aus meinem Mund etwas scheinheilig klingen mag …«

»Völlig wahnsinnig«, korrigiere ich.

»… aber wissen Sie, ich habe Fremde umgebracht. Fremde sind Requisiten des Lebens, finden Sie nicht auch? Bühnendekoration. Sie geben unserer Welt die nötige Tiefe – der inneren Welt, die wir selbst erschaffen. Im Endeffekt sind wir selbst das Einzige, was zählt, richtig? Überlegen Sie mal. Wir weinen mehr, wenn ein geliebtes Haustier stirbt, als wenn ein Tsunami Hunderttausende Menschen tötet. Verstehen Sie, worauf ich hinauswill?«

Ich sehe keinen Grund, den Mund aufzumachen. Das würde ihn nur ermutigen.

Ross Sumner beugt sich näher zu mir. »Ich habe Fremde getötet. Requisiten. Bühnenbilder. Schaufensterdekoration. Aber das eigene Kind umzubringen, Ihr eigen Fleisch und Blut ...«

Er schüttelt den Kopf, als wäre es ihm unverständlich. Ich koche innerlich, schweige aber. Was würde es bringen? Ich muss mich bei diesem Psychopathen nicht anbiedern. Ich halte nach einem anderen Platz Ausschau, sehe aber keinen, wo der Tischnachbar weniger verstörend wäre.

Ross Sumner faltet seine Papierserviette anmutig auseinander und legt sie sich auf den Schoß. Er nimmt einen winzigen Bissen vom Ei und zieht eine Grimasse. »Das Essen hier ist einfach scheußlich«, sagt er. »Völlig geschmacklos.«

Ich kann es mir nicht verkneifen. »Im Vergleich zu, sagen wir, menschlichen Eingeweiden?«

Sumner starrt mich einen Moment lang an. Ich halte seinem Blick stand. Man zeigt hier drinnen keine Angst. Niemals. Nicht eine Sekunde lang. Unter anderem deshalb habe ich mich zu dieser Erwiderung entschlossen. Auch wenn man am liebsten schweigend verharren würde, sich in der Stille suhlen möchte, darf man sich doch nie irgendwelchen Mist gefallen lassen, weil dieser Mist sonst exponentiell anwächst.

Ross Sumner hält den Augenkontakt noch ein bis zwei Sekunden aufrecht, dann wirft er den Kopf in den Nacken und bricht in ein lautes Lachen aus. Alle drehen sich zu uns um.

»Also *das*«, sagt er, als er wieder zu Atem gekommen ist, »war komisch! Ja, wirklich, David. Und genau das meinte ich. Deshalb habe ich mich zu Ihnen gesetzt. Für ein solches Geben und Nehmen. Für solch eine geistige Stimulation. Vielen Dank. Vielen, vielen Dank, David.«

Ich antworte nicht.

Er lacht immer noch, als er aufsteht und sagt: »Ich hole mir noch einen Toast. Soll ich Ihnen etwas mitbringen, wenn ich schon unterwegs bin?«

»Nein, danke.«

Ich schließe einen Moment lang die Augen und reibe mir die Schläfen. Kopfschmerz dröhnt wie ein Güterzug durch meinen Kopf. Die habe ich seit der Prügelei, es sind die Folgen einer Gehirnerschütterung und eines Schädelbruchs. Der Gefängnisarzt hat sie als Cluster-Kopfschmerz bezeichnet. Während ich mir noch die Schläfen massiere und blöderweise nicht aufpasse, legt sich ein Arm um meinen Hals. Bevor ich reagieren kann, wird der Arm kräftig nach hinten gerissen und drückt auf meine Luftröhre. Mein Kehlkopf fühlt sich an, als würde er aus dem Nacken heraustreten. Meine Augen wölben sich vor, meine Hand krallt sich wirkungslos in den Unterarm.

Ross Sumner drückt fester zu. Er zieht meinen Kopf noch weiter zurück. Meine Unterschenkel schnellen hoch, die Schienbeine knallen von unten gegen den Tisch. Teller und Besteck springen in die Luft. Ich rutsche nach hinten. Sumner löst seinen Griff, und mein Hinterkopf schlägt hart auf den Boden.

Ich sehe Sterne.

Ich blinzle. Als ich hochsehe, springt Ross Sumner in die Luft. Sein gerade noch jungenhaftes Grinsen ist jetzt nur noch irre. Ich versuche, mich zur Seite zu rollen. Ich versuche, die Hände zu heben, um ihn abzuwehren. Aber es ist zu spät. Ross landet mit seinem ganzen Gewicht auf mir, seine Knie pressen meinen Brustkorb zusammen.

Ich sehe noch mehr Sterne.

Ich versuche zu schreien, wegzukriechen, aber Sumner setzt sich rittlings auf mich. Ich erwarte, dass er mich ins Gesicht schlägt, und überlege, wie ich ihn davon abhalten kann. Aber er schlägt nicht zu. Stattdessen reißt er den Mund weit auf und senkt seinen Kopf auf meine Brust.

Dann beißt er durch meinen Gefängnisanzug hindurch so fest zu, dass er meine Haut durchdringt.

Ich heule auf. Ross versenkt seine Zähne tiefer in die fleischige Stelle direkt unter meiner Brustwarze. Der Schmerz ist unerträglich. Die anderen Häftlinge umringen uns schnell und haken sich unter, eine in Gefängnissen häufig genutzte Technik, um die Wärter fernzuhalten. Aber irgendwo tief vergraben in meinem Gehirn weiß ich, dass die Wärter nicht eingreifen werden. Jedenfalls noch nicht. Nicht bevor einer von uns bewusstlos ist. Das ist sicherer für sie. Die Wärter riskieren nicht gerne Verletzungen.

Ich bin auf mich allein gestellt.

Ich liege immer noch auf dem Rücken, seine Zähne vergrößern die blutende Wunde, und ich greife auf die letzten Reserven zu, die sich noch im Tank befinden. Ich hebe die Hände, die Handflächen nach innen, nehme meine nachlassenden Kräfte zusammen und schlage ihm auf die Ohren. Ich treffe nicht perfekt, aber Sumners Kiefer lösen sich trotzdem. Auf mehr konnte ich nicht hoffen. Ich versuche, mich zur Seite zu rollen und ihn von mir abzuwerfen. Er folgt meiner Bewegung. Als er wieder Boden unter den Füßen hat, lässt er sich auf meinen Rücken fallen. Wieder schlingt er einen Arm um meinen Hals.

Sein Griff wird fester.

Ich bekomme keine Luft.

Ich werfe mich hin und her. Ross hält mich fest. Ich versuche mich aufzubäumen und zu strampeln. Ross lässt nicht los. Mein Kopf droht zu platzen. Meine Lunge schreit nach Luft. Die Sterne sind wieder da, wirbeln herum, aber jetzt ist es außen dunkel. Ich kämpfe um einen Atemzug, nur einen einzigen, es gelingt mir nicht.

Ich kann nicht atmen.

Meine Augen schließen sich. Die Anfeuerungsrufe meiner Mitgefangenen sind nur noch ein Hintergrundgeräusch. Ross Sumner senkt seinen Kopf zu mir herab.

»Das Ohr sieht lecker aus.«

Er will mir ins Ohr beißen. Aber diese Erkenntnis interessiert mich kaum noch. Wieder versuche ich mich aufzubäumen, habe aber keine Energie mehr. Ich lechze nur noch nach Sauerstoff. Nur einen Atemzug. Das ist alles. Seine Lippen sind jetzt ganz nah an meinem Ohr. Ich zappele wie ein sterbender Fisch an der Leine.

Wo zum Teufel sind die Wärter?

Jetzt müssten sie eingreifen. Einen toten Häftling können sie nicht gebrauchen. Das hilft niemandem. Aber dann fällt mir wieder ein, wie reich Ross Sumners ist, und wie großzügig seine Familie Bestechungsgelder verteilt, und wieder wird mir klar, dass mich niemand retten wird.

Wenn ich das Bewusstsein verliere – und ich bin kurz davor –, sterbe ich.

Und wenn ich sterbe, was wird dann aus Matthew?

Nur Sekunden, bevor ich bewusstlos werde und die Äderchen in meinen geschlossenen Augen platzen, senke ich das Kinn und erschlaffe völlig. Das ist nicht einfach, es widerspricht jedem Instinkt. Aber ich ziehe es durch. Ich habe nur noch eine Chance, Feuer mit Feuer zu bekämpfen.

Als er seinen Griff ein wenig lockert, öffne ich den Mund und beiße ihn in den Arm.

Fest.

Sein Schmerzensschrei ist das befriedigendste Geräusch, das ich seit Langem gehört habe.

Der Griff um meinen Hals lockert sich sofort, als er versucht, seinen Arm wegzuziehen. Gierig schnappe ich durch geweitete Lippen nach Luft, presse meine Zähne dabei aber weiter in sein Fleisch. Wieder schreit er. Ich drücke meine Kiefer noch fester zusammen. Er schüttelt seinen Arm. Ich beiße mich fest wie eine Bulldogge. Ich spüre die Haare an seinen Armen in meinem Gesicht. Ich beiße noch fester zu.

Sein Blut rinnt mir in den Mund. Es ist mir egal.

Ross ist aufgestanden. Ich knie vor ihm. Er schlägt nach mir. Ich glaube, er trifft mich am Kopf, aber das spüre ich nicht. Er versucht, etwas Abstand zu gewinnen, um seinen Arm losreißen zu können, aber damit habe ich gerechnet. Die Menge ist jetzt auf meiner Seite. Ich stoße ihm den Ellbogen in den Schritt. Ross Sumner klappt zusammen, und der Arm reißt sich los. Ich habe etwas Fleisch zwischen den Zähnen.

Ich spucke es aus.

Ich springe auf ihn, setze mich rittlings auf seine Brust und prügele auf ihn ein.

Ich breche ihm die Nase. Ich spüre, wie der Knorpel unter meinen Fingerknöcheln nachgibt. Ich packe ihn am Kragen und ziehe ihn hoch. Dann balle ich wieder die Faust, lasse mir einen Moment Zeit und ramme sie ihm ins Gesicht. Patsch. Das mache ich noch einmal. Und noch einmal. Sumners Kopf hängt jetzt schlaff an seinem Hals, wie an einer ausgeleierten Feder. Ich bin fast euphorisch. Meine Pupillen sind geweitet. Wieder hole ich aus, um ihn zu schlagen, aber dieses Mal hält jemand meinen Arm fest. Dann stößt mich jemand von hinten um.

Die Wärter drücken mich zu Boden. Ich wehre mich nicht. Ich blicke nur auf den blutüberströmten Mann, der neben mir liegt.

Und einen kurzen Moment lang lächle ich tatsächlich.

FÜNF

Gefängnisdirektor Philip Mackenzies Flugzeug erreichte den Bostoner Logan Airport ohne Zwischenfälle. Er war nur einen Steinwurf von Logan entfernt in Revere aufgewachsen. Damals war die wichtigste Anflugroute mit den seinerzeit viel lauteren Jets direkt über dem Haus der Familie verlaufen. Für einen kleinen Jungen war der Lärm ohrenbetäubend, ja geradezu welterschütternd gewesen. Seine beiden älteren Brüder, mit denen er sich das Kinderzimmer teilte, hatten irgendwie weitergeschlafen, aber der kleine Philip hatte sich oben im Etagenbett ans Geländer geklammert, wenn ein Flugzeug übers Haus flog und das Bett so stark bebte, dass er fürchtete, er würde herausfallen. Manchmal schienen die Flugzeuge so tief zu fliegen, dass es wirkte, als könnten sie das alte Dach abreißen.

Damals war Revere Beach ein Arbeiter-Vorort von Boston gewesen. In vielerlei Hinsicht war er das immer noch. Philips Vater war Anstreicher gewesen, seine Mutter Hausfrau, die sich um die sechs Mackenzie-Kinder kümmerte (verheiratete Frauen gingen damals nicht arbeiten, alleinstehende Frauen konnten Lehrerinnen, Krankenschwestern oder Sekretärinnen werden). Die drei Jungs hatten sich ein Kinderzimmer geteilt, die drei Mädchen das andere. Für die ganze Familie gab es ein Bad.

Das Taxi hielt vor dem vertrauten Vierfamilienhaus in der Dehon Street, einen Block von der Wohnung entfernt, in der er aufgewachsen war. Es war ein heruntergekommenes Backsteinhaus. Die ausgebleichte grüne Farbe blätterte von der Eingangstür ab. Auf dem rissigen Beton der Veranda vor dem Haus hatte Philip unzählige Stunden mit seinen Freunden verbracht, die meisten davon mit Lenny Burroughs. Dreißig Jahre lang hatte die Familie Burroughs alle vier Wohnungen genutzt: Lennys Familie die im Hochparterre rechts, seine jung verwitwete Cousine Selma mit ihrer Tochter Deborah die darüber, Tante Sadie und Onkel Hymie das Hochparterre links und andere Verwandte – ein buntes Potpourri aus Tanten, Onkeln, Cousins und Cousinen und Ähnlichem – hatten abwechselnd die vierte Wohnung über der von Hymie und Sadie benutzt. So lief das damals in diesem Viertel. Einwandererfamilien – Philips Familie kam aus Irland, Lenny stammte von osteuropäischen Juden ab – waren über drei Jahrzehnte hinweg von der anderen Seite des Atlantiks herbeigeströmt. Diejenigen, die schon hier waren, nahmen ihre Verwandten auf. Immer. Sie halfen den Neuankömmlingen bei der Arbeitssuche. Einige Angehörige schliefen wochen- oder gar monatelang auf einer Couch, auf dem Fußboden oder sonst irgendwo. Privatsphäre gab es nicht, und das war in Ordnung. Diese Häuser waren lebendige Organismen, in denen sich immer alles bewegte. Ständig strömten Freunde und Verwandte durch die Flure und Treppenhäuser wie das lebensnotwendige Blut durch die Adern. Niemand schloss die Türen ab, nicht weil es so sicher war – das war es nicht –, sondern weil Verwandte nicht anklopften und ihnen nie der Zutritt verwehrt wurde. Privatsphäre war ein völlig unbekanntes Konzept. Alle mischten sich in die Angelegenheiten der anderen ein. Man feierte gemeinsam Siege und betrauerte Niederlagen. Alle gehörten zusammen.

Alle waren eine Familie.

Mit dem sogenannten Fortschritt ist diese Welt verschwunden. Die meisten Mitglieder der Familien Burroughs und Mackenzie waren ihrer Wege gezogen. Sie lebten jetzt in wohlhabenderen Vororten wie Brookline oder Newton in mittelprächtigen Villen, geschützt von Hecken oder Zäunen, mit schicken Marmorbädern und Swimmingpools, und allein der Gedanke, mit mehr als den engsten Familienangehörigen zusammenzuleben, war unvorstellbar, fast ein Albtraumszenario. Andere Verwandte waren in geschlossene Wohnanlagen in wärmeren Staaten wie Florida oder Arizona gezogen und erschienen bei den Familientreffen mit ledriger Bräune und Goldketten. Neuere Einwandererfamilien – Kambodschaner, Vietnamesen und andere – waren in viele der alten Häuser eingezogen. Auch sie arbeiteten hart und nahmen nahe wie auch entfernte Verwandte auf, sodass der Kreislauf von Neuem begann.

Philip bezahlte den Taxifahrer und trat auf den holprigen Gehweg. Der Atlantik war hier nur zwei Häuserblocks entfernt und er hatte einen leichten Salzgeschmack auf der Zunge. Die Strandpromenade in Revere Beach war nie glamourös gewesen. Schon in seiner Jugend hatten der heruntergekommene Minigolfplatz, die rostige Achterbahn, die abgewetzten Skee-Ball-Automaten und die diversen Spielhallen aus dem letzten Loch gepfiffen. Das hatte allerdings weder Lenny noch ihn selbst oder ihre Freunde gestört. Sie hatten sich hinter Sal's Pizzeria getroffen, geraucht, gewürfelt und Old Milwaukee getrunken, weil es das billigste Bier war, das es hier gab. Ihre Freunde von damals – Carl, Ricky, Heshy, Mitch – waren Ärzte und Anwälte geworden und weggezogen. Lenny und Philip waren zur Polizei gegangen und im Ort geblieben. Philip überlegte, ob er einen kurzen Spaziergang zur Shirley Avenue machen sollte, um sich das Haus anzugucken, in dem Ruth und er ihre fünf Kinder großgezogen hatten. Er entschied sich aber dagegen. Es waren zwar schöne Erinnerungen, aber er wollte sich nicht ablenken lassen.

Erinnerungen schmerzen immer ein bisschen, oder? Besonders die guten.

Die Betontreppe war verdammt lang. Als Kind, als Teenager und als junger Mann hatte Philip immer zwei Stufen auf einmal genommen. Jetzt stöhnte er, weil es in seinen Knien knirschte. Nur in einer der vier Wohnungen lebten noch Burroughs. Lenny, sein ältester Freund und ehemaliger Kollege im Revery Police Department, wohnte wieder in derselben Hochparterre-Wohnung auf der rechten Seite, in der seine Familie schon vor siebzig Jahren gewohnt hatte. Er lebte hier jetzt mit seiner Schwester Sophie. Aus irgendeinem Grund war Sophie nie weggezogen, fast so, als müsste jemand hierbleiben, um auf das alte Heim aufzupassen.

Er dachte an Lennys Sohn, der in Briggs eine lebenslange Haftstrafe verbüßte. Der ganze Vorfall war mehr als herzergreifend. David ging es nicht gut. Das war offensichtlich. Philip war Davids Patenonkel, was sie allerdings geheim gehalten hatten, damit sie die Möglichkeit hatten, David in einer gemeinsamen Aktion nach Briggs zu verlegen, was ihnen ja auch gelungen war. David hatte keine Geschwister (Lennys Frau Maddy hatte irgendwelche ›Beschwerden‹ – in jener Zeit sprach man einfach nicht über solche Dinge), aber Philips ältester Sohn Adam war Davids bester Freund und fast eine Art Bruder. Die Freundschaft der beiden erinnerte sehr an die von Philip und Lenny. Genau wie Philip hatte auch Adam viele Stunden in diesem Vierfamilienhaus verbracht. In jenen Tagen war das Burroughs-Haus ein eigenartiger und wunderbarer Ort gewesen. Damals, als Philip jung war – und auch später noch, als sein Sohn jung war –, war es dort warm, lebendig und bezaubernd gewesen. Das Leben der Burroughs war laut – wie ein voll aufgedrehtes Radio. Die Emotionen waren intensiv. Wenn man sich stritt – und hier war viel gestritten worden –, machte man das leidenschaftlich.

Dann war Davids Mutter Maddy gestorben, und alles hatte sich verändert.

Das Haus war erstarrt, wirkte leblos und welk. Einen Moment lang konnte Philip, der jetzt oben auf dem Treppenabsatz stand, sich nicht rühren und starrte einfach nur auf die Tür. Als er gerade klopfen wollte, wurde die ausgebleichte grüne Tür geöffnet. Philip erstarrte. Er war auch vorher schon etwas durcheinander gewesen, aber jetzt fühlte er sich völlig verloren. Der Besuch in seinem alten Viertel hatte bereits einen Anflug von Nostalgie ausgelöst, aber Sophie wiederzusehen, deren Gesicht nach all den Jahren immer noch schön war, versetzte ihn schlagartig zurück in die Vergangenheit. Auch sie ging auf die siebzig zu, trotzdem sah Philip nur die Teenagerin mit der rauchigen Stimme vor sich, die ihm genau hier vor dem Abschlussball die Tür geöffnet hatte. Vor einer Ewigkeit waren Philip und Sophie miteinander »gegangen«. Sie waren wohl ineinander verliebt gewesen. Aber sie waren auch jung gewesen. Irgendetwas war geschehen – was genau, wusste er nicht mehr. Das Militär, die Polizeischule. Egal. Jedenfalls hatte Sophie vor fünfzig Jahren einen Armeeangehörigen aus Lowell namens Frank geheiratet. Er war ziemlich bald bei einer Übung in Ramstein ums Leben gekommen und hatte Sophie mit nicht einmal fünfundzwanzig Jahren zur Witwe gemacht. Nach Maddys Tod war sie dann zu Lenny gezogen, um bei Davids Erziehung zu helfen, und hatte nicht wieder geheiratet. Philip war seit über vierzig Jahren mit Ruth verheiratet, aber er dachte nachts immer noch häufiger an Sophie, als er sich eingestehen wollte. Der Scheideweg. Die Route, die er nicht eingeschlagen hatte. Das große Was-wäre-wenn. Die Jugendliebe, die er hatte davonziehen lassen.

War es ein Frevel gewesen?

Er starrte Sophie an, während seine Gedanken noch immer durch ein Paralleluniversum geisterten, in dem er sie nicht hatte gehen lassen.

Sophie stemmte die Hände in die Hüften. »Hab ich was zwischen den Zähnen, Philip?«

Er schüttelte den Kopf.

»Warum starrst du mich dann so an?«

»Nur so«, sagte er. Dann fügte er hinzu: »Du siehst gut aus, Sophie.«

Sie verdrehte die Augen. »Komm schon rein, du alter Süßholzraspler. Von deinen Schmeicheleien wird mir ja ganz schwindlig.«

Philip trat ein. Hier hatte sich kaum etwas verändert. Er spürte die Geister der Vergangenheit.

»Er schläft«, sagte Sophie, während sie den Flur entlangging. Philip folgte ihr. »Müsste aber bald wieder aufwachen. Willst du einen Kaffee?«

»Gern.«

Sie gingen in die Küche. Die war neu eingerichtet. Sophie hatte eine dieser neuen Kapselmaschinen, die jetzt alle zu haben schienen. Sie reichte ihm den großen Becher, ohne zu fragen, wie er seinen Kaffee gern hätte. Sie wusste es noch.

»Also, was willst du hier, Philip?«

Er rang sich ein Lächeln ab. »Wieso, kann man nicht einfach mal einen alten Freund und seine schöne Schwester besuchen?«

»Weißt du noch, was ich eben gesagt habe? Dass mir von den Schmeicheleien ganz schwindlig wird?«

»Ja, das weiß ich noch.«

»Das war ein Witz.«

»Ja, das dachte ich mir schon.« Er stellte die Tasse ab. »Ich muss ihn sprechen, Sophie.«

»Geht es um David?«

»Ja.«

»Er ist krank, weißt du. Lenny, meine ich.«

»Ich weiß.«

»Er ist fast vollständig gelähmt. Er kann nicht mehr sprechen. Ich weiß nicht einmal, ob er weiß, wer ich bin.«

»Das tut mir leid, Sophie.«

»Wird es ihn aufregen?«

Philip überlegte. »Das weiß ich nicht.«

»Ich versteh noch nicht ganz, warum das sein muss.«

»Wahrscheinlich muss es nicht sein.«

»Aber so macht ihr beide das nun mal«, sagte Sophie.

»Genau.«

Sophie blickte zum Fenster. »Lenny würde nicht wollen, dass man ihn schont. Also sprich mit ihm. Den Weg kennst du ja.«

Er stellte den Becher auf den Tisch und stand auf. Er wollte noch etwas sagen, ihm fehlten aber die Worte. Sie sah ihn nicht an, als er die Küche verließ. Er bog rechts ab und ging nach hinten zum Schlafzimmer. An der alten Standuhr vorbei, die Maddy vor ewigen Zeiten bei einer Haushaltsauflösung in Everett gekauft hatte. Lenny und Philip hatten sie mit Philips altem Pick-up abgeholt. Das Ding wog über hundert Kilo. Sie hatten ewig gebraucht, um die Uhr für den Transport auseinanderzunehmen. Sie mussten das Pendel, die Hauptfeder, das Kabel, die Ketten, die Gewichte, das Schlagwerk und was auch immer herausnehmen und alles in schwere Decken und Luftpolsterfolie einpacken. Sie hatten Pappe über die Glasscheiben im Facettenschliff geklebt, und letztlich war dann trotzdem ein Stück von der Bodenleiste abgesplittert. Aber Maddy hatte die Uhr geliebt, und Lenny hätte alles für sie getan, und wenn man alle Vor- und Nachteile abwog, hatte Philip zweifelsohne mehr von ihrer Freundschaft profitiert, auch wenn natürlich keiner von ihnen darüber Buch geführt hatte.

Vor dem Schlafzimmer blieb Philip kurz stehen. Er atmete einmal tief durch und setzte ein Lächeln auf. Als er eintrat, musste er sich bemühen, das Lächeln beizubehalten, und hoffte, dass seine Augen ihn nicht verrieten, weil die Traurigkeit aus ihnen sprach. Er verharrte noch einen Moment an der Tür und starrte auf das, was sein bester Freund gewesen war. Er dachte daran, wie viel Kraft Lenny gehabt hatte. Lenny war ein Muskelpaket gewesen, gebaut wie ein Bantamgewichtkämpfer. Er war ein Fitnessfanatiker gewesen, lange bevor das Mode wurde, hatte sich schon in einer Zeit bewusst ernährt, als das noch nicht Mainstream war. Lenny hatte jeden Morgen hundert Liegestütze gemacht. Genau hundert. Ohne Pause. Seine Unterarme waren wie Stahlseile gewesen mit Adern so dick wie Taue. Jetzt sahen diese einst kräftigen Arme aus wie schlaffes Schilf. Lennys glasige Augen starrten mit dem Tausend-Yard-Blick ins Leere wie bei manchen Soldaten, die in Vietnam Zeuge zu vieler Grausamkeiten geworden waren. Seine Lippen waren farblos. Seine Haut glich Pergamentpapier.

»Lenny«, sagte Philip.

Keine Reaktion. Philip zwang sich, einen Schritt näher an das Bett heranzutreten. »Lenny, was zum Teufel ist mit unseren Celtics passiert? Hm? Was ist los mit denen?«

Immer noch nichts.

»Und mit den Patriots? Na ja, die haben in der NFL so lange oben mitgespielt, da können wir uns nicht beklagen, aber guck dir an, was sie jetzt machen.« Philip lächelte und trat noch etwas näher heran. »Hey, erinnerst du dich daran, wie wir Yaz nach dem Spiel gegen die Orioles getroffen haben? Das war schon was. Toller First Baseman. Überhaupt ein toller Typ. Aber du hast es damals schon gesagt. Das Free-Agency-System killt die Teams, genau wie du es prophezeit hast.«

Keine Reaktion.

Hinter ihm sagte Sophie: »Setz dich zu ihm und nimm seine Hand. Manchmal drückt er sie.«

Sophie ging wieder. Philip setzte sich neben Lenny. Seine Hand ergriff er nicht. Das war nie Teil ihrer Freundschaft gewesen. Diese ganze Zärtlichkeit. Bei David und Adam mochte das anders sein, aber für Lenny und ihn war das nichts. Philip hatte Lenny nie gesagt, dass er ihn liebte. Und umgekehrt auch nicht. Das brauchten sie auch nicht. Und trotz alldem, was David gesagt hatte, hatte Lenny ihm nie den Eindruck vermittelt, dass Philip ihm etwas schuldig sei. Das war nicht ihre Art.

»Ich muss mit dir reden, Lenny.«

Philip erzählte. Er erzählte Lenny von Davids Besuch in seinem Büro. Die ganze Geschichte. Alles, an das er sich erinnern konnte. Natürlich reagierte Lenny nicht. Seine Augen starrten weiter ins Leere. Seine Miene war vielleicht etwas finsterer geworden, den Eindruck schrieb Philip jedoch seiner Einbildung zu. Er kam sich vor, als spräche er mit einem Bettgestell. Nach einiger Zeit – Philip näherte sich dem Ende der Geschichte – ließ er seine Hand tatsächlich über die seines alten Freundes gleiten. Aber sie fühlte sich nicht wie eine

Hand an. Sie fühlte sich an wie ein kühles, lebloses Objekt, wie etwas Zerbrechliches, eher wie ein totes Vogelküken oder so etwas.

»Ich weiß nicht, was ich da machen soll«, sagte Philip, der sich langsam etwas entspannte. »Deshalb bin ich zu dir gekommen. Wir haben beide erlebt, wie Täter auf jede erdenkliche Weise versucht haben, ihre Unschuld zu beteuern oder ihre Taten zu rechtfertigen. Verdammt, wir haben die Hälfte unserer Arbeitszeit damit verbracht, uns dieses psychotische Geschwätz anzuhören. Aber darum geht's hier nicht. Da bin ich sicher. So etwas würde dein Sohn nicht tun. David glaubt, was er sagt. Er liegt natürlich trotzdem falsch. Ich wünschte, es würde stimmen – Herrgott, wie sehr ich mir das wünsche –, aber Matthew ist tot. David hat ihn in einer Art Trance oder einer dissoziativen Fugue umgebracht. So sehe ich das. Wir beide haben uns schon darüber unterhalten. Er kann sich nicht daran erinnern, und ich habe, verdammt noch eins, keine Ahnung, ob er schuldig ist oder nicht. Wir waren beide keine großen Fans einer Verteidigung, die auf Unzurechnungsfähigkeit plädiert, andererseits wissen wir beide auch, dass David ein guter Junge ist. Das war er immer.«

Er sah Lenny an. Der zeigte immer noch keine Reaktion. Nur das leichte Heben und Senken der Brust verriet Philip, dass er nicht mit einer Leiche sprach.

»Die Sache ist die.« Philip beugte sich etwas weiter zu Lenny hinunter und senkte aus irgendeinem Grund seine Stimme. »David will, dass ich ihm helfe auszubrechen. Na ja, das ist einfach irre. Das weißt du genauso gut wie ich. Ich habe gar nicht die Möglichkeit dazu. Und selbst wenn ich sie hätte, wohin würde das führen? Die Polizei würde eine riesige Fahndung einleiten. Wahrscheinlich würden sie ihn abknallen. Und das wollen wir nun wirklich nicht. Ich wünschte immer noch, er hätte sich Hilfe gesucht, vielleicht einen neuen Prozess angestrebt oder so etwas. Das ist einfach seine beste und vielleicht auch einzige Chance, oder wie siehst du das?«

Die Heizung fing an zu klopfen. Philip lächelte und schüttelte den Kopf. Dieses verdammte Rohr. Wie lange klopfte es schon? Vierzig, fünfzig Jahre? Er erinnerte sich daran, wie er mit Lenny versucht hatte, die Heizkörper zu entlüften, aber die Ursache des Klopfens hatten sie nie gefunden. Vermutlich eingeschlossene Luft oder so etwas. Sie waren in den Keller gegangen und hatten sie herausgelassen, danach war es ein paar Wochen lang in Ordnung, und dann – peng, peng – ging es wieder los.

»Wir sind alte Männer, Lenny. Zu alt für diesen Scheiß. Ich geh nächstes Jahr in den Ruhestand. Mit doppelter Pension. Wenn ich Mist baue, könnten sie die komplett streichen. Verstehst du, was ich sagen will? Das kann ich nicht riskieren. Es wäre Ruth gegenüber nicht fair. Sie hat ein Auge auf eine geschlossene Wohnanlage in South Carolina geworfen. Das ganze Jahr schönes Wetter. Aber natürlich werde ich immer auf David aufpassen. Egal, was passiert. Wie ich es dir versprochen habe. Er ist dein Sohn. Ich versteh das. Das wollte ich dir noch einmal sagen. Ich passe auf ihn auf ...«

Er verstummte. Seine Brust hob sich. Jetzt, heute, dieser Moment – es war wahrscheinlich das letzte Mal, dass er Lenny sah. Der Gedanke traf ihn aus heiterem Himmel. Wie ein Schlag, den er nicht kommen gesehen hatte. Tränen traten ihm in die Augen, aber er unterdrückte sie. Er blinzelte ein paar Mal und wandte sich ab. Dann stand er auf und legte seinem Freund die Hand auf die Schulter. Da war kein Fleisch mehr, kein Muskel. Es fühlte sich an, als berühre er nackten Knochen.

»Ich gehe jetzt lieber, Lenny. Halt die Ohren steif, okay? Wir sehen uns bald wieder.«

Er ging zur Tür. Sophie erwartete ihn auf der Schwelle.

»Alles okay, Philip?«, fragte sie.

Er nickte, traute seiner Stimme nicht.

Sophie sah ihm in die Augen. Er fand die Situation beinahe unerträglich. Dann blickte sie zu ihrem bettlägerigen Bruder hinüber. Sie gab Philip ein Zeichen, sich umzudrehen. Langsam folgte er ihrem Blick. Lenny hatte sich nicht bewegt. Sein Gesicht war immer noch die knochige Totenmaske. Seine Augen starrten immer noch leblos ins Leere, der Mund stand immer noch leicht offen wie zu einem schrecklichen, stummen Schrei. Aber er sah, was Sophie ihm zeigen wollte.

Die Spur einer einzelnen Träne glitzerte auf Lennys aschfahler Haut.

Philip drehte sich wieder zu ihr um. »Ich muss los.«

Sie brachte ihn an der Standuhr und dem Klavier vorbei den Flur entlang und öffnete die Tür. Er trat auf die Treppe hinaus. Die frische Luft tat ihm gut. Die Sonne schien ihm in die Augen. Er schirmte sie einen Moment lang mit der Hand ab und lächelte ihr schwach zu.

»War schön, dich zu sehen, Sophie.«

Ihr Lächeln war angespannt.

»Was ist?«, fragte er.

»Lenny hat immer gesagt, dass du der stärkste Mann warst, den er je kennengelernt hat.«

»*Warst*«, wiederholte er. »Vergangenheitsform.«

»Und jetzt?«

»Jetzt bin ich nur noch alt.«

Sophie schüttelte den Kopf. »Du bist nicht alt, Philip«, sagte sie. »Du hast nur Angst.«

»Ich bin gar nicht sicher, ob es da einen Unterschied gibt.«

Er wandte sich ab. Er blickte nicht zurück, als er die Betonstufen hinunterstieg, spürte aber ihren Blick auf sich, schwer und vielleicht, nach all den Jahren, unversöhnlich.

SECHS

Ich kann vor Aufregung nicht schlafen.

Also gehe ich in meiner winzigen Zelle auf und ab. Zwei Schritte, umdrehen, zwei Schritte, umdrehen. Das Adrenalin von der Auseinandersetzung mit Ross Sumner strömt immer noch durch meine Adern. Schon letzte Nacht konnte ich nicht schlafen. Keine Ahnung, wann das wieder anders sein wird.

»Besuch.«

Wieder ist es Curly. Ich bin erstaunt. »Ich darf noch Besucher empfangen?«

»Solange mir niemand eine andere Anweisung gibt.«

Mein ganzer Körper schmerzt, aber es ist ein guter Schmerz. Nachdem die Wärter dazwischengegangen sind, hat man uns beide auf die Krankenstation gebracht. Ich konnte aus eigener Kraft gehen. Ross mussten sie auf einer Trage dorthin bringen. Die kleinen Freuden des Lebens. Die Krankenschwester tupfte etwas Desinfektionsmittel auf die Biss- und Schürfwunden, bevor sie mich in meine Zelle zurückschickte. Ross Sumner hatte leider nicht so viel Glück. Soweit ich weiß, liegt er immer noch auf der Krankenstation. Eigentlich sollte ich darüber erhaben sein, mich zu freuen, und erkennen, dass meine Schadenfreude einer primitiven Haltung entspringt, die dieses gnadenlose Gefängnis in mir geweckt hat, aber Ross' Schmerz erfüllt mich einfach mit Genugtuung.

Curly führt mich schweigend den gleichen Weg entlang zum Besuchsraum. Heute stolziere ich mehr, als dass ich gehe.

»Dieselbe Besucherin?«, frage ich, nur um zu testen, was für eine Antwort ich bekomme.

Ich bekomme keine.

Ich setze mich auf denselben Hocker. Dieses Mal versucht Rachel nicht, ihr Entsetzen über meinen Anblick zu verbergen.

»Mein Gott, was zum Teufel ist mit dir passiert?«

Ich lächle und sage einen Satz, von dem ich nie gedacht hätte, dass ich ihn je sagen würde: »Du solltest den anderen Typen mal sehen.«

Rachel mustert mein Gesicht ein paar Sekunden lang mit offenem Mund. Gestern hat sie sich noch zurückhaltender gezeigt. Jetzt verstellt sie sich nicht mehr. Sie deutet mit ihrem Kinn auf mich. »Woher hast du die vielen Narben?«

»Was glaubst du?«

»Dein Auge …«

»Damit sehe ich nicht mehr viel. Aber das ist kein Problem. Wir haben andere Sorgen.«

Sie starrt mich weiter an.

»Komm schon, Rachel. Du musst dich konzentrieren. Vergiss mein Gesicht, okay?«

Ihr Blick wandert noch ein paar Sekunden lang über die Narben. Ich bleibe ruhig und lasse ihr Zeit. Dann stellt sie die naheliegende Frage: »Und was machen wir jetzt?«

»Ich muss hier raus«, sage ich.

»Hast du einen Plan?«

Ich schüttele den Kopf. »Nur um nicht komplett den Verstand zu verlieren, hab ich mir immer wieder überlegt, wie ich hier rauskommen könnte. Na ja, ich habe eben irgendwelche Fluchtpläne geschmiedet. Nicht, weil ich sie je in die Tat umsetzen wollte, sondern einfach zum Spaß.«

»Und?«

»Und mit all meinen Fähigkeiten als Polizist und Ermittler, ganz zu schweigen von meiner angeborenen Cleverness, bin ich auf ...«, ich zucke die Achseln, »... nichts gekommen. Es ist unmöglich.«

Rachel nickt. »Seit 1983 ist niemand mehr aus Briggs geflohen – und den Typen haben sie damals nach drei Tagen geschnappt.«

»Du hast deine Hausaufgaben gemacht.«

»Alte Gewohnheit. Und was hast du jetzt vor?«

»Das stellen wir erst einmal zurück. Ich möchte, dass du ein paar Dinge für mich recherchierst.«

Als Rachel ihren Reporterinnen-Block herausholt – 10 x 20 Zentimeter, - Spirale oben –, kann ich mir ein Lächeln nicht verkneifen. Diese Blöcke benutzt sie schon ewig, lange bevor sie den Job beim *Boston Globe* bekam, und damals sah es häufig so aus, als hätte sie sich als Reporterin verkleidet und würde sich gleich einen Filzhut aufsetzen und eine Visitenkarte mit der Aufschrift »Presse« unter das Hutband klemmen.

»Erzähl«, sagt Rachel.

»Als Erstes«, sage ich, »müssen wir herausfinden, wer das echte Mordopfer war.«

»Weil wir jetzt sicher sind, dass es nicht Matthew war.«

»Sicher ist vielleicht etwas hoch gegriffen, aber im Prinzip ist das richtig, ja.«

»Okay, ich fange mit dem National Center for Missing and Exploited Children an.«

»Aber wenn du da nichts findest, such weiter. Guck dir alle Websites an, die es gibt, ganz egal ob in den sozialen Medien, alten Zeitungen oder sonst irgendwo. Erstelle eine Liste aller männlichen weißen Kinder im Alter zwischen zwei und … na ja … vier Jahren, die innerhalb von zwei Monaten nach dem Mord als vermisst gemeldet wurden. Begrenze die Suche für den Anfang auf einen Umkreis von dreihundert Kilometer um Boston. Falls erforderlich kannst du den Suchbereich dann in alle Richtungen ausdehnen. Also nach etwas jüngeren, etwas älteren Jungen und weiter weg suchen, du weißt schon.«

Rachel notiert sich das. »Mit ein paar Leuten vom FBI hab ich es mir vielleicht noch nicht verdorben«, sagt sie. »Vielleicht kann mir einer von denen helfen.«

»Leute vom FBI, mit denen du es dir noch nicht verdorben hast?«

Sie schüttelt den Kopf. »Was noch?«

»Hilde Winslow«, sage ich.

Wir schweigen einen Moment.

Dann fragt Rachel: »Was ist mit ihr?«

Meine Kehle schnürt sich zu. Ich kann nicht sprechen.

»David?«

Ich signalisiere, dass alles okay ist. Ich bin dabei, die Puzzleteile eins nach dem anderen zusammenzusetzen. Als ich meiner Stimme wieder traue, frage ich: »Erinnerst du dich noch an ihre Aussage?«

»Natürlich.«

Hilde Winslow, eine ältere Witwe mit perfekter Sehschärfe, hatte ausgesagt, sie hätte gesehen, dass ich im Wald zwischen unseren Häusern etwas vergraben hätte. Die Polizei hat die Stelle untersucht und die Mordwaffe gefunden, auf der sich meine Fingerabdrücke befanden.

Ich spüre Rachels Blick auf mir, sie wartet.

»Das konnte ich nie erklären«, bekomme ich schließlich heraus, versuche dabei Distanz zu wahren, indem ich so tue, als würde ich nicht über mich, sondern über eine andere Person sprechen. »Zuerst dachte ich, sie hätte vielleicht jemanden gesehen, der mir ähnelte. Eine Verwechslung. Es war dunkel. Es war drei Uhr nachts. Der Fundort war ziemlich weit von ihrem Gartenfenster entfernt.«

»Das hat Florio im Kreuzverhör auch angeführt.«

Tom Florio war mein Anwalt.

»Stimmt«, sage ich. »Er hat damit aber nicht viel erreicht.«

»Mrs Winslow war eine starke Zeugin«, gesteht Rachel ein.

Ich nicke und spüre, wie die Emotionen in mir wieder hochkochen und mich überwältigen. »Sie wirkte einfach wie eine kleine nette alte Dame mit glasklarem Verstand. Sie hatte keinen Grund zu lügen. Ihre Aussage hat mich versenkt. In dem Moment haben selbst diejenigen, die mir am nächsten stehen, angefangen zu zweifeln.« Ich blicke auf. »Selbst du, Rachel.«

»Und du auch, David.«

Sie hält meinem Blick stand, ohne ein einziges Mal zu blinzeln. Schließlich wende ich mich ab.

»Wir müssen sie finden.«

»Warum? Wenn sie sich vertan hat …«

»Sie hat sich nicht vertan«, sage ich.

»Ich kann dir nicht folgen.«

»Hilde Winslow hat gelogen. Das ist die einzig mögliche Erklärung. Sie hat im Zeugenstand gelogen, und wir müssen herausbekommen, warum.«

Rachel sagt nichts. Hinter ihr geht eine junge Frau durch den Raum, wahrscheinlich noch im Teenageralter, und nimmt auf dem Stuhl neben ihr Platz. Ein bulliger Häftling, den ich nicht erkenne, übersät von Tattoos, die mit einer Rasierklinge eingeritzt wurden, kommt herein und setzt sich ihr gegenüber. Ohne Vorwarnung fängt er an, sie in einer für mich unverständlichen Sprache zu beschimpfen und wild zu gestikulieren. Die junge Frau senkt den Kopf und sagt nichts.

»Okay«, sagt Rachel. »Was noch?«

»Mach dich bereit.«

»Soll heißen?«

»Wenn du noch irgendetwas regeln musst, mach es. Heb jeden Tag am Geldautomaten den Höchstbetrag von deiner Bankkarte ab. Und von der Kreditkarte auch. Heb so viel Geld ab, wie du kannst, aber achte darauf, dass es unter zehntausend Dollar pro Tag sind, damit das nicht irgendwelchen Behörden gemeldet wird. Fang noch heute damit an. Wir brauchen so viel Bargeld wie möglich. Einfach für den Fall der Fälle.«

»Welchen Fall der Fälle?«

»Ich komme hier irgendwie raus.« Ich beuge mich vor. Ich weiß, dass meine Augen blutunterlaufen sind, und ihre Miene verrät mir, dass ich auch sonst offenbar ziemlich … beängstigend aussehe. Oder eher verstörend. »Hör zu«, flüstere ich, »ich weiß, dass ich jetzt eigentlich eine große Rede halten müsste – darüber, wie ich hier rauskomme …, schon klar, aber lass mich einfach ausreden … Falls ich hier rauskomme, hättest du einem Gefangenen Beihilfe zur Flucht geleistet, was eine Straftat ist. Wenn ich ein besserer Mensch wäre, würde ich so etwas sagen wie, dass das meine Sache ist und du dich da raushalten sollst, aber ehrlich gesagt, kann ich das nicht. Ohne dich habe ich keine Chance.«

»Er ist mein Neffe«, antwortet sie und richtet sich auf ihrem Hocker auf.

Er ist. Sie hat »er ist« gesagt. Präsens. Nicht »er war«. Sie glaubt es. Gott, steh uns beiden bei, wir glauben wirklich, dass Matthew noch lebt.

»Sonst noch etwas, David?«

Ich antworte nicht. Ich bin verstummt. Mein Blick schweift ab, und ich zupfe mit Daumen und Zeigefinger an meiner Unterlippe.

»David.«

»Matthew ist da draußen«, sage ich. »Er war die ganze Zeit da draußen.«

Meine Worte hallen durch die stille, abgestandene Gefängnisluft.

»Die letzten fünf Jahre waren für mich die Hölle, aber ich bin sein Vater. Ich kann es ertragen.« Ich sehe ihr in die Augen. »Wie waren diese fünf Jahre für meinen Sohn?«

»Das weiß ich nicht«, sagt Rachel. »Aber wir müssen ihn finden.«

***

Ted Weston nannte sich bei der Arbeit meist Curly.

Zu Hause nannte ihn niemand so. Nur hier. In Briggs. So hielt er Abstand von dem Abschaum, mit dem er jeden Tag arbeiten musste. Es gefiel ihm nicht, wenn diese Gestalten seinen richtigen Namen benutzten oder kannten. Nach der Arbeit duschte er in der Umkleidekabine für die Vollzugsbeamten. Immer. Er ging nie in Uniform nach Hause. Er duschte sehr heiß und wusch diesen Ort, diese schrecklichen Männer und ihren schrecklichen Atem, von sich herunter, der sonst womöglich noch in seiner Kleidung und seinen Haaren hängen blieb, ihren Schweiß und ihre DNA, das Böse in ihnen, das sich für ihn wie ein lebender Parasit anfühlte, der sich an jeden ehrbaren Organismus klettete und ihn zerfraß. Ted wusch das alles ab, schrubbte es mit kochend heißem Wasser, Kernseife und einer harten Bürste herunter und zog

75

sich dann sorgfältig seine Zivilkleidung an, seine richtige Kleidung, bevor er zu Edna und ihren gemeinsamen Töchtern Jade und Izzy nach Hause ging. Und dann, wenn er zu Hause war, duschte Ted noch einmal und wechselte erneut die Kleidung, einfach um sicherzugehen, dass nichts von diesem Ort sein Zuhause und seine Familie verunreinigte.

Jade war acht und ging in die dritte Klasse. Izzy war sechs und autistisch oder litt an einer Autismus-Spektrum-Störung oder wie auch immer die sogenannten Spezialisten die süßeste Tochter, die Gott je geschaffen hatte, bezeichneten. Ted liebte sie beide von ganzem Herzen, er liebte sie beide so sehr, dass er manchmal am Küchentisch zu ihnen hinübersah und sie einfach nur anstarrte, während die Liebe so mächtig und schnell durch seine Adern pumpte, dass er fürchtete, er würde platzen.

Aber in diesem Moment, als er in der Krankenstation des Gefängnisses am Bett eines besonders bösartigen Häftlings namens Ross Sumner stand, schalt Ted sich selbst dafür, dass er überhaupt an seine Töchter dachte, dass er ihre Reinheit in Gegenwart eines solchen Monsters in seine Gedanken ließ.

»Fünfzig Riesen«, sagte Sumner.

Ross Sumner lag auf der Krankenstation. Gut. David Burroughs hatte dem Kerl eine Tracht Prügel verpasst. Wer hätte gedacht, dass Burroughs so etwas draufhatte? Ted hätte keinen der beiden als hartgesotten bezeichnet, sondern immer nur als widerlich. Aber Sumners hübsches, jungenhaftes Gesicht war grün und blau geschlagen. Seine Nase war gebrochen. Seine Augen waren größtenteils zugeschwollen. Allem Anschein nach hatte er Schmerzen, und Ted war froh darüber.

»Hast du gehört, Theodore?«

Natürlich kannte Sumner seinen richtigen Namen. Ted gefiel das nicht. »Ich hab es gehört.«

»Und?«

»Und die Antwort lautet Nein.«

»Fünfzig Riesen. Überleg doch mal.«

»Nein.«

Sumner versuchte, sich ein wenig aufzusetzen. »Der Mann hat sein eigenes Kind ermordet.«

Ted Weston schüttelte den Kopf. »Du bist der Mörder, nicht ich.«

»Mörder? Ach Ted, du siehst das völlig falsch. Du wärst doch kein Mörder. Du wärst ein Held. Ein Racheengel. Mit fünfzigtausend Dollar in der Tasche.«

»Warum soll er eigentlich unbedingt sterben?«

»Guck dir mein Gesicht an. Guck dir doch einfach an, was Burroughs mit meinem Gesicht gemacht hat.«

Ted Weston sah hin. Aber er nahm es ihm nicht ab. Es steckte mehr dahinter.

»Hunderttausend«, sagte Sumner.

Ted schluckte. Einhunderttausend Dollar. Er dachte an Izzy und die horrenden Preise, die diese Spezialisten nahmen. »Ich kann das nicht.«

»Natürlich kannst du das. Du hast uns doch auch den Tipp gegeben, wer Burroughs besucht und ihm dieses Foto gezeigt hat.«

»Das war ... nur ein kleiner Gefallen.«

Sumner lächelte zwischen den blauen Flecken hindurch.

»Dann betrachte dies doch einfach als einen weiteren Gefallen. Vielleicht einen größeren. Ich habe einen Plan. Einen absolut perfekten Plan.«

»Na klar«, spottete Ted, »das ist natürlich auch das erste Mal, dass ich so etwas hier drinnen zu hören bekomme.«

»Wie wäre es, wenn ich dir erzähle, was ich mir ausgedacht habe? Rein hypothetisch. Hör einfach zu, okay? Nur so aus Spaß.«

Ted sagte nicht Nein oder dass er den Mund halten sollte. Er ging nicht weg und schüttelte auch nicht den Kopf. Er blieb einfach stehen.

»Sagen wir einfach, ein Justizvollzugsbeamter – jemand wie du, Ted – hätte mir so etwas wie ein Messer gebracht, irgend so eine Klinge, wie sie sie hier im Knast zusammenbasteln. Wie du weißt, gibt es die hier wie Sand am Meer. Nehmen wir an, rein hypothetisch, dass ich das Messer in die Hand nehme, um sicherzugehen, dass meine Fingerabdrücke auf der Waffe sind. Dann, immer noch rein hypothetisch, nehmen wir an, der Vollzugsbeamte würde Handschuhe anziehen. Wie die hier von der Krankenstation zum Beispiel.« Ross lächelte trotz der Schmerzen. »Dann nehme ich die Schuld auf mich. Ich gestehe alles aus freien Stücken – was habe ich schon zu verlieren? Wenn überhaupt, dann hilft mir das sogar, hier rauszukommen.«

Ted Weston runzelte die Stirn. »Wieso?«

»Die Berufung stützt sich auf meine geistige Unzurechnungsfähigkeit. Wenn ich Burroughs umbringe, wirke ich doch noch verrückter. Verstehst du? Sie hätten die Mordwaffe mit meinen Fingerabdrücken. Sie hätten mein Geständnis. Dutzende Zeugen haben unsere Auseinandersetzung gesehen, einen Kampf, bei dem ich fast umgekommen wäre, was mir ein zusätzliches Motiv gibt.« Er drehte die Handflächen nach oben. »Und damit wäre der Fall auch schon geklärt.«

Ted Weston wand sich. Einhundert Riesen. Das war mehr als ein Jahresgehalt. In bar, ohne Abzüge, also fast schon zwei Jahresgehälter. Er überlegte, was er und Edna mit so viel

Geld alles machen könnten. Sie ertranken förmlich in Rechnungen. So viel Geld wäre für sie mehr als ein Rettungsring – es wäre eine Jacht, auf der sie sicher durchs Leben segeln könnten. Und er wusste, dass Sumner die Mittel hatte. Jeder wusste das. Er hatte bereits jeweils zwei Riesen auf Bobs und sein Konto überwiesen, damit sie in der Cafeteria wegsahen, was sie auch getan hatten, bis die Situation plötzlich kippte.

Für zwei Riesen wegzusehen war eine Sache. Fünfhundert Dollar im Monat dafür zu kassieren, dass er die Sumners über Burroughs Pläne informierte, wie Ted es schon seit Jahren tat, war auch nett. Aber hunderttausend – Mann o Mann, Ted wurde ganz schwindelig bei dieser Summe. Und dafür musste er nur einen niederträchtigen Kindermörder erstechen, der sowieso auf den elektrischen Stuhl gehört hätte, und der, wenn Sumner ihn tot sehen wollte, sowieso sterben würde. Was war also schlimm daran? Wo lag das Problem?

Sumner hatte recht. Niemand würde auf Ted zeigen. Selbst wenn es danebenging, Ted war hier beliebt. Seine Kollegen würden hinter ihm stehen.

Es wäre ganz einfach.

»Theodore?«

Ted schüttelte den Kopf. »Ich kann das nicht.«

»Wenn du mehr Geld raushandeln willst …«

»Das will ich nicht. Ich bin einfach nicht der Typ dafür.«

Sumner lachte. »Oh, du glaubst also, du stehst über diesen Dingen, was?«

»Ich muss mit meiner Familie im Reinen sein«, sagte Ted. »Mit meinem Gott.«

»Mit deinem Gott?« Wieder lachte Sumner. »Dieser abergläubische Blödsinn. Mit deinem Gott, der jeden Tag Tausende von Kindern verhungern, mich aber am Leben lässt, damit ich weiter morden und vergewaltigen kann? Hast du jemals darüber nachgedacht, Theodore? Hat dein Gott mir dabei zugesehen, als ich Menschen gefoltert habe? War dein Gott zu schwach, mich aufzuhalten – oder hat er es vorgezogen zuzusehen, wie meine Opfer eines grausamen Todes gestorben sind?«

Ted sparte sich die Antwort. Er starrte zu Boden, während sein Gesicht rot anlief.

»Du hast keine Wahl, Theodore.«

Ted hob den Blick. »Was soll das heißen?«

»Es heißt, dass ich dich brauche, um das zu erledigen. Du hast schon Geld von uns genommen. Ich kann deine Vorgesetzten informieren – oder die zuständigen Behörden, die Presse und deine Familie. Das will ich nicht. Ich mag dich, Ted. Du bist ein guter Mann. Aber wir sind verzweifelt. Du scheinst das nicht zu verstehen. Wir wollen Burroughs tot sehen.«

»Wer ist ›wir‹?«

Sumner sah ihm direkt in die Augen. »Das willst du nicht wissen. Er muss sterben. Und zwar heute Nacht.«

»Heute Nacht?« Ted traute seinen Ohren nicht. »Selbst wenn ich …«

»Wenn du willst, kann ich auch weiter drohen. Ich kann dich daran erinnern, wie reich wir sind. Ich kann dich daran erinnern, welche ungeheuren Möglichkeiten wir in der Welt draußen haben. Ich kann dich daran erinnern, dass wir alles über dich wissen, dass wir wissen, wo deine Familie …«

Teds Hand schoss hoch und packte Ross Sumners Hals. Sumner zuckte nicht einmal, als sich Teds Finger um seine Kehle schlossen. Und natürlich ließ Ted fast sofort wieder los.

»Wir können dir das Leben schwer machen, Theodore. Du kannst dir gar nicht vorstellen, wie schwer.«

Ted fühlte sich verloren, völlig hilflos.

»Aber wir sollten nicht weiter über solch unangenehme Dinge sprechen. Schließlich sind wir Freunde. Keine leeren Drohungen unter Freunden. Wir stehen auf der gleichen Seite. Die besten Beziehungen sind keine Nullsummenspiele, Theodore. Die besten Beziehungen schaffen Win-Win-Situationen. Und ich habe das Gefühl, dass ich mich in dieser Hinsicht schlecht benommen habe. Bitte nimm meine Entschuldigung an. Und einen Bonus in Höhe von zehntausend Dollar.« Sumner leckte sich über die Lippen. »Einhundertzehntausend Dollar. Stell dir das viele Geld vor.«

Ted war übel geworden. Leere Drohungen. Kerle wie Ross Sumner sprachen keine leeren Drohungen aus.

Wie er richtig gesagt hatte, blieb Ted keine Wahl. Er war drauf und dran, über eine Grenze gestoßen zu werden, und ihm war klar, dass es von dort kein Zurück gab.

»Erklär mir den Plan noch mal«, sagte Ted.

SIEBEN

Als Rachel wieder in ihrem Motelzimmer war, starrte sie eine Weile das Foto an, auf dem womöglich Matthew zu sehen war, griff dann zu ihrem Handy und überlegte, ob sie ihre Schwester Cheryl anrufen und ihre Welt in die Luft jagen sollte.

Sie fand es seltsam, dass David sie nicht gebeten hatte, ihm das Foto noch einmal zu zeigen. Wenn das Bild nicht im Zentrum stand, nisteten sich bei ihr sofort Zweifel ein. Solange man direkt darauf starrte, wusste man irgendwie, dass es Matthew sein musste. Sobald man es beiseitelegte, sich auf seine Vorstellungskraft verließ, statt auf etwas so Konkretes wie das Foto, wurde einem bewusst, wie absurd die Annahme war, dass ein aus so großer Entfernung geschossenes Foto von einem Jungen irgendwie beweisen könnte, dass ein fünf Jahre zuvor ermordetes Kleinkind tatsächlich noch am Leben war.

Sie durfte Cheryl nicht anrufen. Sie musste das von ihr fernhalten.

Aber hatte Rachel überhaupt das Recht, diese Entscheidung zu treffen?

Sie hatte sich im Briggs Motor Lodge of Maine einquartiert, das, wie sie annahm, landesweit dafür berühmt war, Wände zu haben, die aus einer Art Gaze oder Baumwollgewebe gefertigt waren. Im Moment konnte sie so intensiv daran teilhaben, wie lustvoll und inbrünstig die Nachbarn ihren Aufenthalt hier genossen, als würden sie das Bett mit ihr teilen. Die Frau rief ständig: »O Kevin« … »mach weiter, Kevin« … »ja, Kevin« und sogar – ach, wie sehr hoffte Rachel, dass diese Worte dem Rausch der Leidenschaft entsprangen und nicht etwa nur dem Wunsch, komisch oder süß zu wirken – »zeig mir den Himmel, Kevin.«

Ein kleines Nachmittagsvergnügen, dachte Rachel etwas traurig. *Muss schön sein.*

Wann hatte sie das letzte Mal einen solchen Nachmittag erlebt?

Es lohnte nicht, darüber nachzusinnen. Rachel war immer noch dabei, sich von einer ausgewachsenen Panikattacke zu erholen, die vermutlich durch die Kombination aus dem Treffen mit David und dem Absetzen ihrer Medikamente gegen Angstzustände hervorgerufen worden war. Die Medikamente halfen nicht. Jedenfalls nicht so richtig. Sie nahm dieses Xanax oder was auch immer in der Hoffnung, den Schmerz darüber, dass sie für den Tod eines anderen Menschen verantwortlich war, zu betäuben. Aber auch wenn die Medikamente die Schuldgefühle etwas unterdrückt hatten – sie waren schwerer fassbar –, verschwanden sie nicht vollständig.

Sie blinzelte und versuchte, sich darauf zu konzentrieren, das Richtige zu tun.

Sie müsste ihre Schwester anrufen und es ihr sagen. Wenn die Rollen vertauscht wären und Cheryl dieses Foto in der Hand halten würde, hätte Rachel das gewollt. Hier oben im ländlichen Maine war das Handynetz löchrig. Es war eine Gefängnisstadt. Jeder, der in dieser Lodge übernachtete, stand in irgendeiner Verbindung zum Briggs Penitentiary – als Besucher, Verkäufer, Versorger, Lieferant oder sonst irgendetwas.

Für ein Telefonat reichte die Signalstärke, wie ihr die Anzeige verriet. Sie tippte auf die Nummer ihrer Schwester, ganz oben in ihrer Favoritenliste. Ihr Zeigefinger schwebte über der Anruftaste.

Tu es nicht.

Sie hatte sich selbst versprochen, das Ganze vor Cheryl geheim zu halten – ihre Schwester zu schützen –, bis sie ganz sicher war. Im Moment wusste sie im Prinzip immer noch nichts – wenn man die emotionale Ebene kurz außer Acht ließ. Sie hatte ein Foto von einem Jungen, der ihrem toten Neffen ähnelte. Punkt. Ende. Außer Davids Euphorie hatten sie nichts.

Also warf sie das Handy auf das Bett und schaltete den Fernseher ein. Auf dem Schild vor der Briggs Motor Lodge of Maine stand tatsächlich, dass alle Zimmer über Farbfernsehen verfügten. Jeder Buchstabe war in einer anderen Farbe gestaltet – das F war orange, das A grün, das R blau –, um diese Tatsache zu illustrieren, wobei Rachel kurz der Gedanke gekommen war, dass es eigentlich eine viel größere Attraktion wäre, wenn die Motor Lodge noch Schwarz-Weiß-Fernseher hätte. Sie zappte durch die Sender. Viele Nachmittags-Talkshows und schlecht gemachte Nachrichten von lokalen Privatsendern. Die Werbespots – kaufen Sie Gold, nehmen Sie eine zweite Hypothek auf, fassen Sie Ihre Verbindlichkeiten in einem Kredit zusammen, investieren Sie in Kryptowährungen – kamen ihr alle vor wie legale Versionen eines Schneeballsystems.

Die amerikanische Wirtschaft basierte sehr viel stärker auf Betrug, als wir alle es wahrhaben wollen.

Die Festivitäten nebenan steigerten sich zu einem Crescendo, als Kevin mehrfach voller Inbrunst verkündete, dass er sich der Ziellinie näherte. Ein paar Sekunden später kam es zum symbolischen Paukenschlag, dann wurde es still. Rachel war versucht zu applaudieren. David hatte sich nach ihrer

Journalistinnenkarriere erkundigt, und sie hatte sich vor einer Antwort gedrückt. Sie sah keinen Grund, genauer darauf einzugehen, welchen Mist sie gebaut und sich ihre Karriere höchstselbst zerschossen hatte, wie man sie gefeuert und gedemütigt hatte, und dass eine Story wie diese tatsächlich ihre einzige Möglichkeit für einen Neustart sein könnte. Darüber zu reden lohnte nicht. Es lenkte nur ab. Sie wäre in jedem Fall hergekommen. Das redete sie sich zumindest ein, und wahrscheinlich stimmte es auch.

Ihr Handy lag noch auf dem Bett.

Zur Hölle noch mal.

Bevor sie es sich anders überlegen konnte, griff sie danach und tippte auf die Nummer ihrer Schwester. Sie hielt das Handy ans Ohr. Noch klingelte es nicht. Noch konnte sie auflegen. Als das erste Klingeln ertönte, schloss sie die Augen. Noch war Zeit. Beim zweiten Klingeln meldete sich jemand. Eine Stimme – nicht die ihrer Schwester – sagte knapp: »Hallo?«

Es war Ronald, Cheryls neuer Ehemann.

»Hi, Ronald«, sagte Rachel. Und dann fügte sie, obwohl das Telefon zweifellos eine Anruferkennung besaß, hinzu: »Hier ist Rachel.«

»Einen wunderschönen Tag, Rachel. Wie geht es dir?«

»Gut«, sagte sie. Und dann: »Ist das nicht Cheryls Handy?«

»Das ist es«, sagte Ronald. Er war immer Ronald, nie Ron, Ronny oder der Ronster, was alles über seine Redeweise und seine Ausstrahlung verriet. »Deine Schwester kommt gerade aus der Dusche, also habe ich mir erlaubt, den Anruf für sie entgegenzunehmen.«

Schweigen.

»Wenn du einen Moment dranbleibst«, fuhr Ronald fort, »ist sie gleich für dich da.«

»Ich warte.«

Sie hörte, wie er das Handy weglegte. Rachel war ein wenig schwindlig vom Alkohol, sie hatte aber den Eindruck, alles unter Kontrolle zu haben. Nach ein wenig Gemurmel im Hintergrund meldete Cheryl sich. Sie klang erschöpft.

»Hey, Rach.«

Rachel war klar, dass manche ihre Abneigung gegen Ronald Whittaker für überzogen oder sogar unfair hielten. Wahrscheinlich lagen sie damit auch richtig. Es war Cheryls Schuld. Der Zeitpunkt, an dem sie diesen neuen Mann in ihr Leben geholt hatte – das war einfach schlechtes Timing gewesen.

»Hi«, stieß Rachel hervor.

Sie sah das Stirnrunzeln ihrer Schwester förmlich vor Augen. »Alles okay mit dir?«

»Bestens.«

»Bist du betrunken?«

Schweigen.

»Was gibt's?«

Seit sie in ihr Zimmer zurückgekehrt war, hatte Rachel die Worte geprobt, aber jetzt, als sie sie brauchte, war ihr Kopf wie leergefegt. »Ich wollte mich nur mal melden. Wie geht's dir?«

»Ganz okay. Die Morgenübelkeit hat aufgehört. Und am Donnerstag haben wir einen Ultraschalltermin.«

»Wunderbar. Willst du wissen, ob es ein Mädchen oder Junge wird?«

»Ja. Aber keine Sorge – es wird keine Gender-Reveal-Party geben, um es offiziell zu verkünden.«

Gottes kleine Gefälligkeiten, dachte sie, und sagte dann: »Das klingt alles wunderbar.«

»Ja, Rach, wunderbar, großartig, alles klar. Aber kannst du jetzt vielleicht aufhören, mich hinzuhalten, und mir sagen, was los ist?«

Rachel griff wieder nach dem Foto. Irene mit Bugs Bunny und im Hintergrund das Profil des Jungen. Sie dachte an Davids vernarbtes Gesicht, das sie durch die Plexiglasscheibe gesehen hatte, daran, wie er den Kopf zärtlich zur Seite geneigt hatte, als er die Hand hob und mit dem Finger über das Bild hinter der Scheibe fuhr, an den nackten, quälenden Schmerz in seinen leeren Augen. Sie hatte recht gehabt. David hatte nichts zu verlieren. Cheryl hatte sich ein neues Leben aufgebaut. Sie hatte unendlich gelitten, erst als sie ihr Kind verlor, dann noch einmal, als sie erfuhr, dass ihr eigener Mann für den Tod verantwortlich war. Es war nicht fair, ihr noch einmal den Boden unter den Füßen wegzuziehen, wegen einer Sache, an der wahrscheinlich nichts dran war.

»Yo«, sagte Cheryl. »Erde an Rachel.«

Sie schluckte. »Nicht am Telefon.«

»Was?«

»Ich muss dich sehen. So schnell wie möglich.«

»Du machst mir Angst, Rach.«

»Das ist nicht meine Absicht.«

»Gut, dann komm kurz rüber.«

»Das geht nicht.«

»Wieso nicht?«, fragte Cheryl.

»Ich bin nicht zu Hause.«

»Wo bist du?«

»In Maine. In Briggs County.«

Die Stille war erdrückend. Rachel umklammerte das Telefon, schloss die Augen und wartete. Als Cheryl schließlich wieder etwas herausbekam, war es ein gequältes Flüstern. »Was zum Teufel machst du mit mir?«

»Ich komm morgen zurück. Wir treffen uns bei mir, acht Uhr abends. Und komm allein, ohne Ronald.«

***

Zwischen Tag und Nacht besteht in Briggs nur ein gradueller Unterschied.

Ab zweiundzwanzig Uhr herrscht Nachtruhe, das Licht wird aber nicht ausgeschaltet, sondern nur gedimmt. Hier wird es nie richtig dunkel. Vielleicht ist das auch gut so, ich kann es gar nicht genau sagen. Jeder ist in seiner eigenen Zelle, wir laufen also nicht herum und nerven uns gegenseitig. Ich habe auch eine Lampe in meiner Zelle, sodass ich bis spät in die Nacht lesen kann. Man sollte denken, dass ich das hier drinnen häufig mache – lesen und schreiben –, aber ich kann mich nicht richtig konzentrieren, was zum Teil an den Problemen mit meinen Augen liegt, die ich seit der Prügelei in der Dusche habe. Ich bekomme Kopfschmerzen, wenn ich mich länger als eine Stunde auf die Buchstaben konzentriere. Aber vielleicht ist das auch gar keine rein körperliche Reaktion. Vielleicht ist es eher etwas Psychosomatisches oder so. Ich weiß es nicht.

Heute Nacht verschränke ich jedenfalls die Hände hinter dem Kopf und lege ihn auf das dünne Kissen. Ich öffne die mentalen Schleusen und lasse Matthew herein – zum ersten Mal, seit ich an diesem Ort bin. Ich wehre mich nicht gegen die Bilder. Ich blockiere sie nicht und filtere nichts heraus. Ich gebe mich ihnen hin, bade praktisch in ihnen. Ich denke an meinen Vater, der zweifelsohne im Sterben liegt, in dem Schlafzimmer, das er früher mit meiner Mutter teilte. Ich denke an meine Mutter, die starb, als ich acht Jahre alt war, und ja, mir ist bewusst, dass ich ihren Tod nie ganz überwunden habe. Ich habe ihr Gesicht nicht mehr vor Augen, kann ihr Bild schon seit vielen Jahren nicht mehr heraufbeschwören, musste immer wieder auf die Fotos zurückgreifen, die auf dem Klavier standen. Ich dachte an Tante Sophie, meine wunderbare Sophie, die gütige und großzügige Frau, die mich aufgezogen hat, nachdem meine Mutter gestorben war, dieses himmlische Wesen, das ich bedingungslos liebe, und das immer noch in diesem Haus gefangen ist und sich gewiss bis zu seinem letzten Atemzug um meinen Vater kümmern wird.

Als ich etwas an meiner Zellentür höre, hebe ich leicht den Kopf.

Nächtliche Geräusche sind hier nicht ungewöhnlich. Es sind grässliche Geräusche, Geräusche, bei denen einem Menschen unausweichlich und immer wieder das Blut in den Adern gefriert. In diesem Trakt gibt es nicht viele Männer, die ruhig schlafen. Viele schreien im Schlaf. Andere bleiben die ganze Nacht auf und unterhalten sich durch die Gitterstäbe, haben ihre innere Uhr umgestellt, sind nachts wach und schlafen tagsüber wie Vampire. Warum auch nicht? Hier drinnen gibt es weder Tag noch Nacht. Im Prinzip nicht.

Und natürlich masturbieren einige der Männer nicht diskret, sondern offen und mit großem, lüsternem Stolz.

Aber dieses Geräusch, das mich jetzt gerade dazu veranlasst hat, den Kopf zu heben, ist anders. Es kommt nicht aus einer Nachbarzelle, der Wärterkabine oder aus einer der weiter entfernten Trakte mit den normalen Häftlingen. Sein Ursprung liegt direkt vor meiner Zelle.

»Hallo?«

Der Strahl einer Taschenlampe leuchtet mir ins Gesicht und blendet mich kurz. Das gefällt mir nicht. Es gefällt mir ganz und gar nicht. Ich hebe die Hand, schirme den Strahl ab und blinzle.

»Hallo.«

»Ganz ruhig, Burroughs.«

»Curly?«

»Ruhig bleiben, habe ich gesagt.«

Da ich nicht weiß, was los ist, tue ich, was er verlangt. Die Türen werden normalerweise nicht mit Schlüsseln geöffnet und verschlossen. Die Zellen sind mit einer Art elektronischer Schnappschlösser ausgerüstet, die sich automatisch verriegeln. Gesteuert wird das Ganze über Schalter in der Wärterkabine. Die Schlüssel sind nur für den Notfall.

Aber Curly benutzt einen Schlüssel.

Das habe ich noch nie zuvor erlebt.

»Was gibt's?«, frage ich.

»Ich bring dich auf die Krankenstation.«

»Nicht nötig«, sage ich. »Mir geht's gut.«

»Die Entscheidung liegt nicht bei dir.« Curly flüstert fast.

»Bei wem dann?«

»Ross Sumner hat eine offizielle Beschwerde eingereicht.«

»Na und?«

»Und jetzt muss der Arzt deine Verletzungen dokumentieren.«

»Jetzt?«

»Wieso, hast du was vor?«

Seine Worte sind wie üblich sarkastisch, aber seine Stimme klingt angespannt.

»Es ist spät«, sage ich.

»Deinen Schönheitsschlaf kannst du später nachholen. Los, setz deinen Arsch in Bewegung.«

Da ich nicht weiß, was ich sonst tun soll, stehe ich auf. »Macht's dir was aus, die Taschenlampe ein bisschen runterzunehmen?«

»Beweg dich einfach.«

»Warum flüsterst du?«

»Sumner und du haben den Laden hier ganz schön aufgemischt. Glaubst du, ich will da noch einen draufsetzen?«

Da ist was dran, trotzdem klingen die Worte verlogen. Aber was soll ich machen? Ich muss mitgehen. Es gefällt mir zwar nicht, aber was kann schon groß sein? Ich geh hin und lasse mich vom Arzt untersuchen. Vielleicht grinse ich Sumner noch ins Gesicht, wenn er da im Bett liegt.

Wir verlassen unseren Trakt und gehen den Korridor entlang. Aus der Ferne hallen die Schreie der normalen Häftlinge durch die Betonflure. Das Licht ist gedämpft. Ich trage die vom Gefängnis ausgegebenen Segeltuch-Slipper, aber Curlys schwarze Schuhe klackern auf dem Boden. Er verlangsamt seinen Schritt. Ich mache das Gleiche.

»Geh weiter, Burroughs.«

»Was?«

»Geh einfach weiter.«

Er bleibt einen halben Schritt hinter mir. Wir sind allein in diesem Flur. Ich werfe einen kurzen Blick nach hinten. Curlys Miene ist aschfahl. Seine Augen glänzen. Seine Unterlippe zittert. Er sieht aus, als würde er jeden Moment anfangen zu weinen.

»Alles okay mit dir, Curly?«

Er antwortet nicht. Wir kommen an einem Kontrollpunkt vorbei, der aber nicht besetzt ist. Das ist seltsam. Curly öffnet das Tor mit einem kleinen Funkschlüssel. Als sich der Korridor gabelt, legt er mir die Hand auf den Ellbogen und drückt mich nach rechts.

»Die Krankenstation ist links«, sage ich.

»Du musst vorher noch ein paar Formulare ausfüllen.«

Wir gehen einen weiteren Korridor entlang. Die Gefängnisgeräusche sind so gut wie nicht mehr zu hören. Es ist so still, dass ich Curlys schwere Atemzüge höre. Diesen Teil des Gefängnisses kenne ich nicht. Ich war noch nie hier. Die Türen hier führen nicht in Zellen, es sind geriffelte Glastüren. Philips Büro hat auch eine solche Tür. Ich gehe davon aus, dass wir in einem Verwaltungstrakt sind, in dem mir jemand beim Ausfüllen der Papiere helfen soll. Aber in keinem der Büros brennt Licht. Ich habe den Eindruck, dass wir allein sind.

Jetzt sehe ich noch etwas, das mir vorher nicht aufgefallen ist.

Curly trägt Handschuhe.

Schwarze Latexhandschuhe. Die Wärter tragen sie sehr selten. Warum trägt er sie jetzt? Warum heute Nacht? Ich gehöre nicht zu denjenigen, die glauben, dass man immer auf sein Bauchgefühl hören oder seinen Instinkten folgen soll. Das geht zu oft nach hinten los. Aber wenn man alles zusammennimmt – das Bauchgefühl, die Instinkte, die Uhrzeit, den Vorwand, die Handschuhe, den Weg, Curlys Verhalten, seine Nervosität –, dann stimmt eindeutig irgendetwas nicht.

Vor ein paar Tagen hätte ich mir noch keine Gedanken darüber gemacht. Aber seitdem hat sich alles verändert.

»Da vorne«, sagt Curly. »Die letzte Tür links.«

Ich spüre meinen wummernden Herzschlag. Ich blicke nach vorne zur letzten Tür links. Auch sie hat geriffeltes Glas. Auch dort brennt kein Licht.

Nicht gut.

Ich erstarre. Curly bleibt hinter mir. Auch er rührt sich nicht. Er gibt ein leises Geräusch von sich. Ich drehe mich langsam um. Tränen fließen ihm übers Gesicht.

»Geht's dir gut?«, frage ich.

Dann sehe ich den glänzenden Stahl.

Eine Klinge kommt direkt auf meinen Bauch zu.

Es bleibt keine Zeit zum Nachdenken oder für irgendetwas anderes als eine schnelle Reaktion. Ich weiche mit dem Körper zur Seite aus und ramme meinen Unterarm auf die Klinge. So lenke ich sie gerade so weit ab, dass sie meine rechte Seite um wenige Zentimeter verfehlt. Curly zieht die Klinge hastig zurück und schneidet mir dabei tief in den Unterarm. Es fließt Blut, aber ich spüre keinen Schmerz. Jedenfalls noch nicht.

Ich springe zurück. Jetzt sind Curly und ich ein paar Meter voneinander entfernt, beide in Kampfhaltung.

Curly weint. Er hält die Klinge ausgestreckt vor sich, wie in einer schlechten Aufführung der berühmten Szene aus der *West Side Story*. Der Schweiß auf seinem Gesicht vermischt sich mit seinen Tränen.

»Es tut mir leid, Burroughs.«

»Was hast du vor?«

»Tut mir echt leid.«

Er zieht das Messer wieder zu sich. Ich umklammere meinen Unterarm und versuche, das Blut zu stoppen, das aber weiter durch meine Finger sickert.

»Das musst du nicht tun«, sage ich.

Aber Curly hört mir nicht zu. Er stürzt sich auf mich. Ich weiche zurück. Es rauscht in meinen Ohren. Ich weiß nicht, was ich machen soll. Ich verstehe absolut nichts von Messerkämpfen.

Also tue ich das Naheliegendste.

»Hilfe!«, schreie ich aus vollem Hals. »Hilfe! Ich brauche Hilfe!«

Natürlich gehe ich nicht davon aus, dass mir jemand hilft. Dies ist ein Gefängnis. Ich bin ein Häftling. Hier schreit dauernd jemand irgendwas Verrücktes. Doch Curly erschrickt, als mein Schrei so plötzlich durch den stillen Flur gellt. Ich nutze diese Schrecksekunde, drehe mich um und sprinte den Flur zurück in die Richtung, aus der wir gekommen sind. Er rennt hinter mir her.

»Hilfe! Er will mich umbringen! Hilfe!«

Ich drehe mich nicht um, das kann ich nicht riskieren. Daher weiß ich nicht, ob er näher kommt. Ich renne einfach schreiend weiter. Doch jetzt erreiche ich das Ende des Korridors und den Kontrollpunkt, an dem wir vorhin vorbeigekommen sind. Es ist immer noch niemand da.

Ich stoße gegen das Tor. Nichts. Ich versuche, es aufzuziehen.

Unmöglich. Es ist verschlossen.

Was jetzt?

»Hilfe!«

Ich blicke über meine Schulter nach hinten. Curly kommt näher. Ich sitze in der Falle. Ich drehe mich um und sehe ihn direkt an. Ich schreie weiter um Hilfe. Er bleibt stehen. Ich versuche, seinen Gesichtsausdruck zu deuten. Verwirrung, Schmerz, Wut, Angst – es ist alles da. Und ich weiß, dass Angst in solchen Situationen immer das mächtigste Gefühl ist. Er hat Angst. Und die einzige Möglichkeit, diese Angst loszuwerden, ist, mich zum Schweigen zu bringen.

Was auch immer ihn hierzu gebracht hat, welche Zweifel er auch immer hatte, das ist alles nichts im Vergleich zu dem Wunsch zu überleben, sich selbst zu retten, ausschließlich sein eigenes Interesse zu verfolgen.

Und das bedeutet, er muss mich töten.

Ich stehe mit dem Rücken zum geschlossenen Tor und kann nicht weg. Als er sich gerade auf mich stürzen will, sagt eine Stimme hinter mir: »Was zum Teufel ist hier los?«

Ein Gefühl der Erleichterung durchströmt mich. Ich will

mich gerade umdrehen und erklären, dass Curly versucht, mich umzubringen, als etwas Hartes auf meinen Hinterkopf prallt. Meine Knie geben nach. Um mich herum wird es schwarz.

Und dann spüre ich nichts mehr.

ACHT

Cheryl nahm sich eine Tasse Kaffee und einen Teil der Morgenzeitung und setzte sich zu ihrem Mann Ronald in die Frühstücksnische. Es war sechs Uhr morgens, und dies war ein Teil ihrer liebgewonnenen Morgenroutine. Ronald und sie trugen Bademäntel im Partnerlook aus reiner Baumwolle mit dicken Schalkragen und Ärmelmanschetten. Ronald hatte sie bei einem Luxusurlaub im Fairmont Princess Hotel in Scottsdale gekauft.

Die meisten Leute waren dazu übergegangen, ihre Zeitung online zu lesen, aber Ronald, ganz oldschool, beharrte auf einer Tageszeitung auf Papier. Er fing immer mit dem Hauptteil an, während Cheryl es vorzog, zuerst den Wirtschaftsteil zu lesen. Sie wusste nicht, warum. Sie verstand nicht viel von Wirtschaft, aber die Dynamik erinnerte sie an eine gewaltige Seifenoper. Doch heute konnte sie sich noch so sehr bemühen, sie verstand nichts. Die Worte plätscherten einfach an ihr vorbei. Normalerweise gab es von Ronald einen Live-Kommentar zu dem, was er gerade las – ein Verhalten, das sie gleichermaßen liebenswert wie nervig fand. Doch jetzt schwieg er. Sie wusste, dass er sie ansah. Nach dem Anruf ihrer Schwester hatte sie schlecht geschlafen. Er wollte gerne fragen, was los war, würde es aber nicht tun. Eine von Ronalds Stärken war sein exzellentes Gespür dafür, wann er nachhaken musste, und wann er es lieber lassen sollte.

»Wann hast du deinen ersten Patienten?«, fragte er.

»Um neun.«

In Cheryls Praxis kamen an drei Tagen in der Woche ab neun Uhr Patienten zur Sprechstunde. Die anderen beiden Tage waren für Operationen reserviert. Cheryl war Transplantationschirurgin. Zweifelsohne das interessanteste Gebiet der Medizin. Sie führte hauptsächlich Nieren- und Lebertransplantationen durch, was einerseits natürlich hochriskant, aber eben auch jedes Mal wieder eine neue Herausforderung war. Vor allem war sie in diesem Bereich – im Gegensatz zu anderen Chirurgen – auch an der umfangreichen Nachsorge beteiligt und konnte so oft über Jahre hinweg die Früchte ihrer Arbeit verfolgen. Um Transplantationschirurgin zu werden, hatte sie zunächst eine Ausbildung in der Allgemeinchirurgie absolviert (sie war sechs Jahre im Boston General gewesen), dann ein Jahr lang in der Forschung und zwei weitere Jahre als Assistentin in der Transplantationschirurgie gearbeitet. Es war extrem schwierig gewesen, aber nach den Katastrophen, die ihr Leben erschüttert hatten, nach der Tragödie und ihren Nachwirkungen hatte die ärztliche Tätigkeit – die Ausbildung, der Beruf, ihre Berufung, ihre Patienten – ihr Halt gegeben.

Ihre Arbeit. Und Ronald, natürlich.

Sie sah ihrem Mann in die Augen und lächelte. Er erwiderte ihr Lächeln. Sie sah die Besorgnis in seinem attraktiven Gesicht. Sie schüttelte ganz leicht den Kopf, als wollte sie sagen, dass alles in Ordnung wäre. Aber das stimmte nicht.

Warum war Rachel in Briggs?

Die Antwort lag natürlich auf der Hand. Sie besuchte David. Auf einer Ebene war das in Ordnung – sollte sie doch ihr Ding machen. David und Rachel hatten sich immer gut verstanden. Er war jetzt seit fast fünf Jahren da oben im

Norden. Vielleicht war Rachel der Meinung, dass genug Zeit vergangen war. Vielleicht hatte sie den Eindruck, dass sie ihm die Hand reichen sollte, dass er ein gewisses Maß an, wenn auch nicht Unterstützung, so doch zumindest Beistand verdiente. Vielleicht fand Rachel bei all dem beruflichen und privaten Leid, das ihr im letzten Jahr widerfahren war – was? –, Trost darin, einen Mann zu besuchen, der immer an sie und ihre Träume geglaubt hatte.

Nein.

Es musste etwas anderes dahinterstecken. Genau wie Cheryl hatte auch Rachel ihren Beruf geliebt. Und sie hatte das alles auf einen Schlag verloren, ganz egal ob es gerechtfertigt war oder nicht, und seitdem war sie nicht mehr dieselbe. So einfach war das. Ihre Schwester war schwer angeschlagen. Die Erfahrung hatte sie verändert, und zwar nicht zum Besseren. Früher war Rachel zuverlässig gewesen. Inzwischen aber stellte Cheryl ihr Urteilsvermögen immer wieder infrage.

Aber was wollte sie in Briggs?

Vielleicht sah sie David als Chance. David hatte nicht mit den Medien gesprochen. Nie. Er hatte seine Version der Geschichte nie erzählt, sofern es denn eine gab, oder versucht, seine eigene Theorie über die Geschehnisse jener schrecklichen Nacht darzulegen. Also hatte Rachel es vielleicht darauf abgesehen. Im Grunde ihres Herzens war ihre Schwester immer noch eine Enthüllungsjournalistin, und vielleicht besuchte sie David deswegen, womöglich unter dem Vorwand, sich um ihn zu kümmern. Sie war schon immer eine gute Zuhörerin gewesen, daher fiel es ihr leicht, Menschen dazu zu bringen, sich zu öffnen. Vielleicht konnte Rachel David eine Story entlocken, eine Story, die für Schlagzeilen sorgte, so etwas wie ein True-Crime-Podcast, und vielleicht, nur ganz vielleicht, könnte Rachel das verwenden, um ihr professionelles Standing wiederzuerlangen und den Bann, mit dem sie belegt war, zu brechen.

Aber würde Rachel so etwas wirklich tun?

Würde Cheryls eigene Schwester diesen ganzen Albtraum wieder ans Tageslicht zerren, die Nähte an Cheryls kaum verheilten Wunden wieder aufreißen (um ein chirurgisches Bild zu verwenden), nur um eventuell selbst wieder aus der Versenkung zu kommen? War Rachel so kalt und berechnend?

»Wie geht's dir?«, fragte Ronald.

»Prima.«

Er lächelte ihr zu. »Ist es abgeschmackt oder romantisch, wenn ich sage, dass meine Frau schwanger besonders heiß aussieht?«

»Weder noch«, sagte sie. »Klingt eher so, als wärst du geil und hättest Lust auf Sex.«

Ronald täuschte ein Keuchen vor und legte eine Hand auf seine Brust. »Moi?«

Sie schüttelte den Kopf. »Männer.«

»Wir sind ja so leicht durchschaubar.«

Sie war schwanger. Ein einfach alles überwältigendes Wunder. Und dieses Mal war es so einfach gewesen. Wieder sah Ronald sie an, also rang sie sich ein Lächeln ab. Letztes Jahr hatten sie die Küche renoviert, dafür eine Wand eingerissen, sie um gut vier Meter versetzt, alles mit deckenhohen Fenstern versehen und einen Vorraum geschaffen (für die Zeit, in der kleine Stiefel Schmutz aus dem Garten hereintrugen). Außerdem hatten sie die Küche mit einem sechsflammigen Viking-Herd und einer übergroßen Northland Master Kühl-Gefrierkombination ausgestattet. Ronald hatte das alles geplant. Er kochte gern.

Vielleicht, dachte Cheryl, war das Ganze aber auch viel einfacher. Vielleicht fand Rachel nur, dass es an der Zeit wäre, zu ihrem Ex-Schwager Kontakt aufzunehmen. Das verstand Cheryl. Hatte sie damals nicht auch zu ihrem damaligen Ehemann stehen wollen? Hatte sie nicht für David Partei ergriffen, selbst als die Ermittlungen sich allmählich immer mehr auf ihn konzentrierten? Die Vorstellung, dass David Matthew etwas angetan haben könnte, war … und … ist absurd. Damals hätte sie eher geglaubt, dass Außerirdische für den brutalen Mord verantwortlich waren als ihr Mann.

Aber als sich die Hinweise verdichteten, bohrten sich langsam Zweifel in ihre Haut und begannen zu eitern. Ihre Ehe mit David war schon seit Monaten nicht mehr glücklich gewesen, vielmehr befand sie sich im Sturzflug, auch wenn Cheryl sich eingeredet hatte, dass sie gemeinsam das Ruder noch rechtzeitig herumreißen und sie auf Kurs bringen könnten. Es war eine lange Beziehung gewesen – seit ihrem ersten Jahr an der Revere High School waren sie ein Paar. Sie hatten gute wie schlechte Zeiten zusammen durchgestanden. Sie hätten es schaffen können.

Hätten sie das wirklich?

Dieses Mal vielleicht nicht. Es ging um Vertrauen. Als David das Vertrauen in sie einmal verloren hatte, war nichts mehr so wie vorher. Und als sie dann auch das Vertrauen in ihn verlor …

Als der Verdacht allmählich aufkam, hatte Cheryl versucht, die Fassade aufrechtzuerhalten, dass sie ihn unterstützte, aber David hatte sie durchschaut. Daraufhin hatte er sie von sich gestoßen. Der Druck war zu einer unerträglichen Belastung geworden. Und als es dann zum Prozess kam, als im Gerichtssaal eine überraschende Neuigkeit nach der anderen ans Licht kam, war die Ehe am Ende gewesen.

Letztlich hatte David ihren Sohn ermordet. Und Cheryl war zu einem großen Teil mitverantwortlich.

Ronald trank laut schlürfend einen Schluck Kaffee und brachte ihre Gedanken so wieder zurück in die sonnendurchflutete Frühstücksnische. Erschrocken blickte sie auf. Er stellte die Tasse ab.

»Ich habe eine Idee«, sagte er.

Sie setzte ein falsches Lächeln auf. »Ich glaube, du hast deine Idee schon ziemlich deutlich zu erkennen gegeben.«

»Wie wäre es, wenn wir heute Abend im Albert's Café essen gehen? Nur wir beide.«

»Ich kann nicht«, sagte sie.

»Aha?«

»Habe ich dir das nicht gesagt? Ich bin mit Rachel verabredet.«

»Nein«, sagte er langsam. »Das hast du mir nicht gesagt.«

»Ist ja auch keine große Sache.«

»Geht's ihr gut?«

»Ich denke schon, ja. Sie hat mich gebeten vorbeizukommen. Wir haben uns ja schon eine ganze Weile nicht mehr gesehen.«

»Das stimmt«, sagte er.

»Also hab ich gedacht, dass ich nach der Visite mal bei ihr vorbeischaue. Ich hoffe, du hast nichts dagegen.«

»Natürlich habe ich nichts dagegen«, sagte Ronald mit ein bisschen zu viel Pathos. Er nahm seinen Zeitungsteil, schlug ihn auf und fing wieder an zu lesen. »Ich wünsche euch viel Spaß.«

Cheryl spürte, wie die Wut in ihr hochkochte. Warum? Warum um alles in der Welt musste Rachel ihr das antun? Wenn ihre Schwester David vergeben wollte, schön und gut, dann sollte sie das tun. Aber warum zog sie Cheryl da mit rein? Warum jetzt, wo sie endlich dabei war, ihr Leben wieder in den Griff zu kriegen und schwanger war? Rachel wusste doch ganz genau, was für eine Belastung ein solcher Anruf für sie war. Warum tat sie das?

Und genau das beunruhigte Cheryl am meisten. Rachel war eine gute Schwester. Eine fantastische Schwester. Sie waren füreinander da, auf immer und ewig, in guten wie in schlechten Zeiten und so weiter. Und obwohl Rachel zwei Jahre jünger war, war sie – jedenfalls bis vor Kurzem – die Umsichtigere und Vorsichtigere gewesen. Sie wusste, wie schwer es Cheryl nach Matthews Ermordung gefallen war, überhaupt aus dem Bett zu kommen. David, na ja, um es ganz offen zu sagen, sie hatte ihn aus ihrem Leben, aus ihren Gedanken gestrichen. Um ihr Leben fortsetzen zu können, hatte sie beschlossen, dass er für sie nie existiert hatte. Aber Matthew …

Das war eine andere Geschichte.

Ihren wunderschönen kleinen Jungen würde sie nie vergessen. Niemals. Ganz egal, was passierte. Nicht eine Sekunde lang. Das war ihr klar. So etwas ließ man nicht hinter sich – man lernte, damit zu leben. Ganz gleich, wie groß der Schmerz war, den man empfand. Gegen diesen Schmerz kämpfte man nicht an. Man schob ihn nicht beiseite. Man akzeptierte ihn und ließ ihn zu einem Teil von sich werden. Eine andere Möglichkeit gab es nicht.

Das Einzige, was noch schmerzhafter war als die Erinnerung an Matthew, war die Vorstellung, dass sie ihn vergessen könnte.

Ein Stöhnen entwich ihren Lippen. Schnell erstickte sie es mit der Hand. Das war nicht das erste Mal. Die Trauer griff selten von vorne an. Sie zog es vor, sich anzuschleichen und zuzuschlagen, wenn man es am wenigsten erwartete. Ronald rutschte auf seinem Stuhl hin und her, blickte aber nicht auf und fragte auch nicht nach. Sie war ihm dafür dankbar.

Die Frage blieb: *Was will Rachel mir mitteilen?*

Ihre Schwester war nicht melodramatisch veranlagt, also musste es, was auch immer es war, wichtig sein. Sehr wichtig. Vielleicht etwas, das David betraf.

Wahrscheinlicher jedoch: etwas, das Matthew betraf.

NEUN

*G*ood *morning, Staaaaaar-Shine! The earth says hello …«*
Ich muss tot sein, denke ich. Ich bin gestorben, sitze
in der finsteren Hölle und muss mir bis in alle Ewigkeit anhören, wie Ross Sumner den Soundtrack des Musicals Hair
verunstaltet. In meinem Kopf wummert es, als würde mir jemand mit einem Holzhammer einen Pflock durch die Stirn
treiben. Dann sehe ich etwas Licht in der Dunkelheit. Ich
blinzle.

Ross Sumner: »*You twinkle above us, we twinkle below …*«
»Halt die Luft an«, sagt jemand zu ihm.

Ich komme langsam wieder zu Bewusstsein. Als ich die Augen öffne, starre ich in die Leuchtstoffröhre über mir. Ich
versuche mich aufzusetzen, kann es aber nicht. Weder die
Erschöpfung noch der Schmerz oder eine Verletzung hin-
dern mich daran. Ich blicke nach links. Mein Handgelenk ist
ans Bettgitter gefesselt. Fürs rechte Handgelenk und beide
Fußgelenke gilt dasselbe. Eine klassische Vier-Punkt-Fixierung.

Ross Sumner bricht in ein wahnsinniges Gelächter aus.
»Oh, ich liebe es! Es ist mir eine gewaltige Freude!«

Ich sehe immer noch verschwommen. Ich atme gleichmä-
ßig und nehme meine Umgebung in mich auf. Grüngraue Be-
tonwände. Viele Feldbetten, die – außer meinem und dem
von Ross – leer sind. Ross' Gesicht ist immer noch eine brei-
ige Masse mit einem Pflaster über der gebrochenen Nase.

Die Krankenstation. Ich bin auf der Krankenstation. Okay, gut. Wenigstens weiß ich, wo ich bin. Ich drehe mich um und sehe nicht einen, nicht zwei, sondern drei Gefängniswärter an meinem Bett. Zwei sitzen neben mir, als wären sie Verwandte, die mich besuchen. Hinter ihnen geht einer auf und ab.

Alle drei mustern mich mit extrem bedrohlichen Blicken.

»Jetzt bist du wirklich am Arsch, alter Junge«, sagt Ross Sumner. »Wirklich und wahrhaftig am Arsch.«

Mein Mund fühlt sich an, als hätte ich Sand gekaut, trotzdem gelingt es mir, ein »Hey Ross?« herauszukrächzen.

»Ja, David.«

»Hübsche Nase, Arschloch.«

Sumner hört auf zu lachen.

Zeige einem Mithäftling gegenüber niemals Angst.

Ich richte den Blick wieder auf die Wärter. Bei ihnen gilt das Gleiche. Zeige niemals Angst – auch nicht vor den Wärtern. Ich sehe ihnen nacheinander in die Augen. Die Wut, die ich in ihren Blicken erkenne, gefällt mir nicht. Sie sind ernsthaft wütend auf etwas, und dieses Etwas bin offenbar ich.

Wo, frage ich mich, ist Curly?

Eine Frau, die ich für die Ärztin halte, kommt an mein Bett. »Wie fühlen Sie sich?«, fragt sie in einem Tonfall, der nicht einmal den Anschein erwecken möchte, dass sie die Antwort interessieren könnte.

»Groggy.«

»Das war zu erwarten.«

»Was ist passiert?«

Sie sieht die bedrohlich blickenden Wärter an. »Wir sind noch dabei, die Einzelheiten zu klären.«

»Können Sie mich wenigstens losmachen?«

Die Ärztin deutet auf die Wärter. »Die Entscheidung liegt nicht bei mir.«

Ich blicke in drei unnachgiebige Gesichter und sehe keine Liebe. Die Ärztin verlässt den Raum. Ich weiß nicht, was ich machen oder sagen soll, also beschließe ich zu schweigen. An der Wand hängt eine alte Uhr mit schwarzen Zeigern und einem weißen Zifferblatt. Sie erinnert mich an die Uhr, die ich früher häufig in der Garfield Elementary School in Revere angestarrt habe, in der Hoffnung, dass die Zeiger schneller laufen würden.

Es ist kurz nach acht. Ich vermute, dass es eher morgens als abends ist, da es hier aber keine Fenster gibt, kann ich es nicht mit Sicherheit sagen. Mein Kopf tut weh. Ich versuche, mich an die letzte Nacht zu erinnern, bis zu dem Zeitpunkt, als ich die Stimme hörte und dachte, dass es meine Rettung wäre. Ich erinnere mich jedoch hauptsächlich an Curlys Gesicht, an die Angst, die Panik, die darin lag.

Was ist passiert?

Der auf und ab schreitende Wärter ist groß, schlank und hat einen übermäßig ausgeprägten Adamsapfel. Eigentlich heißt er Hal, aber alle nennen ihn Ruck, weil er sich ständig mit ruckartigen Bewegungen die Hose hochzieht, denn, wie ein Häftling es beschrieb: »Hal hat keinen Arsch.« Ruck stürmt auf mich zu, immer noch mit drohendem Blick, und beugt sich so nah über mich, dass sich unsere Nasen fast berühren. Ich drücke meinen Kopf nach hinten ins Kissen, um etwas Abstand zu halten. Nichts zu machen. Sein Atem riecht furchtbar, als wäre eine kleine Wüstenrennmaus in seinen Mund geklettert, gestorben und würde nun verwesen.

»Du bist ein toter Mann, Burroughs«, zischt er.

Ich verschlucke mich fast an dem Gestank. Ich will gerade etwas Witziges über seinen Atem sagen, aber ein Anflug von Vernunft hält mich davon ab. Einer der anderen Wärter, ein halbwegs anständiger Kerl namens Carlos, sagt: »Hal.«

Ruck Hal beachtet ihn nicht. »Tot«, wiederholt er.

Alles, was ich jetzt sagen würde, wäre entweder überflüssig oder schädlich, also halte ich den Mund.

Hal fängt wieder an, auf und ab zu gehen. Carlos und ein dritter Wärter, ein Mann namens Lester, bleiben auf ihren Plätzen sitzen. Ich lege den Kopf wieder aufs Kissen und schließe die Augen.

Ich bin eindeutig unbewaffnet, werde aber mit einer Vier-Punkt-Fixierung gesichert und von drei Wärtern beobachtet. Drei Wärter. Gleichzeitig.

Das kommt mir übertrieben vor.

Was zum Teufel ist hier los? Und wo ist Curly?

Habe ich ihn verletzt?

Ich glaube zwar, dass ich mich an alles erinnere, aber kann ich das bei meiner Vergangenheit wirklich mit Sicherheit sagen? Vielleicht hatte ich einen Blackout. Vielleicht hat der andere Wärter, der meine Hilfeschreie gehört hat, das Tor nicht schnell genug aufgekriegt. Vielleicht habe ich Curly überwältigt, mir sein Messer geschnappt, und …

Ach, verdammt.

Und während all diese Theorien in meinem Kopf herumschwirren, zieht der große Tornado weiter seine Schneise durch meinen Kopf und wirbelt alles andere beiseite: Lebt mein Sohn noch?

Ich drücke immer noch den Hinterkopf ins Kissen und versuche, meine Arme und Beine aus den Fesseln herauszuziehen, aber sie sitzen fest. Ich fühle mich hilflos. Die Zeit vergeht. Wie viel, weiß ich nicht. Ich versuche einen Plan zu schmieden, mir fällt aber nichts ein.

Das Telefon an der Wand klingelt. Carlos steht auf, geht hin und nimmt den Hörer ab. Er dreht sich so, dass er mir den Rücken zuwendet, und spricht leise. Ich verstehe nicht, was er sagt. Nach ein paar Sekunden legt er wieder auf. Lester und Hal sehen ihn an. Carlos nickt.

»Los geht's«, sagt Carlos.

Hal zieht einen kleinen Schlüssel aus der Jackentasche. Er öffnet zuerst die Handschellen an meinen Knöcheln, dann die an den Handgelenken. Carlos und Lester stellen sich so nah neben mich, als erwarteten sie, dass ich sofort aufspringe und fliehe. Natürlich tue ich das nicht. Ich massiere meine Handgelenke.

»Aufstehen«, faucht Ruck Hal.

Mir ist schwindelig. Ich setze mich langsam auf, zu langsam für Ruck. Er streckt die Hand aus, greift mir in die Haare und zieht mich daran hoch. Das Blut in meinem Körper strömt nach unten. In meinem Kopf dreht sich alles.

»Aufstehen«, zischt Ruck zwischen zusammengebissenen Zähnen hervor, »hab ich gesagt.«

Ruck reißt mir die Decke vom Leib. Sumner fängt wieder an zu lachen. Dann packt Ruck meine Füße und schleudert sie zur Seite. Ich folge der Bewegung, sodass die Füße auf dem Boden landen. Es gelingt mir, mich in den Stand hochzudrücken. Meine Beine sind wie Gummi. Ich mache einen Schritt nach vorn und stolpere wie eine Marionette herum, bis ich endlich sicher stehe.

Ross Sumner genießt das Ganze. Er singt, »*Nah nah nah, nah nah nah, hey hey hey ...*«

Mein Schädel brummt. »Wo gehen wir hin?«, frage ich.

Carlos legt eine Hand auf meinen Rücken und gibt mir einen sanften Schubs. Ich gerate ins Stolpern und falle fast hin.

»Auf geht's«, sagt Carlos.

Ruck und Lester stehen rechts und links von mir. Sie greifen nach meinen Armen, wobei sie darauf achten, kräftig auf die Schmerzpunkte unter den Ellbogen zu drücken. Halb zerren sie mich, halb geleiten sie mich aus dem Krankenzimmer.

»Wo bringt ihr mich hin?«

Als einzige Antwort ertönt Ross Sumners Gesang, der nach der Wiederholung der ersten beiden Zeilen winkt und am Ende das letzte Wort betont: »... *Goodbye!*«

Ich versuche, einen klaren Kopf zu bekommen, aber die Spinnweben halten sich hartnäckig. Carlos geht voraus. Lester hält meinen rechten Arm, Ruck meinen linken. Ich spüre Rucks Blick auf mir, der bohrende, Gestalt gewordene Hass. Mein Herz schlägt schneller. Was jetzt? Wo zum Teufel gehen wir hin? Und nur zur Erinnerung:

Gestern Nacht wollte mich ein Wärter umbringen.

Das ist hier doch die Überschrift, oder? Curly hat mich in einen leeren Gefängnisflur gebracht und wollte mich mit einem Messer abstechen. Die Schnittwunde an meinem Unterarm ist inzwischen mit einem dicken Verband umwickelt, aber die Wunde schmerzt.

Zu viert stapfen wir erst einen Korridor entlang und dann durch einen Tunnel, der von Glühbirnen in Metallkäfigen beleuchtet ist. Das Gehen tut mir gut. Mein Kopf wird klarer. Nicht völlig klar. Aber es reicht. Am Ende des Tunnels gehen wir eine Treppe hinauf. Durch ein Fenster fällt Tageslicht herein. Okay, die Uhr hat also acht Uhr morgens gezeigt, nicht abends. Das passt. Ein Schild verkündet, dass wir jetzt in der Verwaltung sind. Es ist ziemlich ruhig, aber ich weiß auch, dass die Büroangestellten erst um neun Uhr anfangen.

Was wollen wir also hier?

Ich überlege, ob ich irgendetwas unternehmen soll, um sicherzustellen, dass jemand weiß, wo ich bin. Aber was würde das helfen? Wie schon gesagt, ist es erst kurz nach acht. Hier ist noch niemand.

Carlos bleibt vor einer geschlossenen Tür stehen. Er klopft, und eine gedämpfte Stimme fordert ihn auf hereinzukommen. Carlos dreht den Knauf. Die Tür öffnet sich. Ich spähe hinein.

Da steht Curly.

Mir wird flau im Magen. Ich versuche zurückzuweichen, aber Hal und Lester halten meine Arme fest. Sie schieben mich vorwärts.

Curly zetert. »Du Mistkerl.«

Unsere Blicke treffen sich. Er versucht auch diesmal, den harten Mann zu geben, aber mir ist sofort klar, dass er verängstigt ist und den Tränen nahe. Ich will gerade Einspruch erheben, ihn fragen, warum er versucht hat, mich zu töten, aber was sollte das bringen? Was in aller Welt wird hier gespielt?

Dann sagt eine vertraute Stimme: »Okay, Ted, es reicht.«

Erleichterung durchflutet meine Adern.

Ich lehne mich in den Raum und sehe nach rechts. Es ist Onkel Philip.

Ich bin in Sicherheit. Glaube ich.

Ich versuche, den Blick des alten Mannes aufzufangen, aber er sieht nicht einmal in meine Richtung. Er trägt einen blauen Anzug und eine rote Krawatte. Er bleibt noch einen Moment am Fenster stehen, bevor er den Raum durchquert und Curly Ted die Hand schüttelt.

»Vielen Dank für Ihre Kooperation, Ted.«

»Eine Selbstverständlichkeit, Herr Direktor.«

Philip Mackenzies Blick schweift an mir vorbei zu den drei Wärtern, die mich hierherbegleitet haben. »Ich kümmere mich um den Gefangenen«, sagt er. »Nehmen Sie Ihre Arbeit wieder auf.«

Carlos sagt: »Ja, Herr Direktor.«

Ich hatte mir bisher noch keine Gedanken darüber gemacht, aber jetzt fällt mir auf, dass ich immer noch mit dem dünnen Krankenhauskittel bekleidet bin, der am Rücken offen ist. Dazu trage ich Socken, die vermutlich auch von der Krankenstation stammen. Die Leinenschuhe sind weg. Ich fühle mich plötzlich ausgeliefert und nackt, aber auf die anderen –alle anderen hier – wirke ich wahrscheinlich auch ungefährlich.

Curly geht entweder auf mich oder auf die Tür zu. Als er in meine Nähe kommt, wird er langsamer und versucht es erneut mit einem dieser bedrohlichen Blicke, aber es steckt nichts dahinter. Es ist nur Show.

Der Mann hat eine Heidenangst.

Als Curly an der Tür ist, sagt Philip Mackenzie: »Ted?«

Curly wendet sich wieder dem Gefängnisdirektor zu.

»Der Gefangene wird den Rest des Tages bei mir bleiben. Wer arbeitet in Ihrem Block?«

»Ich«, sagt Ted. »Ich bin bis drei im Dienst.«

»Sie waren die ganze Nacht wach.«

»Mir geht's gut.«

»Sind Sie sicher? Sie können diese Schicht freinehmen. Niemand würde Ihnen einen Vorwurf machen.«

»Ich würde lieber arbeiten, Herr Direktor, wenn das in Ordnung ist.«

»Sehr gut. Ich bezweifle allerdings, dass wir hier mit ihm fertig sind, bis Ihre Schicht zu Ende ist. Aber wie auch immer. Sagen Sie Ihrer Ablösung Bescheid.«

»Ja, Herr Direktor.«

Curly verlässt den Raum. Ruck Hal klopft ihm kameradschaftlich auf den Rücken. Philip hat noch immer keinen einzigen Blick in meine Richtung geworfen. Curly und Hal verschwinden auf den Flur. Lester folgt ihnen. Carlos dreht sich noch einmal um und fragt: »Brauchen Sie mich noch, Herr Direktor?«

»Im Moment nicht, Carlos. Ich melde mich, wenn ich Ihre Aussage brauche.«

Carlos sieht mich kurz an und wendet sich dann wieder Philip zu. »Okay.«

»Carlos?«

»Ja?«

»Schließen Sie bitte beim Rausgehen die Tür.«

»Sind Sie sicher, Herr Direktor?«

»Ja, das bin ich.«

Carlos nickt und schließt die Tür. Ich bin mit Philip allein. Bevor ich etwas sagen kann, bedeutet mir Philip, dass ich mich setzen soll. Ich tue es. Er bleibt stehen.

»Ted Weston behauptet, du hättest gestern Abend versucht, ihn umzubringen.«

Welche Überraschung.

Philip verschränkt die Arme und stützt sich auf die Vorderkante seines Schreibtischs. »Er behauptet, du hättest eine Verletzung vorgetäuscht, damit er dich auf die Krankenstation bringt. Angesichts der vorangegangenen Auseinandersetzung mit dem Häftling Ross Sumner, der dir mehrere Wunden zugefügt habe, hätte er deinen Worten geglaubt.«

Philip dreht den Kopf nach rechts und deutet auf das Messer auf seinem Schreibtisch – vermutlich das, das Curly gestern Nacht benutzt hat. Es steckt in einem durchsichtigen Asservatenbeutel aus Plastik. »Weiterhin behauptet er, als ihr allein wart, hättest du das Messer gezogen und versucht, ihn zu erstechen. Ihr hättet gekämpft. Er hätte dir die Waffe entwendet und dir dabei den Arm aufgeschlitzt. Dann wärst du den Korridor hinuntergerannt. Ein anderer Justizvollzugsbeamter hätte den Tumult gehört und dich überwältigt.«

»Das ist gelogen, Philip.«

Er sagt nichts.

»Welches Motiv sollte ich haben?«

»Was weiß ich. Bist du nicht gestern erst zu mir gekommen und hast mich angefleht, dich hier rauszulassen?«

»Und …?«

»Du könntest verzweifelt gewesen sein. Du provozierst einen Kampf mit einem einschlägig bekannten Insassen …«

»Der Psycho hat mich überfallen …«

»… worauf du auf die Krankenstation kommst. Vielleicht ist das Teil deines Fluchtplans, was weiß ich. Oder Ross Sumner hat dir das Messer zugesteckt, als ihr dort wart. Vielleicht arbeitet ihr ja zusammen.«

»Philip, Curly lügt.«

»Curly?«

»So nennen wir ihn. Und ich habe ihn nicht gerufen. Er hat mich geweckt. Er hat mich in diesen Flur geführt. Er wollte mich umbringen. Ich habe versucht, mich zu verteidigen und dabei habe ich mir die Verletzung zugezogen.«

»Klar, natürlich, und jetzt erwartest du wahrscheinlich, dass ich – und alle anderen – der Aussage eines verurteilten Kindermörders mehr Glauben schenke als der eines Justizvollzugsbeamten, der hier seit fünfzehn Jahren tadellos seinen Dienst verrichtet.«

Ich schweige.

»Ich war gestern bei deinem Vater.«

»Was?«

»Und bei deiner Tante Sophie.«

Er blickt zur Seite.

»Wie geht es ihnen?«

»Dein Vater kann nicht mehr sprechen. Er liegt im Sterben.«

Ich schüttele den Kopf. »Warum warst du bei ihm?«

Er antwortet nicht.

»Ausgerechnet gestern. Warum bist du nach Revere gefahren, Philip?«

Er geht zur Tür. »Komm mit.«

Ich frage nicht, wohin wir gehen. Ich stehe auf und folge ihm. Wir gehen den Korridor entlang und die Treppe hinunter. Nebeneinander. Philips Rücken ist kerzengerade, er blickt stur geradeaus. Ohne sich zu mir umzudrehen, sagt er: »Du hast Glück, dass ausgerechnet Carlos dich überwältigt hat.«

»Wieso?«

»Weil Carlos mich sofort angerufen und den Vorfall gemeldet hat. Ich habe sofort drei Vollzugsbeamte, darunter Carlos, angewiesen, dich rund um die Uhr im Auge zu behalten.«

Ich bleibe stehen und ergreife Philips Ärmel. »Damit keiner die Sache zu Ende bringen konnte«, sage ich. »Du hattest Angst, dass mich jemand umbringt.«

Philip starrt auf meine Hand an seinem Ärmel hinab. Ich lasse ihn langsam los.

»Du schwebst immer noch in Lebensgefahr«, sagt er. »Selbst wenn ich dich in eine Einzelzelle stecke oder dich sofort verlegen lasse. Ein Justizvollzugsbeamter fordert Rache und will dich tot sehen, außerdem hast du immer noch Ross Sumner und das Sumner-Vermögen im Nacken – das ist alles nicht unbedingt förderlich für ein versöhnliches Ende.«

»Und was soll ich jetzt machen?«, frage ich.

Statt einer Antwort öffnet er mir die Tür zu seinem Büro, in dem ich ihn erst gestern besucht habe. Als ich sehe, dass Philips Sohn Adam dort in voller Polizeiuniform steht, geht mir zum ersten Mal seit ich weiß nicht wann das Herz auf.

Einen Moment lang starre ich meinen besten Freund einfach nur an. Er lächelt und nickt, als wollte er mir sagen, dass es real ist, dass er wirklich direkt vor mir steht. Mir gehen Bilder aus einer anderen Zeit durch den Kopf – aus der Umkleidekabine vor dem Basketballtraining an der Revere High School, vom Doppel-Date mit den Hancock-Schwestern im Friendly's und von unseren Stammplätzen bei den Baseballspielen der Red Sox in der letzten Reihe der Bleachers im Fenway Park, von denen wir regelmäßig den Right Fielder des Gegners angepöbelt haben.

Adam breitet die Arme aus und tritt vor, worauf ich in seine Umarmung sinke. Ich blinzele, weil ich befürchte, dass ich in Tränen ausbreche. Meine Knie werden weich, aber Adam hält mich fest. Wie lange ist es her, dass ich körperliche Zuneigung erfahren habe? Fast fünf Jahre. Wer die letzte Person war, die mich mit echtem Gefühl oder in echter Fürsorge umarmt hat? Das war mein Vater an dem Tag, als die Geschworenen mich schuldig gesprochen haben – und jetzt liegt er im Sterben. Aber selbst bei ihm, selbst bei meinem Vater, den ich liebe wie keinen anderen Menschen, spürte ich ein leichtes Zögern in der Umarmung. Mein Vater liebt mich. Aber – und vielleicht ist das auch nur eine Projektion – er wirkte zurückhaltend, als wäre er nicht ganz sicher, ob er seinen Sohn oder ein Monster umarmte.

In Adams Umarmung liegt keine Zurückhaltung.

Adam lässt mich erst los, als ich ihn endlich loslasse. Ich trete einen Schritt zurück, bin mir nicht sicher, ob ich überhaupt sprechen kann. Philip hat die Tür geschlossen. Er stellt sich neben seinen Sohn.

»Wir haben einen Plan«, sagt Philip.

ZEHN

W as für einen Plan?«, frage ich.

Philip Mackenzie nickt seinem Sohn zu. Adam lächelt und fängt an, sein Hemd aufzuknöpfen.

»Du wirst dich in mich verwandeln«, sagt Adam.

»Wie bitte?«

»Ich hätte gerne mehr Zeit für die Planung gehabt«, sagt Philip, »aber ich habe das eben ernst gemeint. Wenn du hierbleibst, wird es für dich nicht gut ausgehen, ganz egal wie sehr ich versuche, dich zu schützen. Und wir müssen sofort handeln.«

Adam zieht sein Hemd aus und reicht es mir. »Ich habe meine kleinste Uniform rausgesucht, sie wird aber trotzdem ziemlich locker sitzen.« Ich nehme das Hemd. Adam öffnet sein Koppelschloss.

»Hier die Kurzform des Plans: Du hast uns reingelegt, David.«

»Hab ich das?«

»Du bist gestern das erste Mal bei mir gewesen – das Treffen ist aktenkundig – und hast gesagt, dass du deine Taten bereust und dich ändern willst. Du hast mir eine rührselige Geschichte aufgetischt, wolltest alles wiedergutmachen und ein Geständnis ablegen und dir echte Hilfe suchen.«

Ich streife meinen Krankenhauskittel ab und ziehe mir Adams weißes T-Shirt über den Kopf. Dann schlüpfe ich in die Uniform. »Sprich weiter.«

»Du hast mich angefleht, deinen alten Freund Adam herzuholen. Du wolltest bei ihm anfangen – bei einem Menschen, der dir zuhört und dich trotz all dem, was geschehen ist, akzeptiert. Aus Loyalität zu meinem alten Freund – deinem Vater – habe ich mich darauf eingelassen. Ich hielt diesen Schritt für nachvollziehbar. Wenn dich jemand aus der Hölle, in die du dich selbst manövriert hast, retten und dazu bringen konnte, die Wahrheit zu gestehen, dann war es Adam.«

Adam reicht mir seine Hose. Er grinst.

»Also habe ich für den heutigen Tag ein längeres Treffen arrangiert – genau wie ich es den Justizvollzugsbeamten da draußen erzählt habe. Ihr beiden, du und Adam, solltet die Gelegenheit haben, den Tag gemeinsam zu verbringen.«

Die Hose ist zu lang. Ich krempele sie hoch und schlage sie ordentlich um.

»Ich wusste jedoch nicht, dass du eine Waffe hast.«

Ich runzle die Stirn. »Eine Waffe?«

»Ja. Die hast du auf uns gerichtet. Du hast Adam gezwungen, sich auszuziehen, ihn dann gefesselt und in den Schrank gesperrt.«

Adam lächelt. »Und das mir, wo ich doch Angst im Dunkeln hab.«

Ich erwidere das Lächeln, obwohl mir jetzt wieder einfällt, dass Adam als Kind immer ein Snoopy-Nachtlicht neben seinem Bett hatte. Das hat mich manchmal wachgehalten, wenn ich bei ihm übernachtet habe. Ich habe Snoopy angestarrt und konnte nicht einschlafen.

Seltsam, welche Erinnerungen einem bleiben.

»Dann«, fährt Philip fort, »hast du Adams Uniform angezogen, einschließlich seines Trenchcoats und seiner Mütze. Du hast mich mit vorgehaltener Waffe gezwungen, dich hier rauszubringen.«

»Aber wie zum Teufel bin ich an eine Waffe gekommen?«, frage ich.

Philip zuckt die Achseln. »Das hier ist ein Gefängnis. Die Leute schmuggeln eine Menge Zeug rein.«

»Aber keine Waffen, Philip. Außerdem habe ich die Nacht auf der Krankenstation verbracht, umgeben von drei Wärtern. Das kauft uns keiner ab.«

»Gutes Argument«, sagt Philip. »Warte.« Er öffnet seine Schreibtischschublade und nimmt eine Glock 19 heraus. »Du hast meine genommen.«

»Was?«

Philip öffnet seine Anzugjacke, sodass sein leeres Holster zu sehen ist. »Ich hatte sie angelegt. Wir haben in Erinnerungen geschwelgt. Du hast geweint. Idiotischerweise wollte ich dich trösten. Da hast du mich überrumpelt und mir meine Waffe abgenommen.«

»Ist sie geladen?«

»Nein, aber …« Philip Mackenzie greift in die Schublade und holt eine Munitionsschachtel heraus. »Gleich schon.«

Der Plan ist irre. Er ist total lückenhaft. Voller riesiger Lücken. Aber ich werde wie von einer Springflut mitgerissen. Ich habe keine Zeit, das Ganze noch einmal zu durchdenken. Dies ist meine Chance. Ich muss hier raus. Wenn Philip und Adam am Ende die Konsequenzen tragen und Opfer bringen müssen, dann ist es eben so. Mein Sohn lebt, er ist irgendwo da draußen. Egoistisch oder nicht, das ist wichtiger als alles andere.

»Okay, und wie geht's jetzt weiter?«, frage ich.

Adam hat nur noch seine Unterwäsche an. Ich setze mich hin, ziehe seine Socken an und schlüpfe in seine Schuhe. Adam ist fünf Zentimeter größer als ich und während wir früher ungefähr gleich schwer waren, ist er jetzt wohl zehn bis fünfzehn Kilo schwerer. Ich ziehe den Gürtel enger, damit die Hose nicht rutscht. Dann werfe ich den Trenchcoat über. Das ist schon besser.

»Ich habe Adam gebeten, auf der Fahrt hierher seine Mütze zu tragen«, sagt Philip und wirft mir die Polizeimütze zu. »Die verdeckt deine Haare. Geh zügig und mit gesenktem Kopf. Wir kommen auf dem Weg zum Parkplatz nur an einem Kontrollpunkt vorbei. Wenn wir bei meinem Auto sind, wirst du mir befehlen – natürlich mit vorgehaltener Waffe –, dich zu mir nach Hause zu fahren. Wie dumm von mir, dass ich gestern bei der Bank war und fünftausend Dollar abgehoben habe. Ich hätte ja mehr besorgt, aber das wäre zu auffällig gewesen.«

Adam wirft mir seine Brieftasche zu. »Da sind tausend Dollar drin. Und vielleicht vergesse ich ja vor Aufregung, eine der Kreditkarten sperren zu lassen. Zum Beispiel die Mastercard. Die benutze ich sowieso nie.«

Ich nicke und versuche, mich nicht von meinen Gefühlen überwältigen zu lassen. Ich muss mich konzentrieren, bei der Sache bleiben, alles genau durchdenken und trotzdem weitermachen. Die Mastercard, zum Beispiel. Könnte ich die nutzen? Oder wäre es dann zu leicht, mich ausfindig zu machen?

Später, sage ich mir. *Das kannst du dir später noch überlegen. Konzentrier dich.* »Okay. Und wann gehen wir zu deinem Auto?«

Philip sieht auf die Uhr. »Jetzt gleich. Dann müssten wir noch vor neun bei mir zu Hause sein. Da fesselst du mich, und so gegen sechs Uhr abends gelingt es mir, mich zu befreien. Damit hast du einen ordentlichen Vorsprung. Und wenn ich mich dann endlich befreit habe, werde ich in Panik geraten, vor allem, weil du meinen Sohn gefesselt und in den Schrank gesperrt hast. Ich werde erst hereilen, um ihn zu befreien, bevor ich den Alarm auslöse und erzähle, was passiert ist. Das wird dann so gegen sieben Uhr heute Abend sein. Damit hast du etwa zehn Stunden Vorsprung.«

Ich ziehe die Schnürsenkel von Adams Schuhen fest, damit sie mir nicht von den Füßen rutschen. Den Schirm der Mütze habe ich tief in die Augen gezogen. Adam überlegt, ob er den Krankenhauskittel anziehen soll, aber das bringt nichts.

»Geh in den Schrank«, sagt Philip zu seinem Sohn.

Adam dreht sich zu mir um. Wir umarmen uns fest und innig.

»Finde ihn«, sagt Adam zu mir. »Finde mein Patenkind.«

Philip wirft ihm ein paar Schokoriegel und ein paar Fixiergurte zu, die als Fesseln dienen können. Ich weiß nicht, ob ihnen irgendjemand die Geschichte abkaufen wird, aber mit etwas Glück wird er erst am Abend gefunden – und zwar von seinem Vater. Philip schließt die Schranktür ab. Er nimmt die Glock, drückt den Knopf am Griff und das Magazin kommt heraus. Ich weiß, dass dieses Modell fünfzehn Schuss fasst, allerdings dauert das Nachladen ohne Selbstlader ziemlich lange. Man muss die Patronen einzeln von oben ins Magazin einführen und darauf achten, dass die abgerundete Seite nach vorne zeigt. Philip drückt sechs oder sieben Patronen hinein und schiebt das Magazin wieder in den Griff.

Er reicht mir die Waffe.

»Benutz sie nicht«, sagt er, »und schon gar nicht gegen mich.«

Es gelingt mir zu lächeln.

»Bist du bereit?«, fragt er.

Ich spüre, wie der Adrenalinrausch einsetzt. »Dann mal los.«

***

Philip Mackenzie gehört zu den Typen, die Kraft und Selbstvertrauen ausstrahlen. Er geht mit hoch erhobenem Kopf und langen, entschlossenen Schritten. Den Schirm von Adams Mütze habe ich so tief ins Gesicht gezogen, dass er ein wenig Tarnung bietet, aber nicht so tief, dass es Verdacht erregt. Ich versuche, mit Philip Schritt zu halten. Vor einem Aufzug bleiben wir stehen.

»Drück die Taste nach unten«, sagt Philip.

Ich tue, was er verlangt.

»In dem Aufzug ist eine Kamera. Lass die Pistole kurz aufblitzen. Bedroh mich damit. Übertreib nicht, aber sorg dafür, dass die Waffe zu sehen ist.«

»Okay.«

»Wenn ich wieder hier bin, wird es Fragen geben. Je deutlicher man sieht, dass ich in Lebensgefahr war, desto einfacher wird es.«

Der Aufzug pingt und die Türen öffnen sich. Er ist leer.

»Alles klar«, sage ich, als wir eintreten. Ich habe die Waffe in der Tasche des Trenchcoats. Es kommt mir vor, als würde ich schauspielern und ihn mit dem Finger bedrohen. Ich ziehe die Pistole heraus und halte sie dicht an meinen Körper, achte aber darauf, dass sie im Sichtfeld der Kamera über mir ist. Ich räuspere mich und murmle etwas von »keine falsche Bewegung«. Meine Worte klingen wie aus einer schlechten Fernsehserie. Philip reagiert nicht. Er hebt weder hektisch die Hände nach oben noch gerät er in Panik, was, da stimme ich ihm zu, meiner »Drohung« zumindest einen Anflug von Realismus verleiht.

Als wir im Erdgeschoss halten, stecke ich die Waffe wieder in die Tasche. Eilig verlässt Philip den Aufzug. Wieder muss ich mich beeilen, um mit ihm Schritt zu halten.

»Geh einfach durch«, sagt Philip leise. »Halt nicht an,

nimm keinen Blickkontakt auf. Bleib schräg rechts hinter mir. So versperre ich dem Wachmann die Sicht.«

Ich nicke. Dann entdecke ich vor mir einen Metalldetektor. Ich erstarre fast, doch dann wird mir klar, dass nur die Personen kontrolliert werden, die hereinkommen, nicht die, die hinausgehen. Abgesehen von ein paar beiläufigen Blicken achtet niemand wirklich darauf, wer das Gebäude verlässt, es ist schließlich nur der Verwaltungstrakt. Häftlinge kommen hier nicht herein. Am Ein- und Ausgang ist nur ein Wachmann. Aus der Entfernung wirkt er jung und gelangweilt. Er erinnert mich an einen bekifften Aufseher in einer Highschool.

Wir sind noch zehn Meter von ihm entfernt. Philip geht ohne zu zögern weiter. Ich bleibe erst etwas zurück, dann gehe ich etwas schneller, je nachdem, wo ich sein muss, damit mein Gesicht von Philips breiten Schultern verdeckt wird. Als wir näher kommen, und der junge Wachmann den Direktor auf sich zukommen sieht, stellt er die Füße auf den Boden und steht auf. Er sieht erst den Direktor und dann mich an.

Ihm geht etwas durch den Kopf.

Wir sind so nah an dieser verdammten Tür.

Panik beschleicht mich, als mir bewusst wird, dass ich die Waffe immer noch in der Hand halte. Meine Hand steckt in der Manteltasche. Ohne dass ich es will, verkrampft sich mein Griff um die Waffe. Ich schiebe den Finger auf den Abzug.

Würde ich abdrücken? Würde ich wirklich auf diesen Kerl schießen, um zu entkommen?

Philip nickt dem Wachmann zu, als wir an ihm vorbeigehen, seine Miene ist wie versteinert. Es gelingt mir, ebenfalls kurz zu nicken, weil ich denke, dass Adam das an meiner Stelle vielleicht auch tun würde.

»Einen schönen Tag noch, Herr Direktor«, sagt der Wachmann.

»Wünsche ich Ihnen auch.«

Wir sind am Ausgang. Philip stößt die Tür auf.

Zwei Sekunden später haben wir das Gebäude verlassen und sind draußen auf dem Weg zu seinem Auto.

**

Ted »Curly« Weston saß im Pausenraum und stützte den Kopf in beide Hände. Er zitterte am ganzen Körper.

O Gott, was hatte er getan?

Er hatte es vermasselt. Richtig Mist gebaut. Dabei hatte er es doch besser gewusst, oder etwa nicht? Er hatte versucht, auf dem rechten Weg zu bleiben. Einen Tag anständige Arbeit für einen anständigen Tageslohn. Das hatte sein Vater immer gesagt. Sein Vater hatte als Metzger in einer großen Fleischfabrik gearbeitet. Er war um drei Uhr morgens aufgestanden, hatte den ganzen Tag in Kühlräumen verbracht und sich dann rechtzeitig zum Abendessen nach Hause geschleppt und war schlafen gegangen, weil er am nächsten Tag um drei Uhr morgens wieder aufstehen musste. Das war sein Leben, bis er im Alter von neunundfünfzig Jahren an einem Herzinfarkt gestorben war.

Trotz allem war es für Ted im Leben meist bergauf gegangen. Musste er schwer schuften? Klar. Das mussten alle. Alles im Leben war Schufterei, wenn man mal darüber nachdachte. So ist das Leben, Mann. Wir bescheißen uns alle gegenseitig. Ted ging es da nicht anders. Er war kein Schwein, aber bei den miesen Löhnen, die sie einem hier zahlten, musste man gelegentlich fünfe gerade sein lassen, um klarzukommen. Um seine Einkünfte aufzubessern. Das war der American Way of Life. Von dem, was Walmart zahlt, kann man nicht leben. Walmart weiß das. Aber Walmart weiß auch, dass die Regierung die Differenz mit Lebensmittelmarken, Medicare oder was auch immer ausgleicht. Ja, vielleicht versuchte er nur, sein Tun zu rechtfertigen, aber wenn ihn jemand bat, ein Auge auf einen Gefangenen zu haben, wie in all den Jahren bei Burroughs, oder wenn eine Familie ihm ein Trinkgeld geben wollte, um einem Verwandten ein paar Annehmlichkeiten zu verschaffen, so sah Teddy das als eine kleine Zuwendung für Freundlichkeit und gute Arbeit, tja, so war es eben. Wenn er ablehnte, machte es ein anderer. Es wurde von einem erwartet. Alle taten es. Es war der Lauf der Welt. Da wirbelte man keinen Staub auf.

Aber Ted hatte noch nie jemanden verletzt.

Das war das Entscheidende. Vielleicht hatte er weggesehen, wenn diese Tiere sich gegenseitig zu Brei hauen wollten. Warum auch nicht? Die fanden sowieso einen Weg, sich zu prügeln. Einmal war Ted mitten in eine solche Schlägerei geraten. Ein Häftling, der wie eine wandelnde Geschlechtskrankheit aussah, hatte ihn gekratzt und ihm mit dem Fingernagel eine tiefe Wunde zugefügt. Mit dem Fingernagel! Die verdammte Wunde hatte sich infiziert. Ted musste zwei Monate lang Antibiotika nehmen.

Er hätte sich von Ross Sumner fernhalten sollen.

Ja, es war richtig gutes Geld gewesen. Natürlich war er nicht unbedingt auf ein »besseres Leben« angewiesen – eigentlich war seins ziemlich prima –, aber verdammt noch mal, diese Rechnungen, die ihn erdrückten, in denen er zu ertrinken drohte, einfach auf einen Schlag zu begleichen und dann darüber zu stehen, einfach ein paar Tage für sich zu haben, ohne sich Geldsorgen zu machen, und vielleicht noch ein bisschen was über zu haben, um mit Edna mal nett auszugehen – war das denn zu viel verlangt? Wirklich?

Ted ließ den Blick auf der Suche nach einem Donut über

den Tisch schweifen, es gab aber keine. Mist. Irgendein Trottel hatte stattdessen Croissants mitgebracht. Croissants. Haben Sie schon einmal versucht, ein Croissant zu essen, ohne sich total vollzukrümeln? Unmöglich. Aber genau die waren jetzt angesagt. Sie kämen aus Frankreich, hatte jemand gesagt. Sie wären kultiviert und stilvoll.

Wollt ihr mich verarschen?

Zwei seiner Kollegen, Moronski und O'Reilly, stopften sich Croissants in den Mund, wobei die Krümel wie Holzspäne aus einem Häcksler herumflogen, während sie darüber stritten, aus welchem Blickwinkel die Busen auf Instagram am besten aussahen. Moronski bevorzugte das »tiefe Dekolleté«, während O'Reilly von der »Seitenansicht der Titten« schwärmte.

O ja, dachte Ted. *Die Croissants verleihen ihrer Diskussion genau diesen Hauch von Klasse.*

»Hey, Ted, wie siehst du das?«

Ted ignorierte die Frage. Er starrte auf das Gebäck und überlegte, ob er einen Bissen nehmen sollte. Als er die Hand danach ausstreckte, zitterte sie deutlich sichtbar.

»Alles okay mit dir?«, fragte O'Reilly.

»Ja, alles in Ordnung.«

»Wir haben gehört, was passiert ist«, sagte Moronski. »Ich find's unglaublich, dass Burroughs das versucht haben soll. Hast du ihn irgendwie verärgert?«

»Ich glaub nicht.«

»Ich versteh aber auch nicht, wieso du ihn auf die Krankenstation gebracht hast, ohne Kelsey Bescheid zu sagen.«

»Ich hab ihn angeklingelt«, log Ted, »er ist aber nicht rangegangen.«

»Trotzdem. Warum hast du nicht gewartet?«

»Ich fand, Burroughs sah ziemlich schlecht aus«, sagte Ted. »Ich wollte nicht, dass er uns wegstirbt.«

Moronski sagte: »Lass ihn in Ruhe, O'Reilly.«

»Was ist? Ich frag doch nur.«

Genug, dachte Ted. Die große Frage lautete: Was erzählt Burroughs dem Direktor in diesem Moment? Wahrscheinlich seine Version der Wahrheit – dass Ted das Messer hatte, nicht er. Aber wen interessierte das schon? Wer würde einem Kindermörder wie Burroughs eher glauben als ihm, Ted Weston? Und trotz O'Reillys Fragen würden seine Kollegen zu ihm stehen. Selbst Carlos, der gestern Abend ziemlich aufgewühlt gewirkt hatte, als er dazwischengegangen war, würde sich fügen. Hier machte niemand eine Welle. Keiner lehnte sich gegen das System auf oder stellte sich auf die Seite eines Häftlings.

Warum also fühlte Ted sich nicht sicher?

Seinen nächsten Schritt musste er sich gut überlegen. Als Erstes musste er das Ganze hinter sich lassen. Seine Arbeit machen. So tun, als wäre es kein großes Ding.

Aber herrje, was hatte Ted da beinahe getan?

Natürlich hatte Sumner ihn unter Druck gesetzt, ihn regelrecht erpresst, aber wenn Ted tatsächlich »erfolgreich« gewesen wäre, hätte er einen Menschen getötet. Er hätte einen Mitmenschen ermordet. Darüber kam er immer noch nicht hinweg. Er, Ted Weston, hatte versucht, einen Menschen zu töten. Ein Teil von ihm fragte sich, ob er sich unbewusst selbst sabotiert hatte – dass es nicht so sehr an Burroughs schneller und guter Reaktion auf seinen Angriff gelegen hatte, sondern vielmehr daran, dass Ted es trotz seiner sonstigen Fehltritte einfach nicht durchziehen konnte. Darüber dachte er jetzt nach. Angenommen, die Klinge hätte richtig getroffen. Angenommen, er hätte Burroughs' Herz durchbohrt und dann zugesehen, wie das Leben des Mannes seinen Körper verließ.

Ted wurde panisch. Aber würde es ihm jetzt besser gehen, wenn er Erfolg gehabt hätte?

Er nahm sich eine Tasse Kaffee und trank wie ein Verdurstender. Er sah auf die Uhr. Seine Schicht fing an. Also verließ er den Pausenraum.

Auf dem Treppenabsatz – die Angst pulsierte noch immer durch jede Ader seines Körpers – blickte er durch das vergitterte Fenster und etwas fiel ihm ins Auge. Er blieb wie angewurzelt stehen, als hätte eine riesige Hand ihn an der Schulter gepackt und zurückgerissen.

Was zum ...?

Vom Fenster überblickte man den Parkplatz der Verwaltung. Dort parkten die hohen Tiere. Die Justizvollzugsbeamten mussten weit hinten parken und wurden mit einem Shuttlebus zu ihren jeweiligen Trakten gefahren. Aber das war im Moment nicht das Problem. Ted blinzelte kurz und sah noch einmal hin. Der Direktor hatte sich ziemlich klar ausgedrückt: Er würde Stunden, wenn nicht sogar den ganzen Tag, mit Burroughs verbringen.

Na ja, okay, was ging ihn das an.

Aber warum stieg der Direktor dann gerade in sein Auto?

Und wer war der Typ bei ihm?

Ted lief ein kalter Schauer über den Rücken. Er wusste nicht genau, warum. Im Prinzip war das keine große Sache. Ted beobachtete, wie der Direktor auf der Fahrerseite einstieg. Der andere Mann, der bei ihm war – ein Typ mit Hut und Trenchcoat –, stieg auf der Beifahrerseite ein.

Wenn aber der Direktor das Gefängnis verließ, wo zum Teufel war dann David Burroughs? Ted hatte sein Funkgerät dabei. Es hatte keine Meldung über eine Überführung eines Gefangenen gegeben. Vielleicht hatte der Direktor ihn ja in Einzelhaft gesteckt. Nein, dann hätte er sie informiert.

Vielleicht hatte der Direktor Burroughs für eine weitere Vernehmung bei einem seiner Mitarbeiter gelassen.

Aber Ted wusste, dass nichts davon der Wahrheit entsprach. Er spürte es in den Knochen. Hier stimmte etwas nicht. Und zwar absolut nicht.

Er eilte zum Wandtelefon und nahm den Hörer ab.

»Hier ist Weston, Sektor 4. Ich glaube, es gibt ein Problem.«

ELF

Es ist einfach unglaublich, dass ich in Philips Auto sitze. Ich blicke durch die Windschutzscheibe. Der Morgen ist grau. Bald wird es anfangen zu regnen – ich spüre das im Gesicht. Ich habe von Arthritis-Patienten gehört, die Regenschauer vorhersagen können, weil ihre Gelenke zu schmerzen beginnen. Ich spüre den herannahenden Regen in der Wange und im Kiefer, seit sie mir im Gefängnis die Knochen zertrümmert haben, so seltsam das auch klingen mag. Sie schmerzen, wie ein entzündeter Weisheitszahn, wenn sich ein Regenschauer ankündigt.

Philip lässt den Motor an, legt den Rückwärtsgang ein und fährt los. Ich blicke aus dem Fenster auf die Befestigungsanlagen des Gefängnisses und erschaudere. Ich werde nicht wieder herkommen, sage ich mir. Ganz egal, was passiert. Ich werde nicht zulassen, dass man mich je wieder hierherbringt.

Ich wende mich Philip zu. Er blickt mit heruntergezogenen Augenbrauen konzentriert nach vorne. Seine kräftigen Hände umklammern das Lenkrad, als wollte er es abreißen.

»Die Leute werden sich fragen, wie ich an deine Waffe gekommen bin«, sage ich.

Er zuckt die Achseln.

»Du gehst ein großes Risiko ein.«

»Mach dir darüber keine Sorgen.«

»Machst du das wegen der Vorfälle gestern Nacht«, frage ich, »oder weil du mir glaubst, dass Matthew noch lebt?«

Philip überlegt einen Moment. »Spielt das eine Rolle?«
»Wahrscheinlich nicht.«

Als Philip in den Kreisverkehr einbiegt, schweigen wir. Vor uns sehe ich den Wachturm am Tor, durch das wir gleich herausfahren werden. Es ist keine hundert Meter entfernt. Ich lehne mich zurück und versuche, ruhig zu bleiben.

Gleich ist es so weit.

***

Adam Mackenzie setzte sich im dunklen Schrank auf den Boden und versuchte, es sich einigermaßen bequem zu machen. Wenn alles wie geplant lief, würde er hier zehn oder elf Stunden sitzen. Er lehnte sich an die Rückwand. Sein Handy hatte er im Auto seines Vaters gelassen, weil der »völlig durchgeknallte David Burroughs« ihm niemals erlaubt hätte, es zu behalten. Trotzdem. Zehn bis elf Stunden in diesem dunklen Schrank? Adam schüttelte den Kopf. Er hätte sich eine Taschenlampe und etwas zu lesen mitbringen sollen.

Er schloss die Augen. Adam war müde. Sein Vater hatte ihn kurz nach Mitternacht angerufen und ihm von Davids Auseinandersetzung mit den Wachen und seiner bizarren Behauptung erzählt, dass Matthew noch am Leben wäre. Das war natürlich Unsinn. Wie sollte es anders sein. Adam erinnerte sich noch daran, wie David ihn gebeten hatte, Matthews Patenonkel zu werden, so wie Davids Vater Adams Vater einst gebeten hatte, Adams Patenonkel zu werden. Es hatte ihn mit großem Stolz erfüllt, so wie seine ganze Freundschaft mit David. David war etwas Besonderes. Er war der Typ, der immer im Mittelpunkt stand. Die Männer wollten wie er sein, die Frauen verliebten sich reihenweise in ihn. Aber er hatte auch eine dunkle Seite. Als die ersten Spekulationen darüber aufgekommen waren, dass David der Mörder seines Sohnes sein könnte, hatte er zwar immer abgestritten, dass er das für möglich hielt, aber gleichzeitig hatte etwas in seinem Hinterkopf genagt, eines gewissen Zweifels hatte er sich nie erwehren können. David war ein Hitzkopf. So hatte es in ihrem letzten Jahr auf der Highschool diese Auseinandersetzung gegeben. Adam war der beste Werfer und Rebounder im Basketballteam gewesen, trotzdem war David, der Rollenspieler, der Typ, der sich abrackerte, der knallharte Verteidiger, von den Mannschaftskameraden zum Kapitän gewählt worden. So war das eigentlich immer gewesen. Adam war der Spieler mit der feinen Technik für die besonderen Momente, und David sein bei allen beliebter Vollstrecker. Jedenfalls hatte die Revere Highschool in ihrem letzten Schuljahr gegen ihren Erzrivalen aus Brookside mit 78:77 verloren, weil Adam, der vierundzwanzig Punkte erzielt hatte, vier Sekunden vor Schluss einen einfachen Korbleger verpasste. Diese missglückte Aktion verfolgte Adam. Immer noch. Bis heute. Aber später an diesem Abend, als sich einige Jungs aus Brookside wegen des Patzers über Adam lustig machten, hatte David das auf seine Art geklärt. Er war auf zwei Gegenspieler losgegangen und hatte so wutentbrannt auf sie eingeprügelt, dass Adam ihn von ihnen wegziehen und in ein Auto verfrachten musste.

Und dann war da noch Davids Vater Lenny. Lenny und Adams Vater. Wie hieß es in der Bibel?

Die Sünden der Väter werden auf ihren Söhnen lasten.

Er hätte seinen alten Freund David schon längst im Gefängnis besuchen müssen. Warum hatte er das nie getan? Anfangs hatte David niemanden zu sich gelassen. Aber Adam hätte natürlich hartnäckiger bleiben können. Aber er hatte einfach aufgegeben. Ihm fehlte die Kraft dafür. Das hatte er sich zumindest eingeredet. Der Mann, der in diesem Höllenloch saß, war nicht sein bester Freund. Sein bester Freund war tot. Er war gemeinsam mit seinem Sohn totgeprügelt und so zurückgelassen worden.

Adam wollte gerade die Beine hochlegen, als er hörte, wie die Tür zum Büro seines Vaters geöffnet wurde.

Eine barsche Stimme fragte: »Was zum Teufel ist hier los?«

O Scheiße.

Adam griff nach den Seilen und wickelte sie sich um die Beine. Er schob sich das Taschentuch in den Mund, sodass es wie ein Knebel aussah. Der Plan war einfach. Falls ihn jemand fand, bevor sein Vater zurückkam, sollte Adam so tun, als wäre er gerade dabei, sich zu befreien.

Eine andere Stimme sagte: »Hab ich doch gesagt. Er ist weg.«

Barsche Stimme: »Wie zum Henker kann er weg sein?«

»Was meinen Sie?«

»Wo ist der Häftling?«

»Wollen Sie sagen, er hat ihn nicht zurückbringen lassen, bevor er gegangen ist?«

»Nein.«

»Sind Sie sicher?«

»Ich arbeite in dem Trakt. Ich würde ja wohl wissen, wenn der Häftling, der mich ermorden wollte, wieder in seiner Zelle wäre.«

Adam blieb ganz ruhig.

»Vielleicht hat ein Kollege von Ihnen Burroughs zurückgebracht.«

»Nein, das wäre mein Job gewesen.«

»Aber Sie haben doch gerade gesagt, dass Sie in der Pause waren, oder? Vielleicht war der Direktor in Eile? Vielleicht hat er einen Ihrer Kollegen gebeten, es zu erledigen.«

»Möglich.« Aber Barsche Stimme klang zweifelnd.

»Ich ruf an und frag nach. Ich weiß gar nicht recht, worüber Sie sich Sorgen machen.«

»Ich hab ihn grad mit jemandem gesehen. Den Direktor meine ich. Auf dem Parkplatz.«

»Das war dann wahrscheinlich sein Sohn.«

»Sein Sohn?«

»Ja, er ist Polizist.«

»Er hat heute seinen Sohn mitgebracht?«

»Ja.«

»Warum?«

»Woher zum Teufel soll ich das wissen?«

»Das versteh ich nicht. Der Direktor wird informiert, dass einer seiner Vollzugsbeamten fast von einem Gefangenen umgebracht wurde und beschließt dann, ausgerechnet an diesem Tag seinen Sohn zur Arbeit mitzubringen?«

»Ich weiß nicht. Möglich.«

Barsche Stimme sagte: »Sollen wir nicht lieber Alarm auslösen?«

»Weshalb? Wir wissen ja nicht einmal, ob Burroughs vermisst wird. Rufen wir in Ihrem Trakt und bei den zuständigen Kollegen für die Einzelhaft an. Lassen Sie uns erst feststellen, ob er hier ist.«

»Und wenn nicht?«

»Dann schlagen wir Alarm.«

Es entstand eine kurze Pause. Dann sagte Barsche Stimme: »Ja, in Ordnung. Lassen Sie uns telefonieren.«

»Gut. Gehen wir in mein Büro.«

Adam hörte, wie die beiden Männer den Raum verließen. Er stand auf. Im Schrank war es plötzlich stickig. Adam fühlte sich gefangen, beengt. Er versuchte den Türknauf zu drehen. Abgeschlossen. Natürlich. Sein Vater hatte ihn eingesperrt, damit alles echt wirkte.

Herrgott, und jetzt?

Plötzlich überschlugen sich die Geschehnisse. Die beiden würden gleich wieder zurückkommen. Nach ein oder zwei kurzen Telefonaten hätten sie festgestellt, dass David nicht in einer der Zellen saß. Dann würden sie Alarm auslösen. Verdammt. Er versuchte noch einmal die Tür zu öffnen. Es war unmöglich.

Ihm blieb keine Wahl.

Er musste die Tür aufbrechen. Aber nicht mit der Schulter. Der Versuch, eine Tür mit der Schulter aufzubrechen, führte nur zu Stauchungen und Prellungen. Also presste Adam den Rücken gegen die Schrankrückwand und hob den Fuß. Man trat immer gegen die Seite der Tür, an der sich das Schloss befand. Das war die schwächste Stelle. Adam hob das Bein und stieß mit der Ferse kraftvoll knapp unter das Schloss. Nach drei Versuchen gab die Tür nach. Adam trat blinzelnd ins Licht und stolperte zum Schreibtisch seines Vaters.

Er griff nach dem Hörer des Telefons, brauchte ein paar Sekunden, um sich an die Nummer seines Vaters zu erinnern, aber schließlich fiel sie ihm ein.

Adam wählte und hörte den Klingelton.

***

Als Philips Auto hinter einem weißen Lkw anhält, kommt ein Wachmann mit einem Gerät in der Hand auf uns zu.

»Halt einfach den Kopf unten«, sagt Philip.

Der Wachmann geht ums Auto und starrt dabei auf das Gerät in seiner Hand. Am Kofferraum bleibt er kurz stehen, dann setzt er seinen Rundgang fort.

»Was ist das?«, frage ich.

»Ein Herzschlagdetektor«, antwortet Philip. »Er findet einen Herzschlag sogar durch eine Wand.«

»Wenn sich also jemand hinten oder im Kofferraum versteckt …«

Philip nickt. »Wir finden ihn.«

»Sehr gründlich«, sage ich.

»Seit ich Direktor in Briggs bin, ist noch niemand ausgebrochen.«

Ich wende das Gesicht ab, bis der Wärter wieder in seiner Kabine ist. Er nickt Philip zu. Philip winkt freundlich. Ich warte, dass das elektrische Tor sich öffnet. Es dauert erstaunlich lang, aber das ist wahrscheinlich nur Einbildung. Ich starre auf den vier Meter hohen Maschendrahtzaun, der oben mit Natodraht versehen ist. Der Rasen an der Umzäunung ist erstaunlich üppig und grün, fast wie auf einem Golfplatz. Auf der anderen Seite des Rasens, nicht weit hinter dem Zaun, beginnt dichter Baumbewuchs.

Mein Atem geht schneller. Es kommt mir vor, als würde ich hyperventilieren, und vielleicht tue ich das auch.

Ich muss hier raus.

»Ganz ruhig«, sagt Philip.

Dann klingelt sein Handy.

Es ist mit dem Auto verbunden, daher ist der Klingelton unangenehm laut. Ich blicke aufs Display: unbekannte Nummer. Ich sehe Philip an. Er wirkt verwirrt, nimmt das Handy aus der Halterung und hält es an sein Ohr.

»Hallo?«

Es klingt wie Adam. Ich kann die Worte nicht verstehen, höre aber Panik in seiner Stimme. Ich schließe die Augen und zwinge mich, ruhig zu bleiben. Das Tor öffnet sich mit einem Grunzen, als würden sich die beiden Flügel nur widerwillig bewegen. Vor uns steht immer noch der weiße Lkw.

»Scheiße«, sagt Philip zu der Person am Telefon.

»Was ist?«, frage ich.

Philip beachtet mich nicht. »Wie viel Zeit haben wir noch, bis ...?«

In diesem Moment zerreißt die Alarmsirene des Gefängnisses die Stille.

***

Die Sirene heult ohrenbetäubend. Ich sehe Philip an, der jetzt grimmig dreinschaut. Das Tor, das schon fast vollständig offen war, beginnt sich wieder zu schließen. Der Wachmann im Turm telefoniert. Dann lässt er den Hörer fallen und greift nach einem Gewehr.

»Philip?«

»Richte die Pistole auf mich, David.«

Ich verlange keine Erklärung. Ich tue, was er sagt. Philip tritt aufs Gas. Er reißt das Lenkrad nach rechts und rast an dem weißen Lkw vorbei auf das sich schließende Tor zu. Er versucht, durch die Öffnung zu fahren. Aber das Tor ist schon zu weit geschlossen. Trotzdem setzt Philip die Front des Wagens schräg in die Lücke und gibt Gas. Die Reifen drehen durch. Er bleibt auf dem Gas. Das Tor gibt leicht nach, aber zu wenig. Es reicht nicht.

Der Wachmann auf dem Turm stürmt mit dem Gewehr aus seinem Kabuff.

»Ziel weiter auf mich!«, schreit Philip.

Das tue ich.

Der Wachmann auf dem Turm bleibt stehen und richtet das Gewehr auf das Auto.

Philip legt den Rückwärtsgang ein. Er setzt ein Stück zurück, die Torflügel schrammen an den Seiten seines Wagens entlang. Er legt wieder den Vorwärtsgang ein und rammt das Tor erneut. Wieder gibt es leicht nach, es reicht aber nicht. Zwei weitere Wachmänner kommen auf uns zu, beide mit Pistolen in den Händen. Ich behalte sie im Auge, als sie sich uns nähern. Die Glock liegt schwer in meiner Hand.

Die Wachmänner haben uns fast erreicht. Die Sirene heult weiter.

Ich blicke auf die Pistole in meiner Hand. »Philip?«

»Halt dich fest.«

Plötzlich macht das Auto einen Satz nach vorne. Es knirscht laut. Die Torflügel öffnen sich noch ein Stück. Philip bleibt auf dem Gas, lässt los, tritt es wieder durch. Der Motor röhrt und pfeift.

Die Wachmänner brüllen uns an, aber die Sirene ist zu laut, sodass ich sie nicht verstehe.

Das Auto schiebt sich durch die Öffnung. Wir sind fast draußen, fast in Sicherheit, aber die Tore drücken gegen den Wagen, halten ihn immer noch zurück. Es erinnert mich an die Müllpresse-Szene in Star Wars und all den alten Fernsehserien, in denen die Helden in einem Raum gefangen sind, dessen Wände sich zusammenziehen und sie zu zerquetschen drohen.

Der erste Wachmann befindet sich jetzt neben mir am Autofenster. Er schreit, ich weiß nicht, was er sagt, will es auch nicht wissen. Unsere Blicke begegnen sich. Er hebt seine Pistole. Ich glaube nicht, dass ich eine Wahl habe. Ich kann nicht wieder zurück. Ich darf nicht aufgeben. Ich hatte die Glock auf Philip gerichtet, aber jetzt ziele ich auf den Wachmann.

Ziel auf die Beine, denke ich.

Philip schreit. »Nicht!«

Der Wachmann richtet die Pistole in seiner Hand auf mich. Er oder ich. So sieht es aus. Ich zögere, aber eigentlich habe ich keine Wahl. Ich will gerade abdrücken, als das Auto wieder einen Satz nach vorne macht, einen größeren dieses Mal, sodass mein Kopf in die Kopfstütze gedrückt wird. Die Tore halten das Auto noch einen Moment fest, doch eine Sekunde später reißt es sich mit einem lauten Kreischen los.

Die Wachmänner rennen hinter uns her, aber Philip nimmt den Fuß nicht vom Gas. Kurz darauf rasen wir mit Höchstgeschwindigkeit die Straße hinunter. Ich drehe mich um. Die Wachen stehen vor dem Tor. Sie und das Briggs Penitentiary werden immer kleiner, bis ich beide nicht mehr sehe.

Aber selbst jetzt höre ich die Sirene noch.

ZWÖLF

Auch Rachel hörte die Sirene. Sie war zum Frühstück ins Nesbitt Station Diner gegangen, einem Restaurant, das aus zwei umgebauten Eisenbahnwaggons bestand und eine Speisekarte bereithielt, die nur wenig kürzer war als ein durchschnittlicher Roman. Das Gericht, das ihr am besten gefiel, hatte sie auf der Speisekarte unter den etwa vierzig verschiedenen Burger-Varianten entdeckt – Rind, Bison, Huhn, Truthahn, Elch, Portobello-Pilz, Wildlachs, Kabeljau, schwarze Bohnen, Gemüse, vegetarisch, Lamm, Schwein, Olive usw.-, es trug den Namen »Meine Frau möchte nichts«. Statt der normalen Pommes-Beilage bekam man eine Riesenportion und zwei Mozzarella-Sticks extra. An der Tür hing ein Schild mit der Aufschrift »24 Stunden geöffnet, aber nicht hintereinander«, die Öffnungszeiten standen darunter: Montag bis Samstag von fünf Uhr morgens bis zwei Uhr nachts. Auf einem anderen Schild stand: Der Verzehr von mitgebrachten Getränken ist gestattet, ihre Bedienung hat in diesem Fall ein Anrecht auf die Hälfte.

Der Cheeseburger aus der Heißluftfritteuse gestern Abend war ziemlich gut gewesen, der ausschlaggebende Grund für Rachels Besuch hier war allerdings das exzellente WLAN. Die Internetverbindung in der Briggs Motor Lodge war so schlecht, dass sie meinte, ein Modem kreischen zu hören, als sie versuchte, darauf zuzugreifen. Die Lodge, ein Wort mit zu vielen Bedeutungen, hatte weder eine Bar noch ein Restaurant, sondern nur ein kleines Foyer neben der Rezeption, in dem es ein kostenloses »kontinentales« Frühstück gab, eine ziemlich hochtrabende Bezeichnung für ein altbackenes Brötchen und eine Portionspackung mit halb geschmolzener Margarine.

Auf dem Zifferblatt der Uhr im Diner befanden sich nur Vieren und die Aufschrift »Kein Bier vor vier«. Die Besuchszeit begann erst in einer Stunde, Zeit genug für ein paar weitere Nachforschungen. Sie hatte sich auch gestern Abend schon hier eingenistet, Kaffee getrunken und so viel zu Essen bestellt, dass sie keine bösen Blicke auf sich zog, weil sie einen Tisch belegte.

Ihr Laptop war die ganze Nacht aktiv gewesen und hatte eine bunte Mischung von Informationen zutage gefördert. Nicht gut war, dass sie nirgendwo im Land einen weißen Jungen im Alter zwischen zwei und drei Jahren ausfindig machen konnte, der zur Zeit von Matthews Ermordung verschwunden war und auch fünf Jahre später noch vermisst wurde. Nicht einen einzigen. Ein paar Jungen in diesem Alter waren gestorben. Ein paar waren auch entführt worden, meist in Verbindung mit Sorgerechtsstreitigkeiten. Sie waren aber irgendwann auch wiederaufgetaucht. Drei von ihnen waren sogar acht Monate lang verschwunden gewesen, bis ihre Leichen gefunden wurden.

Doch kein einziges Kind, auf das diese Kriterien zutrafen, wurde immer noch vermisst. Und damit stellte sich die verstörende Frage: Wenn das damals nicht Matthews Leiche war, wessen Leiche war es dann?

Natürlich stand sie erst am Anfang ihrer Suche. Sie würde sie ausweiten, die Zeitspanne verlängern, das Suchgebiet vergrößern und weitere Datenbanken einbeziehen. Vielleicht war der tote Junge in Matthews Bett – Gott, das klang einfach verrückt – jünger oder älter, vielleicht ein hellhäutiger Schwarzer, Eurasier oder jemand ganz anderes gewesen. Rachel würde gründlich vorgehen. Vor dem Skandal war sie für ihre gnadenlosen Recherchen bekannt gewesen. Aber man konnte es drehen und wenden, wie man wollte: Das Fehlen einer Leiche war ein schwerer Schlag gegen die Theorie, dass Matthew noch am Leben war.

Matthew lebt. Mal im Ernst, wie hirnrissig war diese Theorie eigentlich?

Eine positivere Neuigkeit, wenn man es denn als positiv bezeichnen wollte, gab es bezüglich der Hauptzeugin im Prozess, die »nette alte Dame« – wie die Medien sie natürlich bezeichnet hatten – Hilde Winslow. Eigentlich hätte es kein Problem sein dürfen, die ältere Witwe ausfindig zu machen. Als es sich dann aber doch als schwierig erwies, hatte Rachel sich gefragt, ob die Frau in den letzten fünf Jahren verstorben war. Aber auch über ihren Tod gab es keine Meldungen. Tatsächlich war Rachel nur auf zwei Personen mit diesem Namen gestoßen. Eine der Hildes war dreißig Jahre alt und lebte in Portland, Oregon. Die andere war eine Viertklässlerin in Crystal River, Florida.

Nein und noch mal nein.

Der Name Hilde war eine Variante des gängigeren Namens Hilda. So weit so gut. In den Gerichtsakten zu Davids Fall und sämtlichen Medien wurde sie Hilde genannt, aber um auf Nummer sicher zu gehen, suchte Rachel auch nach Hilda Winslow. Aber auch davon gab es nur zwei, die beide nicht ins Profil passten. Dann versuchte sie es mit dem Mädchennamen von Hilde Winslow – es war nicht ungewöhnlich, dass Frauen diesen Namen wieder verwendeten –, aber auch das brachte sie nicht weiter.

Sackgasse.

Die Sirene – Rachel nahm an, dass es sich um eine Art Feueralarm handelte – heulte weiter.

Ihr Handy surrte. Ein Blick aufs Display verriet ihr, dass es Tim Doherty war, ein alter Freund und Kollege aus ihrer Zeit beim *Globe*, der sie zurückrief. Tim war einer der wenigen gewesen, die zu ihr gehalten hatte, als die Kacke am Dampfen war. Wenn auch natürlich nicht offen. Das wäre Selbstmord für seine Karriere gewesen. Das wollte sie weder ihm noch sonst irgendjemandem antun.

»Ich hab sie«, sagte Tim.

»Alle Akten?«

»Die Gerichtsdokumente und die Abschriften. Die Cops lassen mich natürlich nicht in ihre Ermittlungsakten sehen.«

»Hast du Hilde Winslows Sozialversicherungsnummer herausbekommen?«

»Ja. Darf ich fragen, warum du die haben willst?«

»Ich suche sie.«

»Das dachte ich mir schon. Warum probierst du es nicht auf dem üblichen Weg?«

»Das hab ich.«

»Und du hast nichts gefunden«, sagte er.

Sie hörte das Entzücken in Tims Stimme. »So ist es. Und warum nicht? Aber du hast offenbar was rausbekommen?«

»Ich habe mir die Freiheit genommen, die Sozialversicherungsnummer durchs System laufen zu lassen.«

»Und?«

»Zwei Monate nach Ende des Prozesses gegen deinen Schwager hat Hilde Winslow ihren Namen in Harriet Winchester geändert.«

Bingo, dachte Rachel. »Wow.«

»Und mehr noch«, sagte er. »Sie hat ihr Haus verkauft und ist nach Manhattan gezogen, in eine Wohnung in der 12th Street.« Er nannte die Adresse. »Sie wird diese Woche übrigens einundachtzig.«

»Warum sollte eine Frau in ihrem Alter ihren Namen ändern und umziehen?«, fragte Rachel.

»Die Berichterstattung nach dem Prozess?«

»Wie bitte?«

»Der Mord war eine Riesensache«, sagte Tim.

»Ja, aber jetzt mach mal halblang. Nachdem sie die Aussage gemacht hatte, stand sie nicht mehr im Licht der Öffentlichkeit.«

Die Medien benahmen sich in solchen Situationen wie die schlimmsten Schürzenjäger: Sobald sie jemanden – bildlich gesprochen – einmal ins Bett bekommen hatten, verloren sie das Interesse und suchten sich jemand anderen. Eine Namensänderung war zwar vielleicht erklärbar, aber zumindest seltsam und etwas übertrieben.

»Das ist wahr«, sagte er. »Glaubst du, dass sie gelogen hat?«

»Ich weiß es nicht.«

»Rachel?«

»Ja?«

»Du bist da an einer großen Sache dran, stimmt's?«

»Ich denke schon.«

»Normalerweise würde ich dich bitten, mir einen Happen abzugeben«, sagte er. »Aber du brauchst das dringender als ich. Du hast eine zweite Chance verdient, und die bekommt man in dieser Welt nicht mehr so häufig, also melde dich, falls du noch etwas Hilfe brauchst, okay?«

Sie spürte, wie ihr Tränen in die Augen stiegen. »Du bist der Beste, Tim.«

»Schon klar, okay? Wir hören voneinander.«

Tim legte auf. Rachel wischte sich über die Augen. Sie starrte aus dem Fenster auf den überfüllten Parkplatz des Diners, während in der Ferne immer noch die Sirene heulte. Ja, vielleicht bekam sie noch eine zweite Chance, sie war sich aber nicht sicher, ob sie sie verdient hatte. Es war zwei Jahre her, dass Catherine Tullo durch Rachels Schuld gestorben war.

Catherine würde jedenfalls keine zweite Chance bekommen. Warum sollte das bei Rachel anders sein?

Es war die wichtigste Story in Rachels Karriere als Journalistin gewesen. Nach einer gründlichen achtmonatigen Recherche wollte das *Sunday Magazine* des *Boston Globe* ihre Enthüllungen darüber veröffentlichen, dass der geliebte Präsident der Lemhall University, Spencer Shane, in den letzten zwei Jahrzehnten nicht nur die Augen vor sexuellem Fehlverhalten gewisser männlicher Professoren verschlossen hatte, die von Übergriffen bis zu Vergewaltigungen reichten, sondern dass er selbst ein Teil dieses Systems aus Missbrauch und Vertuschung an einer der Elite-Institutionen des Landes war. Der Fall war so ungeheuerlich, so extrem desillusionierend und pikant, dass Rachel sich intensiver hineinsteigerte, als es für eine Journalistin angemessen war. Sie verlor jeden Maßstab, nicht, was die Abscheulichkeit der Verbrechen und einer Kultur, die diese erst ermöglichte, betraf – darüber konnte man sich kaum genug empören –, sondern im Hinblick auf die Verletzlichkeit und den Anstand der Opfer.

Lemhall University, ihrer Alma Mater, war es gelungen, viele der Opfer dazu zu bringen, Verschwiegenheitserklärungen zu unterzeichnen, sodass sich niemand mehr zu den Vorfällen äußern konnte oder wollte. Auch Rachel selbst war nach einem verstörenden Vorfall bei einer Halloween-Party in ihrem ersten Studienjahr gedrängt worden, eine solche Vereinbarung zu unterschreiben, was sie den verantwortlichen Redakteuren beim *Globe* allerdings verschwiegen hatte. Sie hatte sich geweigert zu unterschreiben. Und die Uni hatte den ganzen Fall komplett vermasselt.

Vielleicht hatte das erst alles ausgelöst. Damals hatte sie den Kürzeren gezogen. Und das wollte sie nicht noch einmal erleben.

Also war sie zu weit gegangen.

Ihre Beschuldigungen waren am Ende so schwerwiegend gewesen, dass der *Globe* sie nicht veröffentlichen konnte, da die Verschwiegenheitserklärungen nicht auszuhebeln waren. Rachel fand es unfassbar. Sie wandte sich an den örtlichen Staatsanwalt, der hatte aber keine Lust, sich mit einer so beliebten Person und Institution anzulegen. Also sprach sie noch einmal mit ihrer früheren Kommilitonin Catherine Tullo, die ebenfalls eine Verschwiegenheitserklärung unterschrieben hatte, und flehte sie an, sie zu brechen. Catherine sagte Rachel zunächst, dass sie dazu bereit wäre, aber dann überwog doch ihre Angst. Sie ließ sich nicht mehr umstimmen. Das war's dann also. Damit war ihre komplette Story gestorben, und eine Institution, die Rachels Peiniger hatte davonkommen lassen, würde völlig unbehelligt bleiben.

Das konnte Rachel nicht dulden.

In Ermangelung anderer Möglichkeiten erhöhte Rachel den Druck auf Catherine Tullo: Entweder machst du das Richtige oder du wirst ohne dein Zutun bloßgestellt. Wenn Catherine nicht bereit war, auch an das Leid der anderen zu denken, sah Rachel keinen Grund, sie zu schützen. Sie würde die Geschichte selbst online stellen und ihre Quelle preisgeben. Catherine weinte, aber Rachel ließ sich nicht erweichen. Nach einer halben Stunde gab Catherine nach. Sie brauchte das Geld aus dem Vergleich nicht. Die Verschwiegenheitserklärung war ihr egal. Sie wollte das Richtige tun. Catherine Tullo umarmte ihre Freundin und frühere Verbindungsschwester und sagte zu, Rachel am folgenden Tag ein längeres Interview zu geben, in dem sie alles öffentlich machen würde. Und dann, in der Nacht, nachdem Rachel ihre Wohnung verlassen hatte, ließ Catherine Tullo sich ein Bad ein und schlitzte sich die Pulsadern auf.

Seit diesem Tag wurde Rachel von Catherine heimgesucht. Sie war auch jetzt hier, saß ihr gegenüber am Tisch, lächelte etwas unsicher, so wie sie es immer tat, und blinzelte dabei, als erwartete sie, geschlagen zu werden. Dann hörte sie, wie die Kellnerin, ein Diner-Original mit blauen Haaren – so hatte Rachel es noch nie gesehen –, zum Kunden am Nebentisch sagte: »Die hab ich aber schon lange nicht mehr gehört, Cal.«

Der Mann, bei dem es sich vermutlich um Cal handelte, antwortete: »Ja, ist Jahre her.«

»Glaubst du …?«

»Ach was«, sagte Cal. »Wahrscheinlich ist das nur eine Übung drüben im Knast. Da steckt sicher nichts dahinter.«

Rachel erstarrte.

»Wenn du meinst«, sagte die Kellnerin, ihr Gesichtsausdruck verriet aber, dass sie nicht ganz überzeugt war.

Rachel beugte sich vor und fragte: »Entschuldigen Sie, es geht mich ja nichts an, aber ist das die Sirene vom Briggs Penitentiary?«

Cal und die Kellnerin sahen sich kurz an. Dann nickte Cal und sagte mit einem herablassenden Lächeln: »Aber zerbrechen Sie sich darüber nicht Ihr hübsches Köpfchen. Wahrscheinlich ist es nur eine Übung.«

»Was für eine Übung?«, fragte Rachel.

»Ein Gefängnisausbruch«, sagte die Kellnerin. »Die Sirene heult nur, wenn ein Häftling ausbricht.«

Ihr Handy surrte. Rachel wandte sich ab und hielt es ans Ohr. »Hallo?«

»Ich brauche deine Hilfe«, sagte David.

DREIZEHN

Drei Polizeiwagen mit Blaulicht verfolgen uns.

Ich bin ziemlich benommen. Zum ersten Mal seit fünf Jahren bin ich außerhalb des Briggs Penitentiary. Wenn sie mich schnappen, werde ich nie wieder rauskommen. Nie wieder. Da bin ich mir sicher. Hier bekommt man keine zweite Chance. Meine Finger krümmen sich um die Waffe. Das Metall fühlt sich seltsam warm und beruhigend an.

Die Polizeiwagen gruppieren sich jetzt zu einer V-Formation.

Ich sehe Philip an. »Es ist vorbei, stimmt's?«

»Bist du bereit, dein Leben zu riskieren?«

»Welches Leben?«

Er nickt. »Richte die verdammte Waffe auf mich, David. Und halt sie hoch, sodass sie sie sehen können.«

Ich tue es. Die Waffe liegt jetzt schwer in meiner Hand. Die Hand zittert. Der Adrenalinschub – vom Kampf mit Sumner, von Curlys Angriff, von dieser improvisierten Flucht – scheint nachzulassen. Philip tritt aufs Gas. Die Polizeiautos bleiben direkt hinter uns.

»Was jetzt?«, frage ich ihn.

»Warte.«

»Worauf?«

Wie aufs Stichwort klingelt das Handy. Philipps Miene ist zu einer strengen Maske erstarrt. Bevor er sich meldet, sagt er zu mir: »Denk daran, dass du ein verzweifelter Mann bist. Also benimm dich auch so.«

Ich nicke.

Philip nimmt das Gespräch an und meldet sich mit einem zittrigen »Hallo«. Eine Stimme erwidert sofort: »Ihr Sohn ist in Sicherheit, Herr Direktor. Er konnte sich befreien und die Schranktür aufbrechen.«

»Mit wem zum Teufel spreche ich?«, fragt Philip. Seine Stimme klingt brüsk und feindselig.

Am anderen Ende der Leitung entsteht ein kurzes Zögern. »Ich, äh … hier ist …«

Wieder dröhnt Philips Stimme. »Ich habe gefragt, wer zum Teufel Sie sind.«

»Ich bin Detective Semsey …«

»Semsey, wie alt sind Sie?«

»Sir?«

»Ich will nur wissen, ob Sie schon immer ein inkompetenter Schwachkopf waren oder ob das eine neuere Entwicklung ist?«

»Ich versteh nicht …«

Philip sieht mich an. »Ich sitze neben einem verzweifelten Häftling, der mir eine Waffe ans Ohr drückt. Begreifen Sie das, Semsey?«

Ich drücke ihm die Pistole ans Ohr.

»Äh, ja, Sir.«

»Dann sagen Sie mir, Semsey. Halten Sie es wirklich für eine kluge Idee, den Häftling wütend zu machen?«

»Nein.«

»Und warum zum Teufel rücken mir dann die Streifenwagen so auf die Pelle?«

Philip nickt nur kurz. Ich reagiere auf mein Stichwort. »Geben Sie mir das!«, schreie ich und reiße ihm das Handy aus der Hand. Ich versuche, irre und nervös zu klingen – was mir auch nicht weiter schwerfällt. »Ich bin nicht in der Stimmung für verdammten Small Talk«, schreie ich so bedrohlich wie möglich, spucke die Worte aus, »also hören Sie zu. Sie haben zehn Sekunden. Ich werde sie nicht für Sie herunterzählen. Zehn Sekunden. Wenn ich dann noch einen Polizisten in unserer Nähe sehe, jage ich dem Direktor eine Kugel in den Kopf und fahre selbst. Haben Sie mich verstanden?«

Philip wirft ein: »Gott noch mal, David, das wirst du doch nicht tun.«

Kurz habe ich Angst, dass er es zu weit treibt, aber es funktioniert.

Am Telefon sagt Semsey: »Ho, ho, David, immer mit der Ruhe, ja?«

»Semsey?«

»Ja?«

»Ich sitze lebenslang im Gefängnis. Wenn ich den Direktor umbringe, bin ich der beliebteste Mann in Briggs. Haben Sie mich verstanden?«

»Natürlich, David, selbstverständlich. Kein Problem. Sie ziehen sich schon zurück. Sehen Sie?«

Das tue ich. Die Streifenwagen vergrößern den Abstand zu uns.

»Sie sollen nicht Abstand halten. Sie sollen ganz verschwinden.«

Semsey in beruhigendem Tonfall: »Hören Sie, David. Darf ich Sie David nennen? Das ist doch okay, oder?«

Ich schieße durch die Heckscheibe. Philip zieht überrascht eine Augenbraue hoch. »Die nächste Kugel geht genau zwischen die Augen des Direktors.«

Philip geht voll in seiner Rolle auf: »Mein Gott, nein. Semsey, hören Sie auf ihn!«

Semsey stammelt jetzt voller Panik: »Okay, okay, David, alles klar. Sie halten an. Versprochen. Sehen Sie? Sehen Sie nach hinten. Sehen Sie es sich an. Wir kriegen das hin, David. Bisher ist noch niemand verletzt worden. Lassen Sie uns reden, okay?«

»Geben Sie mir Ihre Telefonnummer!«, verlange ich.

»Was?«

»Ihre Nummer wird nicht angezeigt. Ich leg jetzt auf, dann ruf ich in fünf Minuten zurück und nenne Ihnen meine Forderungen. Wie lautet Ihre Nummer?«

Semsey gibt sie mir.

»Okay, halten Sie Stift und Zettel bereit. Ich ruf wieder an.«

»Stift und Zettel habe ich, David. Warum nennen Sie mir Ihre Forderungen nicht jetzt sofort? Ich bin sicher, dass wir ...«

»Halten Sie sich von uns fern, dann wird niemand verletzt«, sage ich. »Wenn ich auch nur ahne, dass ein Polizeiwagen in der Nähe ist, jage ich ihm eine Kugel in den Kopf.«

Ich lege auf und sehe Philip an. »Wie viel Zeit haben wir?«, frage ich.

»Höchstens fünf Minuten. Wahrscheinlich startet gerade ein Hubschrauber. Damit sie uns aus der Luft überwachen können.«

»Irgendeine Idee?«, frage ich.

Philip überlegt einen Moment lang. »Ein paar Kilometer von hier ist ein großes Factory-Outlet-Center. Dort gibt es eine Tiefgarage. Wenn wir da durchfahren, sind wir etwa zehn Sekunden für sie unsichtbar. Du kannst rausspringen, ohne dass sie es mitkriegen. Gleich daneben ist ein Hyatt Hotel. Früher war davor ein Stand mit Uber-Taxis und anderen Funkmietwagen, aber ich weiß nicht, ob's den noch gibt. Ab da bist du auf dich allein gestellt. Mehr kann ich nicht für dich tun. Anderthalb Kilometer entfernt gibt es einen Bahnhof und einen Busbahnhof, falls du das versuchen willst.«

Mir gefällt das nicht. »Merken die nicht, was los ist, wenn wir in der Tiefgarage verschwinden?«

»Ehrlich gesagt, weiß ich das nicht.«

Ich blicke nach hinten. Ich sehe keine Polizeiwagen, was aber nicht heißt, dass keine da sind. Ich öffne das Fenster und strecke den Kopf heraus. Keine Spur von einem Hubschrauber. Es ist auch keiner zu hören. Ich könnte Semsey zurückrufen und ihm noch heftiger drohen. Vielleicht würden sie sich fernhalten und nicht sehen, dass wir in die Tiefgarage des Outlets fahren. Aber würde das funktionieren? Ich habe keine Ahnung. Auch die Polizei kann nicht zaubern, selbst wenn wir das vielleicht manchmal glauben, weil wir zu viele Krimis gucken. Aber etwas Zeit haben wir noch. Der Hubschrauber ist noch nicht in der Luft. Wenn sie Fernüberwachungssysteme einsetzen – Teleskope, Kameras, was auch immer –, dauert es eine Weile, bis alles einsatzfähig ist. Auch eine Ortung von Adams und Philips Handys ist nicht so schnell eingerichtet.

Ich habe noch Zeit. Aber nicht viel.

»Wie lange brauchen wir noch bis zur Tiefgarage?«, frage ich.

»So drei, vier Minuten.«

Dann habe ich eine Idee. Sie ist keineswegs perfekt, aber mein Vater hat sich früher, als er noch Streife ging und sich Sorgen über mein zwanghaftes Bedürfnis nach Perfektion machte, gelegentlich auf Voltaire berufen: »Das Bessere sollte nicht der Feind des Guten sein.« Ich habe keine Ahnung, ob meine Idee wirklich gut ist, aber ich habe nichts anderes.

Das Autofenster ist immer noch offen. Jetzt hören wir beide ein Hubschraubergeräusch.

»Scheiße«, sagt Philip.

»Gib mir dein Portemonnaie, Philip.«

»Hast du einen Plan?«

»Fahr weiter in die Tiefgarage. Ich steig da aus. Ich habe dein Portemonnaie gestohlen. Sag ihnen, dass du nur etwa zwanzig Dollar dabeihattest. Adam sollte das Gleiche sagen. Sie werden verfolgen, wo deine Kreditkarte genutzt wurde, aber ich werde bar zahlen.«

»Okay«, sagt er.

»Ich ruf Semsey von deinem Handy zurück und stelle ein paar verrückte Forderungen.«

»Und dann?«

»Wir fahren in die Tiefgarage, während ich mit ihm rede. Ich steige schnell aus, so als hättest du gar nicht angehalten. Dein Handy behalte ich und spreche die ganze Zeit mit ihm.«

Philip nickt und sieht, worauf ich hinauswill. »Sie werden glauben, dass du noch im Auto bist.«

»Genau. Du fährst weiter. Der Hubschrauber kreist über uns, aber sie sehen nicht, dass ich längst ausgestiegen bin. Wenn ich einfach weiterspreche, glauben sie vielleicht, dass ich noch bei dir bin. Fahr so weit weg, wie du kannst. Ich werde nach genau zehn Minuten auflegen. Such dir eine andere Tiefgarage oder Unterführung. Gibt es hier so was?«

»Wieso?«

»Da fährst du durch, dann bleibst du ein paar Sekunden stehen. Tu so, als hätte ich dich gezwungen, dort anzuhalten und wäre abgehauen.«

»Während du in Wahrheit hier bist«, sagt Philip.

»Genau.«

»Dann fahre ich aus der zweiten Tiefgarage raus und signalisiere ihnen, dass du weg bist. Anrufen kann ich ja nicht, weil du mein Handy mitgenommen hast.«

»Genau.«

»Also suchen sie dich dort, nicht hier.«

»Ja.«

Philip überlegt kurz. »Verdammt, das könnte klappen.«

»Glaubst du?«

»Nein, eigentlich nicht.« Er sieht mich an. »Das Ablenkungsmanöver wird dir nicht viel Zeit bringen, David.«

»Schon klar.«

»Nimm den ersten Zug oder Bus oder was immer gerade kommt. Kennst du dich mit Survival-Kram aus?«

»Eher nicht.«

»Im Wald kann man sich gut verstecken. Sie werden Hundestaffeln einsetzen, aber auch die können nicht überall sein. Fahr nicht zu deinem Vater. Ich weiß, dass du das gern tun würdest, aber sie werden das Haus überwachen. Dasselbe gilt auch für deine Ex-Frau und deine Schwägerin. Im Prinzip für alle Verwandten. Bei Menschen, die dir nahestehen, kannst du keine Hilfe suchen. Die werden alle überwacht.«

Ich habe zwar aktuell niemanden, der mir nahesteht, weiß aber, was er meint.

»Ich rede mit deinem Vater. Ich werde ihm sagen, dass ich dir glaube – dass du es nicht getan hast.«

»Tust du das?«

Philip atmete tief durch, als er am Wegweiser zum Lamy Outlet Center abbog. »Ja, David, das tue ich.«

»Wie schlecht geht es ihm, Philip?«

»Sehr schlecht. Aber er wird die Wahrheit erfahren. Das verspreche ich dir.«

Ich sehe nach hinten. Immer noch keine Polizeiwagen. Jetzt oder nie. Meine Taschen sind voll – Adams Handy, Adams Portemonnaie, Philips Portemonnaie, das Bargeld, das sie mir gegeben haben.

»Eins noch«, sagt Philip.

»Was?«

»Lass die Waffe hier.«

»Wieso?«

»Willst du sie benutzen?«

»Nein, aber …«

»Dann lass sie hier. Wenn du unbewaffnet bist, ist es viel wahrscheinlicher, dass sie dich lebend festnehmen.«

»Ich will nicht lebend festgenommen werden«, sage ich. »Und warum hätte ich die Waffe zurücklassen sollen? Wer soll mir das abkaufen? Oder dir? So werden sie wissen, dass du da mit drinsteckst.«

»David …«

Aber wir haben keine Zeit, das weiter zu diskutieren. Ich nehme sein Handy und rufe Semseys Nummer an. Er geht sofort ran.

»Ich bin froh, dass Sie zurückrufen, David. Geht es euch gut?«

»Uns beiden geht's gut«, sage ich. »Noch. Ich muss hier irgendwie wegkommen. Ich brauche ein Transportmittel.«

»Okay, David, natürlich.« Semsey spricht mit einer kumpelhaften Wir-stecken-da-alle-zusammen-drin-Stimme. Er spricht jetzt ruhiger, kontrollierter. Die fünfminütige Pause hat ihm gutgetan. »Wir werden versuchen, das zu arrangieren.«

»Nicht versuchen«, schnauze ich.

Wir haben das Lamy Outlet Center erreicht. Philip biegt links ab. Wir fahren hinunter zur Tiefgarage. Ich greife zum Türgriff und mache mich bereit.

»Machen Sie das klar. Ich will keine Ausreden hören.«

Philip schaltet sich ein: »David, nehmen Sie die Waffe runter. Er wird tun, was Sie verlangen.«

»Ich brauche einen Hubschrauber«, sage ich zu Semsey. »Vollgetankt.«

Ein Dialog wie aus einer alten Fernsehserie. Aber Semsey scheint zufrieden zu sein. Er spielt seine Rolle: »Das kann aber ein paar Stunden dauern, David.«

»Schwachsinn. Sie haben doch schon einen Hubschrauber in der Luft. Halten Sie mich für bescheuert?«

»Der ist nicht von uns. Es ist die Verkehrsüberwachung. Oder ein privater Hubschrauber. Sie können nicht erwarten, dass wir ...«

»Sie lügen.«

»Hören Sie, David, wir wollen doch alle ganz ruhig bleiben.«

»Der Hubschrauber soll verschwinden. Und zwar sofort.«

»Es wird sofort jemand bei den nächsten Flughäfen anrufen.«

»Und ich will einen Hubschrauber für mich. Mit Treibstoff und einem Piloten. Einem unbewaffneten Piloten.«

Philip deutet kurz nach vorne und nickt. Ich bin bereit.

»Okay, David, kein Problem. Aber ein bisschen Zeit müssen Sie uns schon geben.«

Philip hält an. Ich öffne die Tür und steige aus. Kaum habe ich die Füße auf dem Asphalt, fährt Philip wieder los. Das Ganze dauert nur zwei, drei Sekunden. Ich gehe in die Hocke und verstecke mich hinter einem grauen Hyundai, während ich zu Semsey sage: »Wie viel Zeit? Ich will den Direktor nicht erschießen müssen.«

»Das wollen wir alle nicht.«

»Aber Sie zwingen mich dazu. Das ist doch alles Quatsch, was Sie erzählen. Vielleicht schieße ich ihm ins Bein. Nur damit Sie wissen, dass ich es ernst meine.«

»Nein, David, wir wissen, dass Sie es ernst meinen. Deshalb haben wir ja auch die Polizeiwagen abgezogen. Seien Sie einfach vernünftig, ja? Wir kriegen das hin.«

Ich laufe zwischen den Autos entlang, in Richtung Eingang des Einkaufszentrums. Uns sind keine verdächtigen Autos gefolgt. Es sind auch keine verdächtigen Personen zu sehen. »Hören Sie, Semsey, dies sind meine Forderungen.«

Ich trete in die Lobby im Untergeschoss des Einkaufszentrums und nehme die Rolltreppe nach oben.

Ich bin frei. Erst einmal.

VIERZEHN

Max – FBI Special Agent Max Bernstein – ging wütend im Vorzimmer des Gefängnisdirektors auf und ab.

Max war ständig in Bewegung. Seine Mutter hatte immer gesagt, er hätte Hummeln im Hintern. Die Lehrer hatten sich beschwert, dass es störte, wenn er ständig auf seinem Stuhl herumrutschte. In der vierten Klasse hatte eine Lehrerin, Mrs Matthis, den Rektor angefleht, ihr zu erlauben, ihn an der Stuhllehne festzubinden. Im Moment streifte Max, wie immer, wenn er in eine neue Umgebung kam, wie ein Hund herum, um sich an sie zu gewöhnen. Er blinzelte häufig. Sein Blick huschte hin und her, blieb immer wieder kurz irgendwo hängen, nur nicht an den Augen anderer Menschen. Er kaute an seinen Fingernägeln. In der übergroßen FBI-Windjacke wirkte er ungepflegt. Er war klein und hatte einen dichten Haarschopf wie aus Stahlwolle, den er nie richtig in Form bekam, bei den wenigen Versuchen im Jahr, ihn zu bändigen. Seine ständigen, aber unsteten und hektischen Bewegungen hatten dazu geführt, dass ein paar FBI-Kollegen, die ihm durchaus wohlgesonnen waren, ihn Twitch nannten. Natürlich hatten die ach so kreativen Homophoben diesen Spitznamen damals, als er sich geoutet hatte – und kein Kollege beim FBI seinem Beispiel gefolgt war –, diesen Namen zu – ach wie witzig – Bitch geändert.

FBI-Agenten können so komisch sein.

»Er ist weg«, sagte Detective Semsey, der örtliche Polizist, der erfolglos versucht hatte, den Fall zu bearbeiten.

»Haben wir schon gehört«, sagte Max.

Sie hatten sich im Vorzimmer von Gefängnisdirektor Philip Mackenzie eingerichtet, weil das Büro selbst ein Tatort war. An der Wand hing eine Straßenkarte von Briggs County, auf der die Strecke, die der Wagen des Direktors zurückgelegt hatte, mit gelbem Textmarker eingezeichnet war. Alte Schule, dachte Max. Es gefiel ihm. Die Bilder der Hubschrauberkamera wurden auf einem Laptop übertragen. Semsey und seine Leute hatten alles live verfolgt. Als Max und seine Partnerin Special Agent Sarah Jablonski eintrafen, war es schon vorbei.

Im Raum befanden sich außer ihm insgesamt sieben Personen, von denen er aber nur Sarah länger als fünf Minuten kannte. Sarah Jablonski war seit sechzehn Jahren Max' Partnerin, seine Adjutantin, seine rechte Hand, seine unentbehrliche Mitarbeiterin, wie auch immer man am besten ausdrückte, dass er sie vergötterte und brauchte. Sarah war rothaarig, breitschultrig, und überragte Max mit ihren ein Meter achtzig um mehr als zehn Zentimeter. Der Größenunterschied wirkte etwas komisch, was sie zu ihrem Vorteil nutzten.

Zwei der Männer im Raum waren US-Marshalls, die unter seinem Kommando standen. Die anderen vier arbeiteten im Gefängnis oder bei der örtlichen Polizei. Max setzte sich an den Laptop. Seine rechte Ferse trommelte unablässig auf den Boden, ein Verhalten, das man wahrscheinlich als Restless-Legs-Syndrom diagnostizieren würde, wenn Max jemals beschließen sollte, es untersuchen zu lassen. Sämtliche Blicke im Raum waren auf Max gerichtet, als er sich das Ende des Videos immer wieder ansah.

»Hast du was, Max?«, fragte Sarah.

Er antwortete nicht. Sarah drängte ihn nicht. Beide wussten, was das bedeutete.

Max starrte weiterhin auf den Bildschirm, als er fragte: »Wer ist der ranghöchste Gefängnismitarbeiter hier im Raum?«

»Ich«, sagte ein untersetzter Mann in einem verschwitzten, kurzärmligen Hemd. »Ich heiße …«

Max interessierte sich weder für seinen Namen noch für seinen Rang. »Wir brauchen ein paar Dinge, und zwar pronto.«

»Was genau?«

»Als Erstes eine Liste mit allen Besuchern, die Burroughs in den letzten Tagen hatte.«

»Okay.«

»Sind Verwandte oder Freunde dabei? Zellengenossen, mit denen er gesprochen haben könnte oder die entlassen wurden. Er muss zu jemanden in Kontakt treten, damit er oder sie ihm hilft. Diese Leute müssen wir unter Beobachtung stellen.«

»Wird sofort veranlasst.«

Max stand auf und begann wieder auf und ab zu gehen. Er knabberte am Zeigefingernagel, nicht behutsam oder beiläufig, sondern wie ein Rottweiler, der sich über ein neues Spielzeug hermacht. Die anderen sahen sich an. Sarah war es gewöhnt.

»Ist der Direktor wieder da, Sarah?«

»Er ist gerade angekommen, Max.«

»Bereit?«

»Bereit«, sagte sie.

Max, der immer noch auf und ab ging, nickte energisch. Er blieb vor dem Laptop stehen und tippte erneut auf Play. Im Video stieg Gefängnisdirektor Philip Mackenzie aus seinem

Auto und winkte mit den Armen zum Hubschrauber hinauf, von dem er gefilmt wurde. Max sah es sich an. Dann sah er es sich noch einmal an. Sarah blickte über seine Schulter.

»Soll ich ihn reinholen, Max?«

»Einmal noch, Sarah.«

Max startete das Video von vorne. Zwischendurch sprang er mit der Anmut einer verwundeten Gazelle vom Laptop zur Karte, folgte der Route mit seinem angenagten Zeigefinger und kehrte zurück zum Laptop. Währenddessen fummelte er die ganze Zeit an dem Dutzend Gummibänder herum – genau einem Dutzend, niemals elf oder dreizehn –, die er am Handgelenk trug.

»Semsey«, blaffte Max.

»Ja.«

»Beschreiben Sie mir das Ende dieses Videos Schritt für Schritt.«

»Sir?«

»Wann ist Burroughs aus dem Auto gestiegen?«

»Als sie im Wilmington-Tunnel waren. Hier, sehen Sie?« Semsey deutete auf die Karte. »Da ist der Wagen des Direktors in den Tunnel gefahren.«

»Sie haben doch mit Burroughs gesprochen?«

»Ja.«

»Als sie in den Tunnel fuhren?«

»Er hat kurz vorher aufgelegt.«

»Wie lange vorher?«

»Äh, das weiß ich nicht ganz genau. Vielleicht eine Minute vorher. Ich kann das überprüfen.«

»Tun Sie das. Aber später«, sagte Max und starrte immer noch auf den Bildschirm. »Wie wurde der Anruf beendet?«

»Ich sollte ihn zurückrufen, sobald der Hubschrauber bereitsteht.«

»Das hat er Ihnen gesagt?«

»Ja.«

Max sah Sarah an und runzelte die Stirn. Sarah zuckte die Achseln. »Erzählen Sie weiter.«

»Na ja, den Rest sieht man ja im Video«, sagte Semsey. »Wir haben sie dann aus den Augen verloren, als das Auto des Gefängnisdirektors in den Tunnel fuhr.«

Sie spielen diesen Teil auf dem Laptop ab.

»Burroughs wusste Bescheid, oder?«, fragte Max.

»Worüber wusste er Bescheid?«

»Er hat doch erwähnt, dass ein Hubschrauber in der Luft ist, oder?«

»Oh, ja, das wusste er wohl. Etwa eine Viertelstunde vorher hat er den Hubschrauber entdeckt. Er sagte, dass wir ihn abziehen sollen.«

»Was Sie dann aber nicht getan haben.«

»Nein. Wir haben ihn nur höher aufsteigen lassen, sodass er ihn nicht mehr sehen oder hören konnte.«

»Okay, sie fahren also in den Tunnel«, fährt Max fort.

»Sie fahren rein. Unsere Hubschrauber erwarten sie auf der anderen Seite, weil die Kamera natürlich nicht in den Tunnel blicken kann. Die Fahrt von einem Ende zum anderen dürfte eigentlich nicht länger als ein oder zwei Minuten dauern.«

»Es hat aber länger gedauert«, sagt Max.

»Der Wagen des Direktors kam erst nach gut sechs Minuten wieder heraus.«

Max tippte auf schnellen Vorlauf. Als der Wagen des Gefängnisdirektors am anderen Ende des Tunnels herauskam, tippte er wieder auf Play. Der Wagen stoppte praktisch sofort auf dem Seitenstreifen. Der Direktor stieg auf der Fahrerseite aus und fing an, hektisch zu winken.

Ende.

»Also, was denken Sie?«, fragte Max Semsey.

»Worüber?«

»Was mit Burroughs passiert ist.«

»Ach so. Okay. Also das wissen wir jetzt ja. Der Direktor hat es uns erzählt. Burroughs war klar, dass man den Tunnel vom Hubschrauber aus nicht einsehen kann, also forderte er den Direktor auf, mitten im Tunnel anzuhalten, dann schnappt er sich vielleicht ein anderes Auto. Wir durchsuchen den Tunnel jedenfalls und haben auch Straßensperren errichtet.«

»Sind im Tunnel Überwachungskameras?«

»Nein. Es ist nur eine Kabine für einen Wachmann drin, die aber nur noch selten besetzt ist. Budgetkürzungen.«

»Mhm. Sarah?«

»Ja, Max.«

»Wo ist der Sohn des Direktors?«

»Er ist bei seinem Vater auf der Krankenstation.«

»Alles okay mit dem Direktor?«

»Ja, das ist eine reine Vorsichtsmaßnahme.«

»Bitte schicken Sie den Direktor und seinen Sohn herein. Und alle anderen sollen verschwinden.«

Die anderen folgten seiner Aufforderung. Fünf Minuten später kam Sarah mit Philip und Adam Mackenzie in den Raum. Max sah sie nicht an. Er blickte weiter auf den Laptop.

»Harter Tag, was, Jungs?«

»Das können Sie laut sagen«, erwiderte Philip Mackenzie. Der Gefängnisdirektor trat auf Max zu und streckte seine Hand aus. Max tat so, als sähe er sie nicht. Er hüpfte wie eine Flipperkugel zwischen dem Fernsehbildschirm und der Karte hin und her.

»Wie ist er an die Waffe gekommen?«, fragte Max.

Philip Mackenzie räusperte sich. »Er hat mich überrumpelt und sie mir abgenommen, als ich nicht damit gerechnet habe. Wissen Sie, ich habe den Häftling hierhergebracht ...«

»Häftling?«

»Ja.«

»So nennen Sie ihn also?«

Philip Mackenzie öffnete den Mund, aber Max winkte ab. »Schon gut. Detective Semsey hat mir das alles erzählt. Wie er Ihnen die Waffe abgenommen und Ihren Sohn aufgefordert hat, ihm seine Uniform zu geben, und wie er Sie dann mit vorgehaltener Waffe gezwungen hat, ihn zu seinem Auto zu bringen. Das habe ich alles mitbekommen.« Max blieb stehen, starrte auf die Karte und runzelte die Stirn.

»Was ich aber eigentlich fragen wollte«, fuhr Max fort, »warum belügen Sie beide mich?«

Schweigen erfüllte den Raum. Philip Mackenzie starrte Max an, aber der wandte ihm immer noch den Rücken zu. Dann musterte er Sarah mit einem wütenden Blick. Sie zuckte die Achseln.

Philip Mackenzie wurde laut. »Was haben Sie gesagt?«

Max seufzte. »Muss ich das wirklich wiederholen? Sarah, habe ich mich nicht klar ausgedrückt?«

»Kristallklar, Max.«

»Was glauben Sie eigentlich, mit wem Sie hier reden, Agent Bernstein?«

»Mit einem Gefängnisdirektor, der gerade einem verurteilten Kindermörder zur Flucht verholfen hat.«

Philips Hände ballten sich zu Fäusten. Sein Gesicht lief rot an. »Sehen Sie mich an, verdammt.«

»Nö.«

Philip machte einen Schritt auf Max zu. »Wenn Sie einen Mann einen Lügner nennen, sollten Sie auch bereit sein, ihm in die Augen zu sehen.«

Max schüttelte den Kopf. »Das hat mich noch nie überzeugt.«

»Was?«

»Dieses Sehen-Sie-mir-in-die-Augen-Gefasel. Augenkontakt ist unglaublich überbewertet. Die besten Lügner, die ich kenne, können einem stundenlang direkt in die Augen sehen. Blickkontakt aufrechtzuerhalten ist reine Zeit- und Energieverschwendung. Hab ich recht, Sarah?«

»Wie immer, Max.«

»Herr Direktor?«, sagte Max.

»Ja?«

»Für Sie sieht es schlecht aus. Sehr schlecht. Daran kann ich nichts ändern. Aber für Ihren schweigsamen Sohn hier sehe ich womöglich noch so etwas wie einen Silberstreif am Horizont. Aber wenn Sie weiter lügen, servieren wir Sie ab. Wäre nicht das erste Mal, stimmt's, Sarah?«

»Wir lieben es, Max.«

»Es macht mich einfach irgendwie an«, sagte Max.

»Manchmal nehme ich solche Momente auf Video auf«, sagte Sarah. »Die guck ich mir dann beim Vorspiel an.«

»Fühl mal meine Nippel, Sarah«, sagt Max und streckt Sarah seine Brust entgegen. »Sie sind steinhart.«

»Ich will nicht wieder Post von der Personalabteilung bekommen, Max.«

»Ach, früher warst du nicht so eine Spaßbremse, Sarah.«

»Später vielleicht, Max. Wenn wir ihnen die Handschellen anlegen.«

Philip Mackenzie zeigte erst auf Max, dann auf Sarah. »Sind Sie fertig?«

»Sie haben mit Ihrem Auto das Tor durchbrochen«, sagte Max.

»Ja.«

»Was ich meine, ist, Sie sind mit Ihrem Auto mit Vollgas durch ein halb geschlossenes Tor gedonnert.«

Philip grinste und versuchte, selbstbewusst zu wirken. »Soll das irgendetwas beweisen?«

»Warum haben Sie so energisch aufs Gas getreten?«

»Weil mir ein verzweifelter Häftling eine Waffe an den Kopf gehalten hat.«

»Hast du das gehört, Sarah?«

»Ich stehe hier direkt neben euch, Max.«

»Big Phil hatte Angst.«

»Wer hätte das nicht?«, konterte Mackenzie. »Der Häftling hatte eine Pistole.«

»Ihre Pistole.«

»Das ist richtig.«

»Die Sie, wie Ihre Sekretärin sagte, nie tragen und nie geladen aufbewahren.«

»Da irrt sie sich. Ich trage sie gelegentlich im Holster unter meiner Jacke, sodass man sie nicht sieht.«

»Sehr diskret«, kommentierte Sarah.

»Und doch«, fuhr Max fort, »ist es Burroughs gelungen, sie nicht nur zu entdecken, sondern sie auch noch an sich zu nehmen und Sie beide damit zu bedrohen.«

»Er hat uns überrumpelt«, sagte Philip.

»Das klingt, als wären Sie vollkommen inkompetent.«

»Ich habe einen Fehler gemacht. Ich habe den Häftling zu nahe an mich herankommen lassen.«

Max lächelte Sarah zu. Sarah zuckte die Achseln.

»Sie nennen ihn ständig Häftling«, sagte Max.

»Das ist er ja auch.«

»Ja, aber Sie kennen ihn doch, nicht wahr? Eigentlich nennen Sie ihn David, oder? Sie und sein Vater sind alte Kumpel. Ihr Sohn hier – der bisher schweigsame Adam – ist mit ihm zusammen aufgewachsen, richtig?«

Ein Hauch von Überraschung zeigte sich im Gesicht des Direktors, er fing sich aber schnell wieder. »Das stimmt«, sagte Mackenzie und richtete sich etwas auf. »Ich streite es nicht ab.«

»Wie kooperativ von ihm«, sagte Sarah.

»Das ist wahr.«

»Und das ist auch der Grund ...«, fing Philip an.

»Moment, sagen Sie es nicht. Deshalb konnte Burroughs so nahe an Sie herankommen und Ihnen die Pistole abnehmen, von der Ihre Sekretärin schwört, dass Sie sie nie tragen ...«

»Oder laden«, ergänzte Sarah.

»Oder laden. Danke, Sarah. Trotzdem war Burroughs in der Lage, Ihnen in die Jacke zu greifen, Ihr Holster zu öffnen und die geladene Waffe herauszuziehen, während Sie beide dastanden und nichts taten. Ist das so in etwa gelaufen, Herr Direktor?«

Adam ergriff zum ersten Mal das Wort. »Genau das ist passiert.«

»Wow, es spricht, Sarah.«

»Das sollte er vielleicht lieber lassen, Max.«

»Ich stimme dir zu. Ich möchte Ihnen gerne noch eine Frage stellen, Direktor, wenn es Ihnen nichts ausmacht. Warum haben Sie gestern David Burroughs Vater besucht?«

Philip Mackenzie sah verblüfft aus.

»Sarah, möchtest du den Direktor kurz in Kenntnis setzen?«

»Gerne, Max.« Sie sah Philip an. »Sie sind gestern Morgen um acht Uhr mit American Eagle nach Boston geflogen. Flug drei-null-zwei, falls es Sie interessiert.«

Stille.

»Ich kann sehen, wie sich die Zahnrädchen in seinem Kopf drehen, Sarah.«

»Kannst du das, Max?«

Max nickte. »Er überlegt: Soll ich zugeben, dass ich meinen alten Kumpel Lenny Burroughs besucht habe, oder soll ich behaupten, dass ich aus einem anderen Grund in Boston war? Natürlich würde er lieber Letzteres tun, das Problem ist aber – und das ist Ihnen bewusst, Herr Direktor –, dass Sie sich fragen müssen, ob Sarah nicht in der Lage wäre, das Taxi oder den Uber-Wagen aufzuspüren, mit dem Sie vom Flughafen nach Revere zum Haus der Burroughs gefahren sind?«

»Oder umgekehrt, Max«, ergänzte Sarah.

»Richtig, Sarah, oder umgekehrt. Ob sie nicht den Wagen ausfindig macht, mit dem Sie zum Flughafen zurückgefahren sind. Aber bevor Sie antworten, muss ich Sie warnen: Sarah ist verdammt gut.«

»Danke, Max.«

»Nein, Sarah, das ist nicht einfach so dahergesagt. Du bist die Beste.«

»Ich werde gleich ganz rot, Max.«

»Das steht dir, Sarah.« Max zuckte die Achseln und wandte sich an die Mackenzies. »Eine schwere Entscheidung, Herr Direktor. Ich wüsste nicht, was ich tun würde.«

Philip räusperte sich. »Ich war in Boston, um einen kranken Freund zu besuchen. Daran ist nichts Verwerfliches.«

Max zog seine Brieftasche und lächelte. »Verdammt, Sarah, du hattest recht.«

Sie streckte ihre Hand aus. »Fünf Dollar.«

»Ich hab nur einen Zehner.«

»Den Rest kriegst du nachher wieder.«

Max reichte ihr einen Zehn-Dollar-Schein.

Philip Mackenzie ging in die Offensive. »Sie haben natürlich recht. Ich stehe David nahe. Und er hat sich in letzter Zeit irrational verhalten. Also wollte ich mit seinem Vater darüber reden. Wie Sie schon richtig sagten, kennen Lenny und ich uns schon lange …«

»Halt, lassen Sie mich raten.« Max hob die Hand. »Aus genau diesem Grund haben Sie auch Ihren Sohn mitgebracht. Weil Adam und David sich ebenfalls nahestanden und David sich so irrational verhalten hat.«

»Das ist tatsächlich so, ja.«

Max grinste und streckte seine Hand aus. Sarah runzelte die Stirn und gab ihm den Zehn-Dollar-Schein zurück.

»Finden Sie sich eigentlich witzig?«, blaffte Philip.

»Man nennt uns beim FBI nicht ohne Grund Desi und Lucy, stimmt's, Sarah?«

»Ja, aber weil ich rote Haare habe, Max, nicht weil wir so witzig sind.«

Max runzelte die Stirn. »Wirklich? Dabei arbeite ich gerade an einer neuen Version von Desis *Babalu*.«

Es klopfte an der Tür. Der untersetzte Gefängnisangestellte und Semsey betraten den Raum. Der Angestellte sagte: »David Burroughs hatte während seiner gesamten Haftzeit nur einen einzigen Besucher. Seine Schwägerin. Ihr Name ist Rachel Anderson. Sie war gestern und vorgestern hier.«

»Moment, Burroughs' einzige Besucherin war ausgerechnet gestern und vorgestern hier?« Max legte seine Hand auf die Brust. »Keuch … oh … keuch. Noch so ein Zufall, Sarah.«

»Die Welt ist voller Zufälle, Max.«

»Aber Zufälle haben kurze Beine, Sarah. Was sagen Sie dazu, Herr Direktor?«

Diesmal schwieg Philip Mackenzie.

Max wandte sich wieder an den untersetzten Mann. »Wissen Sie, wo die Schwägerin abgestiegen ist?«

»Wahrscheinlich in der Briggs Motor Lodge. Die meisten unserer Besucher übernachten dort.«

Max sah Semsey an. Der sagte: »Ich kümmere mich darum.«

Der untersetzte Angestellte ergänzte: »Sie könnte auch im Hyatt bei den Factory-Outlets übernachtet haben.«

»Brr.«

Max' Kopf drehte sich wie von einer Schnur gezogen. Er machte seinen Jitterbug-Schritt zurück zur Karte. Es wurde still im Raum. Max studierte die Route. Dann sprang er zurück zum Laptop und starrte auf den Monitor.

»Bingo, Sarah.«

»Was, Max?«

»Semsey?«

Der Detektiv trat einen Schritt vor. »Hier bin ich.«

»Sie sagten, Sie hätten mit Burroughs telefoniert, kurz bevor der Wagen in den Tunnel fuhr, richtig?«

»Ja.«

»Burroughs hat Sie angerufen?«

»Ja. Er hat um fünf Minuten Zeit gebeten und mich dann zurückgerufen.«

»Wann war das genau? Sehen Sie auf Ihrem Handy nach.«

»Um acht Uhr fünfzig.«

»Also war der Wagen ...« Max fand ihn. »Hier. In der Green Street. Das war kurz bevor sie in die Tiefgarage des Einkaufszentrums fuhren.« Er wandte sich an Philip Mackenzie. »Warum sind Sie durch diese Tiefgarage gefahren, Herr Direktor?«

Philip starrte ihn an. »Weil der Häftling es mir befohlen hat. Mit vorgehaltener Waffe.«

Max sprang zurück zur Karte. Er zeigte auf das Lamy Outlet Center und betrachtete die nähere Umgebung. »Sarah, siehst du das, was ich sehe?«

»Der Bahnhof, Max.«

Max nickte. »Semsey?«

»Ja?«

»Stoppen Sie die Züge. Und wenn einer nach acht Uhr fünfzig abgefahren ist, gehen wir rein. Schicken Sie jeden verfügbaren Polizisten zu diesem Einkaufszentrum.«

»Geht klar.«

FÜNFZEHN

Im Payne Museum of Art in Newport, Rhode Island, beobachtete Gertrude Payne, die zweiundachtzigjährige Matriarchin des Neuengland-Zweiges der vermögenden Payne-Familie, wie ihr Enkel Hayden ans Podium trat. Hayden war siebenunddreißig Jahre alt, und obwohl die meisten Leute von ihm wohl ein vornehmes oder patrizierhaftes Auftreten erwartet hätten, erinnerte er in Wirklichkeit viel eher an seinen Ur-Ur-Ur-Großvater Randall Payne, den tatendurstigen Mann, der im Jahr 1868 die Payne Kentucky Bourbon-Destillerie aufgebaut und damit den Grundstein für die Familiendynastie der Paynes gelegt hatte.

»Im Namen meiner Familie«, begann Hayden, »insbesondere dem meiner Großmutter Pixie …«

Pixie war Gertrude. Das war der Spitzname, den ihr Vater ihr gegeben hatte, wobei niemand wirklich wusste, warum. Hayden wandte sich ihr zu und lächelte sie an. Sie erwiderte das Lächeln.

Hayden fuhr fort: »… freuen wir uns sehr, so viele von Ihnen bei unserem jährlichen Benefiz-Lunch zu sehen. Der gesamte Erlös der heutigen Veranstaltung geht an die Wohltätigkeitsorganisation Paint with Payne, die auch in Zukunft Kunstkurse und Materialien für benachteiligte Jugendliche im Großraum Providence bereitstellen wird. Wir danken Ihnen herzlich für Ihre Großzügigkeit.«

Der höfliche Applaus hallte durch den Marmorballsaal

des Payne House in der Ochre Point Avenue. Das Herrenhaus war 1892 erbaut worden und bot eine wundervolle Aussicht auf den Atlantik. Im Jahr 1968, kurz nachdem Gertrude in die Familie eingeheiratet hatte, stellte sie die Idee in den Raum, im Haus ein Kunstmuseum einzurichten und es an die Denkmalschutzgesellschaft zu verkaufen. Payne House war zwar wunderschön und majestätisch, aber eben auch zugig und kalt – und das nicht nur im wörtlichen, sondern auch im übertragenen Sinne. Die meisten Menschen glauben, dass solche Herrenhäuser gemeinnützigen Gesellschaften gestiftet werden, damit möglichst viele Personen in den Genuss ihrer Pracht kommen. In Wahrheit geht es nur darum, dass es der Familie finanzielle Vorteile bringt. Die meisten der berühmten, touristisch erschlossenen Herrenhäuser wie The Breakers, Marble House oder eben das Payne House wurden von gemeinnützigen Gesellschaften zu gewinnbringenden Konditionen für die wohlhabenden Besitzer übernommen.

Wenn man reich war, ergaben sich immer Möglichkeiten, das wusste Pixie.

»In diesem Jahr freuen wir uns, Ihnen ein ganz besonderes Exponat präsentieren zu dürfen«, fuhr Hayden fort, »und wie angekündigt, werden wir Sie, unsere wichtigsten und großzügigsten Spender, nach einem exquisiten Lunch, zubereitet von unserem hiesigen Caterer, dem himmlischen Hans Laaspere ...«

Ein paar Leute applaudierten.

»... auf eine Privatführung durch das Museum einladen, deren Höhepunkt und eigentlicher Anlass für Sie, heute hier zu sein, die Wiederenthüllung des berühmten Gemäldes ist, das seit über zwei Jahrzehnten nicht mehr öffentlich zu sehen war: Johannes Vermeers *Mädchen am Klavier*.«

Ohs und Ahs füllten den Raum.

Der angesprochene Vermeer war Gertrudes Cousin aus dem Lockwood-Familienzweig vor fast einem Vierteljahrhundert gestohlen und erst kürzlich an einem bizarren Tatort in der Upper West Side in Manhattan wiederentdeckt worden. Das nur einen halben Meter hohe Gemälde war ein unschätzbares Meisterwerk und wenn man seine Geschichte hinzunahm – Kunstraub, Mord, Inlandsterrorismus –, war das *Mädchen am Klavier* inzwischen sicherlich eines der wertvollsten Kunstwerke der Welt. Nachdem das Gemälde endlich wiederaufgetaucht war, hatte Gertrudes Cousin Win sich dafür ausgesprochen, dass es nicht in einem düsteren Salon auf Lockwood Manor versauern, sondern die Welt bereisen sollte, um von Tausenden, wenn nicht gar Millionen Menschen bewundert zu werden. Der gestohlene Vermeer würde als Leihgabe an Museen in aller Welt gehen, wobei Newport, Rhode Island, den Anfang machen würde, wo es einen Monat lang gezeigt wurde.

Den Vermeer zuerst präsentieren zu dürfen, war ein großer Coup. Die Tickets für die heutige Führung inklusive Lunch kosteten ab fünfzigtausend Dollar aufwärts pro Person. Nicht dass das Geld eine Rolle gespielt hätte. Eigentlich nicht. Die Paynes waren milliardenschwer, aber bei solchen Wohltätigkeitsveranstaltungen der Reichen ging es immer um sozialen Aufstieg, gewürzt mit einem Hauch von Schuldgefühlen. Sie lieferten einen Vorwand, um Kontakte zu knüpfen und eine große Feier zu veranstalten. Denn wenn man so obszön reich war, hätte es geschmacklos und protzig gewirkt, einfach nur so zu einer großen Feier einzuladen. Die Wohltätigkeitsveranstaltung war da ein geeigneter Deckmantel. Gertrude wusste, dass das alles Quatsch war. Die Reichen in diesem Raum hätten einfach Schecks ausstellen können, um die Wohltätigkeitsorganisation der Paynes für unterprivilegierte

Jugendliche zu unterstützen. Sie hätten die Ausgabe gar nicht gespürt, denn niemand hier gab so viel, dass es ihm wehtat – sie gaben nicht einmal so viel, dass sie es überhaupt spürten. Natürlich setzte kein Mensch freiwillig sein Vermögen aufs Spiel oder schmälerte es erheblich, das wusste auch Gertrude. Und natürlich behaupteten wir alle gerne, dass wir denen, die weniger Glück im Leben hatten als wir selbst, ein besseres Leben gönnten – und vielleicht meinten wir es sogar ernst –, aber keiner von uns wollte dafür auch nur das geringste Opfer bringen. Und das war, wie Gertrude vermutete, wohl auch der Grund dafür, dass die Reichen oft so widerwärtig wirkten.

Hayden fuhr fort: »Die Hilfsprogramme der Payne Foundation für unterprivilegierte Kinder haben Zehntausenden von Bedürftigen geholfen, seit unser Namenspatron Bennett Payne im Jahr 1938 unser erstes Waisenhaus für Jungen gegründet hat.«

Er deutete in Richtung des großen Ölporträts von Bennett Payne.

Ah, der wunderbare, verehrte Onkel Bennett, dachte Gertrude. Nur wenige wussten, dass Onkel Bennett in einer Zeit, in der dieses Wort noch gar nicht zu existieren schien, ein Pädophiler war. Der »großzügige« Bennett hatte aus einem einfachen Grund beschlossen, mit bedürftigen Jugendlichen zu arbeiten – auf diese Weise bekam er ungehinderten Zugang zu ihnen. Onkel Bennett hielt seine »Vorlieben« natürlich geheim und – wie die meisten Menschen – rechtfertigte er sie vor sich selbst. Er war davon überzeugt, dass er insgesamt Gutes tat. Ohne die Hilfe der Paynes wären diese Kinder – besonders die extrem armen – gestorben. Bennett ernährte sie, bekleidete sie und bildete sie aus – und war Sex nicht auch ein Akt, an dem beide Beteiligten ihre Freude hatten? Was daran war also zu verurteilen? Und Onkel Bennett bereiste die Welt, oft mit gleichgesinnten Missionaren, um so mit einer großen Auswahl an Kindern Sex haben zu können – oder wie man heute zurecht sagte, sie zu vergewaltigen.

Für all diejenigen, die sich um sein Karma sorgen, die wissen wollen, ob Bennett Payne, der nie Hunger, Durst oder auch nur irgendeine Unbequemlichkeit erleiden musste, der nie einer echten Arbeit nachging oder etwas anderes als großen Reichtum kannte, letztlich für seine Missetaten bezahlt hat, lautet die Antwort: leider nein. Onkel Bennett starb im hohen Alter von dreiundneunzig Jahren eines natürlichen Todes im Schlaf. Er war nie aufgeflogen. Sein Porträt hing bis zum heutigen Tag in jedem Haus der Payne Foundation.

Die Ironie dabei war nur, dass die Payne Foundation heute wirklich viel Gutes tat. Was als Werkzeug zur Vergewaltigung von Kindern durch Onkel Bennett begonnen hatte, half den Bedürftigen inzwischen wirklich. Wie war so etwas unter einen Hut zu bringen? Gertrude kannte so viele Dinge, die mit den besten Absichten begonnen wurden, bevor sie sich in etwas Schreckliches und Korruptes verwandelten. Eric Hoffer sagte einmal: »Jede große Idee beginnt als Bewegung, wird zu einem Geschäft und verkommt schließlich zu einer Masche.« Wie wahr. Aber was, wenn es andersherum lief?

Alle Männer, dachte Gertrude, hatten ein paar soziopathische Eigenschaften, gepaart mit der wundervollen Fähigkeit, jedes Verhalten vor sich selbst zu rechtfertigen. Ja, das war eine Verallgemeinerung, und natürlich rief jetzt irgendjemand aus dem Hintergrund: »Nicht alle Männer.« Aber doch fast alle. Ihr Vater war Alkoholiker gewesen und hatte ihre Mutter geschlagen und unbedingten Gehorsam verlangt. Er hatte das mit Bibelversen gerechtfertigt. Gertrudes eigener Ehemann George war ein unverbesserlicher Schürzenjäger gewesen. Er hatte es mit dem wissenschaftlichen Argument gerechtfertigt, dass Monogamie »unnatürlich« sei. Und On-kel Bennett, tja, das wurde ja bereits erwähnt. Und er war nicht der Einzige in der Familie mit dieser besonderen Vor-liebe gewesen. Gertrude hatte nur einen Sohn, Haydens Va-ter Wade, der ihrer Meinung nach die Ausnahme war, die die Regel bestätigte, aber vielleicht sah sie ihr Kind auch durch eine rosarote Mami-Brille, wie man es heute gerne nannte. Außerdem war Wade im Alter von einunddreißig Jahren zu-sammen mit Haydens Mutter beim Absturz eines Privatflug-zeugs auf dem Weg zum Skifahren in Vail ums Leben ge-kommen – also vielleicht bevor die Soziopathie, die in seinen Lenden steckte, zum Vorschein gekommen war. Nach seinem Tod war sie am Boden zerstört gewesen. Der verwaiste Hay-den war damals erst vier Jahre alt. Die Familie hatte seine Erziehung in Gertrudes Hände gelegt, und sie hatte das ziemlich schlecht gemacht. Sie hatte nicht auf ihn aufgepasst. Und er litt bis heute darunter.

Ihr Handy surrte. Gertrude fand die moderne Technik fas-zinierend. Natürlich führte sie, wie zu viele Dinge in der heu-tigen Zeit, zu Obsessionen, aber allein die Vorstellung, dass sie mit diesem kleinen Gerät, das sie in ihrer Handtasche mit sich führte, jederzeit mit jeder Person kommunizieren oder die Webseiten sämtlicher Bibliotheken der Welt einsehen konnte- wie war es möglich, dass man so etwas nicht zu schät-zen wusste?

»Also möchte ich Ihnen noch einmal dafür danken«, schloss Hayden seine Ansprache, »dass Sie diese wunderbare Sache unterstützen. In einer Viertelstunde werden wir zum gestohlenen Vermeer hinübergehen. Bis dahin, genießen Sie Ihr Dessert.«

Während Hayden lächelte und winkte, warf Gertrude ei-nen kurzen Blick auf ihr Handy. Als sie die Nachricht las, setzte ihr Herz einen Schlag lang aus. Hayden machte sich auf den Weg zurück zu ihrem Tisch. Als er ihr Gesicht sah, fragte er: »Alles in Ordnung, Pixie?«

Sie stützte sich mit einer Hand auf den Tisch und stand auf. »Komm mit«, sagte sie.

»Aber wir …«

»Nimm bitte meinen Arm. Sofort.«

»Natürlich, Pixie.«

Beide lächelten, als sie den großen Ballsaal verließen. Kurz vor dem Ausgang erblickte Gertrude sich selbst in der verspiegelten Wand des Saals und fragte sich, wer die alte Frau dort war.

»Was gibt's, Pixie?«

Sie reichte Hayden das Handy. Seine Augen weiteten sich, als er die Nachricht las. »Ausgebrochen?«

»Sieht so aus.«

Gertrude blickte in Richtung der sich öffnenden Tür. Stephano, der langjährige Sicherheitschef der Familie, war wie immer in Sichtweite. Als er sie ansah, nickte sie kurz, um ihm zu verstehen zu geben, dass sie sich später unterhalten mussten. Stephano erwiderte das Nicken und blieb auf Distanz.

»Vielleicht ist es ein Zeichen«, sagte Hayden.

Sie wandte sich wieder ihrem Enkel zu. »Ein Zeichen?«

»Ich meine das nicht im religiösen Sinn, obwohl es das vielleicht auch ist. Eher eine Chance.«

Er konnte so dumm sein. »Es ist keine Chance, Hayden«, stieß sie zwischen zusammengebissenen Zähnen hervor. »Wahrscheinlich schnappen Sie ihn innerhalb eines Tages.«

»Sollen wir ihm helfen?«

Gertrude starrte ihren Enkel so lange an, bis er sich abwandte. Dann sagte sie: »Ich denke, wir sollten jetzt gehen.«

Er gestikulierte zurück in Richtung Ballsaal. »Aber Pixie, die Gäste ...«

»... wollen nur den Vermeer sehen. Ob wir dabei sind, interessiert sie nicht«, sagte sie und fragte Hayden: »Wo ist Theo?«

»Er wollte sich das Gemälde ansehen.«

Sie ging an den beiden Security-Männern vorbei und trat in das ehemalige Musikzimmer der Familie, in dem jetzt der Vermeer hing. Davor stand ein kleiner Junge, der ihr den Rücken zuwandte.

»Theo«, fragte sie den Jungen, »können wir gehen?«

»Ja, Pixie«, sagte Theo.

Als der Achtjährige sich zu ihr umdrehte, blieb Gertrudes Blick an dem verräterischen Blutschwämmchen auf der Wange des Jungen haften. Sie schluckte schwer und streckte ihm ihre Hand entgegen.

»Dann komm.«

TEIL ZWEI

ZWÖLF STUNDEN SPÄTER

SECHZEHN

Max und Sarah setzten sich auf ihre Plätze am Verneh-
mungstisch. Rachel Anderson saß ihnen allein gegenüber. Sie stellten sich vor und fragten noch einmal, ob sie einen Verteidiger hinzuziehen wolle. Rachel verzichtete.

»Als Erstes«, sagte Max, »möchte ich mich bei Ihnen dafür
bedanken, dass Sie mit uns reden.«

»Keine Ursache«, sagte Rachel und sah die beiden aus großen, unschuldigen Augen an. »Aber könnten Sie mir vielleicht sagen, worum es geht?«

Max blickte Sarah an. Die verdrehte die Augen.

Sie waren im FBI-Gebäude in Newark, New Jersey, etwa
achthundert Kilometer vom Briggs Penitentiary entfernt.
Nach vielen Stunden hatten sie endlich eine Reaktion auf ihren Fahndungsaufruf bekommen, nachdem eine Kamera der
Port Authority Police Rachel Andersons Autokennzeichen
beim Überqueren der George-Washington-Brücke von New
York nach New Jersey erfasst hatte. Die als Verstärkung ange-
forderten New Jersey State Troopers – im Fahndungsaufruf
wurde deutlich gemacht, dass der entflohene Sträfling David
Burroughs bewaffnet und gefährlich war – hatten Rachel Andersons weißen Toyota Camry in Teaneck, New Jersey, direkt
auf der Route 4 angehalten.

David Burroughs war nicht im Fahrzeug.

Max beschloss, die Sache direkt anzugehen. »Wo ist Ihr
Ex-Schwager, Miss Anderson?«

Rachels Unterkiefer klappte herunter. »David?«

»Ja. David Burroughs.«

»David ist im Gefängnis«, sagte Rachel. »Im Briggs Penitentiary in Maine.«

Max und Sarah starrten sie nur an.

Sarah seufzte. »Muss das sein, Rachel?«

»Was?«

»Wollen Sie diese Angelegenheit wirklich so angehen?«

Max legte Sarah eine Hand auf den Arm. »Mir ist bewusst, dass Sie auf Ihr Recht auf einen Anwalt verzichtet haben«, sagte er zu Rachel, »trotzdem möchte ich Ihnen ein paar Zusicherungen machen.«

»Zusicherungen?«, wiederholte Rachel.

Max erstickte Sarahs Erwiderung mit einem sanften Druck auf ihren Arm. »Wir werden Ihnen auf der Stelle volle Immunität zusichern, wenn Sie uns die Wahrheit sagen.«

Rachel sah Sarah an, dann Max. »Ich verstehe nicht, was Sie meinen.«

Sarah schüttelte den Kopf. »Mein Gott.«

»Dann lassen Sie mich erläutern, was ich mit ›voller Immunität‹ meine. Nehmen wir an, Sie hätten David Burroughs bei der Flucht aus dem Gefängnis geholfen. Wenn Sie uns sagen, wo er ist oder welche Rolle Sie bei dieser schweren Straftat gespielt haben …«

»… eine Straftat, für die Sie viele, viele Jahre hinter Gittern verschwinden könnten«, ergänzte Sarah.

»So ist es, danke«, sagte Max, »Sie werden nicht angeklagt, wenn Sie uns helfen. Sie können einfach gehen.«

»Warten Sie«, sagte Rachel und legte die rechte Hand auf ihre Brust. »David ist entkommen?«

Sarah lehnte sich zurück und zupfte an ihrer Unterlippe.

Sie musterte Rachel, dann deutete sie mit einer kurzen Geste auf sie. »Was hältst du davon, Max?«

»Ich fand es wirklich gut, Sarah. Und du?«

»Ich weiß nicht, Max. Den Schock hat sie ein wenig übertrieben dargestellt.«

»Ein bisschen schon«, räumte Max ein. »Das ›Warten Sie‹ vor dem ›David ist entkommen‹ war vielleicht ein bisschen viel.«

»Und die Stelle, als sie die Hand auf die Brust gelegt hat. Das war auch zu dick aufgetragen. Wenn sie eine Perlenkette tragen würde, hätte sie sie wahrscheinlich umklammert.«

»Trotzdem«, sagte Max, »würde ich sagen, dass es eine oscarreife Leistung war.«

»Eine Nominierung vielleicht«, sagte Sarah. »Aber kein Oscar.«

Beide applaudierten ironisch mit ausgestreckten Armen wie bei einem Golf-Turnier. Rachel zeigte keine Reaktion.

»Als David Burroughs geflohen ist«, fuhr Max fort, »haben wir einen Mann zu Ihrem Motel geschickt.«

»Eine Person, Max«, sagte Sarah.

»Was?«

»Du sagtest, wir hätten einen ›Mann‹ geschickt. Das ist ein bisschen sexistisch, findest du nicht?«

»Ja, da hast du recht. Entschuldige. Wo war ich?«

»Wir haben eine oder einen unserer Polizeibeamt*innen zu Ihrem Motel geschickt.«

»Richtig.« Max wandte sich wieder an Rachel. »Sie waren natürlich nicht da. An der Rezeption teilte man uns mit, dass Sie höchstwahrscheinlich im Nesbitt Station Diner seien. Wenn ich das richtig verstanden habe, hatten Sie über das WLAN im Motel geklagt.«

»Na und?«, entgegnete Rachel. »Ist es verboten, in ein Diner zu gehen?«

»Die Kellnerin dort sagte uns, dass Sie, kurz nachdem der Fluchtalarm ertönte, aus dem Diner geeilt seien.«

»Und dass Sie«, sagte Sarah, »kurz bevor Sie aus dem Diner geeilt seien, einen Anruf bekommen hätten.«

Rachel zuckte die Achseln. »Gut möglich. Und?«

»Wissen Sie noch, wer Sie da angerufen hat?«, fragte Max.

»Nein, das weiß ich nicht mehr. Vielleicht bin ich auch gar nicht rangegangen. Das mache ich oft.«

»Die Kellnerin hat gesehen, dass Sie rangegangen sind.«

»Dann war es wahrscheinlich irgendein Werbe-Anruf. Die krieg ich andauernd.«

»Das war kein Werbe-Anruf«, sagte Sarah. »Es war David Burroughs.«

Rachel runzelte die Stirn. »David sitzt in einem Bundesgefängnis. Wie soll er da an ein Telefon kommen?«

»Wow«, sagte Sarah und hob kurz die Hände, als wollte sie sich ergeben.

»Er hat es auf der Flucht gestohlen«, sagte Max. Natürlich glaubte Max eigentlich nicht, dass Burroughs das Handy, das er benutzte, wirklich gestohlen hatte. Er ging davon aus, dass sowohl Philip als auch Adam Mackenzie David ihre Handys überlassen hatten, weil es Teil des Fluchtplans war, sah aber keinen Grund, das hier zu erwähnen. »Auf dem Display müsste der Name Adam Mackenzie gestanden haben. Wissen Sie, wer das ist?«

»Klar. Ein Jugendfreund von David.«

»Erinnern Sie sich an den Anruf von Adams Handy?«

»Nein, tut mir leid«, erwiderte Rachel mit einem aufgesetzten, entschuldigenden Lächeln. »Vielleicht ist er in die Mailbox gegangen. Soll ich sie mal eben abhören?«

Wieder sahen Max und Sarah sich an. Das würde nicht leicht werden.

»Wohin sind Sie gegangen«, fragte Max, »nachdem Sie das Diner verlassen haben?«

»Ich wohne hier in New Jersey.«

»Das wissen wir.«

»Ja, da wollte ich auch hin. Nach Hause. Ich war schon fast da, als mich ein Haufen Polizisten mit gezogenen Waffen angehalten haben. Ich hab mich zu Tode erschreckt. Dann haben sie mich hierhergebracht.«

»Sie wollten also vom Diner direkt nach Hause fahren?«, fragte Max.

»Genau.«

»Sie haben aber nicht aus dem Motel ausgecheckt. Ihre Kleidung ist noch in Ihrem Zimmer. Und auch noch weitere persönliche Dinge.«

»Ich wollte wieder hinfahren.«

»Wie meinen Sie das?«

»Das Zimmer ist billiger, wenn man es für eine ganze Woche nimmt«, sagte Rachel, »also habe ich beschlossen, es einfach zu behalten. Ich wollte hier ein paar Besorgungen machen, zu Hause nach dem Rechten zu sehen und am Donnerstag dann wieder nach Maine fahren.« Sie beugte sich vor. »Ich bin gerade etwas verwirrt, Detective.«

»Special Agent«, korrigierte Sarah. »Das ist Special Agent Max Bernstein vom Federal Bureau of Investigation. Ich bin Special Agent Sarah Jablonski.«

Rachel sah ihr in die Augen und hielt ihrem Blick stand. »Special Agent. Das muss sie sehr stolz machen.«

Max wollte sich nicht vom Thema abbringen lassen. »Dann sind Sie also direkt nach Hause gefahren, nachdem Sie das Diner verlassen haben, Miss Anderson?«

Rachel lehnte sich zurück. »Ich habe unterwegs zwischendurch ein paarmal angehalten.«

»Acht Minuten nachdem David Burroughs Sie angerufen hatte, wurde Ihr Toyota Camry von einer Überwachungskamera in der Nähe des Lamy Outlet Centers erfasst.«

»Richtig. Ich wollte noch etwas shoppen gehen.« Sie wandte sich an Sarah. »Die haben da einen Tory Burch Store.«

»Waren Sie das?«, hakte Max nach.

»War ich was?«

»Shoppen.«

»Nein.«

»Warum nicht?«

»Ich hab's mir anders überlegt.«

»Also sind Sie erst hin- und dann einfach wieder weggefahren.«

»So in etwa.«

»Und zufälligerweise«, fuhr Sarah fort, »war das Lamy Outlet Center genau der Ort, an dem sich David Burroughs nach seiner Flucht versteckt hatte.«

»Darüber weiß ich nichts. Ist David wirklich geflohen?«

Sarah ignorierte die Frage. »Ihr Mobilfunkanbieter hat auf unser Ansuchen hin eine Standortabfrage für Ihr iPhone durchgeführt. Sie haben Ihr Handy angepingt, und raten Sie mal, was da los war.«

Rachel zuckte die Achseln.

»Ihr Handy war komplett ausgeschaltet«, sagte Sarah, »also konnten wir es nicht orten.«

»Und das soll mich jetzt irgendwie belasten?«

»Das tut es, ja.«

»Warum? Beim Autofahren schalte ich mein Handy manchmal aus. Ich mag es nicht, wenn ich dabei gestört werde.«

»Nein, Rachel, das tun Sie nicht«, blaffte Sarah. »Laut Ihrem Mobilfunkanbieter war Ihr Handy seit vier Monaten nicht mehr ausgeschaltet. Wir wissen auch, dass Sie es ausgeschaltet haben, nachdem Sie gut fünfzehn Kilometer vom Lamy Outlet Center in Richtung Norden gefahren waren, also in die entgegengesetzte Richtung von New Jersey.«

Wieder zuckte Rachel nur die Achseln. »Ich wollte mir noch ein paar Sehenswürdigkeiten ansehen, bevor ich nach Hause fahre.«

»Oh, das klingt plausibel«, sagte Sarah absolut ausdruckslos. »Ihr Ex-Schwager bricht aus dem Gefängnis aus. Kurz darauf erhalten Sie einen Anruf von dem Handy, das er gestohlen hat. Sie fahren zu dem Outlet Center, in dem er sich versteckt hat, und dann aus irgendeinem Grund in die entgegengesetzte Richtung weiter, obwohl Sie eigentlich, ohne aus dem Motel auszuchecken, nach Hause fahren wollten, und schalten plötzlich zum ersten Mal seit der Software-Aktualisierung vor vier Monaten ihr Handy aus. Ist das ungefähr richtig?«

Rachel schenkte Sarah ein Lächeln und wandte sich dann an Max. »Bin ich festgenommen, Special Agent Bernstein?«

»Nicht, solange Sie kooperieren«, sagte Max.

»Und wenn ich jetzt aufstehe und gehe?«

»Wenn es Ihnen nichts ausmacht, würde ich jetzt lieber keine Hypothesen aufstellen, Miss Anderson«, sagte Max. »Wir wissen auch, dass Sie weiter nach Norden gefahren sind, nachdem Sie Ihr Handy ausgeschaltet hatten. Im Katahdin General Store, der ungefähr fünfzig Kilometer weiter die I-95 hinauf liegt, hat David Burroughs mit einer gestohlenen Kreditkarte verschiedene Outdoor-Ausrüstungsgegenstände gekauft – Zelt, Taschenmesser, Schlafsack und so weiter. Der Ladenbesitzer hat ihn eindeutig identifiziert. Möchten Sie etwas dazu sagen?«

Rachel schüttelte den Kopf. »Davon weiß ich nichts.«

»Da oben ist alles voll Wald. Kilometerweit. Wenn man jemanden dort absetzt, wird diese Person womöglich nie wieder gesehen. Man könnte sich Stück für Stück bis zur kanadischen Grenze durchschlagen.«

Rachel Anderson schwieg.

Sarah beschloss, eine andere Gangart einzulegen. Sie hatten gehofft, Rachel durch die Fülle an Informationen, die sie in den wenigen Stunden in Erfahrung gebracht hatten, zu überraschen und aus dem Gleichgewicht zu bringen. »Warum hatten Sie sich gerade jetzt entschieden, David Burroughs zu besuchen?«

»David war mein Schwager. Früher standen wir uns sehr nahe.«

»Trotzdem war das Ihre erste Tour nach Briggs.«

»Ja.«

»Wie lange war er schon dort? Vier Jahre? Fünf?«

»So in etwa.«

Sarah breitete ihre Hände aus. »Und warum gerade jetzt, Rachel?«

»Ich weiß nicht. Ich hatte einfach das Gefühl, dass es an der Zeit war.«

»Glauben Sie, dass David Burroughs Ihren Neffen getötet hat?«

Rachels Blick wanderte nach links. »Ja, das tue ich.«

»Sie scheinen sich nicht ganz sicher zu sein.«

»Oh, ich bin mir sicher. Ich glaube aber nicht, dass er es absichtlich getan hat. Ich glaube, dass er so etwas wie einen Blackout oder einen Nervenzusammenbruch hatte.«

»Dann halten Sie ihn nicht für schuldig?«, fragte Max.

»Nein, eigentlich nicht.«

»Worüber haben Sie sich bei Ihrem Besuch unterhalten?«

»Ich habe David nur gefragt, wie es ihm geht.«

»Und wie ging es ihm?«

»Er ist ein gebrochener Mann. Eigentlich wollte David auch keinen Besuch. Er wollte, dass man ihn in Ruhe lässt.«

»Trotzdem sind Sie am nächsten Tag wieder zu ihm gegangen.«

»Das stimmt.«

»Und haben geplant, noch einmal hinzugehen.«

»David und ich standen uns nahe. Vor der ganzen Sache, meine ich. Ich … ich habe mich ihm anvertraut.«

»Würden Sie uns sagen, in welcher Hinsicht?«

»Das spielt eigentlich keine Rolle. Ich musste selbst einige Rückschläge verkraften.«

»Und Sie dachten, dass er ein offenes Ohr für Sie hätte?«

Rachel sprach leise. »So in der Art, ja.«

»Und mit Rückschlägen«, sagte Sarah, »meinen Sie Ihre kürzliche Scheidung?«

»Oder«, ergänzte Max, »den Skandal, der Ihrer Karriere ein Ende gesetzt hat?«

Rachel schwieg.

Max beugte sich näher an Rachel heran. Er hatte keinen Grund mehr, behutsam vorzugehen. »Alles wird rauskommen, Miss Anderson. Das ist Ihnen doch klar, oder?«

Sie schluckte den Köder nicht.

»Sie sehen ja, was Sarah in den paar Stunden ans Licht gebracht hat. Wir werden ihn schnappen. Das ist keine Frage. Wenn er Glück hat, schnappen wir ihn lebend, aber David Burroughs ist ein verurteilter Kindermörder, der einem Gefängnisdirektor eine Schusswaffe entwendet hat, also …« Max deutete mit einem Achselzucken an, dass er dies nicht garantieren konnte. »Sobald wir ihn geschnappt haben – wahrscheinlich wird das in den nächsten Stunden geschehen –, werden Sarah und ich all unsere Energie dafür einsetzen, Sie wegen Beihilfe anzuklagen.«

»Sie werden sehr lange einsitzen«, sagte Sarah.

»Das ist keine leere Drohung«, sagte Max.

»Keine Drohung«, wiederholte Sarah und sah Rachel mit finsterem Blick an. »Ich kann es kaum erwarten, Sie hinter Gitter zu bringen.«

»Es sei denn, Sarah.«

»Es sei denn was, Max?«

»Es sei denn, sie kooperiert. Und zwar sofort.«

Sarah runzelte die Stirn. »Ich glaube nicht, dass wir ihre Hilfe brauchen, Max.«

»Wahrscheinlich hast du recht, aber vielleicht hat Miss Anderson nicht gewusst, worauf sie sich einlässt. Vielleicht war ihr nicht klar, was sie da tut.«

»Oh doch, Max, das war ihr klar.«

»Aber trotzdem – wir waren uns da einig, Sarah. Wenn Rachel uns jetzt erzählt, was sie weiß, gewähren wir ihr volle Immunität.«

»Das war vorhin, Max. Jetzt will ich, dass sie ihre Zeit absitzt. Weil sie uns so verarscht hat.«

»Das ist wahr, Sarah.«

Rachel schwieg weiter.

»Das ist Ihre letzte Chance«, sagte Max. »Ihre Du-kommst-aus-dem-Gefängnis-frei-Karte läuft in drei Minuten ab.«

»Dann nehmen wir sie fest, Max?«

»Dann nehmen wir sie fest, Sarah.«

Sarah verschränkte die Finger und legte die Hände auf den Tisch. »Also, was sagen Sie dazu, Rachel?«

»Ich habe es mir anders überlegt«, sagte Rachel. »Ich will mit meiner Anwältin sprechen.«

SIEBZEHN

O kay, Sarah, was ist unsere aktuelle Arbeitshypothese?«, fragte Max.

Max und Sarah waren auf dem Weg zum Newark Airport, um einen Flug zurück zum Briggs Penitentiary zu nehmen. Wie sich herausstellte, handelte es sich bei Rachel Andersons Anwältin um die berüchtigte Hester Crimstein, die prompt dafür gesorgt hatte, dass eine Kaution festgesetzt wurde und Rachel nach deren Zahlung gehen durfte.

»Hör auf, deine Fingernägel zu kauen, Max.«

»Lass mich zufrieden, Sarah, okay?«

»Das ist eklig.«

»Es hilft mir beim Nachdenken.«

Sarah seufzte.

»Also, wie lautet unsere Arbeitshypothese?«

»Burroughs ist mithilfe von Philip und Adam Mackenzie ausgebrochen«, begann Sarah.

»Sind wir sicher, dass die Mackenzies da mit drinstecken?«

»Ich denke schon.«

»Ich denke das auch«, sagte Max. »Weiter.«

»In der Tiefgarage des Outlet Centers verlässt Burroughs den Wagen des Gefängnisdirektors. Er ruft Rachel Anderson an, die im Nesbitt Station Diner auf seinen Anruf wartet. Rachel fährt rüber zum Outlet Center. Stimmen wir bis dahin überein, Max?«

»Ja. Mach weiter.«

»Sie trifft Burroughs, der zu ihr ins Auto steigt.«

»Und dann?«

»Dann fahren sie Richtung Norden. Das war das letzte Mal, dass wir sie anpingen konnten.«

»Was seltsam ist.«

»Wieso?«

»Warum hat sie ihr Handy erst dort ausgeschaltet?«, fragte Max. »Warum nicht schon vorher?«

»Hätte sie es am Outlet Center ausgeschaltet, hätten wir sofort gewusst, dass sie dort war.«

Max runzelte die Stirn. »Ja, okay. Möglich.«

»Aber?«

Max schüttelte den Kopf. »Weiter.«

»Sie kommen zu diesem General Store …«

»Dem Katahdin General Store …«, ergänzte Max, »… in Millinocket.«

»Genau. Dort kauft er sich eine Survival-Ausrüstung. Wenn man das Verkehrsaufkommen berücksichtigt, könnte Rachel ihn noch etwa eine halbe Stunde weiter Richtung Norden gefahren haben. Jedenfalls hat sie Burroughs irgendwo in einem dicht bewaldeten Gebiet abgesetzt. Wir suchen es derzeit mit Hubschraubern und Hundestaffeln ab, es handelt sich aber um ein riesiges, unerschlossenes Stück Land.«

»Und weiter?«

Sarah zuckte die Achseln. »Das war's dann auch schon.«

»Und was hat Burroughs jetzt vor?«

»Ich weiß nicht recht, Max. Vielleicht will er sich da oben im Naturschutzgebiet verstecken und warten, bis wir die Suche abbrechen. Vielleicht will er aber auch heimlich über die Grenze nach Kanada.«

Max bearbeitete intensiv seinen Fingernagel.

»Du kaufst ihm das nicht ab«, stellte Sarah fest.

»Ich kauf ihm das nicht ab.«

»Und warum nicht?«

»Zu viele Ungereimtheiten. Burroughs ist ein Stadtkind. Hat er irgendwelche Survival-Erfahrungen?«

»Möglich. Oder er denkt, wie schwer kann es schon sein? Vielleicht hat er aber auch einfach keine andere Möglichkeit gesehen.«

»Das passt alles nicht richtig, Sarah.«

»Was passt nicht richtig, Max?«

»Fangen wir ganz vorn an: War diese Flucht im Voraus geplant?«

»Muss sie ja.«

»In dem Fall ist es aber ein ziemlich irrer Plan.«

»Ich weiß nicht«, sagte Sarah. »Ich halte ihn für ziemlich genial.«

»Wieso?«

»Er ist so schlicht. Burroughs schnappt sich die Pistole und geht mit Mackenzie raus. Er muss keinen Tunnel graben, keinen Lkw entführen und sich auch nicht in einem Müllwagen verstecken. Nichts in der Art. Wenn dieser Wärter … wie hieß er noch?«

»Weston. Ted Weston.«

»Genau. Wenn dieser Weston nicht genau zum richtigen Zeitpunkt aus dem Fenster geguckt, wenn er nicht zufällig gesehen hätte, dass der Direktor und Burroughs in den Wagen steigen. Sie wären einfach draußen gewesen. Es hätte Stunden gedauert, bis jemand Burroughs als vermisst gemeldet hätte.«

Max überlegte. »Also werden wir uns diese Hypothese mal genauer ansehen, okay, Sarah?«

»Tun wir das, Max.«

»Nachdem alles schiefgegangen war, als Weston den Alarm ausgelöst hat, waren sie deiner Theorie zufolge darauf angewiesen zu improvisieren.«

»So ist es.«

Max überlegte. »Das würde auch Burroughs' Anruf bei Rachel erklären, als sie im Diner war. Wäre Rachel von Anfang an eingeweiht gewesen, hätte es diesen Anruf nicht gebraucht. Dann wäre sie schon vor Ort gewesen, um ihn dort abzuholen.«

»Interessant«, sagte Sarah. »Gehen wir jetzt davon aus, dass Rachel Anderson nicht Teil des ursprünglichen Ausbruchsplans war?«

»Ich weiß es nicht.«

»Aber es kann doch kein Zufall sein, dass sie Burroughs ausgerechnet an dem Tag besuchen will, an dem er ausbricht.«

»Das ist kein Zufall«, stimmte Max zu. Er fing an, einen Nietnagel zu bearbeiten. »Aber, Sarah?«

»Ja, Max?«

»Irgendwas haben wir übersehen. Etwas ziemlich Wichtiges.«

ACHTZEHN

Ich stehe in der 12th Street in New York City und esse in einem Laden namens Zazzy's in der Christopher Street das wunderbarste Stück Pizza mit scharfer Salami, das je erschaffen wurde.

Ich bin frei.

Ich kann es noch gar nicht richtig glauben. Kennen Sie das Gefühl, wenn es im Traum unheimlich wird – in diesem Fall auf eine gute Art unheimlich –, und Sie plötzlich inmitten Ihrer nächtlichen Reise erkennen, dass Sie womöglich schlafen, dass alles nur ein Traum ist, und Sie fürchten, dass Sie aufwachen könnten, und daher versuchen Sie verzweifelt weiterzuschlafen und sich an die Bilder in Ihrem Kopf zu klammern, selbst wenn sie schon zu verblassen anfangen? So ist es mir in den letzten Stunden ergangen. Ich habe furchtbare Angst davor, dass ich demnächst aufwache und wieder in Briggs bin, statt auf dieser nach Urin stinkenden Großstadtstraße zu stehen. Ein Geruch, der mich übrigens erfreut, weil ich weiß, dass man im Traum nicht riechen kann.

Ich befinde mich gegenüber der aktuellen Wohnung von Harriet Winchester alias Hilde Winslow.

Ich bin heute erst ausgebrochen. Es ist einfach unbegreiflich. Vor nicht einmal vierundzwanzig Stunden hat ein Gefängniswärter in Briggs versucht, mich zu ermorden. Nachdem es kurz so aussah, als würde man mich, das Opfer, für den Angriff verantwortlich machen, haben Philip und Adam mich befreit. Die irrsinnigen Ereignisse des Tages – dieses einen Tages, der noch nicht zu Ende ist – stürzen auf mich ein. Ich versuche, sie mir vom Leibe zu halten und mich auf die bevorstehende Aufgabe zu konzentrieren.

Hilde Winslow hat im Zeugenstand gelogen und so zu meiner Verurteilung beigetragen. Die Antwort auf die Frage nach dem Warum ist der erste Schritt zur Rettung meines Sohns.

Die Rettung meines Sohns.

Jedes Mal, wenn ich über diese Worte nachdenke, muss ich mich zusammenreißen, die Tränen unterdrücken und mir vor Augen führen, was auf dem Spiel steht. Vor Rachels Besuch dachte ich, mein Sohn wäre tot, ermordet, vielleicht sogar durch meine eigene Hand. Jetzt glaube ich das genaue Gegenteil: Matthew lebt, und ich wurde in eine Falle gelockt. Wie oder warum – ich habe keine Ahnung. Eins nach dem anderen.

Der erste Schritt ist Hilde Winslow.

Nachdem ich mich in der Tiefgarage des Outlet Centers aus Philips Auto gerollt habe, rief ich Rachel an, damit sie mich abholt. Sie war in einem Diner. Ich erklärte ihr, wo sie hinfahren und wann sie dort sein sollte. In der Zwischenzeit ging ich zum Mitarbeiterparkplatz. Die Läden öffneten gerade, die meisten Angestellten fingen jetzt erst an zu arbeiten. Also hatte ich Zeit. Ich wusste, dass Rachel aus New Jersey kam. Wenn die Polizei eine Fahndungsmeldung herausgab, würde sie sich auf das New-Jersey-Kennzeichen konzentrieren. Ich entdeckte einen verbeulten Honda Civic, bei dem die Schrauben der Nummernschilder so locker saßen, dass ich sie abschrauben konnte. Würde der Besitzer das nicht merken? Wahrscheinlich nicht sofort. Die meisten Leute prüfen vor dem Losfahren nicht, ob ihre Nummernschilder noch da sind. Aber selbst wenn Herr oder Frau Beulen-Honda es schließlich bemerken sollte, es würde noch Stunden dauern, bis er oder sie von der Arbeit zurückkam. Wir hätten also den Vorsprung, den wir brauchten.

Rachel war inzwischen klugerweise meiner Bitte nachgekommen, mit ihren Kreditkarten die jeweiligen Höchstbeträge am Geldautomaten abzuheben. Es waren zweimal achthundert und einmal sechshundert Dollar. Zusammen mit dem Geld, das mir die Mackenzies gegeben hatten, war ich finanziell so gut ausgestattet, dass ich eine Weile durchhalten konnte. Irgendwann würde die Polizei herausbekommen, wo Philip mich wirklich abgesetzt hatte. Denn Philips Geschichte, wie auch immer sie am Ende genau lautete, würde einer eingehenden Untersuchung nicht länger als ein oder zwei Tage standhalten.

Als Rachel das hintere Ende des Parkplatzes am Einkaufszentrum erreichte, verließ ich mein Versteck, stieg zu ihr in den Wagen und sagte, sie solle einfach weiterfahren. Nach drei Kilometern entdeckten wir ein geschlossenes Restaurant. Ich forderte Rachel auf, dahinter anzuhalten. An einer Stelle, die von der Straße aus nicht zu sehen war, tauschte ich die Kennzeichen aus, sodass ihr weißer Toyota Camry, eines der häufigsten Autos der Welt, nun Nummernschilder aus Maine hatte.

»Und was jetzt?«, fragte Rachel.

Mir war klar, dass die Polizei sofort eine Großfahndung einleiten würde, andererseits wusste ich auch, dass die Strafverfolgungsbehörden weder allgegenwärtig noch allmächtig sind. Das Wichtigste bei jedem Plan ist es, ein Ziel zu haben. Das hatte ich: Ich wollte meinen Sohn finden. Punkt. Das war alles. Nur darauf konzentrierte ich mich.

Was aber bedeutete das in der Praxis?

Ich musste jede Spur verfolgen. Die beste, die ich im Moment hatte – die einzige – war Hilde Winslow. Sie hatte nicht nur im Zeugenstand gelogen, sie hatte auch ihren Namen geändert und war nach New York City gezogen. Also sah mein Plan folgendermaßen aus: Finde Hilde Winslow so schnell wie möglich und stell fest, warum sie gelogen hat.

Nachdem ich dieses Ziel ins Auge gefasst hatte, ging es nur noch darum, die Polizei abzulenken, sie zu verwirren, die ganze Situation zu vernebeln. Und die Polizei würde bald wissen, dass Rachel mich im Gefängnis besucht hatte, und ihr Handy tracken. Das würde sie auch mit Philips und Adams Handys machen, die sich in meinem Besitz befanden. Ich hatte sie bereits abgeschaltet.

»Ist dein Handy an?«, fragte ich Rachel.

»Ja. O Scheiße, die können das orten, oder? Soll ich es ausschalten?«

»Warte noch«, sagte ich.

»Wieso?«

Wenn ein Handy ausgeschaltet war, konnte der Mobilfunkanbieter es nicht mehr orten, er konnte der Polizei aber mitteilen, wo es ausgeschaltet wurde. Ich forderte Rachel also auf, nicht in Richtung meines Ziels, sondern in die entgegengesetzte Richtung zu fahren. Als wir so weit im Norden waren, dass die Polizei annehmen musste, wir wären auf dem Weg zur kanadische Grenze und nicht nach New York City, forderte ich Rachel auf, ihr Handy auszuschalten. Es noch länger hinauszuzögern wäre zu viel des Guten, dachte ich. Jetzt sah es so aus, als hätten wir uns bereits auf der Flucht befunden und erst nach zehn oder fünfzehn Minuten gemerkt, dass wir das Handy besser ausschalten sollten.

»Und jetzt?«, fragte Rachel.

Ich wollte schon sagen, dass sie umdrehen und nach New York zurückfahren sollte, war mir aber nicht sicher, ob die Handy-Ortung ausreichen würde, um die Polizei in die Irre zu führen.

»Fahr weiter nach Norden«, sagte ich.

Zwanzig Minuten später hielten wir am Katahdin General Store in Millinocket, um eine Survival-Ausrüstung zu kaufen. An den Zapfsäulen der zugehörigen Tankstelle hielt ich Ausschau nach Überwachungskameras. Ich sah keine. Aber eigentlich spielte das auch keine Rolle. Die Polizei würde früh genug erfahren, dass ich hier war. Rachel tankte, während ich schnell aber nicht allzu auffällig – zumindest hoffte ich das – die Survival-Ausrüstung kaufte, also Dinge, von denen ich annahm, dass man sie brauchte, wenn man längere Zeit wandern und campen wollte. Ich bezahlte alles mit der Mastercard, von der Adam gesagt hatte, dass er »vergessen« würde, sie sperren zu lassen. Ich nahm an, dass die Polizei trotzdem von der Karte erfahren würde, es aber vielleicht etwas länger dauerte. Wenn nicht, würde sich der alte Mann, bei dem ich bezahlt hatte, an mein Gesicht erinnern, sobald die Fahndung auf Hochtouren lief.

Das war auch okay.

Nachdem wir das erledigt hatten, fuhren Rachel und ich noch einen Kilometer weiter nach Norden (nur für den Fall, dass jemand fragen würde, in welche Richtung das Auto gefahren war), bevor wir wendeten und Richtung Süden weiterfuhren. Hinter einem Bürokomplex am Rande von Boston entdeckten wir einen Altkleidercontainer der Heilsarmee. Ich warf die Survival-Ausrüstung hinein. Laut einem Schild am Container würde er erst in vier Tagen das nächste Mal geleert. Das war gut. Falls dann jemand bei der Heilsarmee Verdacht schöpfte und die Polizei informierte, machte das nichts mehr. Selbst wenn sie uns auf dem Überwachungsvideo hier oben entdeckten, was sollte es? Wir wären längst wieder weg. Ich hoffte nur, dass die Polizei mir abnahm, dass ich mich im Wald verstecken wollte.

Dann fuhren wir weiter nach Süden. Vor einer Apotheke in der Nähe von Milford, Connecticut, blieb ich im Wagen sitzen, während Rachel mir ein Wegwerfhandy, eine Haarschneidemaschine, Rasierzeug und eine Brille mit der niedrigsten Sehstärke kaufte. Sie entschied sich für eine Sonnenbrille, die sich in Innenräumen aufhellte. Perfekt. In der nächsten Raststätte ging ich mit tief ins Gesicht gezogener Baseballkappe ins Bad. Im Gefängnis habe ich mich kaum rasiert, vielleicht einmal in der Woche, wenn der Bart zu jucken begann, daher trug ich jetzt etwas, das man einen beginnenden Vollbart nennen konnte. Ich rasierte mich so, dass nur noch ein Schnurrbart stehen blieb. Dann schnitt ich meine Haare ab, rasierte mir den Kopf und setzte die Brille auf.

Sogar Rachel war von meiner Verkleidung beeindruckt: »Fast hätte ich dich nicht ins Auto gelassen.«

Kurz vor der George Washington Bridge hielten wir in der Bronx an der Jerome Avenue. Rachel setzte in eine ruhige Gasse zurück, damit ich die Nummernschilder aus New Jersey wieder anbringen konnte. Dann warf ich die Maine-Nummernschilder in einen Abfalleimer. Wenn die Polizei die Sache jetzt mit Nachdruck verfolgte – und davon ging ich aus –, würden die Maut-Kameras an der George Washington Bridge das New-Jersey-Kennzeichen erfassen und automatisch Alarm geben. Ich sagte es Rachel. Dann probten wir kurz, wie sie sich verhalten sollte, wenn die Polizei sie anhielt oder ihre Wohnung stürmte.

»Du wirst wegen mir jede Menge Probleme bekommen«, sagte ich.

»Mach dir darüber keine Sorgen«, antwortete Rachel. »Er ist mein Neffe, schon vergessen?«

»Du warst eine wunderbare Tante«, sagte ich.

»Die beste«, erwiderte sie mit dem Anflug eines Lächelns.

»Aber wenn es wirklich übel wird, wenn sie dich festnehmen ...«

»Ich krieg das schon hin.«

»Ich weiß. Aber wenn sie dich unter Druck setzen, sag ihnen, dass ich dich mit vorgehaltener Waffe gezwungen habe, das alles zu tun.«

»Geh jetzt lieber.«

Die Haltestelle Mount Eden Avenue der Linie 4 war gleich nebenan. Ich stieg in die U-Bahn und fuhr fünfunddreißig Minuten nach Süden bis zur Haltestelle 14th Street – Union Square in Manhattan. Dort angekommen, ging ich in eine Nordstrom's-Rack-Filiale und kaufte den billigsten Blazer, das billigste Hemd und die billigste Krawatte, die ich finden konnte. Ich hatte bereits einen kahl rasierten Kopf, einen Schnurrbart und trug eine Sonnenbrille, vielleicht war das mit dem Anzug etwas übertrieben. Aber wenn die Polizei herausfand, dass ich in New York City war, würde sie wohl kaum nach einem Mann in Sportblazer und Krawatte suchen.

Von dort aus waren es zehn Minuten zu Fuß zu Hilde Winslows Wohnung in der 12th Street. In der Christopher Street machte ich kurz Pause und bestellte mir ein Stück Pizza mit scharfer Salami und eine Pepsi. Beim ersten Bissen wurde mir schummrig. Es tut natürlich nichts zur Sache, aber ich glaube, ich habe noch nie etwas so wunderbar Banales erlebt wie diesen ersten Bissen Pizza als freier Mann in New York City. Er zündete ein längst erloschenes Feuer und erfüllte mich mit Erinnerungen, Empfindungen und Emotionen. Ich war wieder in Revere Beach bei Sal's mit Adam,

Eddie, TJ und dem Rest der Bande, und Mann, es war einfach ein tolles Gefühl.

Jetzt warte ich.

Natürlich denke ich an Rachel. Wahrscheinlich hat die Polizei sie inzwischen festgenommen. Hat sie es noch bis nach Hause geschafft? Haben die Cops sie unterwegs angehalten? Wie viel Ärger hat sie gerade? Ich überlege auch, wie es mit Philip und Adam weitergehen und welche Folgen die ganze Sache für sie haben könnte. Und schließlich denke ich an Cheryl, meine Ex und Matthews Mutter. Wie denkt sie wohl über meine Flucht? Was denkt Tante Sophie darüber? Und – falls er es noch begreifen kann – was denkt mein Vater?

Es spielt keine Rolle. Nichts davon ist im Moment wichtig.

Ich wechsele die Straßenseite. Würde Hilde Winslow alias Harriet Winchester wissen, dass ich geflohen bin? Ich weiß es nicht. Das Gebäude hat keinen Portier. Man musste klingeln und die Gegensprechanlage benutzen, damit der Bewohner die Tür öffnete. WINCHESTER, H. steht neben Wohnung 4B. Ich drücke den Knopf. Ich höre es klingeln. Einmal, zweimal, dreimal. Nach dem vierten Klingeln ertönt die Stimme, die ich noch aus der Verhandlung kenne.

»Ja?«

Ich brauche eine Sekunde, um mich zu sammeln. Ich verstelle meine Stimme und sage in einer erbärmlichen Nachahmung eines osteuropäischen Akzents: »Paket.«

»Stellen Sie es bitte in den Vorraum.«

»Sie müssen unterschreiben.«

Ich habe in den letzten Stunden mit der Planung verbracht, und jetzt, wo ich so nahe dran bin, vermassle ich alles. Weder bin ich wie ein Zusteller gekleidet noch habe ich ein Paket in der Hand.

»Aber ich kann das Paket auch hierlassen«, improvisiere ich dann, »wenn Sie mir mündlich Ihr Okay geben. Erlauben Sie, dass ich es im Vorraum abstelle?«

Es entsteht eine Pause, in der ich mich frage, ob ich aufgeflogen bin. Dann sagt Hilde Winslow langsam: »Sie haben meine Erlaubnis, es dort zu lassen.«

»Okay, dann stell ich es hier unten in die Ecke.«

Ich lege den Hörer der Gegensprechanlage auf. Ich will gerade gehen und überlegen, wie ich weiter vorgehe, als ich einen Mann die Treppe herunterkommen sehe. Einen Moment lang frage ich mich, ob Hilde einen Nachbarn gebeten hat, ihr Paket zu holen, aber so schnell wäre das kaum möglich. Als er die Tür zum Treppenhaus öffnet, spreche ich wieder in den Hörer: »Okay, dann bring ich es jetzt zu Ihnen rauf.« Die List hätte ich mir sparen können. Der Mann geht direkt durch den Vorraum auf die Straße hinaus, als könnte nichts in der Welt ihm Sorgen bereiten.

Ich stoppe die sich schließende Tür mit dem Fuß, trete ins Haus und lasse sie hinter mir zufallen.

Dann gehe ich die Treppe hinauf zu Wohnung 4B.

***

Sarahs Handy surrte. Sie starrte auf die neue Nachricht. »Du hattest recht, Max.«

»Womit?«

»Die Nummernschilder.«

Max fand es seltsam, dass Rachel Andersons Auto auf der langen Fahrt von Maine nach New Jersey nicht gesehen wurde. Ihre erste Arbeitshypothese war, dass sie nur Nebenstraßen gefahren war, ein kurzer Blick auf das Verkehrsaufkommen verriet ihnen aber, dass sie es in der Zeit nicht hätte schaffen können, wenn sie komplett auf mautpflichtige Straßen verzichtet hätte.

»Einem Mann namens George Belbey ist aufgefallen, dass seine Nummernschilder fehlten, als er nach seiner Arbeit bei L.L.Bean zu seinem Auto kam.«

»Ich gehe davon aus, dass George Belbey in Maine lebt?«

»Jep.«

»Also hat Burroughs oder vielleicht Rachel die Nummernschilder ausgetauscht. Hat die aus New Jersey abmontiert und die aus Maine angebracht.«

»Aber als die Port Authority Police ihr Auto auf der George Washington Bridge entdeckte …«

»… hatte sie sie zurückgetauscht«, beendete Max den Satz. »Die Frage lautet also, wann hat sie das getan? Und warum?«

»Warum, wissen wir, oder, Max?«

»Ich denke schon, ja.«

Wieder surrte Sarahs Handy. Sie starrte auf den Bildschirm und sagte: »Holla.«

»Was ist?«

»Wir haben Rachel Andersons letzte Anrufe zurückverfolgen lassen und ein wenig recherchiert.«

»Und?«

»Nach ihrem Besuch bei Burroughs in Briggs hat sie einen ehemaligen Kollegen vom Globe um einen Gefallen gebeten.«

»Was für einen Gefallen?«

»Sie wollte die Ermittlungsakte zum Mord an Matthew Burroughs haben.«

Max überlegte. »Ist der ehemalige Kollege so einflussreich?«

»Ist er nicht. Aber Rachel hatte noch eine weitere Frage.«

»Und die lautete?«

»Sie wollte die Sozialversicherungsnummer einer Zeugin aus dem Mordprozess wissen. Es geht um eine Frau namens Hilde Winslow.«

»An den Namen erinnere ich mich.«

»Winslow hat ausgesagt, dass sie gesehen hat, wie Burroughs die Waffe vergraben hat.«

»Richtig. Eine ältere Frau, wenn mich nicht alles täuscht.«

»Richtig, Max, aber jetzt wird es seltsam. Offenbar hat Hilde Winslow kurz nach dem Prozess ihren Namen in Harriet Winchester geändert.«

Sie sahen sich an.

»Warum sollte sie so etwas tun?«, fragte Max.

»Keine Ahnung. Und jetzt kommt der Clou: Außerdem ist Hilde-Harriet nach New York City gezogen.« Sie blickte auf ihr Handy. »In die West 12th Street Nummer 125, um genau zu sein.«

Max hörte auf zu kauen. Seine Hand sackte herunter. »Rachel Anderson besucht also David Burroughs im Gefängnis. Nach ihrem Treffen erkundigt sie sich nach einer Schlüsselzeugin in dem Fall – einer Zeugin, von der Burroughs behauptete, sie hätte in der Verhandlung gelogen, und erfährt, dass sie ihren Namen geändert hat und umgezogen ist.« Er sah sie an. »Wohin ist Burroughs also deiner Ansicht nach unterwegs?«

»Er will sie zur Rede stellen?«

»Oder Schlimmeres.« Max machte sich auf den Weg Richtung Flughafenausgang. »Sarah?«

»Ja?«

»Besorg uns einen Wagen nach New York. Und ruf das Büro in Manhattan an. In und um Hilde Winslows Wohnung soll es ab sofort vor Polizisten nur so wimmeln.«

NEUNZEHN

Ich stehe vor Hilde Winslows Wohnungstür.

Was jetzt?

Ich könnte natürlich einfach klopfen, aber da sie die Tür mit dem Summer hätte öffnen müssen, damit jemand hier raufkommt, und aufgrund ihres nachvollziehbaren Misstrauens halte ich das für nicht erfolgversprechend. Sie würde fragen, wer da ist. Sie würde durch den Spion gucken, um zu sehen, wer geklopft hat. Würde sie mich erkennen? Wahrscheinlich nicht. Es sei denn, sie hatte in den Nachrichten von meiner Flucht gehört. Aber sie würde nicht einfach aufmachen.

Option eins »Klopf einfach« würde also wahrscheinlich nicht funktionieren.

Ich trage eine Yankees-Baseballkappe, die ich bei einem Straßenverkäufer auf der 6th Avenue gekauft habe. Nach meinem Besuch bei Hilde werde ich sie abnehmen, damit sie, falls sie mich später beschreibt, nicht weiß, dass ich mir den Kopf kahl rasiert habe.

Option zwei: Ich könnte versuchen, die Tür einzutreten oder – was weiß ich – mir den Weg freizuschießen. Aber was würde das bringen? Natürlich würde sie Zeter und Mordio schreien. Natürlich würden die Nachbarn melden, dass sie Schüsse gehört haben. Option zwei ist ein dämlicher Rohrkrepierer.

Option drei: Eigentlich habe ich keine. Jedenfalls noch nicht. Aber ich kann auch nicht einfach im Flur herumstromern. Irgendjemand würde mich sehen und sich fragen, was ich hier mache. Ich habe das Ganze nicht richtig durchdacht, oder? Ich habe die vielen Stunden heute – heute! – mit Rachel in einem Auto verbracht und mir keinen richtigen Plan zurechtgelegt. Und das ist jetzt die Quittung.

Links von mir ist eine Tür zur Feuertreppe. Vielleicht kann ich mich dort verstecken und warten, bis sie ihre Tür öffnet. Aber es ist schon ziemlich spät. Hilde/Harriet ist über achtzig. Würde sie heute Abend noch einmal das Haus verlassen? Wahrscheinlich nicht.

Ich überlege noch, was ich tun soll, als ich sehe, wie sich der Knauf von 4B dreht.

Jemand öffnet die Tür.

Ich habe keinen Plan, also reagiere ich instinktiv. Ich weiß nicht, warum die Tür geöffnet wird, vermute aber, dass Hilde Winslow doch neugierig auf das Paket ist, das angeblich unten im Vorraum liegt, und es holen will. Aber es ist auch egal. Ich zögere keinen Moment. Als die Tür einen Spaltbreit offen ist, werfe ich mich dagegen.

Die Tür fliegt auf.

Einen Moment lang bin ich besorgt, dass ich zu forsch war und die alte Frau mit der schweren Tür zu Boden geworfen habe, aber als ich in die Wohnung stürme, ist Hilde Winslow auf den Beinen und sieht mich mit weit aufgerissenen Augen an. Sie weicht zurück, öffnet den Mund und will schreien. Ein Teil meines Gehirns, der noch aus Urzeiten stammt, hat die Kontrolle übernommen, und so zögere ich auch diesmal nicht. Ich springe zu ihr und drücke ihr etwas ungeschickt, aber bestimmt die Hand auf den Mund. Dann stoße ich die Tür mit dem Fuß zu. Ich ziehe sie zu mir heran, sodass ihr Hinterkopf auf meiner Brust liegt, während meine Hand noch immer ihren Mund bedeckt.

»Ich will Ihnen nicht wehtun«, flüstere ich.

Habe ich das gerade wirklich gesagt? Falls dem so ist, beruhigen sie meine Worte offenbar nicht. Sie zappelt und ergreift meine Hand. Sie wehrt sich. Ich halte sie fest. Ich möchte freundlich sein, vernünftig, höflich, sehe aber nicht, wie diese Vorgehensweise mir oder Matthew in irgendeiner Weise helfen könnte.

Mit meiner freien Hand ziehe ich die Pistole und zeige sie ihr.

»Ich will mich nur mit Ihnen unterhalten, okay? Sobald ich die Wahrheit kenne, verschwinde ich. Wenn Sie das verstanden haben, nicken Sie.«

Ich presse ihren Hinterkopf an meine Brust, trotzdem gelingt es ihr zu nicken.

»Ich werde jetzt die Hand wegnehmen. Bitte zwingen Sie mich nicht, Ihnen wehzutun.«

Ich rede wie in einem alten Film, weiß aber wirklich nicht, was ich sonst sagen sollte, oder wie ich anders mit dieser Situation umgehen könnte. Ich nehme die Hand von ihrem Mund und hoffe inständig, dass sie nicht schreit, denn wenn sie es tut, werde ich sie nicht erschießen. Ich werde ihr auch nicht den Pistolengriff über den Kopf ziehen oder so etwas. Oder doch?

Hilde Winslow hat eine Lüge über mich verbreitet. Sie hat unter Eid gelogen und dazu beigetragen, dass ich wegen der Ermordung meines eigenen Sohns verurteilt wurde.

Wie weit werde ich also gehen? Ich hoffe, sie bringt mich nicht in die Situation, es herausfinden zu wollen.

Hilde Winslow dreht sich zu mir um. »Was wollen Sie?«

»Wissen Sie, wer ich bin?«, frage ich.

»Sie sind David.«

Ihre Stimme ist erstaunlich ruhig und selbstsicher. Sie

wendet den Blick nicht ab. Es ist zwar kein herausfordernder Blick, er wirkt aber auch nicht ängstlich oder eingeschüchtert.

»Was tun Sie hier?«, fragt Hilde.

»Sie haben gelogen.«

»Wovon reden Sie?«

»Bei meiner Verhandlung. Ihre Zeugenaussage. Es war alles gelogen.«

»Nein, war es nicht.«

Ich habe wirklich keine Wahl. Ich nehme die Pistole und drücke sie der alten Frau an die Stirn.

»Hören Sie genau zu«, sage ich und hoffe, dass mir nicht die Stimme versagt. »Ich habe nichts zu verlieren. Das wissen Sie, oder? Wenn Sie mich noch einmal belügen, wenn Sie mir nicht die Wahrheit sagen, dann werde ich Sie töten. Ich will das nicht. Wirklich nicht. Aber ich muss mich zwischen meinem Sohn und Ihnen entscheiden.«

Sie fängt hektisch an zu blinzeln.

»So ist es«, fahre ich fort. »Mein Sohn lebt noch. Und nein, ich gehe nicht davon aus, dass Sie mir das glauben, und ich habe auch nicht genug Zeit, Sie davon zu überzeugen. Für Sie ist nur wichtig, dass *ich* es glaube. Und aus diesem Grund hätte ich auch keine Skrupel, Sie zu töten. Habe ich mich klar ausgedrückt?«

»Ich weiß nicht, was ich Ihnen sagen soll ...«

Ich schlage ihr mit dem Pistolenlauf auf die Wange.

Nein, das fällt mir nicht leicht. Und nein, ich habe nicht hart zugeschlagen. Es war nur ein Klaps. Mehr nicht. Aber es reicht, um meine Botschaft zu übermitteln – und auch dafür, dass ich mich schlecht fühle. »Sie haben Ihren Namen geändert und sind umgezogen«, sage ich. »Das haben Sie getan, weil Sie im Zeugenstand gelogen haben und fliehen mussten.

Ich bin nicht auf Rache aus oder so etwas. Aber es gibt einen Grund dafür, dass Sie gelogen haben, und dieser Grund könnte mich zu meinem Sohn führen. Also teilen Sie mir entweder mit, warum Sie das getan haben, oder ich werde Sie töten.«

Sie starrt mich an. Ich starre zurück.

»Sie fantasieren«, sagt Hilde-Harriet.

»Möglich.«

»Sie können doch unmöglich glauben, dass Ihr Sohn noch lebt.«

»Oh, das tu ich aber.«

Hilde führt ihre zitternde Hand an die Lippen. Sie schüttelt den Kopf und schließt die Augen. Ich nehme die Waffe nicht herunter. Als sie die Augen öffnet, sehe ich eine Veränderung. Die Abwehrhaltung und der Trotz sind verschwunden. »Es ist einfach unglaublich, dass Sie hier stehen, David.«

Ich sage nichts.

»Nehmen Sie das irgendwie auf?«, fragt sie.

»Nein.« Ich ziehe mein Handy aus der Tasche und zeige es ihr. Dann lasse ich es auf den Tisch fallen, um meine Aussage zu betonen. »Das bleibt unter uns.«

»Wenn Sie es jemandem erzählen, werde ich es einfach abstreiten.«

Mein Herz schlägt schneller. »In Ordnung.«

»Und falls es jemand aufnimmt, erzähle ich Ihnen einfach nur eine Geschichte, um einen durchgeknallten Mörder zu besänftigen, der mich mit einer Waffe bedroht.«

Ich nicke aufmunternd.

Hilde Winslow hebt den Blick und sieht mir in die Augen. »Ich habe mir diese Situation immer wieder vorgestellt«, sagt sie. »Dass Sie vor mir stehen und ich Ihnen die Wahrheit gestehe.«

Sie atmet tief durch. Ich halte die Luft an, aus Angst, dass ich diesen Zauber mit der kleinsten Bewegung zerstören könnte.

»Erst einmal muss ich sagen, dass ich mein Handeln vor mir selbst rechtfertigen konnte, weil ich dachte, dass meine Aussage sowieso nichts geändert hätte. Sie wären sowieso verurteilt worden – meine Aussage war nur das Tüpfelchen auf dem i. Das habe ich mir jedenfalls eingeredet. Außerdem war ich davon überzeugt, dass Sie den Mord begangen haben. So haben sie mir das damals verkauft – ich würde helfen, einen Mörder hinter Gitter zu bringen. Und soll ich ganz ehrlich sein, David?«

Ich nicke.

»Ich glaube immer noch, dass Sie es getan haben. Die Beweise gegen Sie waren erdrückend. Das hilft mir abends beim Einschlafen. Das Wissen – die Gewissheit –, dass Sie es getan haben. Aber trotzdem trage ich die Verantwortung, oder? Ich habe an der Boston University Philosophie gelehrt. Wussten Sie das?«

Ja, das wusste ich. Meine Anwälte hatten ihren Lebenslauf ganz genau unter die Lupe genommen, um etwas zu finden, das wir im Kreuzverhör verwenden konnten. Ich wusste, dass sie mit sechzig Witwe geworden war, dass sie drei – inzwischen verheiratete – Kinder und vier Enkel hatte.

»Daher kenne ich natürlich alle Rechtfertigungen unter dem Motto ›der Zweck heiligt die Mittel‹. Und natürlich habe auch ich versucht, mein Handeln zu rechtfertigen, es führt jedoch kein Weg daran vorbei, dass meine Aussage den Prozess befleckt hat. Und was noch schlimmer ist, ich habe mein Selbstbild in den Schmutz gezogen.«

Dann surrt ihr Handy. Sie sieht mich an. Ich signalisiere mit einem Nicken, dass sie nachschauen kann.

»Die Nummer ist unterdrückt«, sagt sie.

»Gehen Sie nicht ran.«

»Okay.«

»Was wollten Sie sagen?«

»Es geht um meine Schwiegertochter. Ellen. Sie ist Ärztin in Revere.«

Ich erinnere mich an ihre Akte. »Sie ist die Frau Ihres ältesten Sohns Marty.«

»Richtig.«

»Was ist mit ihr?«

»Sie war – und ist wahrscheinlich immer noch – spielsüchtig. Chronisch. Das wusste ich damals nicht. Sie ist eine angesehene Gynäkologin. Hat sämtliche Enkelkinder meiner Freundinnen zur Welt gebracht. Marty hat wohl alles versucht. Anonyme Spieler, Psychiater, Therapien. Er hat sogar den Zugriff auf ihr Geld kontrolliert. Aber Sie wissen ja, wie das mit Süchtigen ist. Sie finden einen Weg. Ellen hat es jedenfalls geschafft. Sie hat sich hoch verschuldet. Zu hoch, um da aus eigener Kraft wieder herauszukommen. Hunderttausende. Das haben sie mir am Telefon erzählt. Ellen sei mit den Zahlungen im Rückstand, sie könnte da aber wieder rauskommen – wenn ich ihnen einen kleinen Gefallen täte.«

Sie reibt sich übers Gesicht und schließt die Augen. Wieder schweige ich.

»Sie wollten wissen, warum ich gegen Sie ausgesagt habe. Das war der Grund. Dann hat mich dieser Mann besucht. Er war sehr höflich. Freundliche Umgangsformen. Breites Lächeln. Aber seine Augen, na ja, sie waren schwarz. Tot. Kennen Sie diesen Typus Mensch?«

Ich nicke.

»Außerdem hatte er Poliosis.«

»Poliosis?«

Sie setzte den Zeigefinger mitten auf ihren Kopf. »Eine weiße Stirnlocke. Tiefschwarze Haare mit einer weißen Strähne in der Mitte.«

Ich erstarre.

»Dieser Mann hat mir dann jedenfalls Ellens Situation erklärt. Er sagte, wenn ich ihnen helfe, würde ich der Welt einen Gefallen tun. Er sagte, dass Sie ohne jeden Zweifel der Täter wären, dass Sie Ihrem eigenen Kind mit einem Baseballschläger den Schädel eingeschlagen hätten, dass Sie aber davonkommen würden, weil Ihr alter Herr ein korrupter Polizist wäre und die ganze Sache daher ein abgekartetes Spiel.«

Ich schlucke. Die weiße Stirnlocke. Ich kenne den Mann, von dem sie spricht. »Dieser Mann hat meinen Vater erwähnt?«

»Ja. Sogar namentlich. Lenny Burroughs. Er sagte, dass sie mich deshalb bräuchten. Um sicherzugehen, dass der Gerechtigkeit Genüge getan wird. Wenn ich ihnen dabei helfe, würden sie im Gegenzug Ellen helfen. Er trug teure Slipper ohne Socken. Er hat mir alles erklärt. Wollen Sie wissen, was ich geantwortet habe?«

Ich nicke.

»Ich habe Nein gesagt. Ich habe gesagt, dass ich es nicht tun werde. Ellen solle sich etwas einfallen lassen, damit sie das Geld zurückzahlen kann. Das habe ich ihm gesagt. Der kleine Mann sagte: ›Okay, gut.‹ Einfach so. Er widerspricht nicht, fängt keinen Streit an und bedroht mich nicht. Am nächsten Morgen ruft mich derselbe kleine Mann an. Er sagt in höflichem Ton: ›Mrs Winslow? Hören Sie.‹ Und dann: …« Sie kneift die Augen zu. »Ich höre ein lautes Knacken und dann fängt Marty an zu schreien. Nicht Ellen. Mein Marty. Der kleine Mann hat meinem Sohn den Mittelfinger gebrochen, als wäre er ein Bleistift.«

Aus der Ferne hören Hilde Winslow und ich die üblichen Stadtgeräusche – das Rauschen des Straßenverkehrs, ferne Polizeisirenen, das Piepen eines zurücksetzenden Lastwagens, Hundegebell, das Lachen von Menschen.

»Also«, sage ich, »haben Sie sich bereit erklärt, ihm zu helfen?«

»Ich hatte keine Wahl. Das verstehen Sie doch sicher.«

»Das tue ich«, sage ich, bin aber nicht sicher, ob das stimmt. »Mrs Winslow, wie hieß der kleine Mann?«

»Was, glauben Sie, er hätte eine Visitenkarte hinterlassen? Er hat mir seinen Namen nicht genannt – und ich habe ihn nicht danach gefragt.«

Es spielt keine Rolle. Ich weiß, wer er ist. »Haben Sie Marty oder Ellen nicht darauf angesprochen?«

»Nein. Niemals. Ich habe einfach getan, was der Mann wollte. Dann habe ich mein Haus verkauft, meinen Namen geändert und bin hierhergezogen. Ich habe seit fünf Jahren nicht mehr mit Marty oder Ellen gesprochen. Und wissen Sie was? Sie haben sich auch nicht mehr bei mir gemeldet. Mit dieser Angelegenheit will keiner mehr etwas zu tun haben.«

In diesem Moment fängt jemand auf der Straße an zu schreien.

Eine junge Frau, wie es sich anhört. Zuerst verstehe ich sie nicht. Hilde und ich sehen uns an. Ich gehe zum Fenster. Die Frau schreit immer noch, und jetzt verstehe ich, was sie sagt:

»Achtung! Die Scheißbullen sind da! Ich wiederhole: Die Fascho-Schweine sind hier!«

Jemand anderes schließt sich an und schreit das Gleiche. Dann noch jemand.

Ich werfe einen Blick aus dem Fenster und sehe Streifenwagen, die in zweiter Reihe vor dem Haus parken. Vier uniformierte Polizisten rennen zum Hauseingang. Zwei weitere Streifenwagen kommen die 12th Street heruntergerast.

O Scheiße.

Ich hege nicht den geringsten Zweifel daran, dass sie meinetwegen hier sind. Ich muss hier sofort raus. Ich renne zu Hilde Winslows Tür, aber als ich sie öffne, höre ich schon den Lärm der Schritte auf der Treppe. Sie werden immer lauter. Ich höre Stimmen. Ich höre das Knacken der Funkgeräte.

Sie kommen immer näher.

Ich laufe den Flur entlang zum Notausgang mit der Feuertreppe. Ich öffne die Tür. Mehr Stimmen, mehr knackende Funkgeräte.

Sie kommen aus beiden Richtungen. Ich sitze in der Falle.

Hilde steht immer noch in der Tür. »Kommen Sie wieder rein«, sagt sie. »Beeilen Sie sich.«

Ich habe keine andere Wahl. Ich stürze zurück in ihre Wohnung. Sie knallt die Tür zu. »Gehen Sie ins Schlafzimmer«, sagt sie. »Nehmen Sie die Feuerleiter vor dem Fenster. Ich werde versuchen, sie aufzuhalten.«

Ich habe keine Zeit zu zögern oder gar darüber nachzudenken. Ich renne ins Schlafzimmer, weiter zum Fenster und reiße es auf. Ein überraschend erfrischender Luftzug trifft mich. Einen Moment lang überlege ich, ob die Polizei auch den Hinterhof besetzt hat. Nein, noch nicht. Das glaube ich zumindest. Unter mir ist es ziemlich dunkel. Außerdem ist der Hof eng, vielleicht sechs Meter zwischen der Rückwand von Hildes Haus und der Rückwand eines Hauses in der 11th Street. Ich steige aus dem Fenster und schließe es hinter mir.

Was jetzt?

Ich klettere die Metalltreppe hinunter und höre den knackenden Polizeifunk, gefolgt von Stimmen.

Unter mir ist jemand.

Es ist Nacht. Hier hinten ist es stockfinster, was wahrscheinlich gut für mich ist. Aus der Wohnung höre ich, wie an Hildes Tür geklopft und gerufen wird. Dann ruft Hilde, dass sie kommt.

Runter kann ich nicht. Wieder rein auch nicht. Also bleibt nur eine Richtung. Nach oben. Ich mache mich auf den Weg zum fünften Stock. Ich weiß nicht mehr, wie viele Stockwerke das Gebäude hat. Fünf oder höchstens sechs. Auf dem Treppenabsatz vor dem Fenster im fünften Stock bleibe ich stehen. Die Wohnung ist dunkel. Niemand zu Hause. Ich versuche, das Fenster zu öffnen. Es ist verriegelt. Ich überlege, ob ich die Scheibe mit dem Ellbogen einschlagen soll, weiß aber nicht, wie ich das halbwegs geräuschlos hinkriege. Und selbst wenn es mir gelingt, die Polizei wird mir sofort wieder auf den Fersen sein. Ich kann mich nicht ewig in einer fremden Wohnung verstecken.

Weiter rauf.

Ich klettere noch ein Stockwerk hinauf, in der Hoffnung, dass das Fenster dort nicht verriegelt ist. Aber dann wird mir klar, es gibt keinen sechsten Stock. Dort ist das Dach. Ich ziehe mich hoch und klettere hinauf. Mein Herz rast.

Hier ist ein Klischee über Gefängnisse, das absolut zutrifft: Dort wird viel Sport getrieben. Ich habe bei jeder Gelegenheit im Hof mit Hanteln gearbeitet, vor allem aber ist meine Zelle zu meinem eigenen Fitnessstudio geworden – Dips, Squats, Thrusts, Squat Jumps, Mountain Climbers und vor allem Push-ups. Ich habe mindestens fünfhundert Liegestütze am Tag gemacht. In den verschiedensten Varianten – klassisch, Diamant, breitarmig, mit Klatschen, gestaffelt, Sphinx, fliegend, einarmig, Handstand, Finger. Ich bin nicht der Erste, dem auffällt, welche Ironie darin liegt, dass man

Menschen, die oft wegen Gewaltverbrechen einsitzen, in einer Umgebung unterbringt, in der die einzig mögliche Form der Selbstoptimierung darin besteht, ihre Kraft zu steigern. Jedenfalls ist es einfach so, dass ich nie besser in Form war, und das zahlt sich jetzt endlich aus.

Das hoffe ich zumindest.

Wie zum Henker haben mich die Cops so schnell gefunden? Es sei denn, Rachel ... Nein. Das würde sie nicht tun. Es gibt andere Möglichkeiten. Meine Planung war nicht gut genug. Ich bin in Eile und übersehe Dinge. Auf jeden Fall macht es mir bewusst, dass ich nicht so clever bin, wie ich denke.

Aber der entscheidende Punkt ist ein anderer. Ich habe mit Hilde Winslow gesprochen – und ich bin nicht verrückt. Sie hat im Zeugenstand gelogen. Ich habe den Baseballschläger nicht in einer Art Trance vergraben.

Sie. Hat. Gelogen.

Und ich weiß, wer sie dazu gezwungen hat.

Jetzt habe ich eine Spur.

Ich muss fliehen. Wenn ich geschnappt werde, wird jede noch so heiße Spur, die es da draußen gibt, erkalten.

Was also mache ich als Nächstes?

Ich überlege, mich auf dem Dach zu verstecken. Hilde scheint im Moment auf meiner Seite zu stehen. Sie könnte den Cops sagen, dass sie mich nicht gesehen hat. Sie könnte ihnen erzählen, dass ich kurz da war und wieder abgehauen bin. Ich könnte einfach hier oben bleiben, abwarten und mich nach unten wagen, wenn sich die Lage beruhigt hat. Aber würde sie die Polizei belügen, vor allem, wenn sie sie unter Druck setzen? Ist sie wirklich auf meiner Seite – oder hat sie mich auf die Feuerleiter geschickt, weil sie mich zu ihrer eigenen Sicherheit aus der Wohnung haben wollte? Erzählt sie ihnen gerade von mir?

Wird die Polizei irgendwann trotzdem das Dach absuchen?

Ich muss davon ausgehen, dass die Antwort auf die letzte Frage Ja lautet.

Der Nachthimmel über Manhattan ist klar. Das Empire State Building ist rot erleuchtet, ich habe keine Ahnung warum. Trotzdem ist es ein atemberaubender Anblick. Wie alles hier. Man sagt ja, dass wir das, was wir haben, nicht zu schätzen wissen. Aber das stimmt so nicht. Es ist einfach der Gewohnheitseffekt. Wir nehmen die Dinge, an die wir uns gewöhnt haben, als selbstverständlich hin. Das liegt in der Natur des Menschen. Ich würde diesen Anblick gern ein paar Minuten genießen, aber das ist leider nicht möglich. Ich habe Ihnen vorhin gesagt, dass es mir nichts ausgemacht hat, eingesperrt zu sein. Matthew war tot, und das war meine Schuld, also war ich damit zufrieden – wenn das das richtige Wort ist –, kein Leben zu haben. Ich wollte nichts fühlen. Aber jetzt, seit ich wieder draußen in der Welt bin, ich die Stadtluft, die Spannung, die Lebendigkeit der Farben und Geräusche spüre, schwirrt mir der Kopf.

Als die Polizisten die Tür zum Dach aufstoßen, bin ich bereit. Seit ich hier oben bin, habe ich darüber nachgedacht zu springen. Ich weiß nicht, wie viele Meter es sind. Ich weiß nicht, ob ich es schaffen kann. Aber ich bin an der Südostecke des Gebäudes. Ich renne mit voller Kraft los, meine Arme pumpen. Der Wind rauscht in meinen Ohren, trotzdem höre ich die Warnrufe:

»Halt! Polizei!«

Ich achte nicht darauf. Ich glaube nicht, dass sie schießen werden, und wenn sie es tun, würde das auch nichts ändern. Ich beschleunige und es gelingt mir, mit dem linken Fuß nur wenige Zentimeter von der nordwestlichen Ecke des Daches entfernt abzuspringen.

Ich fliege.

Meine Beine rennen in der Luft weiter, meine Arme pumpen immer noch. Das Dach des Nachbarhauses ist dunkel. Ich sehe nicht, ob ich es schaffe, und einen Moment lang denke ich an die Zeichentrickfilme meiner Jugend und frage mich, ob ich wie Koyote Karl in der Luft stehen bleiben werde, bevor ich wie ein Stein herunterfalle und unten auf den Boden aufschlage. Ich spüre, wie der Vortrieb nachlässt und die Schwerkraft mich nach unten zieht.

Ich falle und schließe die Augen. Als ich hart auf dem Dach gegenüber lande, gehe ich in die Hocke und rolle mich ab.

»Halt!«

Ich halte nicht. Ich rolle mich vorwärts, bis ich wieder auf den Beinen bin. Dann mache ich das Gleiche noch einmal. Ich renne, springe und lande auf dem nächsten Dach. Dann auf dem nächsten. Ich habe keine Angst mehr. Ich weiß nicht, warum. Ich fühle mich beschwingt. Ich renne, springe, renne, springe. Es kommt mir vor, als könnte ich das die ganze Nacht machen, als wäre ich der verdammte Spiderman oder so.

Als ich auf einem Dach lande, auf dem es sehr dunkel ist und ich denke, dass ich genug Abstand zwischen mich und die Polizisten auf dem Dach von Hilde Winslows Haus gebracht habe, bleibe ich stehen und lausche. Ich kann die Polizisten und den Tumult noch hören, aber alles scheint weit weg zu sein. Die Rückseite des Gebäudes ist dunkel, und wie lange kann ich wirklich noch Spiderman spielen?

Ich entdecke eine Feuerleiter und haste sie hinunter, bis ich etwa drei Meter über dem Boden bin. Wieder halte ich inne, sehe mich um und lausche. Ich bin in Sicherheit. Ich hänge mich an die unterste Sprosse der Leiter, dann lasse ich los. Ich lande hart, aber mit gebeugten Knien und einem Lächeln im Gesicht.

Als ich mich aufrichte, höre ich eine Stimme, die sagt: »Keine Bewegung!«

Mein Herz setzt aus, als ich mich umdrehe. Ein Polizist. Er hat seine Waffe auf mich gerichtet.

»Hände hoch.«

Habe ich eine Wahl?

»Die Hände hoch, sodass ich sie sehen kann. Sofort.«

Der Polizist ist jung und allein. Er hält seine Waffe weiter auf mich gerichtet, während er den Kopf ein wenig nach unten neigt, um in das Mikrofon zu sprechen, das an seinem Kragen befestigt ist. Sobald er das tut, wird es hier im Hinterhof vor Polizisten wimmeln.

Ich habe keine Wahl.

Ich zögere nicht, täusche nichts an, weiche nicht aus. Ich stürze mich einfach direkt auf ihn.

Seit er mich aufgefordert hat, die Hände hochzunehmen, ist nicht einmal eine Sekunde vergangen. Ich hoffe, dass ich ihn durch einen unvermittelten Angriff überrumpeln kann. Meine Aktion ist natürlich gefährlich – schließlich hat er seine Pistole auf mich gerichtet –, aber der Polizist wirkt unsicher und ein wenig verängstigt. Vielleicht hilft mir das, vielleicht aber auch nicht.

Aber welche Alternative habe ich?

Wenn er auf mich schießt, okay, egal. Wahrscheinlich werde ich nicht sterben. Und selbst wenn – ich bin bereit, das Risiko einzugehen. Wahrscheinlicher ist, dass ich verwundet werde und wieder im Gefängnis lande. Aber wenn ich mich einfach ergebe, passiert das Gleiche. Ich lande wieder im Gefängnis.

Das darf ich nicht zulassen.

Also senke ich den Kopf und stürme wie ein Stier auf ihn los. Ich stürze mich auf ihn, schlinge den Arm um seine Taille, worauf die schwere Weste klirrt und all die Dinge an seinem Dienstkoppel, die Polizisten heutzutage runterziehen.

Wir prallen mit voller Wucht auf den Betonboden hinter dem Wohnblock. Er fällt auf den Rücken, und ich höre das Zischen, als die Luft aus seiner Lunge entweicht.

Er ringt nach Atem.

Ich lasse nicht locker.

Mir gefällt das nicht. Ich will niemanden verletzen. Ich weiß, dass er nur seine Arbeit macht und dass das ein anständiger Job ist. Aber für mich heißt es: Er oder Matthew, also bleibt mir auch hier keine Wahl.

Ich ziehe meinen Kopf zurück und ramme ihm meine Stirn auf die Nase. Etwas knackt in seinem Gesicht und gibt nach. Ich spüre etwas Klebriges auf meiner Wange und merke, dass es Blut ist.

Sein Körper erschlafft.

Ich springe auf. Er bewegt sich, stöhnt, was mich gleichermaßen erschreckt wie erleichtert. Ich bin versucht, noch einmal zuzuschlagen, denke dann aber, dass es nicht nötig ist. Nicht, wenn ich schnell von hier verschwinde.

Während ich in Richtung 6th Avenue laufe, ziehe ich den Blazer aus und wische mir das Blut aus dem Gesicht. Ich werfe den Blazer und die Baseballmütze ins Gebüsch und gehe weiter.

Als ich die Straße erreiche, versuche ich, ruhig zu atmen.

Geh weiter, sage ich mir immer wieder.

Vor dem Haus von Hilde Winslow hat sich eine Menschenmenge gebildet. Die meisten Leute schauen nur kurz zu. Einige bleiben länger stehen, wollen sehen, wie sich das Ganze entwickelt. Ich senke den Kopf und tauche in der Menge unter. Mein Herz schlägt jetzt wieder normal. Ich fange an zu pfeifen, während ich nach Osten gehe, und gebe mir so viel Mühe, lässig und unauffällig zu wirken, dass ich fürchte aufzufallen, fast so, als würde ich mir in einem Fitnessklub eine Zigarette anstecken.

Ein paar Blocks später riskiere ich einen Blick zurück. Niemand folgt mir. Keiner jagt mich. Ich fange an, lauter zu pfeifen, und ein Lächeln, ein echtes Lächeln, breitet sich in meinem Gesicht aus.

Ich bin frei.

ZWANZIG

A ls Rachel endlich zu Hause ankam, todmüde und so erschöpft wie nie zuvor, ging ihre Schwester Cheryl bereits auf dem Treppenabsatz auf und ab.

»Was zum Teufel soll das, Rachel?«

»Lass mich erst mal rein, okay?«

»Du hast David zur Flucht verholfen?«

Rachel öffnete ihren Mund und schloss ihn wieder. »Komm einfach mit rein.«

»Rachel …«

»Drinnen.«

Sie zog ihre Schlüssel aus der Handtasche. Rachel lebte in einer Wohnanlage, die etwas beschönigend als »Gartensiedlung« bezeichnet wurde. Sie hatte sich kürzlich bei einer Gratis-Lokalzeitung beworben, ein Job, für den sie ungeheuer überqualifiziert war – aber hey, in der Not frisst der Teufel Fliegen. Die Redakteurin, Kathy Corbrera, eine ihrer Lieblingsprofessorinnen für Publizistik, hatte ein gutes Wort für sie eingelegt, aber der Verleger kannte natürlich ihre Vergangenheit und wollte jeden auch noch so kleinen Hauch eines Skandals vermeiden. Was im heutigen aufgeheizten Klima durchaus nachvollziehbar war.

Rachel öffnete die Tür und ging direkt in die Küche. Cheryl folgte ihr.

»Rachel?«

Sie sparte sich die Antwort. Ihr ganzer Körper schmerzte

und sehnte sich nach einer Betäubung. Sie hatte noch nie so dringend einen Drink gebraucht. Der Woodford Reserve stand in der Vitrine neben dem Kühlschrank. Sie griff nach der Flasche.

»Willst du auch einen?«

Cheryl runzelte die Stirn. »Äh, ich bin schwanger, schon vergessen?«

»Einer kann nicht schaden«, sagte sie und nahm ein Glas heraus. »Hab ich irgendwo gelesen.«

»Tickst du noch richtig?«

»Bist du ganz sicher, dass du nicht doch einen willst?«

Cheryl starrte sie finster an. »Was soll der Scheiß, Rachel?«

Rachel füllte das Glas mit Eis und schenkte den Bourbon ein. »Es ist nicht so, wie du denkst.«

»Du hast mich gestern angerufen und ganz geheimnisvoll getan. Du hast gesagt, du hättest David einfach so aus heiterem Himmel besucht. Du sagtest, dass wir reden müssen, wenn du wieder zu Hause bist, und jetzt ...?«

Rachel trank einen Schluck.

»Wolltest du mir das sagen?«, fuhr Cheryl fort. »Dass du ihm zur Flucht verhelfen willst?«

»Nein, natürlich nicht. Ich hatte keine Ahnung, dass er ausbrechen würde.«

»Dann war es also reiner Zufall, dass du in Briggs warst?«

»Nein.«

»Erzähl schon, was los ist, Rach.«

Ihre Schwester. Ihre schöne, schwangere Schwester. Cheryl war durch die Hölle gegangen. Vor fünf Jahren hatte Matthews Ermordung sie völlig aus der Bahn geworfen, und Rachel hätte nie gedacht, dass ihre Schwester jemals wieder auf die Beine kommen würde. Von außen betrachtet ging es für Cheryl aufwärts. Neuer Ehemann, schwanger, neue Stelle. Aber in Wahrheit stimmte das nicht. Zumindest nicht so richtig. Cheryl versuchte sich etwas aufzubauen, etwas Neues, Stabiles. Rachel wusste aber, dass das alles immer noch auf tönernen Füßen stand und jederzeit zusammenbrechen konnte. Das Leben ist auch in den besten Momenten fragil. Das Fundament unter unseren Füßen ist ständig in Bewegung.

»Bitte«, sagte Cheryl. »Erzähl mir, was passiert ist.«

»Das versuch ich ja.«

Ihre Schwester wirkte plötzlich klein und verletzlich. Sie erschauderte, als wartete sie auf einen unvermeidlichen Tiefschlag. Rachel versuchte, sich die Worte im Kopf zurechtzulegen, aber sie klangen immer seltsam und gestelzt. Ganz egal, ob man dieses Pflaster langsam oder schnell abriss, wehtun würde es in jedem Fall.

»Ich möchte dir etwas zeigen.«

»Okay.«

»Du darfst aber nicht ausflippen.«

»Echt jetzt?«

Das abfotografierte und ausgedruckte Foto aus dem Vergnügungspark hatte Rachel David gegeben. Aber sie hatte es noch auf ihrem Handy. Sie trank einen weiteren Schluck Bourbon, schloss die Augen und wartete, bis die Wärme durch ihre Kehle nach unten gewandert war. Dann griff sie nach dem Handy. Sie tippte auf »Fotos« und fing an zu wischen. Cheryl hatte sich hinter sie gestellt und sah Rachel über die Schulter.

Dann hatte sie das Foto gefunden.

»Das versteh ich nicht«, sagte Cheryl. »Wer sind die Frau und die Kinder?«

Rachel legte Daumen und Zeigefinger auf den Jungen hinter den beiden Personen und vergrößerte sein Gesicht.

EINUNDZWANZIG

Der FBI-Überwachungswagen, in dem Max und Sarah saßen, raste zum Haus von Hilde Winslow und hielt dort. Max sah sechs Streifenwagen und einen Krankenwagen. Sarah starrte auf einen Computermonitor und telefonierte über ihr Headset mit jemandem. Sie signalisierte Max, dass es noch etwas dauern würde und er alleine rausgehen solle. Max nickte und öffnete die Schiebetür an der Seite des Vans.

Ein Agent, den Max nicht kannte, sagte: »Special Agent Bernstein? Der Verdächtige ist entkommen.«

»Das habe ich schon über Funk gehört.«

»Die Polizei hat die Verfolgung aufgenommen. Sie sind zuversichtlich, dass sie ihn erwischen.«

Max war sich da nicht so sicher. Sie waren in einer Großstadt, in der es viele Ecken, Winkel und Menschen gab. Es war immer am einfachsten, in einer Menschenmenge unterzutauchen, wo einen alle sehen konnten. Im Hightech-Überwachungsfahrzeug hatten Sarah und er anhand der Livestreams der vier Bodycams der Polizisten, die Burroughs aufs Dach gefolgt waren, das Scheitern der Festnahme verfolgen können.

Etwas beunruhigte ihn.

»Wo ist Hilde Winslow?«

Der Agent sah stirnrunzelnd in sein Notizbuch. »Sie nennt sich Harriet ...«

»Winchester, ja, ich weiß«, sagte Max. »Wo ist sie?«

Der junge Agent deutete auf den Krankenwagen. Die hintere Tür stand offen. Hilde Winslow saß dort aufrecht und in eine Decke gehüllt. Sie trank Saft mit dem Strohhalm aus einem Getränkekarton. Max ging zu ihr und stellte sich vor. Hilde Winslow sah ihn mit leuchtenden Augen an. Sie war klein, runzelig und wirkte zäher als ein gepanzertes Gürteltier.

»Geht es Ihnen gut?«, fragte er.

»Ich bin nur etwas aufgewühlt«, antwortete Hilde. »Die haben darauf bestanden, mich erst einmal in ihre Obhut zu nehmen.«

Die Sanitäterin, eine asiatischstämmige Frau mit einem langen Pferdeschwanz, sagte: »Entspannen Sie sich, Harriet.«

»Ich möchte wieder zurück nach Hause«, sagte sie.

»Sobald die Polizei es erlaubt, können Sie wieder raufgehen.«

Hilde Winslow lächelte der Sanitäterin freundlich zu und schlürfte noch etwas von ihrem Apfelsaft. Auf Max wirkte sie gleichzeitig wie eine alte Frau und ein kleines Mädchen.

»Sie sagten, dass Sie Special Agent vom FBI sind?«, fragte Hilde.

»Ja, Ma'am. Ich bin dafür zuständig, David Burroughs wieder ins Gefängnis zu bringen.«

»Verstehe.«

Er wartete darauf, dass sie fortfuhr. Sie trank einen Schluck Saft.

»Können Sie mir erzählen, was Mr Burroughs zu Ihnen gesagt hat?«

»Eigentlich nichts.«

»Nichts?«

»Es war ja gar keine Zeit, wissen Sie.«

»Sie wissen also nicht, was er bei Ihnen wollte?«

»Keine Ahnung.«

»Können wir noch einmal ganz von vorne anfangen, Mrs Winslow?«

Er hatte absichtlich ihren alten Namen benutzt. Er erwartete, dass sie ihn korrigieren würde. Das tat sie nicht.

»Was genau ist passiert?«, hakte Max nach.

»Er hat bei mir an die Tür geklopft. Ich habe aufgemacht ...«

»Haben Sie zuerst gefragt, wer da ist?«

Sie überlegte einen Moment lang. »Nein, ich glaube nicht.«

»Sie haben ein Klopfen gehört und einfach die Tür geöffnet?«

»Ja.«

»Machen Sie das immer? Ohne zu fragen, wer da ist?«

»Man kommt nur ins Haus, wenn jemand den Summer betätigt.«

»Haben Sie ihn reingelassen?«

»Nein.«

»Und trotzdem haben Sie einfach die Tür geöffnet?«

Sie sah ihn lächelnd an. »Es ist ein freundliches Haus. Ich dachte, es wäre ein Nachbar.«

»Verstehe«, sagte er.

Warum, dachte er, *belügt sie mich?*

»Ich bin ja auch alt und daher manchmal ein bisschen vergesslich. Aber Sie haben recht, Special Agent Bernstein. Das war ein Fehler von mir. Ich werde ab jetzt vorsichtiger sein.«

Er wurde an der Nase herumgeführt. Genau wie bei Rachel Anderson. Rachel war Burroughs Schwägerin und mochte ihn. Ihre Beweggründe verstand er. Aber warum belog Hilde Winslow ihn?

»David Burroughs hat also an Ihre Tür geklopft«, fuhr Max fort, »und Sie haben sie geöffnet.«

»Genau.«

»Haben Sie ihn erkannt?«

»Um Himmels willen, nein.«

»Wie sah er denn aus?«

»So wie, na ja, ein Mann. Ich habe schon versucht, dem Polizisten eine Beschreibung zu geben, aber es ging alles so schnell.«

»Was haben Sie zu ihm gesagt?«

»Nichts.«

»Was hat er zu Ihnen gesagt?«

»Dafür war keine Zeit. Ich habe die Tür geöffnet. Und plötzlich gab es unten einen Riesentumult. Ich vermute, dass die Polizisten schon im Haus waren und die Treppe hochgerannt sind.«

»Verstehe. Und was ist dann passiert?«

»Ich glaube, er hat Angst gekriegt.«

»David Burroughs?«

»Ja.«

»Und was hat der verängstigte Mr Burroughs getan?«

»Er ist in meine Wohnung gestürzt und hat die Tür hinter sich zugemacht.«

»Das muss unheimlich gewesen sein.«

»O ja. Ja, das war es.« Sie wandte sich an die Sanitäterin. »Annie?«

»Ja, Mrs Winchester?«

»Kann ich noch so einen Saft bekommen?«

»Aber natürlich. Geht es Ihnen gut?«

»Ich bin ein bisschen müde«, sagte Hilde Winslow. »Das sind schon sehr viele Fragen.«

Annie, die Sanitäterin, warf Max einen bösen Blick zu. Max

ignorierte sie und versuchte, das schwankende Schiff auf Kurs zu halten.

»Burroughs ist also mit Ihnen in Ihrer Wohnung, und die Tür ist jetzt geschlossen?«

»Ja.«

»Sie haben doch in der Tür gestanden, oder? Hat er Sie gestoßen, um reinzukommen? Sind Sie zurückgewichen?«

»Hmm.« Dramatische Pause. »Ich weiß es nicht mehr. Ist das wichtig?«

»Ich denke nicht. Haben Sie geschrien?«

»Nein. Ich wollte nicht, dass er wütend wird.«

»Haben Sie etwas gesagt?«

»Was zum Beispiel?«

»So etwas wie ›Wer sind Sie, was machen Sie hier, verschwinden Sie aus meiner Wohnung.‹ Irgendetwas.«

Sie überlegte. Als Sanitäterin Annie mit dem Saft zurückkam, lächelte sie und bedankte sich.

»Mrs Winslow?«

Wieder ihr alter Name.

»Das kann gut sein. Wahrscheinlich habe ich das. Aber es ging alles so schnell. Er ist zum Fenster gerannt und hat es aufgerissen.«

»Direkt zum Fenster«, sagte Max. »Ohne ein Wort zu sagen.«

»Ja.«

»Und zwar zu Ihrem Schlafzimmerfenster, stimmt's?«, fragte Max.

»Ja, das stimmt.«

»Die Wohnzimmerfenster sind näher an der Tür, oder?«

»Das weiß ich nicht. Ich habe den Abstand nie gemessen. Ich glaube aber schon.«

»Davor ist aber keine Feuerleiter, oder?«

»So ist es, ja.«

»Nur vor dem Fenster in Ihrem Schlafzimmer«, sagte Max. Er neigte den Kopf nach rechts. »Was denken Sie, woher Burroughs das wusste?«

»Das weiß ich nicht.«

»Sie haben es ihm nicht gesagt?«, fragte Max.

»Nein, natürlich nicht. Vielleicht hatte er sich schon vorher einen Lageplan des Hauses beschafft.«

»Wissen Sie, dass David Burroughs erst heute Morgen aus der Haft entflohen ist?«

»Ja, das hat mir einer der netten Polizeibeamten gesagt.«

»Vorher wussten Sie es nicht?«

»Nein, natürlich nicht. Wie sollte ich?«

»Ich habe Sie vor einer halben Stunde auf dem Handy angerufen und eine Nachricht hinterlassen.«

»Ach, wirklich? Ich gehe nie ans Handy. Das sind immer nur irgendwelche Gauner, die versuchen, eine alte Dame übers Ohr zu hauen. Die Mailbox ist ja an. Aber ehrlich gesagt, weiß ich gar nicht, wie man die Sachen abhört.«

Max starrte sie an. Er kaufte ihr das alles nicht ab.

»Was glauben Sie, warum Burroughs direkt zu Ihnen gekommen ist?«

»Wie bitte?«

»Gleich als Erstes. Er bricht aus. Er fährt nach New York City. Er kommt zu Ihnen. Warum tut er das wohl?«

»Ich weiß nicht …« Plötzlich weiteten sich ihre Augen. »O mein Gott.«

»Mrs Winslow?«

»Glauben Sie … glauben Sie, dass er hergekommen ist, weil er mir etwas antun wollte?« Sie führte ihre zitternde Hand zum Mund. »Glauben Sie, dass er deshalb hier war?«

»Nein«, sagte Max.

»Aber Sie haben doch gerade gesagt ...«

»Wenn er Ihnen etwas antun wollte, hätte er Sie doch zu Boden gestoßen, als er reinkam, oder? Oder er hätte Sie geschlagen, oder so etwas.« Dann fiel Max etwas auf. »Ist das ein Muttermal auf Ihrer Wange?«

»Das ist nichts«, erwiderte sie zu schnell.

»David Burroughs war bewaffnet. Haben Sie eine Pistole gesehen?«

»Eine Pistole? Um Himmels willen, nein.«

»Überlegen Sie doch mal. Sie sind David Burroughs. Sie haben fünf Jahre im Gefängnis verbracht. Sie entkommen. Und dann fahren Sie direkt zu einer Zeugin, von der Sie behaupten, dass sie eine Falschaussage gemacht hätte ...«

»Special Agent Bernstein?«

»Ja.«

»Das war eine ziemliche Tortur«, sagte sie leise. »Ich habe Ihnen alles gesagt, was ich weiß.«

»Ich möchte Ihnen nur noch ein paar Fragen zu Ihrer Aussage stellen.«

»Nein«, sagte sie.

»Nein?«

»Ich werde das nicht alles noch einmal durchmachen und ...« Sie drehte sich um. »Annie?«

»Ja, Mrs Winchester.«

»Ich fühle mich nicht so gut.«

»Ich habe es Ihnen gesagt, Harriet. Sie müssen sich ausruhen.«

Max wollte gerade protestieren, als er Sarahs Stimme hörte: »Max?«

Er drehte sich um. Sie stand in der Schiebetür des FBI-Wagens und winkte eindringlich, dass er zu ihr kommen sollte. Also verzichtete er auf eine Verabschiedung und eilte hinüber. Sarah sah sein Gesicht, als er sich näherte.

»Was ist?«, fragte Sarah.

»Sie lügt.«

»Worüber?«

»Alles.« Er zog seine Hose hoch. »Okay, was ist so wichtig?«

»Ich habe das Überwachungsvideo von Rachels Besuch im Gefängnis. Du wirst es dir ansehen wollen.«

***

Cheryl starrte auf das Foto.

»Es wurde in einem Vergnügungspark aufgenommen«, sagte Rachel.

»Das seh ich«, blaffte ihre Schwester. »Na und?«

Rachel versuchte nicht, die Sache mit Irene und dem ganzen Drumherum zu erklären. Sie hatte den kleinen Jungen im Hintergrund herangezoomt – nicht zu sehr, dann wurde sein Gesicht unscharf. Sie reichte ihrer Schwester das Handy. Cheryl starrte weiter darauf.

»Cheryl?«

Cheryl, die immer noch auf das Foto starrte, flüsterte: »Was tust du mir da an?«

Rachel antwortete nicht.

Sie fing an zu weinen. »Du hast es David gezeigt.«

Rachel war sich nicht sicher, ob das eine Frage war. »Ja.«

»Deshalb bist du nach Briggs gefahren.«

»Ja.«

Cheryl starrte weiter auf das Bild und schüttelte den Kopf. »Woher hast du das?«

Behutsam nahm Rachel ihr das Handy aus der Hand und

zoomte das Foto wieder auf das Original zurück. »Das ist eine Freundin von mir. Sie war mit ihrer Familie im Six-Flags-Vergnügungspark. Ihr Mann hat das Foto gemacht. Sie hat es mir gezeigt und …«

»Und was?« Cheryls Stimme war eiskalt. »Du hast einen Jungen gesehen, der meinem toten Sohn ähnelt, und dir gedacht, da könntest du doch einfach mal unser aller Leben in Schutt und Asche legen?«

Dein Leben nicht, dachte Rachel, sprach es aber lieber nicht aus.

»Rachel?«

»Ich wusste nicht, was ich tun soll.«

»Also hast du es David gezeigt?«

»Ja.«

»Warum?«

Rachel wollte nicht erwähnen, dass sie Cheryl schützen wollte, also antwortete sie nicht.

Cheryl fuhr fort. »Was hat er gesagt?«

»Er war schockiert.«

»Was hat er gesagt, Rachel?«

»Er glaubt, dass es Matthew ist.«

Cheryls Gesicht lief rot an. »Natürlich glaubt er das. Wenn man einem Ertrinkenden einen Amboss zuwirft, hält er das für einen Rettungsring.«

»Wenn David Matthew getötet hätte«, sagte Rachel, »dann hätte er doch gewusst, dass es ein Amboss ist, oder?«

Cheryl schüttelte nur den Kopf.

»Es hat schon damals keinen Sinn ergeben, Cheryl. Dass David Matthew umgebracht haben soll. Ach, komm. Das weißt du doch auch. Selbst wenn er in einer Trance war oder so etwas. Und diese ganze Geschichte mit der vergrabenen Mordwaffe. Warum hätte David das tun sollen? So blöd ist er doch nicht. Und diese Zeugin. Hilde Winslow. Sie hat ihren Namen geändert und ist weggezogen. Warum hat sie das getan?«

»Mein Gott.« Cheryl starrte ihre Schwester an. »Du glaubst diesen Blödsinn?«

»Ich bin mir nicht sicher. Und mehr sage ich auch gar nicht.«

»Wie kannst du dir nicht sicher sein? Oder bist du vielleicht auch verzweifelt, Rachel?«

»Was?«

»Bist du verzweifelt auf der Suche nach einer Story?«

»Meinst du das ernst?«

»Suchst du eine Rettungsleine? Eine neue Chance? Ich meine, wenn mein Sohn am Leben ist, wäre das ein gewaltiger Coup, oder? Nachrichtensendungen, Titelseiten …«

»Das kann nicht …«

»Und wenn es nicht Matthew ist, wenn es nur ein Junge ist, der ihm halbwegs ähnlich sieht, dann ist das Ganze – Davids Flucht, dass David nach all den Jahren mit jemandem spricht – immer noch eine große Story.«

»Cheryl.«

»Mein ermordeter Sohn könnte dir helfen, deine Karriere wieder aufleben zu lassen.«

Rachel zuckte zurück, als hätte sie eine Ohrfeige bekommen.

»Ich hab das nicht so gemeint«, sagte Cheryl schnell. Sie sprach jetzt leiser.

Rachel antwortete nicht.

»Hör zu«, fuhr Cheryl fort. »Matthew ist tot. Und Catherine Tullo auch.«

»Mit ihr hat das nichts zu tun.«

»Es ist nicht deine Schuld, dass sie tot ist, Rachel.«

»Natürlich ist es meine Schuld.«

Cheryl schüttelte den Kopf und legte ihrer Schwester die Hände auf die Schultern. »Ich hab das vorhin nicht so gemeint.«

»Doch, du hast es genau so gemeint«, sagte Rachel.

»Hab ich nicht. Ich schwöre es.«

»Und vielleicht stimmt es ja auch. Ich bemitleide mich selbst, für das, was ich verloren habe. Aber ich bin zu weit gegangen, und jetzt ist Catherine Tullo tot. Und das ist meine Schuld. Ich habe bekommen, was ich verdient habe.«

Cheryl schüttelte den Kopf. »Das ist nicht wahr. Du warst nur ...«

»Nur was?«

»Zu nah dran«, sagte Cheryl. »Meinst du, ich hätte es vergessen?«

Rachel wusste nicht, was sie sagen sollte.

»Die Halloween-Nacht. In deinem ersten Studienjahr.«

Rachel wandte sich ab. Sie schloss die Augen und wünschte, dass die Erinnerungen verschwanden.

»Rach?«

»Vielleicht hast du recht«, sagte Rachel zu ihrer Schwester. Sie starrte auf das Foto hinab. »Vielleicht sehe ich das, was ich sehen will. Vielleicht geht es David genauso. Wahrscheinlich sogar. Aber es wäre möglich, oder? Er hat nichts. David, meine ich. Es geht ihm so schlecht, wie man es sich nur vorstellen kann. Vielleicht sogar noch schlechter. Also lass ihn suchen. Es schadet ihm nicht. Es macht das alles nicht schlimmer. Aber bei dir ist das anders und deshalb wollte ich dir das Foto auch nicht zeigen. Wenn nichts dahintersteckt – und natürlich ist die Chance dafür ziemlich groß –, dann kommt eben nichts dabei heraus. Es ist nichts passiert, niemand hat Schaden genommen. Wir stehen am Ende wieder dort, wo wir angefangen haben. Du hättest es nie erfahren. Aber wenn es Matthew ist ...«

»Ist es nicht.«

»So oder so«, beharrte Rachel. »Lass David und mich die Sache genauer unter die Lupe nehmen.«

***

»Das ist das Video von Rachel Andersons erstem Gefängnisbesuch«, sagte Sarah zu Max. »Wie schon erwähnt, war das der erste Besuch, den Burroughs empfangen hat, seit er vor fünf Jahren nach Briggs überstellt wurde.«

Der Überwachungs-Van war ein umgebauter Ford. Die hinteren Fenster sahen aus, als wären sie dunkel getönt, waren aber schwarz lackiert, damit wirklich niemand hineingucken konnte. Den einzigen – sehr guten – Blick auf die Außenwelt lieferten die Übertragungen von den versteckten Kameras, die strategisch verteilt an allen Seiten des Wagens angebracht waren. Max und Sarah saßen nebeneinander in zwei verstellbaren ergonomischen Sitzen an einem Arbeitsplatz mit drei Computermonitoren. Es war bequemer, als man meinen sollte, aber die Agenten mussten hier auch oft viele Stunden am Stück verbringen. Zwei weitere Agenten saßen vorne in der Fahrerkabine. Einer von ihnen war der Techniker, aber Sarah kannte sich mit dem System auch perfekt aus.

»Kannst du die Lautstärke hochdrehen?«

»Es gibt keinen Ton, Max.«

Er runzelte die Stirn. »Warum nicht?«

»Es gab vor ein paar Jahren ein Urteil«, erläuterte Sarah. »Ging irgendwie um die Verletzung der Privatsphäre.«

»Und die Videoüberwachung verletzt die Privatsphäre nicht?«

»Nachdem Briggs den Prozess zur Verwertung von Tonaufnahmen verloren hatte, behaupteten sie, die Videoüberwachung diene lediglich der Sicherheit und verletze die Privatsphäre nicht.«

»Und das hat das Gericht akzeptiert?«

»Hat es.«

Max zuckte die Achseln. »Und was soll ich mir jetzt angucken?«

»Das hier.«

Sarah schaltete das Video ein. Die Kamera musste irgendwo an der Decke hinter David Burroughs' Schulter hängen. Rachel befand sich hinter der Plexiglasscheibe und war von vorne zu sehen. Sarah klickte auf schnellen Vorlauf, worauf sich die beiden Personen im Bild ruckartig bewegten. Als Rachel auf dem Bildschirm etwas zum Vorschein holte, was wie ein brauner Briefumschlag aussah, tippte Sarah wieder auf Play. Die Personen bewegten sich in normaler Geschwindigkeit. Max runzelte die Stirn und sah zu. Auf dem Monitor blickte Rachel nach unten, als müsste sie all ihre Kraft zusammennehmen. Dann holte sie etwas aus dem Umschlag und drückte es flach gegen das Glas.

Max blinzelte. »Ist das ein Foto?«

»Ich glaub schon.«

»Was ist drauf?«

Selbst ohne Ton und bei der bestenfalls mittelmäßigen Bildqualität und schlechten Beleuchtung spürte Max, wie sich die Stimmung im Besucherraum schlagartig veränderte. Burroughs ganzer Körper schien zu erstarren.

»Ich weiß es noch nicht«, sagte Sarah.

»Vielleicht ist es ein Fluchtplan.«

»Ich hab ein bisschen damit herumgespielt, bevor du rübergekommen bist.«

»Konntest du etwas erkennen?«

»Personen«, sagte Sarah. »Eine davon könnte Batman sein.«

»Wie bitte?«

»Vielleicht, ich weiß es nicht. Ich brauche mehr Zeit, Max.«

»Lass uns auch einen Lippenleser besorgen.«

»Bin schon dran. Die Rechtsabteilung sagt, dafür müssen wir uns einen richterlichen Beschluss besorgen.«

»Die Datenschutzklage?«

»Genau. Ich hab das Video aber trotzdem weitergeleitet. Wahrscheinlich ist die Auflösung aber zu gering.«

»Kannst du noch näher ranzoomen?«

»Das ist das Beste, was ich bisher habe.« Sarah drückte eine Taste. Das Bild wurde größer. Sie wartete einen Moment, bis es nicht mehr ganz so pixelig war, aber viel war immer noch nicht zu erkennen. Wieder blinzelte Max.

»Wir müssen Rachel Anderson dazu befragen.«

»Ihre Anwältin hat ihr verboten, unsere Fragen zu beantworten.«

»Wir müssen es versuchen. Sie wird doch noch beschattet, oder?«

»Ja. Sie ist zu Hause. Ihre Schwester ist vorbeigekommen.«

»Burroughs' Ex?«

Sarah nickte. »Sie ist schwanger.«

»Wow«, sagte Max. »Haben wir all ihre Telefone angezapft?«

»Haben wir. Bisher ohne Ergebnis.«

»Rachel Anderson hat stundenlang neben Burroughs im Auto gesessen. Die beiden haben das geplant. Sie wird nicht so dumm sein, eins ihrer Telefone zu benutzen.«

»Das stimmt.«

»Wir beide kennen ihre Geschichte«, sagte Max.

»Diesen Me-Too-Artikel?«

Max nickte. »Könnte das etwas mit der Sache zu tun haben?«

»Ich wüsste nicht, wie. Siehst du eine Verbindung?«

Er überlegte einen Moment, fand aber keine. Jedenfalls noch nicht. »Wie weit sind wir mit der Untersuchung der Finanzen aller Beteiligten?«

»Wir sind dabei«, sagte Sarah. Max wusste, wie lange es dauerte, die Finanzen von Personen zu durchforsten. Deshalb konnten auch so viele Wirtschaftskriminelle jahrelang auf Zeit spielen. »Aber ich hab was.«

»Bei wem?«

»Ted Weston.«

»Der Gefängniswärter, den Burroughs umbringen wollte?«

Sie nickte. »Der Kerl ist bis über beide Ohren verschuldet, aber in letzter Zeit gab es zwei Einzahlungen über jeweils genau 5000 Dollar.«

»Von wem?«

»Prüfen wir noch.«

Max lehnte sich zurück. »Schmiergeld?«

»Wahrscheinlich.«

»Ich fand das von Anfang an unlogisch«, sagte Max.

»Was?«

»Dass Burroughs versucht haben soll, Weston umzubringen.« Max fing an, seinen Fingernagel zu bearbeiten. »Das scheint viel mehr zu sein als ein einfacher Gefängnisausbruch, Sarah.«

»Möglich, Max. Weißt du, wie wir es herausbekommen können?«

»Wie?«

»Wir machen unsere Arbeit. Wir lassen uns nicht ablenken. Wir schnappen Burroughs.«

»Nie sind wahrere Worte gesprochen worden, Sarah. Lass uns Weston den Arsch aufreißen, bevor er die Gelegenheit hat, sich einen Anwalt zu nehmen.«

ZWEIUNDZWANZIG

Gertrude Payne stand auf dem Payne-Anwesen am Rand der Klippen. Der Mond spiegelte sich im aufgewühlten Wasser des Atlantiks. Sie hatte ihre grauen Haare gelöst und die Augen geschlossen. Der Wind im Gesicht tat ihr gut. Das Rauschen der Wellen beruhigte sie. Sie hörte zwar, dass Stephano sich näherte, ließ ihre Augen aber noch zehn Sekunden lang geschlossen.

Als sie sie öffnete, sagte sie: »Ihr habt ihn nicht erwischt.«

»Ross Sumner hat versagt.«

»Und der Wärter, der dir vom Besuch der Schwägerin erzählt hat?«

»Auch der hat versagt.«

Sie wandte sich vom Meer ab. Stephano war ein kräftig gebauter Mann, der mit seiner tiefschwarzen Prinz-Eisenherz-Frisur wie ein Altrocker aussah, der etwas zu sehr versuchte, sich an seine Jugend zu klammern. Stephanos Anzug war zwar maßgeschneidert, saß aber wie eine Pappschachtel auf seinem kantigen Körper.

»Ich versteh das nicht«, sagte Gertrude. »Wie konnte er ausbrechen?«

»Ist das wichtig?«

»Wohl nicht.«

»Er ist ja auch keine Bedrohung.«

Sie lächelte.

»Was? Sehen Sie das anders?«

Sie wusste, dass die Wahrscheinlichkeit, dass David Burroughs bleibenden Schaden anrichten könnte, verschwindend gering war, aber man brachte es nicht zu dem, was ihr Mann immer wieder als die »Payne Perfektion« bezeichnet hatte, ohne ein weiteres P hinzuzufügen:

Paranoia.

Und sie kannte den Lauf der Welt. Man wusste einfach nie, was passierte. Man wähnte sich in Sicherheit, war überzeugt, alle erdenklichen Aspekte und Möglichkeiten in Betracht gezogen zu haben. Aber das konnte man nicht. Niemals. So funktionierte die Welt nicht.

Niemand machte immer alles richtig.

»Mrs Payne?«

»Wir müssen bereit sein, Stephano.«

DREIUNDZWANZIG

Ich gehe mit schnellen Schritten durch die Straßen Manhattans.

Ich will nicht auffallen, weil ich renne, andererseits will ich möglichst viel Abstand zwischen mich und die Wohnung in der 12th Street bringen. Auf dem Weg Richtung Norden komme ich an den U-Bahn-Stationen 14th Street und 23rd Street vorbei und widerstehe dem Drang hinunterzugehen, denn wenn sie eine Fahndung eingeleitet haben, werden sie wahrscheinlich als Erstes die U-Bahn-Stationen in der Umgebung kontrollieren.

Oder auch nicht.

Ehrlich gesagt, ich habe keine Ahnung.

Aber natürlich habe ich ein Ziel.

Revere, Massachusetts. Meine Heimatstadt.

Der Mann, der Hilde Winslow erpresst hat? Der mit der Stirnlocke? Der lebt dort.

Ich kenne ihn.

Ich gehe davon aus, dass das FBI das Haus meines Vaters beschatten lässt, aber andererseits kann die Polizei nicht überall gleichzeitig sein. Auch wenn Fernsehen und Spielfilme das nahelegen und wir uns an diese Sichtweise gewöhnt haben, weil dort jeder Täter sofort mithilfe von flächendeckender Überwachung, einem Fingerabdruck oder einer DNA-Probe überführt wird.

Außerdem weiß ich nicht, was Hilde Winslow den Polizisten erzählt hat. Sie schien echtes Mitgefühl für meine Notlage zu empfinden und hat mir zur Flucht verholfen. Aber so etwas lässt sich nur sehr schwer einschätzen. Vielleicht war es einfach Schauspielerei. Vielleicht hatte sie auch Angst davor, dass die Polizei ihre Wohnung stürmen könnte, während ich noch in ihrer Nähe war. Ich weiß es nicht.

Aber jetzt habe ich keine Wahl mehr. Ich muss das Risiko eingehen, nach Revere zu fahren.

Als ich nach einer halben Stunde den Times Square erreiche, wird mir klar, dass ich mich übernommen habe. Immer wieder habe ich an belebte Plätze wie diesen gedacht – die Menschen, die Geräuschkulisse, das Licht, die riesigen Bildschirme, die Leuchtreklamen –, aber auf das, was ich gerade erlebe, bin ich nicht vorbereitet. Ich bleibe stehen. Die vielen Eindrücke überfordern mich. Das Durcheinander, der Ansturm von Farben, Geräuschen, Gerüchen, Gesichtern – von Leben – bringt mich ins Schleudern. Ich komme mir vor, als hätte ich fünf Jahre in einem dunklen Raum verbracht, und plötzlich leuchtet mir jemand mit einer Taschenlampe in die Augen. In meinem Kopf dreht sich alles so schnell, dass ich mich gegen eine Wand lehnen muss, um nicht hinzufallen.

Der Adrenalinschub, der mich auf den Beinen gehalten hat, ebbt nicht langsam ab, vielmehr scheint er auf einen Schlag zu verpuffen und in der Nachtluft zu verschwinden. Erschöpfung überwältigt mich. Es ist schon spät. Die letzten Nachtzüge und -busse, die in den Großraum Boston fahren, sind schon weg. Ich muss das klug angehen. Ich weiß, was ich zu tun habe, wenn ich in Revere bin, und ich werde geistig und körperlich auf der Höhe sein müssen, um das durchzuziehen. Kurz gesagt, ich muss schlafen.

In der Umgebung gibt es viele U-Bahn-Stationen – zu viele, als dass die Polizei sie alle überwachen könnte –, letztlich entscheide ich mich aber doch dafür, zu Fuß zu gehen. Der kahl rasierte Kopf würde sie sicher verwirren – Hilde Winslow hat mich nur mit der Baseballkappe gesehen, die ich weggeworfen habe. Außerdem trage ich eine medizinische Maske. Das machen allerdings nur noch wenige Leute. Ich hoffe, dass ich damit nicht auffalle. Andererseits ist es eine ziemlich gute Verkleidung. Soll ich sie aufbehalten? Schwere Entscheidung. Genau wie die, wo ich schlafen soll. Ich überlege, ob ich nach Norden zum Central Park gehen soll. Dort gibt es viele Verstecke und Unterschlupfmöglichkeiten, aber würde die Polizei ihn nicht überwachen? Ich checke mein Wegwerfhandy. Die Nummer kennt nur Rachel, die es mir gekauft hat. Ich warte auf eine Nachricht von ihr, aber sie hat sich noch nicht gemeldet. Ich weiß nicht recht, was ich davon halten soll, oder ob es überhaupt irgendeine Bedeutung hat. Wahrscheinlich fühlt sie sich noch beobachtet.

Dann habe ich einen Plan. Ich lasse die Maske auf und gehe zum Central Park. Ich nehme den Pfad ins Ramble, das Naturschutzgebiet im Park, in der Nähe der 79th Street. Dieses Gebiet ist mit üppigem Wald bewachsen. Ich suche mir einen möglichst abgelegenen Platz im Dickicht. Dann lege ich um mich herum trockene Zweige aus und hoffe inständig, dass ich es höre und reagieren kann, wenn sich mir jemand nähert. Ich lege mich hin und lausche dem Plätschern des Baches, das sich mit den Geräuschen der Stadt vermischt. Dann schließe ich die Augen und falle dankenswerterweise in einen traumlosen Schlaf.

Zur Rushhour, als ich sicher sein kann, dass die Penn Station überfüllt ist, steige ich in einen Amtrak-Zug nach Boston. Ich habe einen kahl rasierten Kopf. Ich trage eine Maske. Während der Fahrt wird mir irgendwann bewusst, dass ich jetzt seit vierundzwanzig Stunden frei bin. Die Anspannung lässt nicht nach, als ich aber zwischendurch zur Toilette gehe und mich im Spiegel ansehe, wird mir klar, dass die Wahrscheinlichkeit, dass mich jemand erkennt, nahe null liegt. Ich weiß nicht genau, wie groß das Risiko ist, diesen Zug zu nehmen, aber welche Wahl habe ich schon?

Eine Stunde vor der Ankunft in Boston klingelt endlich mein Wegwerfhandy. Die Nummer des Anrufers kenne ich nicht. Ich drücke die Antworttaste, sage aber nichts. Ich halte das Telefon ans Ohr und warte.

»Alpaka«, sagt Rachel.

Erleichterung durchflutet mich. Wir haben uns sieben Codewörter ausgedacht, mit denen wir jedes Telefonat beginnen. Wenn sie nicht mit dem richtigen Codewort beginnt, bedeutet das, dass etwas nicht in Ordnung ist, weil zum Beispiel jemand mithört oder sie gezwungen wird, den Anruf zu tätigen. Auch wenn sie ein Passwort ein zweites Mal verwendet – wenn sie beim nächsten Anruf wieder »Alpaka« sagt –, weiß ich, dass jemand in irgendeiner Form mithört und versucht, mich zu täuschen.

»Alles in Ordnung?«, frage ich.

Ich habe kein Passwort oder einen Antwort-Code. Ich hielt es für unnötig. Es ist ein schmaler Grat zwischen Vorsicht und Lächerlichkeit.

»Sagen wir, den Umständen entsprechend.«

»Die Cops haben dich vernommen?«

»Das FBI, ja.«

»Sie haben herausbekommen, wo ich hinwollte«, sage ich.

»Das FBI?«

»Ja. Fast hätten sie mich bei Hilde erwischt.«

»Ich habe niemandem etwas gesagt. Ich schwöre es.«

»Ich weiß.«

»Wie konnten sie es dann wissen?«

»Keine Ahnung.«

»Aber du bist ihnen entwischt?«

»Fürs Erste schon.«

»Konntest du mit ihr reden?«

Sie meint natürlich Hilde Winslow. Ich bejahe das und berichte, was ich erfahren habe. Ich erzähle, dass Hilde zugegeben hat, im Zeugenstand gelogen zu haben, erwähne aber die Spielschulden und die Verbindung nach Revere nicht. Falls jemand mithört – Mann, so etwas kann einen echt paranoid machen –, ist es besser, keine Hinweise auf mein nächstes Ziel zu geben.

»Ich raffe so viel Geld zusammen wie möglich. Und ich überlege mir, wie ich der Beschattung durch das FBI entgehen kann, so wie wir es besprochen haben.«

»Wie lange wirst du dazu brauchen?«

»Eine Stunde, vielleicht auch zwei. Schick mir einen Pin-Drop von deinem Standort, wenn du dein Ziel erreicht hast. Ich komm dann dazu.«

»Danke.«

»Und noch was«, sagt Rachel, als ich fertig bin.

Ich warte.

»Cheryl war gestern Abend bei mir.«

Ich spüre, wie sich meine Brust zusammenzieht. »Wie ist es gelaufen?«

»Ich hab ihr das Foto gezeigt. Sie denkt, dass wir beide an Wahnvorstellungen leiden.«

»Dagegen lässt sich kaum etwas einwenden.«

»Sie meinte auch, dass meine persönlichen Probleme mein Urteilsvermögen beeinträchtigen.«

»Und was sind deine persönlichen Probleme?«

»Ich schick dir noch ein paar Links, David. Lies die Texte. Das ist einfacher, als wenn ich versuche, es zu erklären.«

***

Rachel schickt mir Links zu drei verschiedenen Texten über den von ihr verfassten Me-Too-Artikel und den folgenden Selbstmord einer jungen Frau namens Catherine Tullo. Ich lese alle drei. Ich versuche, die Situation objektiv zu betrachten, als ginge es nicht um einen Menschen, den ich so sehr verehre wie Rachel.

Aber es ist aus vielerlei Gründen schwer, objektiv zu bleiben.

Ich habe Fragen an Rachel, aber das hat Zeit.

Ich lehne mich zurück und schließe die Augen, bis ich die Ansage für die North Station in Boston höre. Als wir in den Bahnhof einfahren, blicke ich aus dem Fenster und befürchte, dass hier überall Polizei ist. Ich sehe aber nur ein paar vereinzelte Polizisten, was wohl normal ist, außerdem scheinen sie nicht besonders aufzupassen. Das hat zwar nicht allzu viel zu sagen, ist aber auf jeden Fall besser, als einer Hundertschaft mit gezogenen Waffen gegenüberzustehen. Ich verlasse den Bahnhof und gehe durch meine Heimatstadt. Ich kann mir ein Lächeln nicht verkneifen. Ich gehe die Causeway Street entlang bis zur Ecke Lancaster Street, wo sich einer der in Boston allgegenwärtigen Dunkin' Donuts Coffeeshops befindet. Ich kaufe ein halbes Dutzend Donuts – zwei Viktorias, zwei mit Schokoladenglasur, einen mit gerösteter Kokosnuss und einen Old Fashioned – und einen großen schwarzen Kaffee ohne Sirup, weil ich aromatisierten Kaffee nicht ausstehen kann, vor allem den von Dunkin' nicht.

Mit der Dunkin'-Tüte in der Hand gehe ich die Lancaster Avenue hinunter. Ich trage immer noch die Maske, aber irgendwann werde ich riskieren, sie abzunehmen, um einen Viktoria zu essen. Bei dem Gedanken läuft mir das Wasser im

Mund zusammen. Keine zehn Minuten später stehe ich an der U-Bahn-Station Bowdoin Street und fahre mit der Blue Line in Richtung Revere Beach. Ich versuche mich an die alten Zeiten zu erinnern, als ich hier als Jugendlicher häufig unterwegs war. Wir waren damals eine Gruppe Jungs, alle aus der gleichen Jahrgangsstufe der Revere High School. Mein bester Freund war Adam McKenzie, aber dazu gehörten auch noch TJ, Billy Simpson und der Mann, den ich jetzt besuchen will, Eddie Grilton.

Eddies Familie gehörte die Apotheke an der Ecke Centennial Avenue und North Shore Road, nur einen Steinwurf von der Revere Beach Station entfernt. Sein Großvater hatte sie gegründet. Alle, die ich kannte, haben sich dort ihre verschreibungspflichtigen Medikamente geholt, und vor langer Zeit hat erst Eddies Großvater und dann auch sein Vater für den Fischer-Clan Wetten angenommen.

Der kleine Parkplatz hinter der Apotheke ist von der Straße nicht einsehbar. Da haben wir damals meistens abgehangen. Wir haben Bier getrunken und Gras geraucht. Natürlich ist das lange her. Die meisten Jungs sind jetzt weg. TJ ist Arzt in Newton. Billy hat in Miami eine Bar eröffnet. Nur Eddie ist immer noch hier, Eddie, der die Stadt lieber als alle anderen verlassen wollte, der das Leben seines Großvaters und seines Vaters hasste und auch sein eigenes, als er ein Teenager war und als er in der Apotheke helfen musste. Letztlich hatte er doch Pharmazie studiert, genau wie sein Vater es wollte. Nach seinem Abschluss hat er hinten am gesicherten Schalter für die verschreibungspflichtigen Medikamente gesessen, bis sein alter Herr, genau wie sein Großvater vor ihm, an einem Herzanfall gestorben ist. Jetzt leitet Eddie die Apotheke und wartet darauf, dass auch er irgendwann umkippt.

Als ich an der Revere Beach Station aussteige, werde ich wieder vorsichtiger, nicht nur wegen der möglichen Polizeipräsenz, sondern vor allem, weil ich in meinem alten Viertel bin, und wenn mich irgendwo jemand trotz der Verkleidung erkennen könnte, dann hier. Ich bin in der Nähe aller möglichen Orte aus der Vergangenheit: mein Elternhaus, das Haus der Mackenzies, Sal's Pizzeria, die Grilton-Apotheke.

Die Grilton-Apotheke sieht noch etwas heruntergekommener aus als früher, aber eigentlich verfällt sie schon, so lange ich denken kann. Der verwitterte Backstein war schon damals kaum noch rot. Der Rand der Leuchtreklame über dem Eingang war verrostet. Wenn sie eingeschaltet war, flackerten die Buchstaben kraftlos. Ich gehe mit gesenktem Kopf die Gasse entlang zu unserem alten Treffpunkt, dem Parkplatz hinter dem Gebäude. Mir fällt wieder ein, dass Eddies Vater dort immer seinen Cadillac parkte. Das Auto hatte Eddies Vater viel bedeutet, immer hatte er penibel darauf geachtet, dass es sauber und perfekt gewachst war. Jetzt parkt Eddie seinen Cadillac ATS also hier. Trotz all der Veränderungen bleibt doch irgendwie alles beim Alten.

Wenn ich müde bin, werde ich tiefsinnig.

Ich kauere mich hinter einen Müllcontainer. Der Kaffee ist noch heiß. Dunkin' Donuts eben. Ich verschlinge einen Viktoria und bremse mich erst nach einem weiteren halben Kokos-Donut. Im Gefängnis gibt es jede Menge Abscheulichkeiten, aber ich hatte offenbar die Grausamkeiten übersehen, die meinen Geschmacksnerven angetan wurden. Mir wird schwindelig von dem Genuss ... oder vom Zuckerrausch. Vielleicht ist es aber auch das Erlebnis von Freiheit. Im Gefängnis kann man sich leicht abschotten oder betäuben, sodass man nichts mehr spürt oder wahrnimmt, das auch nur im

Entferntesten mit Genuss zu tun hat. Das kann aber auch hilfreich sein. Nur so konnte ich überleben. Aber jetzt, da ich gezwungen wurde, diese Schutzhülle abzuwerfen, jetzt, wo ich zugelassen habe, über Matthew und die Möglichkeit einer Erlösung nachzudenken, stürzen all diese Emotionen auf mich ein.

Ich sehe auf die Uhr. Niemand benutzt diesen Hintereingang. Das weiß ich, weil wir uns über Jahrzehnte hier getroffen haben. Lange wird es nicht mehr dauern, denke ich, und tatsächlich, die Hintertür wird geöffnet und Eddie tritt mit einer Zigarette zwischen den Lippen heraus. Sie brennt noch nicht. Er hat das Feuerzeug schon in der Hand, und in dem Moment, in dem sich die Glastür hinter ihm schließt, entzündet er die Flamme und führt sie an die Zigarette. Er schließt die Augen, während er einen tiefen Zug nimmt.

Eddie ist sichtbar gealtert: dünn, leicht gebeugt, Bauchansatz. Seine früher krausen Haare sind zurückgegangen. Er hat eine Halbglatze und einen bleistiftdünnen Schnurrbart. Seine Augen sind tief eingesunken. Ich weiß nicht recht, wie ich vorgehen soll, trete dann aber einfach in sein Blickfeld.

»Hey, Eddie.«

Als er mich sieht, sackt sein Unterkiefer herunter. Die Zigarette fällt ihm aus dem Mund, er fängt sie aber in der Luft auf. Ich muss lächeln. Eddie hatte schon immer sehr schnelle Hände. Er war der beste Tischtennis- und Poolspieler und ein echter Zauberer bei Videospielen, am Flipper, beim Bowling und Minigolf, bei allem, wofür man eine gute Auge-Hand-Koordination brauchte – und sonst nicht viel.

»Du heilige Scheiße«, sagt Eddie.

»Muss ich dich auffordern, nicht zu schreien?«

»Nein, verdammt, willst du mich verarschen?« Er kommt auf mich zu. »Ich freu mich einfach, dich zu sehen, Mann.«

Er umarmt mich – dieses neue/alte Gefühl – und ich erstarre, weil ich Angst habe, dass ich weiche Knie bekomme, zusammensacke und nie wieder aufstehe. Trotzdem tut mir die Umarmung gut. Selbst der Zigarettengeruch tut mir gut. »Ich freu mich auch, Eddie.«

»Ich hab in den Nachrichten gesehen, dass du ausgebrochen bist.« Er deutet auf meinen Kopf. »Verlierst du auch die Haare?«

»Nein, das ist nur eine Verkleidung.«

»Clever«, sagt Eddie. »Können wir eine Sache ganz schnell aus dem Weg schaffen?«

»Klar. Sicher.«

»Du hast Matthew nicht umgebracht, oder?«

»Nein, hab ich nicht.«

»Wusste ich doch. Hast du einen Plan? Halt, vergiss die Frage. Je weniger ich weiß, desto besser. Brauchst du Geld?«

»Ja.«

»Okay. Die Geschäfte laufen mies, aber ich habe ein bisschen Bargeld im Safe. Das, was drin ist, kannst du haben.«

Ich versuche, die Tränen zurückzuhalten. »Danke, Eddie.«

»Bist du deshalb hier?«

»Nein.«

»Dann erzähl mir, was los ist.«

»Bist du immer noch der Buchmacher?«

»Nein. Deshalb laufen die Geschäfte ja so mies. Früher haben wir das alles gemacht. Ich meine, mein Großvater hat Zahlenrätsel angeboten. Mein Vater war Buchmacher und hat Wetten für alle angenommen. Die Cops haben sie als Gauner bezeichnet. Womit ich aber nichts gegen deinen alten Herrn sagen will.«

»Kein Problem.«

»Wie geht es ihm eigentlich?«

»Da weißt du wahrscheinlich mehr als ich, Eddie.«

»Ja, das stimmt wohl. Wo war ich?«

»Die Cops haben deinen Vater und deinen Großvater als Gauner bezeichnet.«

»Richtig. Aber weißt du, wer uns letztendlich aus dem Geschäft gedrängt hat? Die Regierung. Früher waren die Zahlenwetten illegal. Dann hat die Regierung das Gleiche gemacht, mit mieseren Quoten, als wir sie je hatten, sie haben es Lotterie genannt und jetzt, zack, ist es legal. Glücksspiel war auch illegal, bis ein paar Online-Arschlöcher einen Haufen Politiker bestochen haben, und jetzt, peng, kannst du im Internet mit ein paar Klicks deine Wetten aufgeben. Marihuana ist jetzt ja auch legal, wobei mein alter Herr das nie verkauft hätte.«

»Warst du denn vor fünf Jahren noch Buchmacher?«

»Um die Zeit herum ging das dann allmählich immer weiter bergab. Wieso?«

»Erinnerst du dich an eine Kundin namens Ellen Winslow?«

Er runzelte die Stirn. »Die war nicht bei mir. Die hat bei Reggie in der Shirley Avenue gewettet.«

»Aber den Namen kennst du?«

»Sie steckte bis zum Hals drin, ja. Aber wieso interessiert dich das?«

Eddie trägt noch immer den weißen Apothekerkittel. Wie ein Arzt oder ein Verkäufer in der Kosmetikabteilung von Filene's.

»Sie hatte also Schulden bei den Fisher-Brüdern?«

Eddie gefällt die Richtung nicht, die dieses Gespräch genommen hat. »Ja, ich glaub schon. Davey, warum fragst du das alles?«

»Ich muss mit Kyle reden.«

Schweigen.

»Kyle wie in Stinktier Kyle?«

»Wird er immer noch so genannt?«

»Er besteht darauf.«

Den Spitznamen hatte er früher schon, als wir noch klein waren. Ich weiß nicht mehr, wann Kyle nach Revere gezogen ist. Wahrscheinlich in der ersten Klasse, vielleicht auch in der zweiten. Die weiße Stirnlocke hatte er damals schon. Mit den weißen Strähnen im schwarzen Haar, und weil Kinder eben so sind, haben wir ihm sofort den logischen Spitznamen Stinktier verpasst. Die meisten Kinder hätten diesen Namen gehasst. Der junge Kyle schien es zu genießen, so genannt zu werden.

»Um das mal eben klarzustellen«, sagte Eddie. »Du willst mit Stinktier Kyle über alte Schulden reden?«

»Genau.«

Eddie stieß einen Pfiff aus. »Du erinnerst dich schon noch an ihn, oder?«

»Ja.«

»Auch noch daran, wie er Lisa Millstone vom Dach gestoßen hat, als wir neun waren?«

»Ja, auch daran.«

»Und an Mrs Baileys Katzen. Die immer wieder verschwunden sind, als wir etwa zwölf waren?«

»Ja.«

»Und an die kleine Pallone Tochter. Wie hieß sie noch mal? Mary Anne ...«

»Ich erinnere mich«, unterbreche ich ihn.

»Stinktier ist seitdem kein besserer Mensch geworden, Davey.«

»Ich weiß. Ich nehme an, dass er immer noch für die Fishers arbeitet?«

Eddie reibt sich energisch mit der rechten Hand übers Gesicht. »Verrätst du mir, worum es geht?«

Ich sehe keinen Grund, es nicht zu tun. »Ich glaube, die Fishers haben meinen Sohn entführt und mir einen Mord angehängt.«

Ich gebe ihm die Kurzfassung. Eddie sagt nicht, dass ich verrückt bin, denkt es aber. Ich zeige ihm das Foto vom Vergnügungspark. Er blickt kurz darauf, sieht aber hauptsächlich mich an. Er lässt die Kippe auf den rissigen Asphalt fallen und steckt sich eine neue an. Er unterbricht mich nicht.

Als ich fertig bin, sagt Eddie: »Ich werde nicht versuchen, dir das auszureden. Du bist ein erwachsener Mann.«

»Ich weiß das zu schätzen. Kannst du es arrangieren?«

»Ich kann einen Anruf machen.«

»Danke.«

»Du weißt, dass der alte Mann im Ruhestand ist, oder?«

»Nicky Fisher ist im Ruhestand?«, sage ich.

»Ja, er hat sich zur Ruhe gesetzt und ist an einen warmen Ort gezogen. Angeblich spielt er jetzt täglich Golf. Er hat sein Leben lang gemordet, geraubt, Menschen erpresst und verstümmelt, aber jetzt, wo er über achtzig ist, vergnügt er sich beim Golf, mit Wellness-Massagen und schicken Abendessen in Florida. Karma, oder?«

»Und wer ist jetzt der Boss?«

»Sein Sohn NJ leitet den Laden.«

»Meinst du, dass NJ mit mir redet?«

»Ich kann ihn fragen. Aber wenn es so gelaufen ist, wie du dir das vorstellst, glaube ich nicht, dass sie es gestehen werden.«

»Ich will ja niemanden in Schwierigkeiten bringen.«

»Ja, aber das ist ja nicht das einzige Problem. Wenn sie dir wirklich den Mord an deinem eigenen Kind anhängen wollten – und ich werde jetzt nicht auf die zigtausend Gründe eingehen, die dagegensprechen –, warum sollten sie dann nicht einfach die Cops rufen, wenn sie erfahren, wo du bist?«

»Glaubst du wirklich, dass die Fishers die Cops rufen würden?«

»Okay, das wäre vielleicht nicht ihr Stil. Natürlich könnten sie dich auch einfach umbringen. Das würde dann auch besser zu ihnen passen als diese Graf-von-Monte- Christo-Story, die du dir da zusammengereimt hast.«

»Im Prinzip habe ich einfach keine andere Wahl, Eddie. Das ist die einzige Spur, die ich habe.«

Eddie nickt. »Okay. Ich ruf sie an.«

VIERUNDZWANZIG

Rachel wusste nicht, ob sie beschattet wurde oder nicht. Sie ging aber davon aus.

Es spielte allerdings keine Rolle. Denn sie hatte einen Plan.

Sie ging zum Bahnhof und stieg in die Main/Bergen-Linie. Der Zug war zu dieser Stunde nicht sehr voll. Sie checkte ihre Umgebung und wechselte zweimal den Wagen. Sie sah niemanden, der ihr folgte oder sie beobachtete, aber vielleicht machten ihre Beschatter einfach einen guten Job.

Am Bahnhof Secaucus Junction stieg sie um und fuhr weiter zur Penn Station in New York City. Fast alle Mitreisenden machten das Gleiche. Sie hielt weiter die Augen offen, aber niemand schien sie zu beobachten.

Es spielte keine Rolle. Sie hatte einen Plan.

Während der nächsten Dreiviertelstunde lief sie kreuz und quer durch Manhattan, ging im Zickzack durch Midtown, bis sie einen Wolkenkratzer an der Park Avenue Ecke 46th Street erreichte, in den Hester Crimstein, ihre Anwältin, sie bestellt hatte. Ein junger Mann erwartete sie. Der junge Mann fragte Rachel nicht nach ihrem Namen. Er empfing sie nur lächelnd und sagte: »Bitte folgen Sie mir.« Die Fahrstuhltür stand bereits offen. Sie fuhren schweigend in den vierten Stock hinauf. Als sich die Tür öffnete, sagte der junge Mann: »Am Ende des Flurs auf der linken Seite.« Er ließ ihr beim Aussteigen den Vortritt und führte sie dann zur beschriebenen

Tür. Sie öffnete sie und trat in den Raum. Dort stand ein anderer Mann an einem Waschbecken.

»Bitte nehmen Sie Platz«, sagte der andere Mann.

Sie setzte sich mit dem Rücken zum Waschbecken. Der Mann arbeitete schnell. Er schnitt ihr die Haare kurz und färbte sie in einem dezenten Rotton. Während des gesamten Vorgangs wechselten sie kein Wort. Als das erledigt war, kam der erste Mann, der jüngere, wieder herein. Er führte Rachel zurück zum Aufzug und drückte den Knopf mit der Aufschrift G3, was, wie sie annahm, die dritte Etage der Tiefgarage war. Im Aufzug reichte er ihr einen Autoschlüssel und einen Umschlag. In dem Umschlag waren Bargeld, ein auf den Namen Rachel Anderson (ihr Mädchenname) ausgestellter Führerschein, zwei Kreditkarten und ein Handy. Das Handy war eine Spezialanfertigung. Sie würde Anrufe oder SMS erhalten können, ohne dass es dem FBI möglich wäre, ihren Aufenthaltsort zu ermitteln. So erklärte es ihr der junge Mann zumindest.

In G3 öffnete sich die Fahrstuhltür. »Stellplatz siebenundvierzig«, sagte der junge Mann. »Fahren Sie vorsichtig.«

Der Wagen war ein Honda Accord. Er war weder gestohlen noch gemietet, und Hester hatte ihr versichert, dass er nicht zu ihnen zurückverfolgt werden konnte. Als sie sich hinters Steuer gesetzt hatte, sah sie aufs Handy. David hatte gerade den Pin-Drop seines Aufenthaltsorts geschickt.

Wow.

Sie stellte überrascht fest, dass er sich in Revere befand, dem Viertel, in dem er aufgewachsen war. Das wunderte sie. Nach Hause zu fahren, hatte er ursprünglich nicht geplant. David hatte sogar extra darauf hingewiesen, dass es gefährlich wäre, vertraute Orte zu besuchen.

Also musste Hilde Winslow ihm irgendetwas gesagt haben, das ihn nach Revere geführt hatte.

Rachel hatte keine Ahnung, was das sein konnte, aber auch das war nicht wichtig. Sie ließ den Wagen an und machte sich auf den Weg Richtung Norden.

***

Als Eddie auflegt, teilt er mir mit, dass das Treffen erst in ein paar Stunden stattfinden kann.

»Willst du bis dahin im Hinterzimmer der Apotheke bleiben?«, fragt Eddie.

Ich schüttle den Kopf und gebe ihm die Nummer meines Wegwerfhandys. »Rufst du mich an, wenn du den Termin erfährst?«

»Klar.«

Ich bedanke mich bei ihm und verlasse den Parkplatz. Ich kenne diese Gegend wie meine Westentasche. Und selbst wenn sich etwas verändert, geht das an Orten wie diesen doch ziemlich langsam. Direkt am Meer ist das natürlich anders. Da stehen jetzt neue Hochhäuser mit Blick auf den Revere Beach. Aber hier, wo ich aufgewachsen bin, wurden die Reihenhäuser vielleicht mal neu gestrichen, mit einer Aluminiumverkleidung oder einem Anbau versehen, insgesamt sieht es aber aus wie früher. Einen großen Teil meiner Kindheit und Jugend bin ich durch Gärten und Hinterhöfe gegangen, um ein paar Schritte abzukürzen, um nicht gesehen zu werden, oder einfach, weil ich neugierig war.

Ich bin jetzt ganz nah bei meinem Vater.

Die Gefahr ist mir bewusst. Ich bin sicher, dass intensiv nach mir gefahndet wird. Das könnte bedeuten, dass mein Elternhaus, in dem mein Vater und meine Tante noch wohnen, unter Beobachtung steht. Logisch wäre es. Aber die Polizei kann ja – wie schon erwähnt – nicht überall sein. Sie wissen, dass ich gestern Abend in New York City war. Gehen sie also wirklich davon aus, dass ich von dort nach Revere fahre? Das hängt natürlich unter anderem davon ab, was Hilde Winslow ihnen erzählt hat, ich bezweifle aber sehr stark, dass sie gestanden hat, im Prozess gegen mich einen Meineid geleistet zu haben.

Ich blicke in alle Richtungen, während ich durch die Gärten meiner Jugend schleiche. Mir ist klar, dass man keinen Lieferwagen vor dem Haus parken muss, um es zu überwachen, ich entdecke aber nicht den geringsten Hinweis auf eine Gefahr. Ich überlege, ob es sicher ist. Ich überlege, ob es überhaupt Sinn ergibt. Noch einmal gehe ich in mich: Was bringt es, Dad und Tante Sophie nach all den Jahren wiederzusehen? Regt sie so ein Treffen nicht viel zu sehr auf?

Aber mein altes Zuhause zieht mich an. Ich bin ein entflohener Sträfling, der ein paar Stunden totschlagen muss, und ich will die Menschen sehen, die ich am meisten liebe. Ist das so sonderbar? Nein. Aber ich konzentriere mich trotzdem voll auf die Suche nach Matthew.

Als ich in den Gärten hinter den Häusern an der Thornton und der Highland Street bin, fühle ich mich sicher. Die Mehrfamilienhäuser stehen hier so eng zusammen, dass man nie genau weiß, wo das eigene Grundstück endet und das nächste beginnt. Im Laufe der Jahre hatte das zu manch interessantem Nachbarschaftsstreit geführt. Als ich vierzehn war, hatten die Siegelmans behauptet, der Garten von Mr Crestin würde die Grundstücksgrenze überschreiten, und daher hatte sie einen Anteil von Crestins preisgekrönten Tomaten eingefordert. Ich gehe gerade an dieser einst strittigen Grenze vorbei zum Haus von Mrs Bordio. Mrs Bordio hatte dort allein mit ihrem Sohn Pat gelebt, der, wie wir es damals nannten, einen Knick in der Optik hatte. Anfang der 2000er Jahre waren sie ausgezogen. Das Haus sieht aus, als hätten die neuen Besitzer es gut gepflegt. Mr Bordio, Pats Vater, war vor meiner Zeit in Vietnam umgekommen, und der Garten war immer zugewuchert. Mein alter Herr hatte schließlich vorgeschlagen, dass die Männer aus der Nachbarschaft reihum bei den Bordios den Rasen mähen sollten. Und Mrs Bordio hatte sich mit ihrem selbst gemachten Erdnusskrokant erkenntlich gezeigt. Mr Ruskin – ich komme gerade an seinem Haus vorbei – hatte fast einen ganzen Sommer lang an einem riesigen Pizzaofen aus Ziegeln und Beton gebaut. Natürlich steht der Ofen noch, obwohl die Ruskins 2007 ausgezogen sind. Wenn je ein Tornado über dieses Viertel zieht, ist dieser Ofen das Einzige, was stehen bleibt.

Vor mir erscheint die Rückseite meines Elternhauses.

Hier ist das Gebüsch dichter. Eine meiner frühesten Erinnerungen – ich muss drei oder vier Jahre alt gewesen sein – ist, dass mein Vater und Onkel Philip im Garten eine Schaukel gebaut haben. Adam und ich haben unseren Vätern mit großen Augen zugesehen. Es war ein heißer Tag, und ich erinnere mich vor allem daran, wie mein Vater nach einer Flasche Bud griff und sie an seine Lippen führte. Er nahm einen kräftigen Zug, setzte die Flasche ab, bemerkte mich und zwinkerte mir zu.

Und natürlich erinnere ich mich an meine Highschool-Freundin Cheryl.

Während ich mich meinem Zuhause nähere, ist meine stärkste Erinnerung eine sündige, die mit dem Zelt zu tun hat, das Mr Diamond jedes Jahr zum Laubhüttenfest aufstellte. Laubhütten sind normalerweise aus Zweigen und Ästen gebaut und haben kein Dach. Man baut sie im Freien auf. Das ist ein Muss. An die religiöse Bedeutung kann ich mich nicht mehr im Einzelnen erinnern. Seltsamerweise sind die

Häftlinge in Briggs die religiösesten Menschen, die ich je kennengelernt habe. Ich gehöre allerdings nicht dazu.

Jedenfalls war die Laubhütte der Diamonds eine Klasse besser als alle anderen in der Umgebung. Es war ein großes farbiges Zelt mit hebräischen Schriftzeichen, und mit siebzehn haben Cheryl und ich uns an einem kühlen Oktoberabend an diesen Ort geschlichen und dort unsere Jungfräulichkeit verloren.

Ja. Einfach so.

Bei dieser Erinnerung zucke ich zusammen und kann mir ein Lächeln nicht verkneifen.

Mann, wie ich Cheryl geliebt habe.

Ich war praktisch sofort in sie verknallt, als ihre Familie in die Shirley Avenue zog. Wir waren beide in der achten Klasse, aber es hat noch bis kurz vor dem Junior Prom am Ende der elften Klasse gedauert, bis Cheryl meine Gefühle erwiderte, und selbst da sind wir nur als »Freunde« zum Ball gegangen. Man kennt das ja. Wir bewegten uns in ähnlichen Freundeskreisen und hatten beide keine Begleitung. Wir haben in dieser Nacht miteinander geknutscht, was bei ihr allerdings wohl nicht viel mit Verliebtheit zu tun hatte, sondern eher aus Langeweile geschah.

Dann wurden wir ein Paar.

Ich lehne mich an den Baum im Garten des alten Diamond. Cheryl und ich waren so lange zusammen gewesen. Im College hatten wir uns mal kurz getrennt. Das war eher von mir ausgegangen als von ihr. Alle hatten uns erzählt, wir wären zu jung, um eine Familie zu gründen, ohne uns anderweitig umgesehen zu haben. Wir haben es probiert, aber ich fand, dass niemand mit Cheryl mithalten konnte. In unserem letzten Studienjahr haben wir uns dann verlobt, uns aber gleichzeitig versprochen, erst zu heiraten, wenn Cheryl ihr

Medizinstudium abgeschlossen hatte. An diesen Plan haben wir uns gehalten. Als wir dann geheiratet und sie ihre Traumstelle als Ärztin gefunden hatte, beschlossen wir, in dieser ruhigen, überschaubaren und glücklichen Lebensphase, Kinder zu bekommen.

Von da an ging es schief.

Cheryl – oder sollte ich wir sagen? – konnte nicht schwanger werden.

Wenn Sie selbst einmal Probleme mit der Fruchtbarkeit hatten, wissen Sie, was für ein Stress und eine Belastung das ist. Wir wollten beide Kinder. Unbedingt. Es war für uns immer eine Selbstverständlichkeit. Wir wollten vier Kinder. Das war der Plan. Darauf hatten wir uns geeinigt. Aber wir versuchten es monatelang, und nichts passierte. Wenn man schwanger werden will, kommt es einem vor, als würden alle anderen auf der Welt schwanger werden – üble Gestalten, Leute, die es nicht verdienen, Leute, die gar keine Kinder wollen. Alle werden schwanger, nur man selber nicht.

Wir gingen zu einem Spezialisten, der einen Test nach dem anderen durchführte und herausfand, dass ich der Schuldige war. Ja, wir alle wissen, dass *niemand schuld ist*, dass man die Situation gemeinsam meistert, dass man deshalb nicht weniger Mann ist und so weiter und so fort, aber die Entdeckung, dass meine Spermienzahl zu gering war, um Kinder in die Welt zu setzen, hat bei mir im Kopf üble Dinge angerichtet. Ich glaube, dass ich damit inzwischen besser umgehen kann. Ich weiß, was toxische Männlichkeit ist und so weiter, aber wenn man wie ich an einem Ort wie diesem aufgewachsen ist, an dem es selbstverständlich ist, dass ein Mann bestimmte Aufgaben und Funktionen hat, und wenn man nicht einmal seine eigene Frau schwängern kann, was ist man dann für ein Mann?

Ich habe mich geschämt. Dumm von mir, ich weiß. Aber Gefühle interessiert es nicht, ob sie dumm sind oder nicht.

Dreimal haben Cheryl und ich es erfolglos mit einer künstlichen Befruchtung probiert. Die Spannungen zwischen uns wuchsen. Jedes Gespräch drehte sich darum, ein Baby zu bekommen. Noch schlimmer war es nur, wenn wir uns bemühten, uns nicht von dem Druck zermürben zu lassen – man sagte uns, dass manchmal alles wie von Zauberhand liefe, wenn man sich einfach nur entspanne –, wodurch es erst recht zum allgegenwärtigen Problem wurde, und zwar nicht nur in unseren Gesprächen, sondern auch und gerade im Bett. Dieses Problem sind wir nie wieder losgeworden.

Cheryl ging wunderbar damit um.

Das dachte ich zumindest.

Sie hat mir nie die Schuld gegeben, da ich aber ein Idiot mit Selbstachtungsproblemen bin, fing meine Fantasie an durchzudrehen. Sie sieht mich mit anderen Augen, dachte ich. Wenn sie mich anschaut, findet sie mich unzulänglich. Sie guckt andere Männer an – kraftstrotzende, fruchtbare Männer – und fragt sich, wie sie an einen solchen Blindgänger geraten konnte.

Das hätte unsere Beziehung fast zerstört.

Dann erhielten wir eine gute Nachricht. Ein alter Kumpel meines Vaters aus Revere war Allgemeinmediziner in New Hampshire. Dr. Schenker erzählte mir, dass er das gleiche Problem gehabt und ihm eine Varikozelen-Operation geholfen habe. Ich will nicht ins Detail gehen, und Sie wollen nicht, dass ich das tue, aber im Prinzip werden dabei angeschwollene Venen im Hodensack entfernt. Lange Rede, kurzer Sinn: Es hat funktioniert. Plötzlich stieg meine Spermienzahl über das normale Maß hinaus an.

Vier Monate später war Cheryl schwanger mit Matthew.

Es war alles wieder gut.

Leider stimmte das nicht.

Die jahrelange Unfruchtbarkeit hatte uns und unserer Beziehung schwer zugesetzt, aber als Matthew geboren wurde, dachte ich, dass wir das hinter uns hätten. Und das hatten wir auch. Bis ich herausfand, dass Cheryl, obwohl sie mir gegenüber immer einfühlsam gewesen war, hinter meinem Rücken eine weitere Fruchtbarkeitsklinik aufgesucht hatte, um sich nach Spendersamen zu erkundigen. Sie hatte es nicht durchgezogen, also keinen Spendersamen bekommen. Das betonte sie immer wieder. Sie erklärte es mir auch ganz genau – sie hätte sich nicht nur unbedingt ein Baby gewünscht, sondern uns beide damit auch aus diesem Fegefeuer befreien wollen, und so hatte sie für einen kurzen, dummen und schwachen Moment erwogen, sich Spendersamen zu besorgen, ohne mir etwas davon zu sagen, weil sie wusste, dass ich diesem Vorgehen niemals zugestimmt hätte.

Es war, wie sie zugab, schrecklich, das auch nur in Betracht gezogen zu haben. Sie entschuldigte sich immer und immer wieder. Aber ich habe die Entschuldigungen nicht akzeptiert. Anfangs jedenfalls nicht. Ich war verletzt. Ihr Verhalten verstärkte meine ganze alberne Unsicherheit noch, sodass ich richtig Mist gebaut habe. Sie hatte mein Vertrauen gebrochen, und ich habe das Problem durch mein dummes Verhalten noch verschlimmert.

Durchs Küchenfenster meines Elternhauses sehe ich, dass sich dort etwas bewegt. Ich verstecke mich hinter einem Strauch, und als ich sehe, wie meine Tante Sophie sich allein an den Küchentisch setzt, zerspringt mir fast das Herz. Sie trägt eine blaue formlose Kittelschürze. Ihr Rücken ist krumm. Sie hat ihre Haare hochgesteckt, ein paar Strähnen haben sich aber gelöst und hängen ihr ins Gesicht. Ein Potpourri von Gefühlen durchströmt mich. Tante Sophie. Meine wunderbare, großzügige, gütige, kämpferische Tante, die mich unter ihre Fittiche genommen hat, seit meine Mutter an Krebs gestorben ist. Sie sieht müde aus, verbraucht, vorzeitig gealtert. Das Leben hatte ihr die Vitalität geraubt. Oder war es die Krankheit meines Vaters gewesen?

Oder ich?

Tante Sophie hat mir immer geglaubt. Andere haben gezweifelt. Sophie nicht.

Ich weiß nicht recht, wie ich damit umgehen soll, nähere mich aber zaghaft dem Küchenfenster. Das Radio läuft. Sophie hat in der Küche immer gerne Musik gehört. Classic Rock. Vielleicht ist es auch kein Radio mehr, sondern eine Alexa oder ein ähnlicher Lautsprecher. Ich höre Pat Benatar schmettern »We are young, heartache to heartache«. Sophie hat Pat Benatar, Stevie Nicks, Chrissie Hynde und Joan Jett geliebt. Ohne groß darüber nachzudenken, schleiche ich die Stufen zur Veranda hinauf und klopfe mit den Fingerknöcheln leise ans Fenster.

Sophie blickt auf und sieht mich.

Ich rechne damit, dass sie erschrocken oder verblüfft reagiert, oder – zumindest – durch mein plötzliches Auftauchen überrascht ist. Ich erwarte, dass sie – verständlicherweise – kurz zögert, wenn auch nur einen Moment lang, aber bei Tante Sophie gibt es so etwas nicht. Sie stand schon immer für bedingungslose Liebe, und etwas anderes sehe ich auch jetzt nicht. Sie springt auf und steuert geradewegs auf die Hintertür zu. Auf ihrem Gesicht zeigt sich jetzt schon Sonnenregen – ein strahlendes Lächeln, mit Tränen auf den Wangen. Sie reißt die Tür auf, wirft prüfende Blicke nach links und rechts, was mir einen Stich ins Herz versetzt, und sagt: »Komm schnell rein.«

Ich tue, was sie sagt. Natürlich tue ich das. Ich denke an die alten Zeiten, als mein Vater nach der Rückkehr von einer Spätschicht wissen wollte, wo ich war, worauf Tante Sophie sich eine Ausrede ausdachte und mich später durch diese Hintertür ins Haus schmuggelte, damit er nichts erfuhr. Ich trete ein und schließe die Tür. Sie umarmt mich. Sie kommt mir kleiner vor als früher, zerbrechlicher. Anfangs habe ich Angst, sie zu fest zu drücken, aber das lässt sie nicht zu.

Ich versuche, mich zu bremsen, konzentriert und bei der Sache zu bleiben, mich nicht von den Gefühlen überwältigen zu lassen, aber es gelingt mir nicht. Nicht bei Tante Sophie. Nicht, wenn Tante Sophie mich umarmt. Ich spüre, wie meine Knie nachgeben, und vielleicht stoße ich einen kurzen Schrei aus, doch diese alte, aber sehr starke Frau hält mich fest.

»Alles wird gut«, sagt sie zu mir.

Und ich glaube ihr.

Ted Weston, der Gefängniswärter aus dem Briggs Penitentiary, erzählte Max und Sarah seine Geschichte erst einmal, dann ein zweites und auch noch ein drittes Mal. Max und Sarah schwiegen die meiste Zeit. Max nickte immer wieder aufmunternd. Sarah lehnte mit verschränkten Armen in der Ecke des Büros, das sie als Vernehmungsraum nutzten. Als Ted beim dritten Mal zum Ende seiner Geschichte voller Stolz erzählte, wie er den Gefängnisdirektor und den Häftling auf dem Parkplatz dabei beobachtet hatte, wie sie ins Auto stiegen, quittierte Max das mit einem etwas entschlosseneren Nicken, dann wandte er sich an Sarah und sagte: »Der letzte Teil gefällt mir am besten. Dir auch, Sarah?«

»Der, wo er die beiden am Auto des Direktors gesehen hat, Max?«

»Ja.«

»Ja, den finde ich auch am besten.«

Max begann, mit Zeigefinger und Daumen an seiner Lippe zu zupfen. Er tat dies, um sich davon abzuhalten, an den Fingernägeln zu kauen. »Wollen Sie wissen, warum Sarah und mir dieser Teil bisher am besten gefällt, Ted? Ich darf Sie doch Ted nennen, oder?«

Ted Weston lächelte beklommen. »Natürlich.«

»Danke, Ted. Wollen Sie wissen, warum?«

Weston zuckte halbherzig die Achseln. »Klar, wieso nicht.«

»Weil er wahr ist. Das ist mein Ernst. Der Teil der Geschichte, als Sie aus dem Fenster gesehen, das Auto entdeckt und ›Moment mal‹ gedacht haben, wenn Sie das erzählen, strahlt Ihr Gesicht vor Ehrlichkeit.«

»Das tut es wirklich«, ergänzte Sarah.

»Als hätten Sie eine hochwertige Feuchtigkeitscreme benutzt. Aber ansonsten …, als Sie uns zum Beispiel erzählt haben, wie Sie den armen, kranken David Burroughs spätnachts zur Krankenstation gebracht haben …«

»… und sich dabei über sämtliche Vorschriften hinweggesetzt haben …«, ergänzte Sarah.

»… oder wie er plötzlich auf sie losgegangen ist …«

»… ohne jeden Grund.«

»Sie sind Rechtshänder, stimmt's, Ted?«

»Was?«

»So ist es. Ich habe Sie beobachtet. Es ist eigentlich nur eine Kleinigkeit, aber immer wenn Sie erzählen, wie Sie Burroughs aus seiner Zelle geholt und zur Krankenstation gebracht haben, blicken Sie nach rechts oben.«

»Das ist ein Zeichen dafür, dass Sie lügen, Ted«, sagte Sarah.

»Kein echter Beweis, aber meistens trifft es zu. Wenn Sie wirklich versuchen würden, eine Erinnerung abzurufen, würde ein Rechtshänder …«

»… zumindest fünfundachtzig Prozent der Rechtshänder …«

»… nach links oben sehen.«

»Und sein Blick huscht unruhig herum, Max.«

»Richtig, danke, Sarah. Das ist wirklich faszinierend, Ted. Ich glaube, das wird Sie auch interessieren. Ihr Blick huscht die ganze Zeit herum, wenn Sie lügen. Das ist nicht nur bei Ihnen so, sondern bei den meisten Menschen. Wollen Sie wissen, warum?«

Ted antwortete nicht. Max fuhr fort.

»Es ist ein Rückfall, Ted. Ein Rückfall in eine ganz frühe Vergangenheit, eine Zeit, in der Menschen, die sich gefangen fühlten, vielleicht von einem anderen Menschen, vielleicht von einem Tier oder was auch immer, hektisch nach einem Fluchtweg suchten.«

»Glaubst du wirklich, dass es daher kommt, Max?«, fragte Sarah.

»Ich weiß nicht, Sarah. Na ja, aber es besteht wohl kein Zweifel daran, dass so ein hektisch herumhuschender Blick auf eine Lüge hinweist. Ob das wirklich daher kommt, kann ich nicht sagen …. Ich finde es jedenfalls faszinierend.«

»Das ist es«, stimmte Sarah zu.

»Ein herumhuschender Blick«, wiederholte Ted Weston und versuchte, zuversichtlich zu wirken. »Das muss ich mir nicht gefallen lassen.«

Wieder sah Max Sarah an.

Sarah nickte: »Sehr männlich, Ted.«

Weston stand auf. »Sie haben keine Beweise dafür, dass ich lüge.«

»Natürlich haben wir die«, sagte Max. »Glauben Sie wirklich, wir würden uns ausschließlich auf die Sache mit dem herumhuschenden Blick verlassen?«

»Er kennt uns nicht, Max.«

»Nein, gewiss nicht, Sarah. Zeig es ihm.«

Sarah schob den Kontoauszug über den Tisch. Ted Weston stand immer noch. Er sah ihn an. Dann wurde er blass.

»Sarah war so freundlich, den wichtigen Teil zu markieren, Ted. Sehen Sie es?«

»Sie hätten Bargeld nehmen sollen, Ted«, sagte Sarah.

»Ja, aber wo hätte er das aufbewahren sollen? Immerhin war es eine gute Idee, die Beträge unter zehn Riesen zu halten. Sie dachten wohl, so würde es niemandem auffallen.«

»Uns schon.«

»Nicht uns, Sarah. Dir. Dir ist es aufgefallen. Aber wie hätte Ted auch wissen sollen, dass du die Beste bist?«

»Ich werde gleich ganz rot, Max.«

Sarahs Handy surrte. Sie trat ein paar Schritte zur Seite. Ted Weston sank wieder auf seinen Stuhl.

»Wollen Sie mir erzählen, was wirklich passiert ist«, fragte Max mit einem Bühnenflüstern, »oder wollen Sie sich die Situation hier im Strafvollzug mal aus der Perspektive der anderen ansehen?«

Ted starrte weiter auf den Kontoauszug.

»Max?«

Es war Sarah. »Was gibt's?«

»Die Gesichtserkennung hat womöglich einen Treffer gelandet und unseren Mann gefunden.«

»Wo?«

»An einer U-Bahn-Station in Revere Beach.«

***

»Du kannst nicht bleiben«, sagt Tante Sophie zu mir. »Das FBI war heute Morgen hier. Sie werden wiederkommen.«

Ich nicke. »Kann ich mit ihm sprechen?«

Sie legt den Kopf auf die Seite und sieht mich traurig an. »Er schläft. Das Morphin. Du kannst ihn sehen, ich glaube aber nicht, dass er mitkriegt, dass du hier bist. Ich bring dich hin.«

Wir gehen am Klavier mit der Spitzendecke und den alten Fotos vorbei. Mir fällt auf, dass das Hochzeitsfoto von Cheryl und mir immer noch ganz vorne steht. Ich weiß nicht, was ich davon halten soll. Die meisten meiner alten Freunde hier aus dem Viertel haben mindestens zwei oder drei Geschwister, manche noch mehr. Ich war ein Einzelkind. Ich habe nie gefragt, warum, vermute aber, dass das, was mir Probleme bereitet hat, erblich bedingt sein könnte, was wohl die schlimmste Spielart von »der Apfel fällt nicht weit vom Stamm« wäre, andererseits hätte es auch dazu führen können, dass er nie einen Sohn gehabt hätte. Aber das ist natürlich reine Spekulation.

Ich setze mich auf den Stuhl neben seinem Bett – Dads alter Schreibtischstuhl – und sehe meinen Vater an. Er schläft, aber sein Gesicht ist zu einer Grimasse verzogen. Tante Sophie steht hinter mir. Ich liebe meinen Vater. Er war der beste Dad der Welt. Aber eigentlich kenne ich ihn auch nicht richtig. Es war einfach nicht seine Art, Gefühle zu teilen. Daher kenne ich seine Hoffnungen und Träume nicht. Aber wer weiß, vielleicht ist es auch besser so. Heutzutage wird oft über toxische Männlichkeit geklagt oder darüber, dass Männer ihre Gefühle in sich hineinfressen. Ich weiß nicht, ob es daran lag oder nicht. Mein Dad hat in Vietnam gekämpft. Sein Dad hat im Zweiten Weltkrieg gekämpft. Meine Oma hat einmal erzählt, dass beide Männer nach ihrer Rückkehr nicht mehr dieselben waren. Das ist im Prinzip eine Binsenweisheit, Oma sagte aber auch, das Problem wäre nicht gewesen, dass sie sich verändert hatten, sondern dass diese Männer das Bedürfnis hatten, alles, was sie dort drüben erlebt, gesehen und getan hatten, für sich zu behalten. Nicht um ihrer selbst willen, sondern weil sie den Menschen, die sie liebten, dieses Grauen ersparen wollten. Diese Männer waren nicht brutal, distanziert oder gar gestört. Sie waren Wächter, die ihre Aufgabe darin sahen, ihre Liebsten zu beschützen, ganz egal, was es sie kostete. Als Matthew geboren wurde, versuchte ich mich bis ins letzte Detail daran zu erinnern, was mein Vater mit mir gemacht hatte. Ich wollte auch so ein Vater sein. Ich wollte, dass mein Sohn sich sicher, geliebt und stark fühlt. Ich habe mich gefragt, wie mein Vater das gemacht hatte, und kam mir vor wie ein Kind, das einem Zauberer zusieht. Ich wollte seine geheimen Tricks verstehen, damit ich sie Matthew vorführen konnte.

Ich liebe meinen Vater. Er kam erschöpft nach Hause, zog sich ein weißes T-Shirt an und ging raus, um mit mir ein paar Bälle zu werfen. Samstags gingen wir zum Mittagessen ins Jolly Rogers, wo ich einen Burger und einen Milchshake bekam. Er erlaubte mir, ihn zum Hunderennen zu begleiten und erklärte mir, wie das mit den Favoriten und den Quoten lief. Ich habe ihn angefeuert, wenn er für das Softball-Team der Polizei von Revere spielte, besonders bei ihrem jährlichen Aufeinandertreffen mit der Feuerwehr. Er hat mir gezeigt, wie man eine Krawatte bindet. Mit sieben durfte ich im Bad neben ihm stehen und so tun, als ob ich mich mit ihm rasieren würde, wobei er mir das Gesicht einseifte und mir einen Rasierer ohne Klinge gab. Zweimal im Jahr ging er mit mir in den Fenway Park zu Baseballspielen der Red Sox. Wir saßen in den Bleachers, ich bekam einen Hotdog und eine Cola, er einen Hotdog und ein Bier, außerdem kaufte er mir einen Wimpel der gegnerischen Mannschaft als Erinnerung an das Spiel. Die Basketballspiele der Celtics haben wir uns bei Onkel Philip angesehen – er hatte einen Großbildfernseher. Mein Vater gab mir nie das Gefühl, eine Last zu sein oder zu stören. Er genoss die Zeit, die er mit mir verbrachte, und ich genoss die Zeit, die ich mit ihm verbrachte.

Trotzdem kenne ich weder die Hoffnungen oder Träume meines Vaters noch seine Sorgen und Befürchtungen, weiß nicht, wie er über den Tod meiner Mutter dachte oder ob seine Erwartungen an dieses Leben erfüllt worden waren.

Ich sitze jetzt neben ihm und warte darauf, dass er die Augen öffnet und mich erkennt. Natürlich erwarte ich, dass ein Wunder geschieht – dass meine bloße Anwesenheit ihn irgendwie heilt, dass er aus dem Bett aufsteht oder dass er zumindest ein oder zwei klare Momente hat und ein paar kluge Abschiedsworte für sein einziges Kind findet.

Nichts davon geschieht. Er schläft.

Nach einer Weile sagt Tante Sophie: »Du bist hier nicht sicher, David. Du musst gehen.«

Ich nicke.

»Dein Cousin Dougie ist einen Monat lang auf einer Hai-Expedition. Ich hab einen Schlüssel zu seiner Wohnung. Da kannst du so lange wie nötig bleiben.«

»Danke.«

Wir stehen auf. Ich betrachte einen Moment lang die schlaffe Hand meines Vaters. Früher war sie so kräftig. Davon ist nichts geblieben. Die knotigen Muskeln, die an seinem Unterarm hervortraten, wenn er einen Schraubenzieher oder eine Zange ansetzte, waren nur noch schwammiges Gewebe. Ich küsse meinen Vater auf die Stirn. Ich warte noch eine Sekunde darauf, dass er die Augen öffnet. Er tut es nicht.

»Glaubst du, dass ich es getan habe?«, frage ich Tante Sophie.

»Nein.«

Ich sehe sie an. »Hast du je …?«

»Nein. Keine Sekunde.«

Dann gehen wir. Mir ist klar, dass ich meinen Vater höchstwahrscheinlich nie wieder sehen werde, aber ich habe weder die Zeit noch das Bedürfnis, jetzt lange darüber nachzudenken. Mein Handy surrt. Ich sehe mir die Nachricht an.

»Alles in Ordnung?«

Ich sage Tante Sophie, dass es Rachel ist. Sie braucht noch eine halbe Stunde. Ich schicke ihr Dougies Adresse und schreibe ihr, dass sie durch die Hintertür kommen soll.

»Rachel hilft dir?«, fragt meine Tante.

»Ja.«

Sie nickt. »Ich hab sie immer gemocht. Jammerschade, was passiert ist. Bei Dougie seid ihr sicher. Ihr beide. Meldet euch, wenn ihr etwas braucht, okay?«

Dann nehme ich sie in den Arm. Ich schließe die Augen und drücke sie. Dann frage ich etwas Dummes, etwas, das mich die ganze Zeit beschäftigt, wie ein abgebrochener Zahn, über den ich immer wieder mit der Zunge fahre: »Hat Dad geglaubt, dass ich es getan habe?«

Und weil Tante Sophie nicht lügen kann, sagt sie: »Zu Anfang nicht.«

Ich erstarre. »Dann aber schon?«

»Er ist ein Mann der Beweise, David. Das weißt du doch. Deine Aussetzer. Deine Streitereien mit Cheryl. Dein Schlafwandeln als Teenager ...«

»Also dachte er ...?«

»Nicht absichtlich, nein ...«

»Aber er dachte, dass ich Matthew getötet habe?«

Tante Sophie lässt mich los. »Er war sich nicht sicher, David. Können wir es dabei belassen?«

∗∗∗

Mit dem kurz geschnittenen Bubikopf erkenne ich Rachel kaum.

»Wie gefällt's dir?«, versucht sie die Stimmung aufzulockern.

»Sieht gut aus.«

Und das tut es auch. Die Anderson-Schwestern galten schon immer als schön, wenn auch auf unterschiedliche Art. Cheryl, meine Ex, war eher der Typ, bei der die Autofahrer auf der Straße anhielten. Man sah sie. Sie fiel einem sofort ins Auge. Rachels Schönheit trat langsamer zutage, dafür aber umso nachhaltiger. Sie hatte, wie Tante Sophie es nannte, ein interessantes Gesicht – was in jeder Hinsicht positiv gemeint war. Inzwischen sehe ich das auch so. Die Abweichungen vom Schönheitsideal, die viele Menschen vielleicht als Unvollkommenheiten bezeichnen würden, machten es gewissermaßen zu einem Gemälde, in dem man jedes Mal, wenn man es betrachtete, etwas Neues entdeckte, außerdem veränderte es sich mit der Tageszeit, den Lichtverhältnissen und dem Blickwinkel. Ich finde, dass der Bubikopf ihr gut steht. Er betont ihre Wangenknochen oder etwas in der Art, ganz genau kann ich es nicht sagen.

Ich erzähle Rachel, was ich mit Hilde, Eddie und Familie Fisher erlebt habe. Währenddessen surrt das Handy. Eine SMS von Eddie:

Komm nicht zurück. Die Cops waren hier und haben dich gesucht.

Ich antworte, dass sie zu wissen scheinen, dass ich im Ort bin. Er antwortet:

In ganz Revere ist es voll von ihnen. Treffpunkt ist Pop's Garage. 280 Hunting Street in Malden. 15 Uhr. Schaffst du das?

Ich antworte, dass ich das schaffe.

Halt dich links, wenn du in die Werkstatt fährst. Und komm allein. Das soll ich dir sagen.

Rachel liest über meine Schulter mit. Dougie ist ein vierundfünfzigjähriger Junggeselle, und die Wohnung ist so eingerichtet, als wollte er das beweisen. Die Wände sind wie eine Kneipe mit dunklem Holz vertäfelt. Er hat eine Dartscheibe, und ein Großbildfernseher nimmt eine ganze Wand ein. Auf dem Boden liegt ein grüner Zottelteppich. Die Fernsehsessel sind aus Kunstleder und aus den Fußstützen ragen die Metallstreben. Über dem Eichenholztresen hängen überdimensionale Neon-Bierwerbungen – eine für Michelob Light, eine für Blue Moon Belgian White. Als ich hereinkam, war bis auf die Leuchtreklamen alles dunkel. Da ich kein Licht an- oder ausgeschaltet habe, ist das im Moment die einzige Beleuchtung.

»Ich fahr dich hin«, sagt Rachel.

»Hast du nicht gesehen, dass ich alleine kommen soll?«

»Ich begreif das immer noch nicht«, sagt sie. »Die Fishers sind groß im Geschäft, was Erpressung, Drogen und Prostitution angeht. Wieso sollten die etwas mit Matthews ...« Sie hält inne. »... ich weiß nicht mal, wie ich es nennen soll.«

»Nennen wir es Entführung«, sage ich.

»Okay. Warum sollten die was mit so einer Sache zu tun haben?«

»Ich weiß es nicht.«

»Du erwartest aber, dass sie es dir einfach erzählen?«

»Andere Spuren haben wir nicht.«

»Doch, vielleicht haben wir eine«, sagt Rachel und öffnet ihren Laptop. Sie klickt auf eine Datei und diverse Fotos öffnen sich. »Ich habe verschiedene Bildersuchen durchgeführt, die zu dem passen, was wir von Irenes Foto aus dem Six-

Flags-Vergnügungspark wissen. Wir kennen den Ort und das Datum. Damit habe ich angefangen. Dann habe ich zum Beispiel auf Instagram nach allen Fotos gesucht, die an diesem Tag gepostet wurden und mit Six Flags getaggt waren. Ich habe den Zeitpunkt des Postings noch drei Tage weiter nach vorn ausgedehnt, weil ich davon ausgehe, dass einige Leute ihre Bilder nicht sofort posten. Dann habe ich Bildersuchen nach Irene und ihrer Familie durchgeführt, in der Hoffnung, dass sie auch auf Fotos von anderen Leuten zu sehen sind, auf denen wir vielleicht noch einen anderen Blick auf Matthew erhaschen können.«

»Und?«

»Die Suche hat sechshundertfünfundachtzig Fotos und Videos aus allen möglichen sozialen Medien ergeben – Instagram, Facebook, Twitter, TikTok, was auch immer. Wir haben ein paar Stunden. Vielleicht sollten wir anfangen, sie durchzusehen.«

Sie sind in zeitlicher Reihenfolge geordnet – nach dem Zeitpunkt, an dem sie gepostet wurden, nicht nach dem, an dem sie aufgenommen wurden – und dann weiter in die verschiedenen Social-Media-Kanäle unterteilt. Ich sehe Paare und Familien in Fahrgeschäften, die in Fahrgeschäfte einsteigen, aus Fahrgeschäften aussteigen, im Riesenrad oder im Karussell sitzen und winken und Leute, die kopfüber in Achterbahnen hängen. Ich sehe arrangierte Fotos, Schnappschüsse und Gesamtansichten von Fahrgeschäften. Ich liebe Fahrgeschäfte. Ich war immer der Erwachsene, der bereitwillig mit Cousins, Neffen, Nichten – eigentlich mit jedem – in die wildesten Achterbahnen gegangen ist. Schon mein Vater hat Fahrgeschäfte geliebt, selbst, als er älter wurde. Daran denke ich jetzt. Ein paar Mal bin ich auch mit Matthew gefahren. Für Achterbahnen war er natürlich noch zu jung, aber die kleine Eisenbahn, das Flugzeug und die langsamen Boote hat er geliebt. Matthew sah aus wie mein Vater. Das sagten alle, und nach dem Besuch bei meinem Vater denke ich mal wieder daran, was mein Großvater über meinen Vater und mich an Matthew vererbt hat. Immer wieder stößt man auf das Echo der Vorfahren.

Einige der Fotos zeigen Menschen auf dem Weg in den Vergnügungspark. Auf anderen sieht man Tiere aus dem zugehörigen Safari-Park, Menschen mit Eiscreme, Burgern oder in Warteschlangen, kostümierte Figuren wie Batman, Bugs Bunny oder Schweinchen Dick, Gewinne von Losbuden oder Geschicklichkeitswettbewerben wie eine Plüsch-Schildkröte, einen blauen Hund oder verschiedene Poké-mon-Figuren.

Vergnügungsparks sind Schmelztiegel der besonderen Art. Hier begegnen sich alle Religionen, Konfessionen und so weiter. Ich sehe Jungen mit Kippas und Mädchen mit Kopf-tüchern. Alle lächeln.

Es gibt überraschend viele Gruppenbilder mit zehn, zwanzig oder sogar dreißig Personen. Bei denen nehmen wir uns Zeit und zoomen an jedes Gesicht heran. Bei den Kindern verstehe ich das. Schließlich suchen wir Matthew. Und unter den Erwachsenen suchen wir beide nach irgendjemandem, den wir wiedererkennen, oder nach jemandem, der uns – wie auch immer – verdächtig vorkommt.

Wir entdecken Tom und Irene Longley und ihre beiden Jungen auf einem Gruppenbild mit sechzehn weiteren Personen. Wir betrachten es eingehend, finden aber nichts.

Ich sehe auf die Uhr. Wahrscheinlich reicht die Zeit nicht, um alle Fotos anzugucken, bevor ich nach Malden zu meinem Treffen in Pop's Garage muss. Wir machen schneller, bis uns bewusst wird, dass wir auch hinterher weitermachen können.

Aber dann stoßen wir auf ein Foto mit den Longleys und Parkangestellten, die als gelbe Minions aus dem Film *Ich – einfach unverbesserlich* verkleidet sind.

Rachel klickt auf den Pfeil nach rechts, aber ich sage: »Warte.«

»Was ist?«

»Geh zurück.«

Sie klickt zurück.

»Noch eins.«

Das tut sie. Auch auf diesem Foto sind die Longleys zu sehen. Nur die Longleys. Sonst niemand. Mir ist jedoch etwas anderes aufgefallen.

»Was ist das da hinter ihnen?«, frage ich.

»Sieht aus wie einer dieser Aufsteller bei Firmenveranstaltungen.«

Es ist einer dieser Aufsteller, die auch im Hintergrund zu sehen sind, wenn Schauspieler oder der Regisseur bei einer Filmpremiere interviewt werden, oder wenn eine Firma bei einem von ihr durchgeführten Event Eigenwerbung macht. Oft ist ein einziges Logo mehrfach zu sehen, in diesem Fall sind es aber mehrere verschiedene Logos.

»Ich glaube, Irene hat gesagt, dass es eine Firmenveranstaltung war«, sagte Rachel. »Ich habe dir doch erzählt, dass ihr Mann bei Merton Pharmaceuticals arbeitet. Da ist deren Logo.«

Unter den anderen Logos erkenne ich eins für ein gängiges rezeptfreies Schmerzmittel. Und eins für eine beliebte Hautpflegeprodukt-Linie.

»Das ist ein riesiger Konzern«, sagt Rachel. »Dazu gehören auch Lebensmittelmarken, Pharmazeutika, Restaurantketten und Krankenhäuser.«

»Weißt du, ob sie den ganzen Park gemietet hatten?«

»Keine Ahnung. Ich kann Irene fragen. Warum?«

»Es gibt doch noch mehr Fotos wie dieses, oder? Mit Menschen vor diesem Aufsteller, meine ich?«

»Ja, da kommen noch ein paar. Das sind die ersten. Meist macht man solche Fotos ja am Anfang, gleich beim Reinkommen, aber in diesem Fall wollten sie wohl bis zum Schluss warten.«

»Klick weiter«, sage ich.

Nach dem dritten Klick sehe ich es. Mein ganzer Körper erstarrt.

»Stopp.«

»Was ist?«, fragt sie.

Ich deute auf ein Logo unten rechts. Auf dem Foto mit den Longleys war es teilweise verdeckt, der sichtbare Teil hatte aber ausgereicht, um mich stutzig zu machen. Auf diesem Bild ist es klar zu erkennen. Rachel mustert es. Sie erkennt es auch.

Es ist ein Storch, der eine aus drei Wörtern gebildete Windel im Schnabel trägt:

Berg Reproductive Institute

Rachel starrt noch eine Sekunde darauf, dann dreht sie sich zu mir um.

Mein Mund ist trocken. »Da war sie damals«, sage ich. »Cheryl, meine ich.«

»Ja, und?«

Ich antworte nicht.

»Was hat das damit zu tun, David? Also, auch Pizza Hut gehört zu diesem Konzern. Da warst du sicher auch schon mal.«

Ich runzle die Stirn. »Meine Ehe ist nicht wegen eines Besuchs bei Pizza Hut in die Brüche gegangen.«

»Ich versteh nicht, was du damit sagen willst.«

»Deine Schwester war damals hinter meinem Rücken in diesem …«, ich male mit meinen Fingern Anführungszeichen in die Luft, »›Institut‹.«

»Ich weiß«, sagt sie mit einer so weichen und sanften Stimme, dass es fast eine Liebkosung zu sein scheint. »Aber es hat zu nichts geführt. Das weißt du auch.«

»Ja. Das war aber nicht alles.«

»Was meinst du damit?«

»Danach habe ich ihr nicht mehr vertraut.«

»Warum nicht, David? Cheryl hat gelitten. Das hast du doch gewusst. Und sie hat es nicht durchgezogen.«

Ich sehe keinen Grund zu widersprechen, und vielleicht hat sie ja recht. Ich starre auf das Logo und schüttle den Kopf. »Das ist doch kein Zufall.«

»Doch, natürlich ist es das. Ich wünschte nur, du hättest das damals verstanden.«

»Oh, ich habe es verstanden«, sage ich in einem überraschend sachlichen Tonfall. »Ich habe mit Platzpatronen geschossen. Das hat unsere Ehe belastet. Cheryl dachte, sie könnte vielleicht von einem Spender schwanger werden und mir das Baby unterschieben. Ich bin überrascht, dass sie nicht einfach einen anderen Kerl gevögelt und den Mittelsmann übergangen hat.«

»Das ist nicht fair, David.«

»Mit wem ist sie denn jetzt verheiratet, Rachel?«, kontere ich. »Das hast du mir noch gar nicht erzählt.«

»Das tut nichts zur Sache.«

»Mit Ronald, stimmt's?«

Sie antwortet nicht. Ich spüre, wie es mir noch einmal das Herz bricht. »Er ist nur ein Freund. Das hat sie immer gesagt.«

»Das war er auch.«

Ich schüttle den Kopf. »Tu nicht so naiv.«

»Ich will nicht sagen, dass Ronald nicht gehofft hätte …«

»Es ist ja auch egal«, sage ich, weil es stimmt und ich kein weiteres Wort darüber ertrage. »Es geht nur darum, Matthew zu finden.«

»Und du glaubst, dass dort …«, sie zeigt auf das blöde Storchenlogo, »… die Antwort auf uns wartet?«

»Ja, das glaube ich.«

»Und wie soll die aussehen?«

Die Frage kann ich nicht beantworten, also sitzen wir eine Weile schweigend da.

Nachdem einige Zeit vergangen ist, fragt Rachel: »Willst du dich immer noch mit diesem Stinktier treffen?«

»Ja.«

»Dann musst du langsam los.«

»Ja.« Ich sehe sie an. »Was verschweigst du mir?«

»Nichts«, sagt sie.

Ich sehe sie weiter an.

»Das ist nur Zufall«, sagt Rachel. »Weiter nichts.«

Und ich weiß nicht, ob sie mich überzeugen will oder sich selbst.

SECHSUNDZWANZIG

P ixie?«
Gertrude wandte sich vom Fenster mit der herrlichen
Aussicht ab und dem kleinen Jungen zu. Dieses Payne-Haus,
das erst vor vier Jahren fertiggestellt wurde, hatte kaum etwas
mit seinem alten, museumsreifen Vorgänger gemein. Ja, das
Grundstück war groß. Darauf befanden sich ein Tennisplatz,
ein Swimmingpool, Reitwege und so weiter. Aber dieses Anwesen hatte keine riesigen, mausoleumartigen Marmorsäle
mehr, es war luftig und modern, ein Komplex aus weißen Ku-
ben und raumhohen Fenstern. Besucher waren oft überrascht, aber Gertrude gefiel es.

»Ja, Theo?«

»Wo ist Papa?«

Sie lächelte ihm zu. Theo war das strahlende Licht in der
Dunkelheit. Er war ein guter Junge, freundlich, intelligent,
aufmerksam. Er sprach nicht nur Englisch, sondern auch
Französisch und Deutsch, weil er die meiste Zeit seines Lebens in einem Internat in St. Gallen verbracht hatte. Auf dem
Schweizer Internat waren weniger als dreihundert Schüler,
die Kinder konnten dort reiten, bergsteigen und segeln, und
es kostete fast 200 000 Dollar im Jahr. Da Hayden kein abwe-
sender Vater sein wollte, verbrachte er viel Zeit in der Gegend. Ihre Jungs – so nannte sie die beiden – waren nach langer Zeit das erste Mal wieder in den Vereinigten Staaten.
Schon seit drei Monaten wohnten sie bei ihr auf dem Payne-

Anwesen. Gertrude hatte sich für die Reise ausgesprochen. Sie wurde älter und wollte noch etwas Zeit mit ihnen verbringen.

Aber das war ein Fehler gewesen.

Hinter dem Jungen trat Hayden in den Raum. »Ich bin hier, Kumpel.«

Hayden legte dem Jungen die Hände auf die Schultern. Der Junge blinzelte. Das war von Anfang an sein Problem gewesen. Er war ein wirklich wunderbarer Junge, und nach der anfänglichen Eingewöhnungsphase schien es ihm gut zu gehen. Aber Theo war sprunghaft, zuckte immer wieder zusammen, fast so, als erwartete er, geschlagen zu werden. Das wurde er nicht. Das wurde er auch früher nicht. Aber obwohl der Junge die Wahrheit nicht kannte, war es manchmal so, als wüsste er instinktiv Bescheid und würde unwillkürlich eine Schutzhaltung einnehmen.

Als Hayden Gertrude kurz zulächelte, wusste sie sofort, dass etwas nicht stimmte. Sie rief Stephano, damit er mit Theo zum Spielen rausging. Die beiden verließen den Raum, sodass Großmutter und Enkel in Ruhe sprechen konnten, auch wenn Stephano in alle Missetaten der Familie eingeweiht war.

»Was gibt's, Hayden?«, fragte sie.

»Er hat einen Polizisten angegriffen.«

Sie hatte noch keine Nachrichten gesehen. Gertrude kannte sich zwar mit der Technik der weltweit vernetzten Welt aus, war aber der Ansicht, dass eine gute Mischung aus Routine und neuen Erfahrungen die Formel für ein langes Leben war. Ihren Morgen begann sie also immer auf die gleiche Weise. Um sieben Uhr aufstehen. Zwanzig Minuten Stretching. Zwanzig Minuten Meditation. Kaffee und eine Stunde, um in Ruhe in einem Roman zu lesen, wenn es die

Zeit erlaubte. Dann, und erst dann, beschäftigte sie sich mit den Nachrichten. Als sie älter wurde, stellte sie fest, dass die Nachrichten eher der Unterhaltung dienten – einer stressigen Unterhaltung – als irgendeiner Form der Erkenntnis.

»Ich gehe davon aus, dass sie ihn geschnappt haben?«

»Nein. Noch nicht.«

Das überraschte sie. David Burroughs war pfiffiger, als sie gedacht hatte. »Du kannst nicht bleiben. Das weißt du doch.«

»Glaubst du, dass David etwas weiß?«

Ob er etwas wusste? Ja, natürlich wusste er etwas. Aber ganz sicher nicht alles, nicht genug. »Dieser Angriff«, sagte sie. »Wo ist das passiert?«

»In Manhattan.«

Gertrude verstand es nicht. »Weiß man, warum er dort war?«

»Es gibt Gerüchte, dass er sich an einem Zeugen rächen wollte.«

»Irgendeine Idee, wer das sein könnte?«

»Fast alle Zeugen waren Experten und kamen aus der Umgebung.«

»Bis auf eine«, sagte Gertrude. »Die Frau, die behauptet hat, sie hätte ihn mit dem Baseballschläger gesehen.«

Hayden nickte langsam. »Möglich.«

Das hatte sie damals natürlich erstaunt. Sie wussten, dass die Frau gelogen hatte, hatten aber keine Ahnung, warum.

»Ich bin es leid, ihn zu verstecken, Pixie.«

»Ich weiß, Hayden.«

»In seinen Adern fließt Payne-Blut.«

»Auch das weiß ich.«

»Wir haben die Tests gemacht. Er ist mein Sohn. Dein Urenkel. Letzten Endes ist er ein Payne-Mann.«

Das hätte ihr fast ein Lächeln entlockt. Ein Payne-Mann. Als ob das etwas Gutes wäre. Der Schaden, den diese Männer angerichtet hatten. Unerwartete Schwangerschaften, Erpressung, sogar Mord – und mit der Macht des Dollars war das alles vertuscht worden. Der Chappaquiddick-Zwischenfall bei den Kennedys hatte Gertrude damals nicht im Geringsten überrascht – überrascht hatte sie nur, dass man ihn nicht vertuscht hatte, bevor die Nachricht an die Öffentlichkeit kam. Solche Dinge passierten häufig. Die Reichen zahlten die Familie aus. Das war das Zuckerbrot. Aber die Reichen benutzten auch die Peitsche. Natürlich könnte man versuchen, sich für den geliebten Menschen einzusetzen, der geschwängert, verletzt oder getötet worden war, aber das machte die Sache letztlich nur schlimmer. Gerechtigkeit wird es in solch einem Fall nie geben. Die Reichen werden es leugnen, verschleiern, Leute bestechen, unter Druck setzen, in den Bankrott treiben, verklagen und bedrohen, und wenn das alles nichts hilft – obwohl es das eigentlich immer tut –, werden sie Sie verschwinden lassen. Oder Ihre Kinder müssen leiden. Irgendetwas fällt ihnen immer ein. Irgendwie kriegen sie das hin.

Wenn Sie sich also fragen, wie sich eine Familie – zumindest dem äußeren Anschein nach – bereit erklären kann, als Gegenleistung für so etwas wie den Tod einer Tochter Geld anzunehmen, dann liegt es nicht daran, dass sie gierig oder unmoralisch wäre.

Es liegt daran, dass sie keine andere Wahl hat.

»Ich weiß, Hayden«, sagte sie.

»Es muss eine andere Möglichkeit geben.«

Gertrude antwortete nicht.

»Vielleicht«, sagte Hayden, »muss die Wahrheit ans Licht kommen.«

»Nein«, sagte sie.

»Ich meine, selbst wenn sie Theo irgendwie finden sollten ...«

»Hayden?«

»... was können sie denn schon beweisen?«

»Schluss damit, Hayden.«

Er verstummte, eher wegen ihres Tonfalls als wegen der Worte.

»Wir werden Vorkehrungen treffen, damit ihr beide heute Nachmittag abreisen könnt«, beendete sie das Gespräch. »Und ich will nicht, dass der Junge in der Zwischenzeit das Anwesen verlässt.«

TEIL DREI

Hatte David ihr angesehen, dass sie log? Beinahe hätte Rachel ihm die Wahrheit gesagt. Wer weiß, vielleicht wäre das auch besser gewesen? Aber im Moment war es wichtig, dass David ihr absolut vertraute. Wenn er die Wahrheit über Cheryls Besuch in der Fruchtbarkeitsklinik erfuhr, die ganze Wahrheit, würde er sie womöglich nicht mehr sehen wollen. Das konnten sie sich nicht leisten. Also musste Rachel, ganz egal, ob es richtig oder falsch war, die Täuschung vorerst weiter aufrechterhalten. Ihr Bündnis war im Moment wichtiger als Ehrlichkeit.

Als David sich auf den Weg zu Pop's Garage gemacht hatte, durchstöberte Rachel noch einmal die Fotos – diesmal mit einem neuen Ansatz. Sie suchte ein vertrautes Gesicht, das David kaum kannte. Zu ihrer Erleichterung entdeckte sie es nicht. Es bestand immer noch die Möglichkeit, dass David sich irrte – und das Berg Reproductive Institute an jenem Tag nur zufällig zu den Sponsoren des Vergnügungspark-Events gehört hatte –, aber je länger Rachel darüber nachdachte, desto klarer wurde ihr, dass an Davids Vermutung irgendetwas dran sein musste.

Aber was hatte die Fruchtbarkeitsklinik mit all dem zu tun?

Sie starrte auf ihr Handy. Sie hatte das Telefonat lange genug aufgeschoben. Sie brauchte Antworten, und vielleicht konnte er ihr ein paar geben. Sie wählte die Nummer. Er meldete sich nach dem zweiten Klingeln.

»Hallo?«

»Hey.«

»Rachel?«

Seine Stimme klang beschwingt. Sie musste lächeln.

»Ja.«

»Ach, mein Gott, das ist ja ewig her.«

»Ich weiß. Tut mir leid.«

»Kein Problem. Wie geht's dir?«

»Ganz gut«, sagte sie.

»Ich hab versucht, dich zu erreichen, weißt du das?«

»Ja, ich weiß.«

»Als die ganze Sache mit dem Artikel und unserer Alma Mater passiert ist …«

»Ich weiß«, wiederholte sie. »Ich hätte zurückrufen müssen. Das war ich dir schuldig.«

»Warst du nicht.«

»Doch, war ich. Es tut mir leid. Ich war gerade … Es war einfach ein bisschen viel.«

Schweigen. Dann: »Rufst du aus einem bestimmten Grund an?«

»Du musst mir einen Gefallen tun«, sagte Rachel.

»Ich bin immer für dich da. Das weißt du doch.«

Sie wusste es. Sie räusperte sich. »Hast du mitgekriegt, dass mein Schwager aus dem Gefängnis ausgebrochen ist? Ich weiß nicht, ob die Nachricht bis …«

»Das habe ich gesehen, ja.«

»Ich hoffe, dass du mir bei etwas helfen kannst.«

Er zögerte. »Hör zu, Rachel, wo bist du?«

»Was meinst du?«

»Bist du zu Hause?«

»Nein, ich bin …« Sollte sie es ihm sagen? »Ich bin in der Nähe von Boston.«

»Gut.«

»Wieso?«

»Kannst du zum Toro kommen, dem Restaurant in der Washington Street? Sagen wir, in einer Stunde?«

»Moment, du bist zurück?«

»Es ist besser, wenn wir uns persönlich unterhalten, findest du nicht auch?«

Das tat sie.

»Und ich freu mich drauf, dich zu sehen, Rachel.«

»Ich freu mich auch darauf, dich zu sehen«, sagte sie.

»Im Toro«, sagte er noch einmal. »In einer Stunde.«

»Bis gleich.«

***

Die Idee mit dem Treffen in Pop's Garage gefällt mir nicht.

Sie gefällt mir ganz und gar nicht.

Ich fahre das angeblich nicht nachverfolgbare Auto, mit dem Rachel nach Revere gekommen ist. Ich habe mir eine von Dougies Baseballkappen und eine seiner Sonnenbrillen aufgesetzt, was zwar keine perfekte Verkleidung ist, andererseits glaube ich nicht, dass die Polizei zwischen Revere und Malden eine Straßensperre errichtet hat. Wenn sie wissen, dass ich hier bin, haben sie mich vermutlich irgendwo auf der Zugfahrt entdeckt. Sie werden nicht davon ausgehen, dass ich mir ein Fahrzeug beschaffen konnte. Und falls doch – ein paar Risiken muss ich eingehen, und dieses kommt mir überschaubar vor.

Die Hunting Street entpuppt sich als eine bizarre Mischung aus Wohnhäusern und Autowerkstätten am Rande des Stadtzentrums. Pop's Garage liegt direkt zwischen Al's Auto Center und Garcia Auto Repair und gegenüber von

Malden's Body Work and Repair. Ich halte natürlich nach Polizisten, Lieferwagen oder anderen verdächtigen Dingen Ausschau. Aber auf dieser normalerweise stark befahrenen Straße ist absolut nichts los – und auch das weckt mein Misstrauen.

Al's Auto Center scheint geschlossen zu sein. Garcias und Maldens auch. Nicht nur, dass da nichts los ist, sie sind geschlossen, die Jalousien sind heruntergezogen, das Licht ist aus, alles ist still.

Das gefällt mir nicht.

Ich sehe nur eine Person. Ein Mann in einem blauen Arbeitsoverall mit einem auf die Brust gestickten Namen, den ich nicht entziffern kann, winkt mir zu. Dann weist er mich wie so ein Typ am Flughafen ein, bis ich das offen stehende Werkstatttor erreicht habe. Also biege ich von der Hunting Street ab und fahre auf Pop's Werkstatt zu. Die breite, dunkle und höhlenartige Einfahrt sieht aus, als wollte sie mich verschlingen.

Ich zögere und starre in die Werkstatt, als Stinktier wie ein Geist in einem Horrorfilm aus der Dunkelheit auftaucht.

Er ist blass. Die Haare sind ölig und nach hinten gekämmt. Die Stirnlocke erscheint ausgeprägter als je zuvor. Stinktier lächelt mir zu, und ich spüre, wie mir ein kalter Schauer den Rücken hinabläuft. Er ist kaum oder gar nicht gealtert. Sein Anzug glänzt intensiv, was durch das Licht, das von der Straße einfällt, noch verstärkt wird. Er tritt zur Seite und winkt mich hinein.

Habe ich eine Wahl?

Stinktier geht voran und fordert mich mit einer Geste auf, ihm zu folgen. Schließlich signalisiert er mir, langsamer zu werden und anzuhalten. Das tue ich. Jetzt bin ich in der Garage und das Tor schließt sich hinter mir.

Außer uns ist niemand zu sehen.

Ich steige aus.

Stinktier kommt mit einem breiten Lächeln auf mich zu.

»Davey!«

Er umarmt mich und ist damit die dritte Person, die das heute und in den letzten fünf Jahren getan hat. Diese Umarmung spendet aber weder Trost noch Wärme, sie ist hart und kantig – es fühlt sich an wie die Umarmung von einem Kaffeetisch. Er riecht nach billigem europäischem Parfüm. Ich habe im Gefängnis viele schreckliche Dinge gerochen, aber jetzt muss ich fast würgen.

»Davey«, sagt er noch einmal und tritt einen Schritt zurück. »Du siehst gut aus.«

»Du auch, Kyle.«

»Und das hier tut mir leid«, sagt er.

Dann schlägt er mich kräftig in den Magen.

Der Schlag soll mich überraschen, ich habe aber damit gerechnet. Das ist eine der wichtigen Lektionen, die man im Gefängnis lernt: Man ist immer auf der Hut. Das übt man dort Tag für Tag. In Briggs entwickelt man sich zum Urmenschen zurück, der immer wachsam, immer auf alles vorbereitet ist. Auf der Highschool habe ich in der Lacrosse-Mannschaft im Angriff gespielt. Unser Trainer schrie immer: »Augen aufhalten!«, um uns zu sagen, dass wir uns von niemandem überrumpeln lassen sollten. Und im Gefängnis ist das noch viel wichtiger.

Ich weiche etwas zur Seite aus und spanne die Bauchmuskeln an. Der Schlag trifft mich zwar, richtet aber nicht viel Schaden an. Seine Fingerknöchel streifen meinen Hüftknochen, und ich bin sicher, dass ihm das mehr wehtut als mir. Ich reagiere instinktiv, obwohl ich kurz denke, dass ich mich zurückhalten muss, dass ich ihn nicht ernsthaft verletzen darf, dass ich ihn brauche, um zu erfahren, was das mit Hilde Winslow sollte.

Ach, scheiß drauf.

Freiwillig wird Stinktier mir sowieso nichts sagen. Das hätte ich mir denken können. Und was ist jetzt meine beste Chance, die Wahrheit zu erfahren?

Ich muss sie aus ihm herausprügeln.

Noch bevor Stinktiers Schlag meinen Körper berührt, schwinge ich den rechten Arm aus den großen Schultermuskeln heraus, verlagere mein Gewicht nach unten links, sodass ich seinen Schlag neutralisieren kann, aber auch Schwung für meinen Konter holen kann. Ich lege meinen Daumen auf die Handfläche und schlage mit der Innenkante meiner Hand zu.

Ich treffe die Seite von Stinktiers Schädel.

Meine Hand vibriert, ein paar Knochen darin scheinen zu einer Art Stimmgabel geworden zu sein, darüber kann ich mir jetzt aber keine Gedanken machen. Ich weiß, dass Stinktier auf unendlich viele Arten wild und bösartig ist. Wenn ich es zulasse, wird er mich töten. Das gilt für jeden Kampf. Man darf Kämpfe nie beiläufig führen. Das begreifen die meisten Leute nicht. Bei jeder Schlägerei, die man sieht – Betrunkene in einer Bar, Idioten bei einem Football-Spiel –, besteht die Möglichkeit, dass einer schwer verletzt wird oder sogar stirbt.

Der Schlag an den Kopf bringt Stinktier ins Taumeln. Ich strecke den Fuß aus und drehe mich blitzschnell um. Mein Fuß trifft seinen Unterschenkel. Stinktier fällt zwar nicht um, gerät aber aus dem Gleichgewicht. Er versucht, nach hinten zu stolpern, um etwas Abstand zu gewinnen.

Doch ich folge ihm.

Mit einem Sprung stürze ich mich auf ihn. Er schlägt hart auf dem Boden auf.

Ich drehe ihn auf den Rücken und setze mich auf seine Brust. Ich balle die Fäuste und will anfangen, ihn zu bearbeiten. *Klopf ihn weich*, denke ich, *bevor du ihn nach Hilde Winslow fragst.*

Aber als ich mit rechts aushole, fliegen die Türen auf.

Jemand schreit: »Polizei! Keine Bewegung!«

Ich drehe mich um und sehe einen Polizisten, der eine Waffe auf mich richtet. Mir rutscht das Herz in die Hose. Dann kommt ein weiterer Polizist in die Werkstatt. Auch er richtet eine Pistole auf mich. Dann noch einer.

Ich überlege, was ich tun soll, als eine innere Stimme mich daran erinnert, dass ich mich nicht mehr auf Stinktier konzentriere.

Ist auch egal.

Etwas Hartes – ein Pistolenknauf, ein Montiereisen, ich weiß es nicht – trifft seitlich auf meinen Kopf.

Meine Augen verdrehen sich. Jemand – vermutlich einer der Cops – trifft meinen Oberkörper. Ich rutsche von Stinktier herunter. Ein anderer Polizist springt auf mich. Ich versuche noch, mich zu wehren, aber es ist vorbei.

Ich liege auf dem Bauch. Jemand reißt meine Arme nach hinten. Ich höre eher, dass sich die Handschellen schließen, als dass ich es spüre.

Ein weiterer Schlag trifft mich am Kopf. Mir wird schwarz vor Augen. Ich schnappe ein letztes Mal nach Luft.

Dann ist alles schwarz.

***

Rachel hatte David eine SMS geschickt, in der sie ihm mitteilte, dass sie etwas erledigen musste.

Wo oder warum schrieb sie ihm nicht.

Sie nahm die U-Bahn, weil David ihr Auto hatte und auf diesem Handy keine Taxi-App installiert war. Sie checkte die Zeit. Wieder einmal. David war jetzt fast eine Stunde weg. Er hatte sich nicht gemeldet. Sie befürchtete das Schlimmste – in solchen Situationen befürchtet man immer das Schlimmste, dachte sie, als wären solche Situationen für sie alltäglich –, aber sie wusste auch, dass sie diese Gedanken verdrängen und weitermachen musste. Wenn dieser Stinktier-Typ David etwas angetan hatte, konnte sie nichts tun. Wenn die Polizei David gefunden und verhaftet hatte, tja, dann auch nicht.

Weitermachen.

Als Rachel zum Toro kam, dachte sie an etwas Belangloses: ihre Haare. Das Styling, das man ihr heute Morgen in New York City verpasst hatte, war bewusst so gewählt, dass man sie nicht erkannte. Es war lange her, dass sie ihn persönlich gesehen hatte.

Würde er sie erkennen?

Die Frage war schnell beantwortet. Kaum hatte sie das Restaurant betreten, erhob er sich an seinem Tisch und schenkte ihr ein herzliches Lächeln. Sie erwiderte es, und für einen kurzen Moment stürzte sie durch eine Art Zeitportal und vergaß, warum sie hier war. Plötzlich schien dies ein bedeutsames Wiedersehen zu sein, kein einfaches Treffen – Oberflächlichkeit oder Banalität verboten sich, wenn man durch eine Tragödie verbunden war. Sie fragte sich, warum sie sich so voneinander entfernt hatten. Aber das war eben der Lauf der Dinge, oder? Man machte seinen Uni-Abschluss, zog weg, fing an zu arbeiten, lernte neue Leute kennen, neue Partner, gründete Familien, ließ sich scheiden, was auch immer. Natürlich blieb man in Kontakt, checkte in den sozialen Medien, was die anderen schrieben, schrieb sich gelegentlich eine SMS, versprach, sich mal wieder zu treffen, während die Jahre wie im Flug vergingen, und jetzt war man hier, weil man um einen Gefallen bitten wollte, und war plötzlich wieder zusammen.

Beide zögerten einen Moment, weil sie nicht wussten, wie sie sich begrüßen sollten, doch dann umarmte sie ihn, und er erwiderte die Umarmung. Die Jahre schmolzen dahin. Wenn man so etwas gemeinsam durchgestanden hatte – wenn man wie sie durch eine Tragödie zusammengewachsen war –, entstand eine dauerhafte Verbindung.

»Ich freu mich wirklich, dich zu sehen, Rachel«, sagte er.

Sie umarmte ihn noch einen Moment. »Ich mich auch, Hayden.«

ACHTUNDZWANZIG

Als ich aufwache, sind meine Hände mit Handschellen gefesselt.

Außerdem sitze ich in einem Kleinflugzeug.

Es ist vorbei.

Stinktier oder die Fishers hatten mich an die Cops verraten. Ich bin ein Idiot. Ganz ehrlich. Was hatte ich erwartet? Sie hatten mir den Mord an meinem eigenen Sohn angehängt – warum war ich so dumm zu glauben, sie würden mich nicht verraten und wieder hinter Gitter bringen?

Ich recke den Hals, um hinter mich zu blicken. Das ist schwierig, weil ich auch an eine Armlehne gefesselt bin. Zwei Gorillas – Polizisten in Zivil, FBI-Agenten oder US-Marshals, was genau, weiß ich nicht – sitzen dort und fummeln an ihren Smartphones herum. Beide haben Glatzen, tragen schwarze T-Shirts und Jeans.

»Wann landen wir?«, frage ich.

Ohne von seinem Telefon aufzublicken, sagt der am Gang sitzende Gorilla: »Halts Maul.«

Ich beschließe, mich nicht zu wehren. Es wäre sinnlos. Wir landen eine halbe Stunde später. Als das Flugzeug vollkommen zum Stillstand gekommen ist, schnallen die beiden Gorillas ihre Gurte ab und kommen zu mir. Ohne Vorwarnung wirft mir der eine Gorilla einen schwarzen Beutel über den Kopf, während der andere die Handschellen öffnet, mit denen ich an die Armlehne gefesselt bin.

»Was soll das mit der Augenbinde?«, frage ich.

»Halts Maul«, sagt Gorilla Eins noch einmal.

Die Flugzeugtür öffnet sich. Ich stehe auf. Jemand stößt mich vorwärts, und noch bevor wir auf der Rollbahn angekommen sind, ist mir klar, dass hier irgendetwas ganz und gar nicht stimmt – auch wenn ich durch den Beutel absolut nichts sehen kann.

Wir sind nicht in Briggs.

Ich bin sofort schweißgebadet. Es ist heiß. Und schwül. Ich kann zwar nicht sehen, dass wir in den Tropen sind, rieche, schmecke und fühle es aber. Außerdem brennt die Sonne auf den schwarzen Beutel.

Das ist nicht Briggs.

»Wo zum Teufel sind wir?«, frage ich.

Keine Antwort, also frage ich: »Müsstet ihr mir nicht sagen, dass ich das Maul halten soll?«

Die beiden Gorillas stoßen mich auf den Rücksitz eines stark klimatisierten Fahrzeugs. Wir fahren vielleicht zehn Minuten, auch wenn es schwer ist, die Zeit zu schätzen, wenn man mit verbundenen Augen an nichts anderes denkt, als dass man wahrscheinlich den Rest seines Lebens im Gefängnis verbringt. Jedenfalls kommt mir die Fahrt nicht sehr lang vor. Dann hält das Fahrzeug – ich sitze ziemlich hoch, es muss also ein SUV oder so etwas sein – und die Gorillas stoßen mich hinaus. Ich spüre den heißen Asphalt, auf dem ich stehe, fast durch meine Schuhe hindurch. Es läuft Musik. Schreckliche Musik. Ein instrumentaler Country-Rock-Mix, wie ihn eine Band auf einer billigen Kreuzfahrt am Swimmingpool während eines Wettbewerbs um die schönste Brustbehaarung spielen könnte.

Ich weiß, dass ich im Moment etwas unbedacht plaudere. Seltsamerweise fühle ich mich aber auch so. Natürlich bin ich total niedergeschlagen, weil ich meinen Sohn ein zweites Mal im Stich gelassen habe. Ich bin bedrückt, weil ich offenbar wieder ins Gefängnis muss – oder Schlimmeres. Und ich empfinde eine seltsame Mischung aus Angst und Neugierde, weil ich nicht weiß, was zum Teufel ich in den Tropen mache.

Aber eigentlich will ich gerade – nur für einen Moment – einfach loslassen.

Diese verrückte Achterbahnfahrt hat mit meinem Ausbruch aus dem Gefängnis begonnen, und jetzt nähert sie sich ihrem Ende – und mir ist es egal, was passiert. Es liegt nicht in meiner Hand – und ich akzeptiere das.

Ich will nicht sagen, dass ich mir keine Sorgen mache. Ich verdränge nur einfach gerade massiv. Vielleicht liegt es am Überlebensinstinkt. Die beiden Gorillas – na ja, ich vermute, dass es noch dieselben Gorillas sind, ich habe ja immer noch den Beutel über dem Kopf – packen meine Arme und begleiten – oder sollte ich sagen schleifen – mich ins Haus. Sie setzen mich auf einen Stuhl. Genau wie im Fahrzeug ist die Klimaanlage auch hier gnädigerweise auf »eisig« eingestellt. Fast hätte ich um ein Sweatshirt gebeten.

Jemand ergreift mein Handgelenk. Es zwickt kurz, als die Handschellen entfernt werden.

»Keine Bewegung, klar«, sagt Gorilla Eins.

Ich rühre mich nicht. Ich bleibe auf dem ungepolsterten Stuhl sitzen und denke über meinen nächsten Schritt nach, aber die Möglichkeiten, die sich mir bieten, sind so düster, dass mein Gehirn sich weigert, das Offensichtliche zu akzeptieren. Ich bin verloren. Ich höre, wie Leute in den Raum kommen, vermutlich drei oder vier Personen. Im Hintergrund läuft immer noch die schreckliche Musik. Sie klingt, als käme sie aus einem Lautsprecher.

Dann wird mir ohne Vorwarnung der schwarze Beutel vom

Kopf gezogen. Die plötzliche Helligkeit blendet mich, ich blinzele kurz, dann blicke ich nach oben. Direkt vor mir, nur gut zwanzig Zentimeter von meinem Gesicht entfernt, steht ein runzeliger alter Mann. Er scheint mindestens achtzig Jahre alt zu sein, trägt einen Strohhut und ein gelb-grünes Hawaiihemd mit springenden Marlins darauf. Hinter ihm stehen die kahl geschorenen Gorillas aus dem Flugzeug. Beide haben die Arme vor der Brust verschränkt und tragen jetzt Piloten-Sonnenbrillen.

Der runzelige Mann streckt mir seine altersfleckige Hand entgegen. »Komm, David«, sagt er mit einer Stimme, die wie abgefahrene Reifen auf einer Schotterpiste klingt. »Lass uns ein wenig spazieren gehen.«

Er stellt sich nicht vor, aber ich weiß, wer er ist, und er weiß, dass ich es weiß. Auf den meisten Fotos, die ich von ihm kenne, ist er kräftig gebaut, meist von anderen Männern umgeben, zwischen denen er immer ein wenig wie ein lebender Sprengkörper wirkt. Selbst jetzt, vom Alter geschrumpft, ist seine explosive Ausstrahlung nicht geringer geworden.

Er heißt Nicky Fisher. Früher hätte man ihn als Paten oder Mafiaboss bezeichnet. Als ich zur Schule ging, wurde sein Name allenfalls flüsternd erwähnt, so wie eine spätere Schüler-Generation »Voldemort« geflüstert hat. Nicky Fisher war früher, schon bevor mein Vater zur Polizei ging, der Boss des Verbrechersyndikats im Gebiet Revere-Chelsea-Everett.

Er ist – war? – Stinktiers Boss.

Als wir das Haus verlassen, stehe ich blinzelnd im hellen Sonnenlicht. Ich sehe nach links und rechts und runzle die Stirn.

Wo zum Teufel bin ich hier?

Dieser Ort ist eindeutig tropisch oder zumindest

subtropisch und sieht ansonsten aus, als hätten die Erbauer von Disney-Epcot nach ein paar Mojitos zu viel eine Wohnsiedlung für Senioren errichtet. Es ist, als befände ich mich in der Zeichentrickserie Familie Feuerstein mit diesen abgerundeten Gebäuden. Sie sind eingeschossig, behindertengerecht und sehen aus wie geleckt. Mitten in der Wendeschleife der Sackgasse, in der ich stehe, befindet sich einer dieser riesigen Springbrunnen, in dem das Wasser in einer Choreografie zu der furchtbaren Musik tanzt, die hier vermutlich ununterbrochen zu hören ist.

»Ich habe mich zur Ruhe gesetzt«, sagt Nicky Fisher. »Schon gehört?«

»Irgendwie habe ich in letzter Zeit ein wenig den Kontakt zu den alten Nachbarn verloren«, sage ich und bemühe mich, nicht zu sarkastisch zu klingen.

»Ach richtig. Das Gefängnis. Deshalb hab ich dich ja herbringen lassen.«

»Was haben Sie mit meinem Sohn gemacht, Mr Fisher?«

Nicky Fisher bleibt stehen. Er dreht sich zu mir um, hebt den Kopf und fixiert mich mit seinem kalten Blick aus diesen eisblauen Augen, der für Dutzende oder gar Hunderte von Menschen das Letzte war, was sie vor ihrem Tod gesehen haben. »Ich habe deinem Sohn nichts angetan. So etwas machen wir nicht. Wir tun Kindern nichts an.«

Ich versuche, nicht das Gesicht zu verziehen. Ich kann diesen Mafia-Kodex-Quatsch nicht ausstehen. Wir tun Kindern nichts, wir spenden für die Kirche, wir kümmern uns um die Nachbarschaft, all dieses soziopathische Geschwätz, mit dem sie rechtfertigen wollen, dass sie Verbrecher sind.

»Wir sind in Daytona«, sagt Nicky Fisher. »In Florida. Warst du schon mal hier?«

»Nein, bisher nicht.«

»Jedenfalls hab ich mich hier zur Ruhe gesetzt.«

Wir umrunden den Springbrunnen. Das tanzende Wasser fällt auf den falschen Marmor und sprüht uns leicht ein. Es ist angenehm kühl auf der Haut. Die beiden Männer folgen uns in einem diskreten Abstand. Es sind noch mehr alte Leute unterwegs, die ziellos herumzulaufen scheinen. Sie nicken uns zu. Wir nicken zurück.

»Hast du das große Schild auf dem Weg gesehen?«, fragt er.

»Meine Augen waren verbunden.«

»Ach, stimmt ja«, sagt Nicky wieder. »Das habe ich übrigens nicht angeordnet. Meine Jungs stehen einfach auf ein bisschen Theatralik. Und die Sache mit Stinktier tut mir auch leid. Du kennst ihn ja. Er sollte dich nur in mein Flugzeug setzen. Ich hab ihm gesagt, dass er die Fracht nicht beschädigen soll, aber da hat er wohl nicht zugehört.« Nicky legt die Hand auf meinen Arm. Es gelingt mir, ihn nicht wegzuziehen. »Alles okay mit dir, David?«

»Mir geht's gut.«

»Und dass die Typen, die dich geschnappt haben wie Cops aussahen, war bescheuert – wobei man Stinktier einen gewissen Sinn für Humor nicht absprechen kann. Du solltest denken, dass du wieder in den Knast wanderst. Schon witzig, oder?«

»Sehr komisch.«

»Es war ein bisschen viel des Guten, aber so ist Stinktier nun mal. Ich rede mit ihm, okay?«

Da ich nicht weiß, was ich sagen soll, nicke ich nur.

»Jedenfalls steht auf dem Schild da draußen ›Boardwalks‹. Mehr nicht. So heißt der Ort hier. Boardwalks – Strandpromenaden. Ein blöder Name. Ich war dagegen. Völlig fantasielos. Ich wollte etwas Ausgefallenes, etwas mit Residenz,

Abendsonne oder Domizil. Etwas in der Art. Aber alle haben dafür gestimmt.« Nicky zuckte die Achseln, als wollte er sagen: *Was soll man machen*, und ging weiter. »Weißt du, wie die Seniorensiedlung ein Stück die Straße runter heißt?«

Ich antworte, dass ich das nicht weiß.

»Margaritaville. Wie der Song. Schon mal gehört?«

»Den Song? Ja.«

»*Wasting away again in Margaritaville*. Oder *wasted away*. Das weiß ich nicht mehr. Aber so heißt es. Albern, oder? Jimmy Buffet hat jetzt eine eigene gottverdammte Rentner-Community. Oder Communitys, wenn man es genau nimmt. Inzwischen gibt es drei Margaritavilles. Das hier, eins in South Carolina, und wo das dritte ist, weiß ich nicht mehr. Könnte in Georgia sein. Das ist fast so, als hätte sich jemand eine beschissene Restaurantkette zum Vorbild für eine Wohnsiedlung genommen. Wer braucht denn so was?«

Ich antworte nicht, denn es beschreibt perfekt, wie dieser Ort auf mich wirkt.

»Jedenfalls hat es mich auf eine Idee gebracht. Ich meine, ich hab keine Ahnung, wie es ist, wenn man den ganzen Tag Margaritas in sich reinkippt und am Strand abhängt. Mein Traum ist das nicht, klar? Also haben wir hier in Boardwalks was anderes gemacht. Komm mit, ich zeig dir was.«

Wir befinden uns auf einem von Palmen gesäumten Fußweg. Vor uns steht ein Pfahl mit Wegweisern. Auf einem steht »Swimmingpool«. Auf einem »Restaurant«. Auf dem, der nach links zeigt, steht »Strandpromenade«. Wir folgen ihm. Nicky Fisher wird still. Ich spüre, dass er mich ansieht. Als wir auf die Lichtung kommen, weiß ich, warum. Er will wissen, wie ich reagiere.

Dort erstreckt sich, so weit ich in beide Richtungen sehen kann, eine riesige Promenade.

Sie ist sehr lang und soll altmodisch wirken, ist aber viel zu sauber und ordentlich. Noch so ein Disney-Nachbau, hübsch anzusehen, aber man bekommt das Gefühl, als wäre man in eine Folge von *Twilight Zone* geraten. Vor mir sind Fahrgeschäfte, Spielhallen, Getränkeautomaten, schicke Läden und ein Karussell. Die Fahrgeschäfte bewegen sich, es sitzt aber niemand drin, was die unwirkliche und geisterhafte Atmosphäre noch verstärkt. Ein Mann mit Fliege und Oberlippenbart verkauft Zuckerwatte. Jemand ist wie Mr Peanut aus der Werbung von Planter Peanuts gekleidet. Ein Schild wirbt für Skee-Ball – Flipper – Minigolf.

»Boardwalks«, sagt Nicky Fisher zu mir. »Plural. Wir haben uns hauptsächlich an der Strandpromenade von Revere Beach orientiert, aber auch Sachen von Coney Island, Atlantic City und sogar aus Venice Beach in Kalifornien mit reingenommen. Und die Fahrgeschäfte, na ja, die Achterbahnen und Riesenräder siehst du ja, sie sind ein bisschen ruhiger als früher, damit unsere alten Knochen das auch aushalten.« Nicky klopft mir freundschaftlich auf den Arm und lächelt. »Ist doch wunderbar, oder? Es ist, als wäre man jeden Tag im Urlaub – und warum zum Teufel auch nicht? Wir haben es uns verdient.«

Er sieht mich an, vermutlich damit ich seine Worte bestätige. Ich versuche mit einem Nicken aus der Sache herauszukommen, bin mir aber nicht sicher, ob ich dabei begeistert genug erscheine.

»Oh, und ich muss dir noch die Hauptattraktion zeigen, David. Gleich da drüben. Mann, ich wünschte, ich könnte deinen alten Herrn herholen, damit er das sieht. Ich weiß, ich weiß. Wir waren unser Leben lang Feinde, Lenny und ich, aber komm schon – sag mir, dass das deinem alten Herrn nicht gefallen würde.«

Er deutet auf einen weißen Stand mit einem Schild, auf dem »Pizzeria Napolitana« steht. Hinter dem Tresen stehen drei Männer mit weißen Schürzen. Unter ihnen steht ein weiteres Schild mit der Aufschrift »Spezialität: Italienische Küche« und ein Getränk namens »C.B. Coate's Tonic«.

Ich sehe ihn fragend an.

»Das ist der alte Pizzastand von Revere Beach, aus dem später Sal's Pizzeria geworden ist!«, ruft er aus. »Ist das nicht unglaublich? Es ist eine exakte Reproduktion, sieht genauso aus wie in den Vierzigern. Setz dich. Ich habe uns ein paar Pizzen bestellt. Du magst doch Pizza, oder?« Nicky Fisher zwinkert mir zu, und das ist so gruselig, wie man es sich nur vorstellen kann. »Wenn du Sal's Pizza nicht magst, lasse ich dir von Joey hier eine Kugel ins Hirn jagen, einfach um dich von deinem Elend zu erlösen.«

Nicky Fisher lacht über seinen eigenen Witz und klopft mir auf den Rücken.

Wir setzen uns unter einen Sonnenschirm. Zwei Ventilatoren blasen kalte Luft auf uns herab. Einer der beschürzten Männer bringt jedem von uns eine Pizza. Dann lassen sie uns allein.

»Wie geht es deinem alten Herrn?«, fragt Nicky Fisher.

»Er liegt im Sterben.«

»Ja, das habe ich schon gehört. Tut mir leid.«

»Warum bin ich hier, Mr Fisher?«

»Nenn mich Nicky. Onkel Nicky.«

Ich antworte nicht, werde ihn aber auch nicht Onkel nennen.

»Du bist hier«, fährt er fort, »weil wir beide uns mal ganz in Ruhe unterhalten müssen.«

Nicky Fisher redet wie ein Gangster in einem Film. Ich kenne inzwischen viele harte Kerle. Keiner von ihnen redet wirklich so. Ein Auftragskiller, der lebenslänglich in Briggs einsitzt, hat mir erzählt, dass die Gangster im richtigen Leben angefangen haben, wie die Gangster in den Filmen zu reden, nachdem diese Filme populär wurden, und nicht umgekehrt. Das Leben imitiert die Kunst.

»Ich höre«, sage ich.

Er beugt sich vor und schaut mich an. Jetzt geht es zur Sache. Es ist jetzt leise. Sogar die Musik aus den Lautsprechern ist verstummt. »Dein Vater und ich hatten früher viel Ärger miteinander.«

»Er war Polizist«, sage ich. »Und Sie haben ein Verbrechersyndikat geleitet.«

»Ein Verbrechersyndikat«, antwortet Nicky und kichert leise. »Große Worte. Dein Vater war auch nicht ganz sauber. Das ist dir schon klar, oder?«

Ich beschließe, nicht zu antworten. Er starrt mich weiter an, und selbst in dieser feuchten Hölle beginne ich zu frösteln.

»Du liebst deinen alten Herrn?«, fragt er.

»Sehr sogar.«

»War er ein guter Vater?«

»Der beste«, sage ich. Und dann: »Bei allem Respekt, äh, Nicky, warum bin ich hier?«

»Weil ich auch Söhne habe.« Seine Stimme klingt jetzt etwas knurrig. »Wusstest du das?«

Ich weiß es – und inzwischen bin ich mir ziemlich sicher, dass mir die Richtung, die dieses Gespräch nimmt, nicht gefallen wird.

»Drei Söhne. Zumindest waren es drei. Du weißt das von meinem Mikey?«

Auch das weiß ich. Mikey Fisher ist vor zwanzig Jahren im Gefängnis gestorben.

Mein Vater hatte ihn hineingebracht.

Nicky Fisher vergewissert sich, dass ich ihm in die Augen sehe, und sagt: »Verstehst du es jetzt langsam, Davey?«

Und seltsamerweise fürchte ich, dass ich das tue. »Mein Vater hat Ihren Sohn ins Gefängnis gebracht«, sage ich. »Also haben Sie sich revanchiert.«

»Fast«, sagt er.

Ich warte.

»Dein Vater war, wie ich schon sagte, auch nicht ganz sauber. Er und sein Partner Mackenzie haben Mikey wegen der Ermordung von Lucky Cravers verhaftet. Mikey sollte Lucky nur wehtun, aber mein Junge ist oft zu weit gegangen. Kanntest du Lucky?«

»Nein.«

»Sie haben ihn so genannt, weil er in seinem ganzen Leben keinen einzigen Moment lang Glück gehabt hat. Natürlich gilt das auch für sein Ende. Jedenfalls hat dein alter Herr Mikey deswegen verhaftet. Du weißt ja, wie das läuft. Das Problem war aber, dass dein alter Herr und Mackenzie es nicht beweisen konnten. Na ja, alle wussten, dass Mikey es getan hat. Aber vor Gericht muss man es beweisen, stimmt's?«

Ich sage nichts.

»Dein Vater hat in dem Fall ziemlich gute Arbeit gemacht. Keine Frage. Er hat ein paar wichtige Zeugen gefunden. Hat Luckys Ex dazu gebracht auszusagen. Aber wie du weißt, müssen Cops sich an die Regeln halten. Ich muss das nicht. Also habe ich ein paar von meinen Jungs rausgeschickt, damit sie mal ein paar Worte mit den Zeugen reden. Typen wie dein alter Kumpel Stinktier. Und plötzlich konnten sich die Zeugen nur noch ganz verschwommen erinnern. Verstehst du, was ich meine?«

»Das tue ich.«

»Luckys Ex war ziemlich störrisch, aber auch das haben wir

hingekriegt. In der Asservatenkammer lagen auch noch ein paar Beweisstücke. Angel Dust. Ein Zimmermannshammer. Sie verschwanden. Puff. Du siehst also, dass es für deinen alten Herrn schwierig wurde, genug Beweise zusammenzubekommen. Das muss sehr frustrierend für ihn gewesen sein.«

Ich bewege mich nicht. Ich atme kaum.

»Und dann haben dein Vater und Mackenzie die Grenze überschritten. Plötzlich hatten sie lauter neue Beweise. Woher sie die hatten, müssen wir nicht im Detail klären. Es spielt keine Rolle. Aber die falschen Beweise, die meinen Sohn ins Gefängnis brachten, wurden von deinem alten Herrn und Mackenzie platziert.«

Nicky Fisher nimmt einen Bissen von seiner Pizza, kaut genüsslich, lehnt sich auf seinem Stuhl zurück. »Du isst ja gar nicht?«

»Ich höre zu.«

»Kannst du nicht beides gleichzeitig?« Er kaut weiter. »Schon klar. Du willst den Rest hören, aber ich glaub, du hast es schon verstanden. Mein Mikey wurde für die Tat verurteilt, aber so schlimm war das Ganze letztlich eigentlich gar nicht. Ich hatte es so eingefädelt, dass ein befreundeter Richter das Urteil aufheben würde. Also habe ich Mikey gesagt, dass er sich einfach ein paar Wochen im Knast entspannen soll. Das hat er aber nicht hingekriegt. Mein Mikey war zwar ein lieber Junge, aber auch ein Hitzkopf. Außerdem hielt er sich für einen harten Burschen, weil sein Vater ja schließlich der Boss war. Beim Hofgang hat er mit zwei großen Schwarzen einen Streit angefangen. Gangmitglieder aus Dorchester. Einer hat Mikeys Arme festgehalten. Der andere hat ihm ein Messer ins Herz gestoßen. Das wusstest du doch, oder?«

»Ja. Ich habe es gehört.«

Nicky Fisher will die Pizza zum Mund führen, aber es

wirkt, als wäre sie durch die Erinnerungen zu schwer geworden. Er senkt den Blick. Seine Augen glänzen. Als er wieder
spricht, höre ich die Trauer, die Wut und die Verletztheit.
»Diese beiden Schwarzen. Was ich mit denen gemacht habe,
willst du gar nicht wissen. Aber es ging nicht schnell. So viel
kann ich dir sagen.«

Ich warte darauf, dass er weiterredet. Als er das nicht tut,
frage ich: »Haben Sie meinem Sohn etwas angetan?«

»Nein. Das hab ich doch schon gesagt. So etwas machen
wir nicht. Ich hab deinem Vater damals nicht einmal die
Schuld gegeben. Zu Anfang jedenfalls nicht. Aber dann, na ja,
es war Jahre später. Da habe ich gelesen, dass du deinen Sohn
umgebracht hast …«

»Ich habe ihn nicht …«

»Psst, David, hör einfach zu. Das ist das Problem mit euch
jungen Leuten heutzutage. Ihr hört einfach nicht mehr zu.
Soll ich dir den Rest erzählen oder nicht?«

Ich antworte, dass er das tun soll.

»Also, dein Vater hat sich, wie ich schon sagte, das Gesetz
so zurechtgebogen, wie es für ihn gerade passte. Wie bei
Mikey. Wir wissen beide, dass viele Cops es ziemlich weit
treiben. Sie lassen ein kleines Tütchen mit Drogen auf den
Wagenboden fallen. Sie haben eine zusätzliche Waffe dabei,
falls sie einen Grund brauchen, dir das Hirn wegzublasen. Du
weißt, wie das läuft. Also, nachdem dein Sohn … wie hieß er
noch?«

»Matthew«, sage ich und schlucke.

»Richtig, entschuldige. Nachdem Matthew ermordet worden war, hat ein Polizist den Baseballschläger in deinem Keller gefunden.«

Ich verziehe das Gesicht. »Der Schläger wurde nicht bei
mir im Keller gefunden.«

»Doch, das wurde er.«

Ich schüttele den Kopf.

»Du hattest ihn da unten versteckt. In einem Lüftungsschacht oder einem Rohr oder so etwas.«

Ich schüttele immer noch den Kopf, aber ich glaube, ich weiß jetzt, worauf er hinauswill. Ich glaube, ich habe es schon in dem Moment gewusst, als wir uns hierhergesetzt haben.

»Also, wo war ich? Ach ja, richtig. Der Baseballschläger. Ein Polizist hat ihn bei dir im Keller gefunden. Ein Neuling bei der Polizei. Er heißt Rogers, glaube ich. Warum ich mich an seinen Namen erinnere, weiß ich auch nicht. Aber ich erinnere mich daran. Rogers wollte sich also mit deinem Vater anfreunden. Die Thin Blue Line und so weiter. Also hat er deinem Vater von dem Schläger erzählt. Dein Vater weiß, dass dieser Schläger dir den Garaus macht. Wenn die Staatsanwaltschaft von dem Schläger erfährt, bist du erledigt. Das kann dein alter Herr nicht zulassen. Schließlich muss er seinen Jungen schützen. Aber er kann den Schläger auch nicht ganz verschwinden lassen. Das ginge zu weit.«

Nicky Fisher grinst mich an. Er hat Tomatensoße an der Unterlippe. »Du kannst dir denken, was dein Vater getan hat, oder? Komm schon, David. Erzähl's mir.«

»Sie glauben, dass er den Schläger im Wald versteckt hat.«

»Ich glaube das nicht nur. Ich weiß es.«

Ich spare mir die Mühe, ihm zu widersprechen.

»Das war clever. Weißt du, wenn *du* der Mörder wärst, würde der Schläger noch im Keller liegen. Irgendwo versteckt. Im Lüftungsschacht oder so. Aber wenn jemand anderes der Mörder war, wäre er anschließend geflohen. Er hätte den Schläger irgendwo in der Nähe weggeworfen oder verbuddelt.«

Ich schüttele den Kopf. »So war das nicht«, sage ich.

»Doch, genauso war das. Du, David, hast deinen Sohn getötet. Dann hast du die Waffe versteckt und wolltest sie verschwinden lassen, sobald sich die Möglichkeit ergab.« Er beugt sich über den Tisch und lächelt wieder dieses Lächeln. Seine Zähne sind spitz und dünn. »Väter und Söhne. Wir sind alle gleich. Ich hätte alles getan, um Mikey vor dem Gefängnis zu bewahren, obwohl ich wusste, dass er schuldig war. Dein Vater war genauso.«

Wieder schüttele ich den Kopf, aber in seinen Worten schwingt ein Hauch von Wahrheit mit. Mein Vater, der Mann, den ich über alle Maßen liebe, dachte, ich hätte meinen eigenen Sohn getötet. Bei dem Gedanken bricht mir das Herz.

»Die Staatsanwaltschaft hatte ein Problem«, fährt Nicky Fisher fort. »In der Nacht hatte es geregnet. Im Wald war es total matschig und dreckig. Die Spurensicherung hatte all deine Schuhe und die gesamte Kleidung untersucht. Kein Dreck. Kein Matsch. Wenn der Schläger gefunden worden und herausgekommen wäre, dass dein alter Herr ihn dort versteckt hatte, wärst du vielleicht aus dem Gefängnis gekommen. Und das gefiel mir einfach nicht, verstehst du?«

Ich nicke, weil ich es jetzt kapiere. »Also haben Sie Hilde Winslow genötigt auszusagen, dass sie gesehen hätte, wie ich den Schläger vergraben habe.«

»Bingo.«

»Sie haben das arrangiert.«

»Ja, das habe ich.«

»Weil Sie sich für Mikey rächen wollten?«

Nicky Fisher zeigt auf mich. »Wenn du noch einmal den Namen meines Jungen aussprichst, reiße ich dir die Zunge raus und esse sie auf dieser Pizza.«

Ich sage nichts.

»Und hast du mir überhaupt zugehört?«, blafft er und haut mit beiden Fäusten auf den Tisch. Die beiden Gorillas blicken herüber, rühren sich aber nicht. »Das hatte nichts mit Rache zu tun. Ich habe es getan, weil es richtig war.«

»Ich kann Ihnen nicht folgen.«

»Ich habe es getan«, zischt er zwischen zusammengebissenen Zähnen, und jetzt klingt seine Stimme wirklich bedrohlich, »weil du deinen eigenen Sohn ermordet hast, du kranker, durchgeknallter Mistkerl.«

Ich traue meinen Ohren nicht.

»Dein alter Herr wusste es. Ich wusste es. Oh, vielleicht hattest du tatsächlich irgendeine Art Blackout oder Amnesie, was weiß ich? Aber wen interessiert das? Der Staatsanwalt hatte dich auf frischer Tat ertappt. Dann hat dein Vater, der hoch angesehene Cop, der Beweise gefälscht hat, um meinen Sohn wegzusperren, das Ganze so arrangiert, dass du freikommst. Hast du schon mal eine Statue der Justitia gesehen? Dein alter Herr hat seinen Finger auf die eine Waagschale gelegt, und darum hab ich meinen Finger auf die andere Waagschale gelegt, damit das wieder ins Gleichgewicht kommt. Verstehst du es jetzt?«

Ich weiß nicht, was ich sagen soll.

»Der Gerechtigkeit wurde Genüge getan. Du bist ins Gefängnis gekommen, so wie es sich gehört. So wurde das, was weiß ich, kosmische Gleichgewicht wieder hergestellt oder irgend so ein Scheiß. Aber hier ist mein Problem: Mein Sohn, mein Mikey, ist immer noch tot. Und du, David, lebst und atmest und genießt eine verdammte Pizza.«

Stille. Totenstille. Es kommt mir vor, als würde die gesamte Promenade die Luft anhalten.

Er spricht jetzt ganz leise, aber seine Stimme durchschneidet die schwüle Luft wie die Sense des Schnitters. »Jetzt habe ich also die Wahl. Soll ich dich wieder ins Gefängnis stecken – mir ist es egal, ob du tot bist oder den Rest deines Lebens im Gefängnis verbringst – oder soll ich dich umbringen und deine Körperteile von meinen Jungs an die Alligatoren verfüttern lassen?«

Er fängt an, sich die Hände an der Serviette abzuwischen, als wäre die Sache für ihn erledigt.

»Sie liegen falsch«, sage ich.

»In welchem Punkt?«

»In der Einschätzung dessen, was Sie getan haben. Es war nicht dasselbe wie das, was mein Vater getan hat.«

»Was war nicht dasselbe?«

Und dann wage ich es, den Namen noch einmal auszusprechen. »Mikey hat die Tat begangen. Das haben Sie selbst gesagt.«

Nicky Fisher spottet. »Ach, willst du mir jetzt erzählen, dass du unschuldig bist?«

Er winkt den Gorillas mit der rechten Hand. Sie kommen auf uns zu. Ich überlege, ob ich fliehen soll. Vielleicht habe ich hier im Ort eine Chance zu entkommen. Sie werden doch nicht einfach auf mich schießen, oder? Aber ich glaube nicht, dass ich wirklich fliehen könnte, also versuche ich etwas anderes.

»Ich bin nicht nur unschuldig«, sage ich. Und ich blicke ihm direkt in die seelenlosen eisblauen Augen. »Mein Sohn lebt.«

Dann erzähle ich.

Ich erzähle ihm alles. Ich schildere, was mir passiert ist und spreche dabei mit einer Leidenschaft und Eindringlichkeit, die mich selbst überrascht. Er schickt die beiden Gorillas wieder auf ihre Posten zurück. Ich erzähle weiter. Nicky Fisher lässt sich nichts anmerken. Das kann er gut.

Als ich fertig bin, greift Nicky Fisher wieder nach einer Serviette. Er betrachtet sie, lässt sich einen Moment Zeit, faltet sie einmal zusammen, dann ein weiteres Mal und legt sie ordentlich wieder auf den Tisch.

»Das ist eine ziemlich irre Story«, sagt er.

»Es ist die Wahrheit.«

»Mein Sohn ist immer noch tot, weißt du?«

»Daran kann ich nichts ändern.«

»Nein, das kannst du nicht.« Er schüttelt den Kopf. »Du glaubst das wirklich.«

Ich weiß nicht, ob das eine Frage oder eine Feststellung ist. Aber ich nicke und sage: »Ich glaube es.«

»Ich nicht«, sagt er. Sein Mund zuckt ein wenig. »Ich halte es für gequirlte Scheiße.«

Mir sinkt das Herz in die Hose. Er lehnt sich zurück, reibt sich übers Gesicht, blinzelt. Er blickt in die Ferne, auf das kleine Flüsschen, das hinter der Promenade als ziemlich erbärmliches Meer herhalten muss. Dann sagt er: »Ein paar Dinge passen für mich einfach nicht zusammen.«

»Zum Beispiel?«

»Zunächst mal Philip Mackenzie«, sagt er.

»Was ist mit ihm?«

»Er hat dir geholfen, aus dem Gefängnis auszubrechen. Das weiß ich. Also frage ich mich: Warum? Er würde das nicht einfach nur für deinen alten Herrn tun. Und warum gerade jetzt? Es stellen sich also noch weitere Fragen.« Er trommelt mit den Fingern auf den Tisch. »Als du raus warst, hättest du untertauchen können. Oder du hättest versuchen können, dir ein neues Leben aufzubauen, oder sonst irgendwas. Das hast du aber nicht getan. Du bist wie ein durchgeknallter Irrer direkt zu unserer falschen Zeugin gefahren. Warum? Und dann, nachdem du bei ihr warst, bist du verrückt genug – oder soll ich sagen selbstmörderisch genug –, dich mit meinen Leuten in Revere zu treffen. Und zwar ausgerechnet Stinktier.«

Ich unterbreche ihn nicht. Ich lasse ihn reden.

»Hier ist mein Problem, David: Wenn du die Wahrheit sagst, dann habe ich dazu beigetragen, dich für ein Verbrechen ins Gefängnis zu bringen, das du nicht begangen hast. Nicht, dass es das erste Mal wäre. Es gab schon öfter Leute, die für andere den Kopf hinhalten mussten. Aber nicht – na ja, nicht für so etwas wie das hier. Es ist schlimm genug, ein Kind zu verlieren. Aber ins Gefängnis zu gehen, weil man es umgebracht hat … Also im Moment gefällt mir der Gedanke nicht. Weißt du, ich dachte, ich würde die Waage ausbalancieren. Ich wollte Gerechtigkeit für mich, meinen Mikey – und, na ja, für die Welt. Verstehst du?«

Er zögert, wartet auf eine Antwort. Ich nicke langsam.

»Ich war mir sicher, dass du es getan hast. Aber wenn du es nicht warst, und dein Junge womöglich noch am Leben ist …«

Nicky Fisher schüttelt den Kopf. Dann steht er auf. Wieder blickt er auf die zum Meer mutierte Lagune hinaus. Seine Augen glänzen. Ich weiß, dass er an seinen Mikey denkt.

»Du kannst gehen«, sagt er zu mir. »Meine Männer fliegen dich, wohin du willst.«

Er sieht mich nicht an, als er das sagt. Ich traue mich nicht, etwas zu erwidern.

»Ich bin ein alter Mann. Ich habe eine Menge Fehler gemacht. Ich werde wahrscheinlich noch ein paar mehr machen, bevor ich weg bin. Ich werde nicht versuchen, mein Konto bei dem da oben wieder auszugleichen. Dafür ist es zu spät. Ich denke … dieser Ort. Für mich ist das nicht nur Nostalgie. Manchmal kommt es mir eher wie ein Neuanfang vor. Verstehst du, was ich meine?«

Nein, ich verstehe es nicht. Eigentlich nicht.

»Wenn es deinem alten Herrn besser geht, würde ich ihn gern herholen. Mit dem Flugzeug, als meinen Gast. Ich möchte hier sitzen und eine Pizza mit ihm essen. Ich glaube, das würde uns beiden gefallen, meinst du nicht auch?«

Ich glaube das nicht, nein. Aber auch das behalte ich für mich.

Dann geht Nicky Fisher.

NEUNUNDZWANZIG

Ich war so frei, dem Restaurantbesitzer die Auswahl des Essens zu überlassen«, sagte Hayden. »Die machen hier einfach die besten Tapas.«

Rachel nickte und bemühte sich, nicht allzu abgelenkt zu wirken. Sie hatte den Vibrationsalarm des Handys angestellt und versuchte, ihn durch die Kraft ihres Geistes auszulösen. David war schon viel zu lange weg. Die Angst, dass er verhaftet worden war – oder Schlimmeres –, lastete wie ein Fels auf ihrer Brust. Sie schob ihre Sorgen beiseite und sah Hayden in die grünen Augen. Er trug das klassische Outfit reicher Müßiggänger, in diesem Fall eine kakifarbene Hose und einen blauen Blazer mit einer Art Wappen auf der Brust. Sein Haar hatte sich gelichtet und klebte an seinem Kopf. Er sah immer noch gut aus, immer noch jungenhaft, aber irgendwie weicher. Seine Wangen hingen ein wenig herab. Sein Teint war rötlicher geworden. Hayden verwandelte sich allmählich in eins dieser alten Familienporträts, die im Payne Museum hingen, dachte sie.

Sie tauschten Höflichkeiten aus. Hayden äußerte sich zu ihrer neuen Frisur. Er behauptete, dass sie ihm gefalle, was aber wohl nicht der Wahrheit entsprach. Über ihre Scheidung hatte sie ihn in einer E-Mail informiert, darüber brauchten sie also nicht zu sprechen. Hayden hatte vor ein paar Jahren erfahren, dass er von einer italienischen B-Movie-Schauspielerin, mit der er vor ein paar Jahren liiert war, einen Sohn hatte – einen Jungen namens Theo –, den er unterstützte und bei dessen Erziehung er half. Hayden hatte den Großteil des letzten Jahrzehnts im Ausland verbracht, angeblich um auf den europäischen Besitztümern der Familie nach dem Rechten zu sehen, vor allem aber wohl, dachte Rachel, um in St. Moritz Ski zu fahren und an der französischen Riviera zu feiern.

Aber vielleicht war das nicht fair.

Als sie zu der Geschichte kamen, die ihre Karriere als Journalistin zerstört hatte, sagte Hayden: »Du hattest es auf deinen alten Widersacher abgesehen.«

»Ich bin zu weit gegangen.«

»Verständlich.«

»Ich hätte dir natürlich Bescheid sagen müssen …«

Er winkte ab. Hayden war damals in ihrem ersten Studienjahr bei der Halloween-Party an der Lemhall University dabei gewesen. Sie hatten sich kurz vorher am Bierfass kennengelernt und ein bisschen geflirtet. Rachel wusste, wer Hayden Payne war – alle auf dem Campus kannten die Sprösslinge wohlhabender Familien –, daher hatte es Spaß gemacht. Hayden war charmant und süß gewesen, bei Rachel war der Funke jedoch nicht übergesprungen.

Sie war als Morticia Adams verkleidet gewesen und hatte wahrscheinlich etwas zu viel getrunken. Aber das war nicht das Problem. Wie sie später erfahren sollte, hatte ihr jemand K.-o.-Tropfen verabreicht und irgendwann, vielleicht zwei Stunden nachdem sie Hayden kennengelernt hatte, war ihre Nacht wie ein führerloser Zug entgleist. Sie kam sich selbst jetzt noch dumm vor, weil sie trotz aller Warnungen ihren Drink nicht immer im Auge behalten hatte.

Ein junger Professor der Geisteswissenschaften namens Evan Tyler, dessen Mutter im Kuratorium der Universität saß, hatte ihr die Droge in den Drink getan. An den weiteren Verlauf des Abends erinnerte sie sich nur verschwommen. Ein paar vage Bilder, schemenhafte Visionen, drangen kaum durch die innere Watteschicht: wie ihr die Kleider vom Leib gerissen wurden, seine lockigen Haare, sein Mund auf ihrem. Sie spürte Evan Tylers Gewicht, das sie zu erdrücken, ersticken drohte. Rachel hatte versucht, Nein zu sagen, um Hilfe zu rufen, ihn wegzustoßen.

Das Bild hatte sich in ihr Gehirn eingebrannt. Evan Tyler. Auf ihr. Mit einem euphorischen, irren Grinsen im Gesicht. Natürlich verfolgte sie dieses Bild im Schlaf noch immer, aber es tauchte auch auf, wenn sie wach war, ein grausiger Springteufel, der sie jederzeit aufschrecken konnte, wenn sie sich entspannt und wohl fühlte. Auch jetzt noch. Selbst nach all den Jahren verfolgte sie dieses Bild – dieses irre Grinsen – auf Schritt und Tritt, hielt bisweilen ein paar Meter Abstand, verhöhnte sie, tippte ihr gelegentlich auf die Schulter, wenn sie sich sicher fühlte. Es verfolgte Rachel Tag und Nacht, tagelang, monatelang, jahrelang, schürte die Wut in ihr, zwang sie, immer härter zu arbeiten, die Story niederzuschreiben, Gerechtigkeit zu suchen, um dieses schreckliche, irre Grinsen zu ersticken, Druck auf alle und auf jeden auszuüben, auch auf Catherine Tullo …

Aber genau in diesem Moment, in dieser schrecklichen Halloween-Nacht, als sie keine Luft mehr bekam, als es für sie vielleicht noch schlimmer hätte enden können – oder vielleicht, wer weiß, wäre sie auch ohnmächtig geworden und hätte alles vergessen –, verschwand Evan Tyler plötzlich von ihr.

Der Druck auf ihrer Brust war weg. Einfach so. Puff, verschwunden.

Jemand hatte ihn heruntergeworfen.

Rachel versuchte, sich aufzusetzen, aber die Impulse aus dem Gehirn erreichten die Muskeln noch nicht. Sie lag mit zur Seite hängendem Kopf da und hörte, wie Hayden einen Urschrei ausstieß. Dann fing Hayden an, Evan Tyler zu schlagen. Er schlug immer wieder zu, seine Fäuste trommelten auf ihn ein und Blut spritzte durch den Raum. Er ließ nicht nach, und Rachel war sich sicher, dass er Evan Tyler totgeschlagen hätte, wenn nicht zwei andere Studenten auf den Tumult aufmerksam geworden und in den Raum gestürmt wären, um den blutüberströmten Hayden von ihm wegzuziehen.

Evan Tyler lag zwei Wochen lang im Koma.

Rachel wollte trotzdem Anzeige erstatten, insbesondere nachdem sie gehört hatte, dass sie nicht Evan Tylers erstes Opfer gewesen war. Aber die Uni wollte die Sache unter den Teppich kehren. Schließlich läge Evan Tyler im Koma, diverse Gesichtsknochen seien gebrochen, und es werde Monate dauern, bis sie wieder verheilt seien. Sei das nicht Strafe genug? Seine Mutter sei eine bedeutende Frau. Wollte Rachel wirklich auch die Universität in den Dreck ziehen? Wozu?

Das alles interessierte Rachel nicht.

Hayden interessierte sie allerdings schon.

Das gab den Ausschlag. Seine Prügelei hatte das Maß, das für die Verhinderung einer Straftat womöglich erforderlich oder angemessen gewesen wäre, weit überschritten – und obwohl das Vermögen der Paynes sicherlich für eine weiche Landung gesorgt hätte, legte Haydens Familie aus nachvollziehbaren Gründen Wert darauf, die Sache totzuschweigen. Und das wurde sie dann auch. Deals wurden ausgehandelt. Vielleicht wechselte auch Geld den Besitzer.

Zum Wohle der Allgemeinheit aus der Welt geschafft. Vorbei. Und weiter ging's.

Abgesehen natürlich von den Bildern, die sich in ihr Gehirn eingebrannt hatten. Den Bildern von Evan Tyler, der später Präsident der Universität werden sollte.

Rachel und Hayden wurden enge Freunde. Sie stellte fest, dass das häufig passierte, wenn man entweder durch eine Tragödie oder ein Geheimnis verbunden war – oder, wie in ihrem Fall, durch beides.

David und Cheryl hatten Hayden bei einem ihrer Besuche in der Lemhall University kennengelernt, worauf David Rachel zur Seite genommen und gesagt hatte: »Der Typ ist verliebt in dich.«

»Nein, ist er nicht.«

»Vielleicht gibt er sich mit einer Freundschaft zufrieden«, sagte David. »Aber du weißt doch ganz genau, dass er eigentlich mehr will.«

Sie wusste es, aber das schien damals auf dem Campus die Basis für neunzig Prozent der Freundschaften zwischen Männern und Frauen zu sein. Ein Kerl mag dich, will mit dir schlafen, schafft es nicht, begnügt sich mit einer Freundschaft, worauf die Spannung allmählich verschwindet. Jedenfalls wurden Hayden und Rachel enge Vertraute – so eng, dass eine Liebesbeziehung praktisch unmöglich geworden war, weil man viel zu viel übereinander wusste.

Der Kellner brachte ihnen einen Teller. Er stellte ihn zwischen sie. »Hummer-Paella«, sagte er.

Hayden lächelte ihm zu. »Danke, Ken.«

Es duftete wunderbar.

Er nahm seine Gabel in die Hand. »Warte, bis du es probiert hast.«

»Ich hab dich nicht wegen Lemhall oder der alten Geschichte angerufen«, sagte sie.

»Aha?«

»Weißt du, ob am 27. Mai im Six-Flags-Vergnügungspark eine Veranstaltung von Payne Industries stattgefunden hat?«

Er runzelte die Stirn. Hayden trug immer noch den Absolventenring der Lemhall University, ein kitschiges Ding mit dem Wappen der Uni und einem lila Stein. Sie hatte nie verstanden, warum er ihn trug. Jetzt fing er an, daran herumzufummeln und ihn am Finger zu drehen, als würde ihm das helfen, Stress abzubauen. Vielleicht tat es das ja tatsächlich. Ihr jedenfalls machte der Anblick des Rings zu schaffen. Sie wollte diesen Ort einfach nur vergessen. Aber er wollte sich offenbar aus irgendeinem Grund an ihn erinnern.

»Am 27. Mai?«, wiederholte er. »Das weiß ich wirklich nicht. Wieso?«

Sie zog ihr Handy heraus, wischte ein paar Bilder zur Seite und zeigte ihm das Foto einer Familie, die vor dem Aufsteller mit den Firmenlogos stand. Hayden nahm ihr das Handy aus der Hand und sah es sich an.

»Dann muss da wohl was gewesen sein«, sagte Hayden. Er gab ihr das Handy zurück. »Warum fragst du?«

»Das war dann doch so eine Art Firmenveranstaltung, oder?«

»Wahrscheinlich. Wir kaufen häufiger mal Karten-Kontingente fürs Theater, Baseballspiele oder einen Vergnügungspark. Als eine Art Bonus für Mitarbeiter und Stammkunden. Ist das für einen Artikel, an dem du schreibst?«

Sie fuhr fort. »Da waren doch bestimmt auch Fotografen vor Ort, oder?«

»Davon gehe ich aus.«

»Die solche Bilder wie das vor diesem Aufsteller gemacht haben. Und diese Fotografen wurden doch vermutlich auch von der Firma engagiert, oder?«

»Für solche Firmenveranstaltungen mieten wir manchmal den halben Park. Da können, was weiß ich, fünf- oder zehntausend Leute gewesen sein. Worum geht es überhaupt?«

»Du glaubst mir sowieso nicht, wenn ich es dir erzähle.«

»Erzähl's mir trotzdem«, sagte Hayden und fügte dann hinzu: »Ich nehme an, es hat etwas mit dem Ausbruch deines Schwagers zu tun.«

»Da hast du recht.«

»Du kannst doch nicht noch immer in ihn verknallt sein, Rachel.«

»Was? Ich war nie in David verknallt.«

»Du hast pausenlos von ihm gesprochen.«

»Das klingt fast, als wärst du eifersüchtig, Hayden.«

Er lächelte. »Vielleicht war ich das.«

Auf dieses Minenfeld wollte sie sich lieber nicht begeben. »Vertraust du mir?«, fragte sie.

»Du weißt, dass ich das tue.«

»Es ist nicht ganz einfach.«

Der Kellner trat an ihren Tisch und brachte das zweite Gericht. »Jamon Iberico mit Kaviar.«

Hayden blickte ihn an. »Danke, Ken.«

»Guten Appetit.«

»Das wird dir schmecken«, sagte Hayden. Er tat etwas von der Hummer-Paella auf ihren Teller. Sie roch fantastisch, aber Rachel rührte sie nicht an. Hayden nahm eine Gabel voll und schloss die Augen, als würde er sie genießen. Dann blickte er sie wieder an und fragte: »Also, was kann ich für dich tun?«

»Eines der Logos auf diesem Aufsteller«, sagte Rachel, »ist vom Berg Reproductive Institute.«

»Gut möglich«, sagte Hayden. »Das ist eine unserer Tochterfirmen. Das weißt du doch.«

»Ja, das weiß ich.«

»Und?«

»Und ich habe vor zehn Jahren einen Termin bei einer der Kliniken gemacht.«

Hayden, der die Gabel zum Mund geführt hatte, hielt in der Bewegung inne. »Wie bitte?«

»Ich habe Barb angerufen.« Barb Matteson hatte das Berg Institute damals geleitet. »Du hattest uns mal vorgestellt.«

»Ich erinnere mich. Bei der Urlaubsparty der Familie.«

»Genau.«

»Ich versteh das nicht ganz.« Hayden legte die Gabel zur Seite. »Warum hast du da einen Termin gemacht?«

»Ich habe Barb erzählt, dass ich mich über die Möglichkeit informieren will, mit einer Samenspende schwanger zu werden.«

»Ist das dein Ernst?«

»Dass ich den Termin gemacht habe, schon. Dass ich das wirklich wollte, nicht.«

»Ich kann dir nicht folgen, Rachel.«

»Ich habe den Termin für Cheryl gemacht.«

»Okay«, sagte er langsam. Und dann: »Ich kann dir noch immer nicht folgen.«

»Sie wollte nicht, dass David es erfährt.«

»Ach so.«

»Genau.«

»Also hat Cheryl dann anschließend einen Termin auf deinen Namen gemacht, damit ihr Mann es nicht erfährt?«

»So ist es.«

Hayden legte den Kopf auf die Seite. »Dir ist schon klar, dass das höchstwahrscheinlich gesetzeswidrig war.«

»Das war es nicht, mir ist aber klar, dass es ethisch sehr zweifelhaft ist. Jedenfalls hat Cheryl dann unter meinem

Namen in der Klinik eingecheckt. Sie hat auch meinen Ausweis vorgelegt. Wir sehen uns ähnlich genug. Die Rechnungen sind an mich gegangen.«

»Okay«, sagte er langsam.

»Ich habe den Termin für Cheryl extra in der Außenstelle in Lowell gemacht – damit sie Barb in der Zentrale in Boston nicht zufällig über den Weg läuft.«

»Alles, um deine Schwester davor zu bewahren, es ihrem Mann erzählen zu müssen?«

»Ja.«

»Interessant«, sagte er.

»Das war damals eine schwierige Zeit für sie. Ich habe es für harmlos gehalten.«

»Klingt für mich alles andere als harmlos«, sagte Hayden. »Hat David es je erfahren?«

»Ja.«

»Er muss verdammt sauer auf dich gewesen sein.«

»Dass ich daran beteiligt war, weiß er nicht.«

»Aber er weiß, dass Cheryl sich nach Spendersamen erkundigt hat.«

»Ja.«

»Aber du hast ihm nie erzählt, welche Rolle du dabei gespielt hast, bei diesem – ist Betrug das richtige Wort?«

»Ich habe es ihm nie erzählt«, sagte Rachel leise.

Der Kellner kam zum Tisch und schenkte etwas Wein ein. Als er ging, fragte Hayden: »Und was willst du jetzt von mir?«

»David glaubt, dass es kein Zufall ist.«

»Er glaubt, dass was kein Zufall ist?«

»Du wirst es für verrückt halten.«

»Den Teil hatten wir schon, Rachel.«

»Er glaubt … das heißt, wir glauben …« Es klang so absurd, dass Rachel den Gedanken einen Moment lang nicht zu

Ende führen konnte. Dann: »Wir glauben, dass Matthew mit eurer Gruppe im Vergnügungspark war.«

Hayden blinzelte ein paarmal schnell hintereinander, als hätte ihn jemand geohrfeigt. Dann räusperte er sich und fragte: »Wer ist Matthew?«

»Mein Neffe«, sagte sie. »Davids Sohn.«

Wieder blinzelte er. »Der, den er ermordet hat?«

»Genau darum geht es. Wir glauben nicht, dass er tot ist.«

Wieder reichte Rachel Hayden ihr Handy, diesmal mit dem Foto des Jungen, der möglicherweise Matthew war. »Der Junge im Hintergrund. Der, der die Hand dieses Erwachsenen hält.«

Hayden nahm das Handy und hielt es sich vors Gesicht. Er versuchte das Bild mit Daumen und Zeigefinger zu vergrößern. Sie wartete. Er blinzelte. »Es ist ziemlich unscharf.«

»Ich weiß.«

»Du kannst doch unmöglich wirklich glauben …«

»Ich bin mir nicht sicher.«

Er runzelte die Stirn. »Rachel.«

»Schon klar. Es ist irre. Das ist alles totaler Irrsinn.«

Hayden schüttelte den Kopf. Er gab ihr das Telefon zurück, als stünde es in Flammen. »Ich habe absolut keine Ahnung, was ich in dieser Sache für dich tun kann.«

»Kannst du mir alle Bilder eurer Fotografen vom Six Flags zusenden?«

»Warum?«

»Damit wir sie durchsehen können.«

»Und wonach sucht ihr?«

»Nach anderen Fotos, auf denen dieser Junge zu sehen ist.«

Er schüttelte den Kopf. »Dieser verschwommene Junge, der aussieht wie eine Million anderer Jungs?«

»Ich erwarte nicht von dir, dass du das verstehst.«

»Das tue ich auch nicht.«

»Aber mir zuliebe, Hayden. Bitte. Hilfst du mir?«

Hayden seufzte. Dann sagte er: »Ja, natürlich.«

DREISSIG

Wie die meisten brauchbaren Ermittler griff Max bei seinen Vernehmungen auf verschiedene Techniken zurück. Seine effektivste Methode derzeit basierte auf Unterbrechungen. Zusammen mit Sarah versuchte er, die Verdächtigen durch einen ständigen Wechsel von Anschuldigungen, Witzen, Abneigungsbekundungen, Hoffnungsankern, Drohungen, Freundschaftsangeboten, Skepsis und Solidarität aus dem Gleichgewicht zu bringen. Sarah und er gaben den guten und den bösen Bullen, tauschten zwischendurch die Rollen und waren gelegentlich auch beide gut oder beide böse.

Chaos, Baby. Erzeuge Chaos.

Sie bombardierten die Verdächtigen mit einer Flut von Fragen – um sie dann schweigend schmoren zu lassen. Wie die besten Pitcher der Major League – Baseball war die einzige Sportart, die Max auch nur ansatzweise verstand – beruhte ihr Spiel auf dauernder Variation: Fastballs, Change Ups, Curveballs, Sliders, was auch immer.

Aber jetzt, während er Gefängnisdirektor Philip Mackenzie in der Ecknische des McDermott's-Pubs gegenübersaß, sparte Max sich das alles. Sarah war nicht da. Sie wusste nicht einmal, dass er hier war. Sie würde es auch nicht gutheißen, Sarah hielt sich sehr genau an die Vorschriften, außerdem war er dabei – um bei seiner armseligen Metapher zu bleiben –, einen schmutzigen und eindeutig regelwidrigen Spitball zu werfen, und falls deshalb jemand des Feldes verwiesen wurde, reichte es, wenn es ihn traf und nur ihn.

Mackenzie hatte einen irischen Whiskey namens Writer's Tears bestellt. Max hatte sich für ein Club Soda entschieden. Er kam mit hartem Alkohol nicht gut klar.

»Also, was kann ich für Sie tun, Special Agent Bernstein?«, fragte Mackenzie.

Max hatte sich mit Mackenzie in der Lieblingskneipe des Gefängnisdirektors verabredet, weil es dieses Mal nicht darum ging, ihn einzuschüchtern oder sich sonst irgendeinen Vorteil zu verschaffen. Ganz im Gegenteil.

»Ich brauche Ihre Hilfe, um David zu finden.«

»Selbstverständlich«, erwiderte Mackenzie und richtete sich ein wenig auf. »Das will ich auch. Er ist mein Häftling.«

»Und Ihr Patenkind.«

»Ja, das kommt dazu. Auch deshalb will ich ihn gesund und munter zurückhaben.«

»Einfach unglaublich, dass das noch niemandem aufgefallen ist.«

»Was ist niemandem aufgefallen?«

»Die enge Verbindung zwischen Ihnen beiden. Aber das interessiert mich auch gar nicht. Wir wissen doch beide, dass Sie ihm geholfen haben, da rauszukommen.«

Mackenzie lächelte, nahm einen kräftigen Schluck von seinem Drink. »Sie haben gehört, was mein Anwalt dazu gesagt hat. Die Videoüberwachung hat meine Story bestätigt. Man konnte deutlich erkennen, dass Burroughs eine Waffe in der Hand hielt ...«

»Hören Sie, dies ist nur ein unverbindliches Gespräch. Ich nehme es nicht auf. Ich versuche nicht, Sie mit Freundlichkeit in eine Falle zu locken.«

Max legte sein Handy auf den klebrigen Tisch zwischen ihnen.

»Ach je«, sagte Mackenzie in einem vor Sarkasmus triefenden Tonfall. »Ihr Handy liegt auf dem Tisch. Dann ist es ja vollkommen ausgeschlossen, dass Sie es aufnehmen.«

»Mach ich aber nicht. Und ich glaube auch, dass Sie das wissen. Falls doch jemand zuhören sollte, wir diskutieren hier nur rein hypothetisch ein paar Punkte. Weiter nichts.«

Mackenzie runzelte die Stirn. »Ist das Ihr Ernst?«

»Hören Sie, Phil, ich möchte ein freundschaftliches Gespräch mit Ihnen führen. Ich will Ihnen nicht drohen. Verstanden? Sie wissen, dass ich Sie wegen Beihilfe festnageln kann. Sie werden suspendiert. Ihr Sohn wird suspendiert. Sie werden beide ins Gefängnis gehen oder zumindest – falls ich mich richtig dumm anstelle – Ihre Jobs und Ihre Pensionen verlieren. Es wird übel ausgehen, und wenn ich wütend werde – ach vergessen Sie mich, wenn Sarah wütend wird –, sind Sie erledigt. Sie wird durch Ihren Schließmuskel in Ihre Körper kriechen und sich dort einnisten.«

»Sehr anschaulich.«

»Aber das interessiert mich heute nicht. Heute will ich wissen, warum Sie das getan haben. Warum gerade jetzt. Rein hypothetisch.«

Mackenzie trank einen Schluck. »Das klingt ja so, als hätten Sie eine Theorie, Special Agent Bernstein.«

»Die habe ich. Wollen Sie sie hören?«

»Klar.«

»David Burroughs hat jahrelang keinen Besuch bekommen. Plötzlich taucht seine Schwägerin auf. Ich hab das überprüfen lassen. Vor diesem Besuch haben die beiden sich weder Briefe geschrieben noch telefoniert oder sonst irgendwie kommuniziert. Ich habe mir auch das Video von ihrem ersten

Besuch angesehen. Er wusste nicht, dass sie ihn besuchen kommt. Stimmen Sie damit so weit überein?«

»Klar.«

»Sie hat ihm ein Foto gezeigt. Das Problem ist, dass ich nicht erkennen kann, was darauf zu sehen ist. Aber als Burroughs es sieht, verändert sich alles. Man spürt es sogar durch die Überwachungskamera. Nach diesem Besuch nimmt er Kontakt zu Ihnen auf, auch das, soweit ich es feststellen kann, zum ersten Mal. Könnten Sie mir in diesem Punkt vielleicht helfen und mir erzählen, was er wollte?«

»Ich habe doch schon gesagt …«

»Okay, Sie wollen mir also nicht helfen. Dann lassen Sie mich fortfahren. Sie reagieren auf seine Kontaktaufnahme, indem Sie Ihren alten Partner bei der Polizei in Revere besuchen, der zufälligerweise Burroughs Vater ist. Und direkt nach Ihrer Rückkehr helfen Sie Burroughs auszubrechen. Ich weiß nicht recht, wie die Prügelei mit Ross Sumner da hineinpasst. Und auch nicht, wie der Vollzugsbeamte Ted Weston da hineinpasst. Das ist einer von Ihren Leuten. Sie kennen ihn besser als ich. Jedenfalls hat sich Weston einen Anwalt genommen, nachdem wir herausgefunden haben, dass er sich bestechen ließ. Wussten Sie das?«

»Nein.«

»Überrascht es Sie?«

»Dass er sich bestechen ließ?«

»Ja.«

Mackenzie trank noch einen Schluck und zuckte die Achseln.

»Okay, sagen Sie nichts dazu. Aber jetzt kommen wir zum entscheidenden Punkt. Ich glaube nämlich nicht, dass Burroughs Weston attackiert hat. Ich glaube vielmehr, dass es genau umgekehrt war. Weston hat Burroughs angegriffen. Das finde ich seltsam. Und noch etwas: Nachdem Burroughs ausgebrochen war, hat er als Erstes eine der wichtigsten Zeuginnen im Prozess aufgesucht. Eine alte Frau, die direkt nach dem Prozess ihren Namen geändert hat und umgezogen ist. Und was macht diese alte Frau? Ich habe mit ihr gesprochen. Sie erzählt Lügengeschichten über Burroughs Besuch bei ihr. Ich habe den Eindruck, dass sie ihn aus irgendeinem Grund schützen will.«

Max breitete die Hände aus. »Und wenn ich all dies zusammen betrachte, Phil, was meinen Sie, was dabei herauskommt?«

»Erzählen Sie es mir.«

»Burroughs Schwägerin, die früher eine ausgezeichnete investigative Journalistin war, ist auf etwas gestoßen, das seine Unschuld beweisen könnte. Sie kommt damit her. Sie zeigt es ihm durch die Plexiglasscheibe. Burroughs meldet sich bei Ihnen. Erzählt Ihnen, was Rachel Anderson gefunden hat. Sie erklären sich bereit, ihm zu helfen. Der Punkt ist jetzt, dass Sie zu klug sind, um eine so überstürzte Flucht zu organisieren, bei der Sie so viele Dinge dem Zufall überlassen müssen. Also vermute ich, dass der Angriff auf Sumner oder Weston – oder beide – Sie zu diesem Vorgehen gezwungen hat.«

»Das ist ja eine tolle Geschichte, Special Agent Bernstein.«

»Nennen Sie mich Max. Es passt noch nicht alles. Ein paar Einzelheiten fehlen mir noch. Aber wir wissen beide, dass ich ziemlich nah dran bin. Die Sache ist die. Wir müssen David festnehmen und herholen. Das werden Sie verstehen. Und ich weiß nicht, warum man diese Beweise nicht einfach seinem Anwalt oder wem auch immer übergeben kann. Ich gehe davon aus, dass es einen guten Grund dafür gibt.«

Mackenzie zeigte noch immer keine Reaktion.

»Und Sarah? Sie geht streng nach Vorschrift vor. Wenn Burroughs reingelegt wurde, wenn er es nicht getan hat, dann bin ich nicht wie dieser Typ in *Auf der Flucht* – erinnern Sie sich an den Film?«

Mackenzie nickte. »Ich erinnere mich sogar an die Fernsehserie.«

»Das war vor meiner Zeit. Aber da gibt es diese großartige Szene, in der Harrison Ford zu Tommy Lee Jones – Tommy spielt den FBI-Agenten, der ihn festnehmen will – sagt: ›Ich bin unschuldig.‹ Und wissen Sie noch, was Tommy Lee Jones darauf sagt?«

Er nickte. »Er sagt: ›Es ist mir egal.‹«

»Genau. So ist Sarah. Ihr ist das egal. Wir haben einen Job zu erledigen. Nehmt Burroughs fest. Punkt, Ende. Und deshalb sitzen wir beide gerade alleine in dieser Bar. Ich bin jetzt angreifbar. Sie könnten ihnen erzählen, was ich Ihnen erzählt habe. Aber im Gegensatz zu Tommy Lee Jones ist es mir nicht egal. Wenn Burroughs das nicht getan hat, will ich ihm helfen.«

Der Direktor hob sein Glas hoch und hielt es ins Licht. »Nehmen wir mal an«, sagte er, »ich würde Ihnen bestätigen, dass Sie größtenteils richtigliegen.«

Max spürte, wie sich sein Puls beschleunigte.

»Aber nehmen wir auch an«, fuhr Mackenzie fort, »ich würde Ihnen sagen, dass die wahre Geschichte noch aberwitziger ist als die, die Sie sich ausgedacht haben.«

»Inwiefern aberwitziger?«

»Nehmen wir an, ich würde Ihnen erzählen, dass der wahre Grund für Davids Flucht der ist, dass ein Kind in großer Gefahr schweben könnte.«

Max wirkte verwirrt. »Sie meinen ein anderes Kind?«

»Nicht ganz.«

»Können Sie mir das erklären?«

Philip Mackenzie lächelte, aber es lag keine Freude darin. »Ich mache Ihnen einen Vorschlag«, sagte er, trank seinen Whiskey aus, stand auf und verließ die Nische. »Sie bereiten eine Erklärung vor, in der meinem Sohn volle Immunität gewährt wird, dann setzen wir dieses Gespräch fort.«

»Und was ist mit Ihnen, wollen Sie für sich keine Immunität?«

»Ich habe keine Immunität verdient«, sagte Mackenzie. »Zumindest noch nicht.«

***

Dieselben beiden Gorillas eskortieren mich zum Flugzeug zurück. Ohne Handschellen, ohne Beutel auf dem Kopf, ohne Grobheiten. Als wir auf der Rollbahn ankommen, sage ich zum ersten Mal etwas.

»Ich brauche mein Handy wieder.«

Der Halts-Maul-Typ greift in seine Tasche und wirft es mir zu. »Ich hab's für Sie geladen.«

»Danke.«

»Hab gehört, dass Sie einen Bullen verprügelt haben.«

»Nein.«

»In New York City. Kam in den Nachrichten. Er liegt noch im Krankenhaus.«

»Ich wollte nur fliehen.«

»Trotzdem, Alter. Hut ab.«

»Genau«, der andere Gorilla sagt zum ersten Mal etwas. »Respekt.«

Danke scheint nicht die richtige Antwort zu sein, also sage ich nichts. Wir steigen in dasselbe Flugzeug und nehmen dieselben Plätze ein. Ich checke meine SMS, die natürlich alle von Rachel sind, und mit jeder Nachricht panischer werden.

Ich simse zurück: Mir geht's gut. Sorry. Wurde aufgehalten.

Die Punkte tanzen. Was Wichtiges erfahren?

Man muss Rachel zugutehalten, dass sie keine Zeit damit verschwendet, mich zu fragen, was passiert ist oder wo ich gewesen bin. Sie ist immer noch voll konzentriert bei der Sache.

Ich schreibe: Hilde Winslow wird uns nicht zu Matthew führen.

Sackgasse?

Ja, mehr oder weniger.

Ich warte, bis das Flugzeug gestartet ist und so hoch fliegt, dass das WLAN wieder verfügbar ist. Ich blicke nach hinten. Meine beiden Begleiter haben Kopfhörer auf und starren auf ihre Handys. Ich rufe Rachel an.

»Was ist das für ein Lärm?«, fragt Rachel. »Ich hör dich kaum.«

»Ich bin in einem Flugzeug.«

»Moment mal, was?«

Ich sehe keine andere Möglichkeit, als ihr ein paar Details zu erzählen, also fasse ich kurz zusammen, was passiert ist, seit ich sie in Revere verlassen habe – lasse die gefährlichen Situationen aber aus.

»Und bei dir?«, frage ich, als ich fertig bin. »Hast du was Neues erfahren?«

Stille – und einen Moment lang denke ich, dass das Telefonat unterbrochen wurde.

»Ich habe eventuell eine Spur«, sagt sie. »Erinnerst du dich an meinen alten Freund Hayden Payne?«

Es dauert einen Moment, bis ich den Namen eingeordnet habe. »Der reiche Schnösel, der furchtbar in dich verknallt war?« Dann habe ich es: »Ach, warte. Seine Familie hat doch was mit diesem Konzern zu tun, richtig?«

»Er gehört ihnen. Das sind alles Unternehmen der Payne-Gruppe.«

Ich überlege. »Noch so ein Zufall, der keiner sein kann.«

»Wie meinst du das?«

Ich will sie nicht ablenken. »Was ist mit Hayden?«

»Sie hatten ein Firmenevent im Six-Flags-Vergnügungs-park. Daher stammt das Foto. Ich habe ihn gebeten, mir alle Fotos zu besorgen, die ihre Fotografen an dem Tag dort gemacht haben.«

»Kann er uns auch eine Teilnehmerliste besorgen?«

»Ich kann ihn fragen, er meinte aber, dass es vermutlich mehrere Tausend Leute waren.«

»Es wäre immerhin ein Anfang.«

»Schon möglich, ja. Außerdem hatte der Konzern nicht den ganzen Park gemietet. Matthew könnte auch zu einer anderen Gruppe gehört haben.«

»Ist trotzdem einen Versuch wert.«

»Ich weiß.«

»Was noch?«, frage ich.

»Fliegst du zurück nach Boston?«

Sie beantwortet meine Frage mit einer Gegenfrage. »Nein.«

»Sondern?«

»Nach New Jersey.«

»Was ist dort?«

»Cheryl«, erwidere ich. »Ich muss mit ihr persönlich reden.«

S oll das ein Witz sein?«, sagte sie.

Max versuchte, sie niederzustarren. Er war nicht gut darin, Augenkontakt zu halten. Das war er noch nie. Und – wie bereits erwähnt – hielt er das auch für überbewertet. Aber diesmal ließ er nicht locker. Sie hieß Lauren Ford und war Leiterin der Kriminalpolizei für den Großraum Boston. Im Moment war Laurens Blick aber der deutlich wütendere.

»Ich bin kein guter Witzeerzähler«, sagte Max.

»Ich fasse das noch einmal zusammen, nur um sicherzugehen, dass ich Sie richtig verstanden habe.« Lauren stand auf und ging hinter ihrem Schreibtisch auf und ab. »Ich soll unser Labor autorisieren, einen weiteren DNA-Test durchzuführen, um klarzustellen, dass es sich bei dem Mordopfer wirklich um Matthew Burroughs handelt?«

»Ganz genau.«

»Für einen Fall, der etwa fünf Jahre zurückliegt?«

»Eher sechs.«

»Und in dem bereits ein Täter verhaftet und verurteilt wurde.«

»Das ist korrekt.«

»Und in dem besagter Täter kürzlich aus einem Bundesgefängnis ausgebrochen ist.«

»Auch das ist korrekt.«

»Und in dem Ihre Aufgabe, soweit mir bekannt ist, darin

besteht, diesen Täter festzunehmen, um ihn wieder dahin zu bringen, wo er hingehört, und nicht etwa darin, einen neuen Prozess anzustreben.«

Max antwortete nicht.

»Und«, fragte sie, »inwiefern hilft Ihnen ein DNA-Test an einem längst verstorbenen Opfer bei der Suche nach einem entflohenen Sträfling?«

»Haben Sie damals einen gemacht?«

Lauren seufzte. »Haben Sie gehört, wie ich ›einen weiteren DNA-Test‹ gesagt habe?«

»Das habe ich.«

»Bedeutet das, dass wir schon einen gemacht haben?«

»Ja«, stimmte Max zu.

»Und ich möchte dazu sagen, dass das keineswegs Vorschrift ist. Wir hatten bereits eine positive Identifizierung, trotz des Zustands, in dem die Leiche aufgefunden wurde. Die Leute gucken einfach zu viel *CSI*. Tatsächlich machen wir bei Mordopfern nur selten DNA-Tests. Das gilt für alle Strafverfolgungsbehörden im ganzen Land. Wir nehmen auch keine Fingerabdrücke. Beides wird nur gemacht, wenn es Zweifel an der Identität des Opfers gibt. Das war hier nicht der Fall. Wir wussten ja, wer das Opfer war.«

»Aber Sie haben trotzdem einen DNA-Test gemacht?«

»Ja. Denn wie ich schon sagte, sehen auch die Geschworenen alle zu viel fern. Wenn wir denen nicht die komplette gerichtsmedizinische Untersuchung mit den DNA-Tests präsentieren, glauben sie, wir wüssten nicht, was wir tun. Es war also übertrieben, aber wir haben es getan.«

»Wie?«

»Was meinen Sie?«

»Haben Sie die DNA des Opfers mit der der Mutter oder des Vaters abgeglichen?«

»Woher soll ich das denn jetzt noch wissen? Ihnen ist schon klar, dass das für uns ein sehr wichtiger Fall war?«

»Das ist mir klar, ja.«

»Wir haben keine Fehler gemacht.«

»Das unterstelle ich auch nicht. Hören Sie, das Blut des Opfers haben Sie doch noch, richtig?«

»Natürlich. Also, es befindet sich inzwischen im Archiv, aber ja, wir haben es noch.«

»Und wir haben die DNA von David Burroughs im System.«

Das ist, wie Max weiß, inzwischen eine Routinemaßnahme. Mit der Verurteilung wird die DNA des Täters automatisch in die Datenbank aufgenommen.

»Einen weiteren Test zu machen und diese Tür dadurch wieder aufzustoßen«, sagte Lauren Ford, »ist eine große Sache.«

»Dann behalten Sie es für sich«, sagte Max. »Das bleibt unter uns.«

»Seh ich aus wie eine Labortechnikerin?«

»Sie, ich, ein Labortechniker. Sie können es unter der Hand machen.«

Sie runzelte die Stirn. »Haben Sie wirklich gerade ›unter der Hand‹ gesagt?«

Max wartete.

»Ich könnte Sie einfach auffordern, sich aus meinem Büro zu verpissen«, sagte sie.

»Das könnten Sie.«

»Bei der Verhaftung ist alles mit rechten Dingen zugegangen. Die Vorschriften wurden befolgt. Der Sohn eines Polizisten – eines *beliebten* Polizisten – hat die Tat begangen, und trotzdem haben wir es hingekriegt, dass niemand eine Vorzugsbehandlung bekam.«

»Bewundernswert«, sagte Max.

Sie lehnte sich zurück und begann in Max-Manier auf einem Fingernagel zu kauen. »Ich werde Ihnen jetzt ganz im Vertrauen etwas sagen. Denn egal, wie man es betrachtet, es war eine gerechte Verurteilung.«

»Ich bin ganz Ohr.«

»Das DNA-Labor damals.«

»Was ist damit?«

»Da sind ein paar Fehler passiert.«

»Was für Fehler?«

»Fehler, die dazu führen, dass eine interne Untersuchung aufgenommen wird, woraufhin jemand plötzlich den Job kündigt und ins Ausland zieht.«

Stille.

»Scheiße«, sagte Lauren. »Wollen Sie mir erzählen, dass es nicht der Junge war?«

»Ich will Ihnen erzählen«, sagte Max, »dass Sie den DNA-Test machen sollen. Und wenn Sie schon dabei sind, lassen Sie die DNA durch alle Datenbanken mit vermissten Personen laufen. Wenn der tote Junge nicht Matthew Burroughs war, müssen wir herausbekommen, wer er war.«

***

Rachel darf mich mit dem Auto direkt auf der Rollbahn abholen, was wohl einer der Vorteile ist, wenn man privat fliegt. Als wir das Flugzeug verlassen haben, schütteln mir die beiden Gorillas begeistert die Hände.

»Schwamm drüber?«, fragt mich der Halts-Maul-Typ.

»Schwamm drüber«, erwidere ich.

Ich steige in Rachels Auto. Sie blickt auf das Flugzeug und sagt: »Die Annehmlichkeiten des kriminellen Gewerbes.«

»Jep.«

Wir fahren los.

»Dass du mit Cheryl reden willst«, fängt Rachel an, »hat das mit dieser Fruchtbarkeitsklinik zu tun?«

»Das ist kein Zufall, Rachel.«

»Das sagst du immer wieder.« Ihre Hände schließen sich fester um das Lenkrad. »Ich muss in einem Punkt reinen Tisch machen.«

»Und das wäre?«

»Ist eine alte Geschichte. Dürfte eigentlich keine Rolle mehr spielen.«

Ihr Tonfall verrät aber, dass es sehr wichtig ist. Ich sehe sie an. Sie wendet den Blick nicht von der Straße ab.

»Sprich weiter«, sage ich.

»Ich habe Cheryl damals geholfen, einen Termin in dieser Fruchtbarkeitsklinik zu bekommen.«

Ich verstehe nicht recht, was sie meint. »Wenn du ›geholfen‹ sagst ...«

»Durch Hayden Payne hatte ich die Leiterin des Berg Reproductive Institute kennengelernt«, sagt sie. »Also hab ich sie angerufen und den Termin vereinbart.«

»Für Cheryl?«

»Ja.«

»Das ist doch erst mal keine große Sache«, sage ich. »Ich meine, ich wünschte, du hättest mir davon erzählt ...«

»Ich habe behauptet, der Termin wäre für mich.« Rachel schluckt. Sie blickt immer noch unverwandt auf die Straße. »Als Cheryl hingegangen ist, hat sie meinen Ausweis vorgelegt, nicht ihren eigenen.«

Ich betrachte ihr Profil. Meine Stimme ist seltsam ruhig. »Warum habt ihr das gemacht?«

»Was glaubst du, David?«

Aber die Antwort ist offensichtlich. »Um es vor mir zu verheimlichen.«

»Genau.«

Ich spüre, wie mir Tränen in die Augen treten, weiß aber nicht einmal, warum. »Es ist mir inzwischen echt scheißegal, Rachel.«

»Es ist nicht so, wie du glaubst.«

»Ich glaube, dass Cheryl testen wollte, ob sie an Spendersamen herankommt, ohne dass ich etwas davon erfahre. Ich glaube, dass du mit ihr ein Komplott geschmiedet hast, um sie dabei zu unterstützen. Liege ich falsch?«

Rachel umklammert das Lenkrad mit beiden Händen.

»Lernt man im Gefängnis«, sage ich. »Niemand ist auf niemandes Seite.«

»Ich bin auf deiner Seite.«

Ich schweige.

»Sie ist meine Schwester. Das ist dir schon bewusst, oder?«

»Also hast du mitgespielt?«

»Ich habe ihr gesagt, dass es eine schlechte Idee ist.«

»Aber du hast trotzdem mitgespielt.«

Rachel betätigt den Blinker, sieht in den Rückspiegel und wechselt die Spur. Auch wenn ich sie seit fünf Jahren nicht gesehen habe, kenne ich sie noch sehr gut.

»Rachel?«

Sie antwortet nicht.

»Was verschweigst du mir?«, frage ich.

»Ich war mit dem, was sie getan hat, nicht einverstanden. Ich fand, dass sie es dir hätte sagen sollen.«

Ich warte darauf, dass der sprichwörtliche Stein ins Rollen kommt.

»Und als Cheryl die Sache nicht durchgezogen hat, dachte ich …«

»Was dachtest du?«

Rachel schüttelt meine Frage ab. »Wie hast du erfahren, dass Cheryl bei Berg Reproductive war?«

»Jemand aus der Klinik hat bei uns auf dem Anrufbeantworter eine Nachricht hinterlassen.«

»Jetzt überleg mal«, sagt Rachel. »Warum hätten sie bei euch anrufen sollen, wenn die Patientenakte auf meinen Namen lautete?«

Ich denke nach. Es dauert länger, als es sollte. »Du?«

Sie blickt weiter auf die Straße.

»Du hast diese Nachricht hinterlassen?«

»Es war vorbei. Sie hat es nicht durchgezogen. Ich wollte nicht in die Geschichte hineingezogen werden, und ganz egal, wie ich es vor mir selbst zu rechtfertigen versuchte, ich hatte dich hintergangen. Das hat mich belastet. Und als ich eines Abends zu viel getrunken hatte, dachte ich mir: Verdammte Scheiße auch, Cheryl muss es ihm sagen. Um ihrer selbst willen. Um seinetwillen. Zum Teufel, auch um meinetwillen. Damit wir nicht für den Rest unseres Lebens mit dieser schrecklichen Lüge leben müssen. Schließlich wart ihr dabei, eine Familie zu gründen.«

Ich sitze einfach da. Gerade als ich gedacht habe, dass mich nichts mehr umhauen kann, kommt doch wieder so ein Schlag aus dem Nichts.

»Ich habe es auf die harte Tour gelernt«, sagt Rachel. »Lügen wie diese begleiten einen. Man wird sie nicht los. Sie zerfressen dich langsam von innen heraus. So ein Geheimnis ist keine Basis für eine Familiengründung. Und ja, okay, es stand mir nicht zu, dieses Geheimnis zu verraten. Aber Cheryl hat mich zu einem Teil dieses Betrugs gemacht. Das Lügengeheimnis hat damals auch unsere Beziehung vergiftet. Die zwischen uns beiden.«

»Also hast du beschlossen, das Geheimnis zu lüften«, sage ich.

Rachel nickt. Ich wende mich ab.

»David?«

»Spielt keine Rolle«, sage ich. »Wie du schon gesagt hast, es ist lange her.«

»Tut mir leid.«

In mir zerbricht noch etwas. Ich muss das Thema wechseln. »Weiß Cheryl, dass ich komme?«

Rachel schüttelt den Kopf. »Ich sollte es ihr doch nicht sagen.«

»Also glaubt sie …«

»Sie glaubt, dass ich alleine komme. Wir treffen uns in ihrem Büro.«

»Und wie viel Zeit haben wir noch?«

»Eine halbe Stunde«, sagt Rachel, und wir verstummen.

ZWEIUNDDREISSIG

Rachel fährt auf den Besucherparkplatz des St. Barnabas Medical Center in Livingston, New Jersey. Wir beide setzen medizinische Masken auf. Seit Covid denkt sich niemand mehr etwas dabei, wenn er jemanden mit einer Maske sieht, schon gar nicht in der Nähe eines Krankenhauses. Auch hier ist es wieder eine ziemlich effektive Verkleidung.

Wir gehen zum Haupteingang.

»Wie lange arbeitet Cheryl schon hier?«, frage ich.

»Seit drei Jahren. Die haben hier ein gutes Nierentransplantationsprogramm.«

»Aber Cheryl hat ihre Arbeit im Boston General geliebt.«

»Das hat sie«, stimmt Rachel zu. »Aber nach deiner Verurteilung konnte sie da nicht mehr bleiben. Das Krankenhaus meinte, sie würde sowohl die Patienten als auch das Personal …«, sie malte mit den Fingern Anführungszeichen in die Luft, »… verunsichern.«

Ich starre in den Himmel hinauf.

»Eins noch«, sagt Rachel. »Sie heißt jetzt Dr. Cheryl Dreason.«

Wieder ein Stich. »Sie hat Ronalds Namen angenommen?«

»Das half ihr, anonym zu bleiben.«

»Echt clevere Idee von ihr«, sage ich.

»Meinst du das ernst?«

Ich verziehe das Gesicht.

»Sie hat auch alles verloren.«

Neuer Ehemann, wieder schwanger, immer noch als Transplantationschirurgin tätig, in dem Beruf, den sie liebt – Rachels Worte kommen mir etwas unpassend vor, aber es wäre pedantisch, das jetzt anzumerken.

Wir gehen ins Krankenhaus. Rachel besorgt uns in der Rezeption Besucherausweise. Wir nehmen den Aufzug in den vierten Stock und folgen den Schildern mit der Aufschrift »Nieren- und Pankreastransplantation«. Rachel zieht ihre Maske herunter und winkt der Frau am Empfang zu.

»Hey, Betsy.«

»Hallo, Rachel. Sie erwartet dich in ihrem Büro.«

Rachel lächelt noch einmal, dann zieht sie die Maske wieder hoch. Ich bleibe an ihrer Seite, als wäre das Routine und ich wüsste, wohin ich gehe. Mein Puls beschleunigt sich. Mein Atem wird flacher.

Ich bin nur noch wenige Meter von Cheryl entfernt – meiner Ex, der Mutter meines Sohns, der einzigen Frau, die ich je geliebt habe.

Ich spüre, wie mir die Tränen kommen. Es ist eine Sache, an diesen Moment zu denken oder sich ihn vorzustellen. Aber jetzt, wo ich so kurz davor bin …

Rachel bleibt wie angewurzelt stehen. »Scheiße.«

Polizei, denke ich in der Millisekunde, bevor ich sehe, dass sie keinen Polizisten meint. Sie meint Ronald Dreason, Cheryls neuen Ehemann. Ich kenne Ronald natürlich. Er war Verwaltungsangestellter im Boston General, der sich immer um Cheryl »gekümmert« hat. Sie wissen, was ich meine. Er wollte einfach nur ihr »Freund« sein, und es war für mich wie auch für alle anderen, einschließlich Ronalds Frau, von der er, um halbwegs fair zu bleiben, damals schon getrennt lebte, offensichtlich, dass das Blödsinn war. Natürlich war ich nicht glücklich über die ständigen »dienstlichen« SMS, auch das aus offensichtlichen Gründen. Cheryl hat nur darüber gelacht.

»Okay, ja, wahrscheinlich ist Ronald ein bisschen verknallt in mich«, hatte sie gesagt. »Aber das ist doch harmlos.«

Harmlos, ätze ich jetzt und spreche es fast laut aus.

Ronald sieht zuerst Rachel an. Er lächelt. Cheryl und Rachel stehen sich nahe, und ich gehe davon aus, dass Rachel regelmäßig zu Besuch kommt. Dieses Treffen ist zwar nicht alltäglich, aber gewiss nichts Ungewöhnliches oder Überraschendes. Ich senke den Kopf und drehe mich ein wenig nach rechts. Meine Maske habe ich hochgezogen. Ich werde langsamer und wende mich nach hinten, als würde ich nicht zu Rachel gehören. Rachel zögert keinen Moment. Sie geht direkt auf Roland zu, ergreift seinen Arm und sagt ein wenig zu fröhlich: »Hey, Ronald.«

Ronald gibt ihr einen Wangenkuss.

Der Kuss wirkt steif, wie eigentlich alles an Ronald. Ich unterbreche diesen Gedankengang sofort, will ihn nicht weiterverfolgen. Ich gehe wieder auf die beiden zu, halte mich dicht an der Wand, der ich auch das Gesicht zuwende. So gehe ich zügig an ihnen vorbei, ohne einen Blick in seine Richtung zu werfen.

Als ich neben ihm bin, schließe ich die Augen.

Okay.

Rachel versucht, ihn von uns wegzuführen, aber er bleibt bei ihr stehen.

»Ich hätte nicht erwartet, dich hier zu sehen«, sagt Ronald zu ihr. »Hast du das von Davids Flucht gehört?«

Ich verschwinde mit schnellen Schritten und stoße auf drei unbeschriftete Türen. Hinter einer von ihnen befindet sich meine Frau – Entschuldigung: Ex-Frau. Die Zeit läuft. Ich ergreife den Knauf der ersten Tür, drehe ihn, trete ein.

Und da ist sie.

Cheryl hat gerade etwas in eine Art Tablet getippt. Sie blickt auf. Mein Kopf ist rasiert und ich trage noch die Maske, das ändert aber nichts. Sie erkennt mich sofort. Einen Moment lang bewegen wir beide uns nicht. Wir starren uns nur an. Ich weiß nicht recht, was ich fühle, oder, um genauer zu sein, was ich nicht fühle. Ich fühle alles und noch mehr. Sämtliche Gefühle durchströmen meine erschöpften Adern. Es ist überwältigend.

Für sie auch.

Cheryl und ich haben uns in der Highschool verliebt. Wir sind miteinander ausgegangen, haben uns verlobt, geheiratet und dann zusammen den süßesten kleinen Jungen zur Welt gebracht.

Ein seltsamer Gedanke schießt mir durch den Kopf: Ronald könnte reinkommen. Vielleicht auch ein Kollege oder eine Krankenschwester. Ich drehe mich um und schließe die Tür ab. Das ist es also. Das ist das Erste, was ich tue, als ich Cheryl nach so langer Zeit sehe. Ich drehe mich wieder zu ihr um, weiß nicht recht, was ich erwarte, wie sie reagieren wird, aber Cheryl ist schon aufgesprungen und rennt um den Schreibtisch herum. Als sie bei mir ist, zögert sie keinen Moment, nicht den Bruchteil einer Sekunde, nimmt mich in die Arme und zieht mich an sich. Ich breche fast zusammen, und sie, ich schwöre es, stützt mich.

»David«, sagt Cheryl leise und so zärtlich, dass es mir fast das Herz aus der Brust reißt und in kleine Stücke zerfetzt.

Ich halte sie. Sie weint. Ich weine. Ich kann nicht anders. Es geht einfach nicht. Ich habe Abertausende Fragen, aber ich bin aus einem bestimmten Grund hier, und das ist er nicht. Vielleicht bin ich etwas zu heftig, als ich ihre Arme nehme und sie von mir wegziehe.

Für eine Vorrede ist keine Zeit.

»Matthew lebt womöglich noch«, sage ich.

Sie schließt die Augen. »David.«

»Bitte hör mir zu.«

Ihre Augen sind immer noch fest geschlossen. »Niemand wünscht sich mehr als ich, dass das wahr ist.«

»Du hast das Foto gesehen?«

»Es ist nicht Matthew, David.«

»Wie kannst du dir da sicher sein?«

Tränen fließen ihre Wangen herab. Sie hebt die Hände und legt sie um mein Gesicht. Einen Moment lang fürchte ich, dass ich noch einmal zusammensacke und nie wieder aufstehe. »Weil Matthew tot ist«, sagt sie fast zu leise. »Wir haben unseren kleinen Jungen beerdigt. Wir haben nebeneinandergestanden, die Hände gehalten und zugesehen, wie sie den winzigen weißen Sarg in die Erde hinabgelassen haben.«

Ich schüttele den Kopf. »Ich habe ihn nicht umgebracht, Cheryl.«

»Ich würde mir so sehr wünschen, dass es wahr wäre.«

Die Worte verletzen mich mehr, als ich es mir hätte vorstellen können. Sie blickt zu Boden. Schmerz frisst sich in ihr Gesicht. Ich will es nicht ansprechen, weder jetzt noch sonst irgendwann, aber ich kann nicht anders.

»Warum hast du den Glauben in mich verloren, Cheryl?«

Ich höre das jämmerliche Winseln in meiner Stimme und hasse mich dafür.

»Das habe ich nicht«, sagt sie. »Niemals.«

»Wie kannst du dann denken, dass ich es getan hätte?«

»Ich habe dir nie die Schuld daran gegeben. Eigentlich nicht.«

Ich öffne den Mund, will noch einmal fragen, warum sie den Glauben an mich verloren hat, verkneife es mir aber.

Dies ist einfach nicht der richtige Zeitpunkt dafür. Konzentrier dich.

»Er lebt«, sage ich etwas entschlossener, und dann: »Es spielt keine Rolle, ob du mir glaubst oder nicht. Ich muss dich etwas fragen. Dann lasse ich dich zufrieden.«

Das Mitleid in ihrem Gesicht ist grausam. »Was ist, David? Was willst du von mir?«

»Dein Aufenthalt im Berg Reproductive Institute«, sage ich.

Aus dem Mitleid wird Verwirrung. »Wovon sprichst du?«

»Von der Fruchtbarkeitsklinik, in der du warst.«

»Was ist damit?«

»Es hat irgendetwas mit dem zu tun, was Matthew passiert ist.«

Sie weicht einen Schritt zurück. »Was ... nein, hat es nicht.«

»Das Foto, das Rachel dir gezeigt hat? Es wurde bei einer Firmenveranstaltung aufgenommen. Für Berg Reproductive. Es gibt da einen Zusammenhang.«

Cheryl schüttelt den Kopf. »Nein.«

Ich sage nichts.

»Wie kannst du so etwas denken?«

»Erzähl es mir einfach, Cheryl.«

»Du weißt doch alles.«

»Du hast mir nicht gesagt, dass du dich als Rachel ausgegeben hast.«

»Hat sie dir das gesagt?«

Ich spare mir die Antwort.

»Ich versteh das nicht.« Wieder kneift Cheryl die Augen zusammen, als würde sie sich alles wegwünschen. »Was spielt das jetzt noch für eine Rolle?« Ihre Stimme klingt eher flehentlich als fragend. Der Schmerz wird immer größer, droht sie zu überwältigen. Ich möchte sie irgendwie trösten, selbst jetzt, nach all dem, aber es ist vollkommen ausgeschlossen, dass ich das tun werde. »Ich hätte niemals in diese Klinik gehen dürfen.«

Ich sage nichts.

»Es ist alles meine Schuld«, sagt sie.

Der Klang ihrer Stimme gefällt mir nicht, er scheint die Raumtemperatur um zehn Grad abzusenken.

»Was meinst du damit?«, frage ich.

»Ich hab dich hintergangen, hab das heimlich gemacht. Es tut mir so leid.«

»Ich weiß. Aber das spielt keine Rolle mehr.«

»Ich hätte dir das nicht antun dürfen.«

Ich zucke fast zusammen. »Cheryl.«

»Wir hatten uns auseinandergelebt. Warum, David?« Sie legt den Kopf schräg, so wie sie es immer getan hat, und für einen Moment sind wir wieder mit einem Kaffee und den Büchern bei uns im Garten, der goldgelb in der Morgensonne glänzt, und sie neigt den Kopf, um mir eine Frage zu stellen. »Wir waren nicht das erste Paar, das den Stress der Unfruchtbarkeit durchgemacht hat.«

»Nein, das waren wir nicht.«

»Warum haben wir uns dann auseinandergelebt?«

»Keine Ahnung«, sage ich.

»Vielleicht gab es vorher schon Risse.«

»Vielleicht.« Ich will das alles nicht hören. »Es spielt keine Rolle mehr.«

»Aber es war ein schrecklicher Betrug.«

Ich sage nichts, weil ich davon ausgehe, dass ich nicht sprechen kann.

»Und deshalb …«, ihre Stimme überschlägt sich, »… wegen dem, was ich dir angetan habe, und unserem Sohn …«

Dann fängt Cheryl an zu weinen.

Ich kenne meine Ex-Frau natürlich schon sehr lange. Ich habe praktisch jede erdenkliche Emotion bei ihr erlebt. Natürlich habe ich sie auch schon weinen sehen. Aber nicht so. Nicht einmal, als Matthew starb. Cheryl konnte nie richtig loslassen. Nicht komplett. Selbst beim Sex oder wenn sie unseren Sohn knuddelte, ließ sie sich nicht richtig gehen. Man spürte die Zurückhaltung, die Distanziertheit. Das mag jetzt nach Kritik klingen, ist es aber nicht. Sie hat einfach nie vollständig die Kontrolle verloren.

Bis zu diesem Moment.

Ich will etwas tun. Ich will sie in den Arm nehmen oder ihr zumindest eine Schulter zum Weinen anbieten. Aber ich spüre auch, wie mir plötzlich ein Schauer den Rücken hinabläuft.

»Was ist los, Cheryl?«

Sie schluchzt weiter.

»Cheryl?«

»Ich habe es durchgezogen.«

Einfach so. Ich erstarre. Ich weiß, was sie meint, aber ich frage trotzdem: »Was durchgezogen?«

Sie antwortet nicht. »Du hast es gewusst.«

Ich schüttele den Kopf.

»Doch, du hast es gewusst«, wiederholt sie. »Die Wut, die Verbitterung, der Stress.«

Ich schüttele immer noch den Kopf.

»Du hast wieder mit dem Schlafwandeln angefangen.«

»Nein.«

»Das hast du, David. Wegen dem, was ich getan habe. Du bist wütend geworden. Du hast die Fassung verloren. Ich hätte es merken müssen. Es war meine Schuld. Und dann eines Tages, ich weiß nicht, vielleicht hattest du zu viel getrunken. Oder die Anspannung war zu groß geworden.«

Ich schüttele weiterhin den Kopf. »Nein.«

»David, hör mir zu.«

»Du glaubst, dass ich unseren Sohn umgebracht habe?«

»Nein«, sagt sie. »Ich glaube, dass *ich* ihn umgebracht habe. Weil du mit meinem Betrug nicht klargekommen bist.«

Ich kann kaum noch atmen.

»Ich war mir sicher, dass die Befruchtung nicht funktioniert hatte und dass Matthew von dir war, was aber nicht wichtig ist. Ich habe es durchgezogen. Meinen Betrug. Und dadurch hast du dich verändert.«

Ich kämpfe gegen die Benommenheit und das Gefühlschaos an und versuche, mich wieder auf die aktuelle Situation zu konzentrieren. »Du hast versucht, mit Spendersamen schwanger zu werden.«

»Ja.«

»Du hast mir erzählt, dass du das nicht getan hättest.«

»Ich weiß. Ich habe gelogen.«

Ich weiß nicht, was ich darauf sagen soll. »Und dann dachtest du …?«

Jetzt begreife ich es – wie das Ganze ihrer Ansicht nach abgelaufen ist: Ich habe herausbekommen, dass sie Spendersamen benutzt hat – und dann bin ich durchgedreht. Ich habe gedacht, Matthew wäre nicht von mir. Die Wut, die Verbitterung, der Stress.

Und das Schlafwandeln. Sie glaubt, ich hätte es nicht absichtlich getan, aber irgendwie hätte sich meine unterdrückte Wut manifestiert. Außerdem hätte ich zu viel getrunken, eine schlechte Mischung aus Antidepressiva und Alkohol zu mir genommen, oder ein altes Trauma aus der Vergangenheit hätte meine angeschlagene Psyche vollends aus dem Gleichgewicht gebracht, sodass ich im Schlaf aufgestanden wäre, ohne mir dessen bewusst zu sein, mir einen Baseballschläger geschnappt hätte, in Matthews Zimmer gegangen wäre und …

Das erklärt vieles von dem, was in den letzten Jahren passiert ist. Cheryl gibt sich selbst die Schuld. Schon die ganze Zeit. Sie hat nicht nur ihren Sohn verloren. Sie glaubt, dass ich ihn getötet habe – und, was noch schlimmer ist, sie glaubt, dass sie dafür verantwortlich ist.

»Cheryl, hör mir zu.«

Wieder bricht sie in Tränen aus. Ihre Knie geben nach. Das darf ich nicht zulassen. Was auch immer geschieht, ich kann sie nicht einfach so fallen lassen. Ich eile zu ihr, worauf sie sich an mein Hemd klammert und schluchzt. »Es tut mir so leid, David.«

Das muss ich mir nicht anhören. Ich *will* es nicht hören. Konzentrier dich auf das Ziel, sage ich mir. »Das spielt alles keine Rolle mehr.«

»David …«

»Bitte«, sage ich. »Sieh dir bitte das Bild an.«

»Ich kann das nicht«, sagt sie.

»Cheryl.«

»Ich darf mir keine Hoffnung machen. Wenn ich das tue, werde ich daran zerbrechen.«

Ich weiß nicht, was ich darauf erwidern soll.

»Ich würde es so gerne glauben, David, aber wenn ich mich darauf einlasse …« Sie hält inne, schüttelt den Kopf. »Ich bin wieder schwanger.«

»Ich weiß«, sage ich.

In diesem Moment höre ich einen Schlüssel im Türschloss klappern. Eine Sekunde später wird sie geöffnet.

Es ist Ronald.

Er braucht ein paar Sekunden, um mich zu erkennen. Doch dann weiten sich seine Augen.

»Was zum Henker ist hier los?«

Ich habe keine Zeit für so etwas. Ich drehe den Kopf und sehe Cheryl an.

»Verschwinde«, sagt Cheryl zu mir und wischt sich über die Augen. »Er wird nichts sagen.«

Ich eile zur Tür. Einen Moment lang erwarte ich, dass Ronald mir den Weg versperrt. Aber das tut er nicht. Er tritt zur Seite. Ich will so etwas sagen wie »Behandel sie bloß gut« oder sogar »Ich freue mich für euch«, aber so selbstlos bin ich nicht, außerdem war das genug Melodramatik für einen Nachmittag.

Ich nicke ihm nur kurz zu und mache mich auf den Weg.

DREIUNDDREISSIG

Max sah Lauren Fords Büronummer im Display. Bevor er den Anruf entgegennahm, blickte er sich um, er wollte sichergehen, dass er allein im Raum war. Sarah hätte das nicht gefallen. Lauren hatte es auf den Punkt gebracht, ihre Aufgabe bestand darin, David Burroughs zu fassen, nicht ihn zu entlasten. Nein, Sarah würde das nicht gutheißen.

»Hallo?«

»Ich hab was«, sagte Lauren.

»Ist Burroughs der Vater?«

»Das weiß ich noch nicht. Ob Sie es glauben oder nicht, es hat eine Weile gedauert, bis ich in die Datenbank mit den Häftlingen gekommen bin. Aber ich habe die DNA des Opfers durch die Datenbanken für vermisste Kinder laufen lassen.«

»Und?«

»Er taucht nicht auf.«

»Es war auch ziemlich weit hergeholt.«

»Nein, Max – darf ich Sie Max nennen?«

»Klar.«

»Nein, Max, es ist nicht weit hergeholt. Die Datenbanken für vermisste Kinder sind ziemlich vollständig. Wenn ein Kind vermisst wird, versucht man in praktisch allen Fällen irgendwie an DNA zu kommen. Nicht immer. Aber fast immer. Und das ist noch nicht alles.«

»Was ist nicht alles?«

»Ich habe die Beschreibung durch sämtliche Datenbanken für vermisste Kinder laufen lassen. Nicht nur durch die Seiten, die auch DNA-Daten enthalten. Durch alle Datenbanken-Seiten für vermisste Kinder. Ich habe das Alter, die Größe und den ganzen sonstigen Kram eingegeben. Und um sicherzugehen, dass ich nichts übersehe, habe ich die Suche auf das ganze Land ausgedehnt. Die gesamten Vereinigten Staaten. Ich habe meine besten Leute darauf angesetzt. Denn, na ja, wenn das Opfer nicht Matthew Burroughs ist – Gott, es klingt schon verrückt, das nur zu sagen –, aber wenn Matthew nicht das Opfer ist, dann wurde in dieser Nacht ein anderer kleiner Junge brutal ermordet.«

»Okay«, sagte Max. »Und?«

»Und nichts. Keine Übereinstimmungen. Null. Nicht einmal ansatzweise.«

Unruhe erfasste Max' ganzen Körper.

»Haben Sie gehört, was ich gesagt habe, Max?«

»Das habe ich.«

»Es gibt keinen anderen. Der Junge im Bett muss Matthew Burroughs gewesen sein.«

Max knabberte an einem Fingernagel. »Haben Sie sonst noch was?«

»Was meinen Sie damit? Ob ich noch etwas habe? Hören Sie mir überhaupt zu?«

»Ja.«

»Verdammt«, sagte Lauren. »Ich soll den Vaterschaftstest immer noch machen.«

»Ja, sollen Sie.«

»Ich muss aber nicht«, sagte Lauren.

»Ich weiß.«

»Verdammt. Also gut. Aber danach lassen wir es gut sein. Abgemacht?«

»Abgemacht.«

»Das Ergebnis müsste bald da sein.«

Lauren legte auf.

Von hinten fragte Sarah: »Wer war das, Max?«

»Ein anderer Fall«, murmelte er. »Was gibt's Neues?«

»Welcher andere Fall?«

Max wusste, dass sie die Sache nicht auf sich beruhen lassen würde. »Es war ein Kerl, okay?«

»Ein Kerl?«

»Ich habe ihn über eine Dating-App kennengelernt. Ganz frisch. Ich wollte noch nichts sagen.«

»Das freut mich für dich«, sagte Sarah.

»Danke.«

»Außerdem kauf ich dir das nicht ab. Aber das können wir später klären. Lass uns gehen.«

»Warum, was ist los?«

»Burroughs hat gerade eben das St. Barnabas Hospital in New Jersey verlassen. Da arbeitet seine Ex-Frau.«

***

»Ich wollte einfach nur einen ganz normalen Tag erleben«, sagte Hayden. »Ist das zu viel verlangt? Und du hättest ihn sehen müssen, Pixie. Er war einfach ein Junge in einem Vergnügungspark. Ich glaub, ich hab Theo noch nie so glücklich gesehen. Es war alles so wunderbar …« Hayden sah zur Decke, als suchte er nach dem richtigen Wort, entschied sich dann aber wieder für »… normal.«

Normal, dachte Gertrude. Nichts in dieser Familie oder ihrem Leben war normal. Niemand wollte normal sein. Eigentlich nicht. Sie erinnerte sich daran, wie sie vor Urzeiten mit Haydens Vater und seinen Geschwistern nach Disneyland gefahren war. Sie hatten einen Haufen Geld dafür bezahlt, damit der Park früher für sie öffnete. Die Paynes hatten zwei Stunden allein im Vergnügungspark verbracht, während er für die »normalen« Menschen noch geschlossen war. Und als er dann nach zwei Stunden für alle geöffnet wurde, hatte ein Senior Vice President sie übers Gelände geführt und sie in jeder Schlange ganz vorne platziert.

An diesem Tag jedenfalls wollte niemand »normal« sein, der zwei Stunden an der Space Mountain anstehen musste.

»Ich wünschte, du hättest mir gesagt, dass du ihn mitnehmen willst.«

»Dann hättest du es verhindert«, erwiderte Hayden.

»Und jetzt weißt du auch, warum.«

»Ich war so vorsichtig. Ich habe eine Baseballkappe und eine Sonnenbrille getragen. Ich habe niemandem erzählt, dass ich komme und ihn von allen Firmenfotografen ferngehalten. Und ganz ehrlich, Pixie, wie groß ist die Wahrscheinlichkeit? Er war noch ein kleiner Junge, als ich ihn gerettet habe. Selbst wenn man ihm direkt ins Gesicht sieht, erkennt man ihn nicht. Und er wird ja auch nicht vermisst. Die Welt hält ihn für tot.«

Gertrude dachte an jene Nacht vor fünf Jahren. Auch damals hatte Hayden nicht vorher mit ihr gesprochen. Er hatte ihr nichts davon gesagt, weil er wusste, dass sie es niemals zugelassen hätte. Es wurde schon hell, als er mit dem kleinen Jungen hier auf dem Payne-Anwesen ankam.

»Pixie, ich muss dir etwas erzählen ...«

Es war erstaunlich, was der menschliche Verstand alles rechtfertigen konnte. Wir alle lebten mit diesen Rechtfertigungen und Rationalisierungen. Und auch Pixie war keinesfalls dagegen gefeit. Moral ist subjektiv. Sie hätte in dieser Nacht »das Richtige« tun können, aber wir taten eben nur das Richtige, wenn es uns nichts kostete. So wie mit der These, dass man Tiere essen musste, um sie zu schützen. Eine Theorie besagte, dass Hühner aussterben könnten, wenn wir sie nicht aßen. Es wäre also schlecht für die Hühner, wenn sie von unserem Speiseplan verschwänden. Eine vegane Freundin hatte diese These für Unsinn erklärt, aber darum ging es nicht. Natürlich wurden Millionen Hühner nur deswegen gezüchtet und erhielten damit ein zugegebenermaßen kurzes und oft erbärmliches Leben, weil wir sie irgendwann verspeisen wollten. War dieses Leben besser als gar keins? War es für das Huhn besser, sechs Wochen zu leben, als gar nicht zu existieren? Wer waren wir, dass wir diese Entscheidung für das Huhn trafen? War es besser, ganz auf den Verzehr von Hühnern zu verzichten und sie aussterben zu lassen? Taten wir womöglich etwas Gutes, indem wir Hühner aßen? Und so weiter und so fort.

Es ging nicht darum, ob eine Seite recht oder unrecht hatte. Der Punkt war, dass man dieses Argument vorbrachte, wenn man Huhn essen wollte, selbst wenn einem die Tiere oder das Überleben der Art völlig egal war. Denn, tja, man wollte halt sein Hühnchen essen.

In der Familie gilt das natürlich zehnmal mehr. Die Familie ist wichtig. Ihre Familie, meine ich. Ganz egal ob reich, arm, früher oder heute – das ist eine Konstante. Wir alle wissen das. Wenn man das leugnet, verkennt man entweder die Situation, oder man lügt. Natürlich legen wir Lippenbekenntnisse für ein unbestimmtes höheres Gut ab, aber nur, wenn es unseren Interessen dient. Eigentlich interessieren wir uns nicht für andere, es sei denn, es kommt uns gelegen. Sie glauben das nicht? Dann stellen Sie sich folgende Frage: Wie viele Leben würden Sie opfern, um Ihr Kind oder Enkelkind vor dem Tod zu bewahren?

Eins? Fünf? Zehn?

Eine Million?

Wenn Sie eine ehrliche Antwort darauf geben, können Sie vielleicht verstehen, was Gertrude an diesem Tag getan hatte.

Sie hatte sich für Hayden entschieden. Sie hatte sich für ihre Familie entschieden. Wir alle kennen den Spruch, dass man Eier zerschlagen muss, um ein Omelett zu machen. Das stimmte natürlich, aber in den meisten Fällen – wie auch in diesem – waren die Eier bereits zerbrochen, sodass sich nur noch die Frage stellte, ob man ein Omelett machte oder eine Riesensauerei.

»Und dennoch«, sagte Pixie und breitete die Arme aus, »sitzen wir jetzt hier. Du musst hier weg, Hayden. Ihr beide müsst hier weg.«

Hayden wandte den Blick ab. »Der rote Fleck«, sagte er leise.

Gertrude schloss die Augen. Sie wollte das nicht noch einmal hören.

»Es gibt einen Grund dafür, dass Gott ihm diesen Fleck ins Gesicht gemalt hat.«

»Es ist ein Muttermal, Hayden.«

»Daran haben sie ihn erkannt. Es gibt einen Grund.«

Sie wusste, dass das nicht stimmte. Es war weder Schicksal noch Gottes Wille oder sonst irgendetwas in der Art. Stellen Sie sich eine Straßenkreuzung vor. Unendlich viele Menschen überqueren diese Kreuzung jedes Jahr. Nichts passiert. Dann, eines Tages, kommen ein paar Dinge zusammen – vielleicht ist die Straße vereist, ein Autofahrer schreibt eine SMS oder er hat zu viel getrunken, was auch immer –, ein Fußgänger wird angefahren und getötet. Die Wahrscheinlichkeit liegt bei eins zu zehn Millionen, aber es ist kein Zufall. So etwas passiert. Wenn es nicht passiert, gibt es nichts zu erzählen.

Dieses Foto war das eine unter zehn Millionen.

Oder vielleicht hatte Hayden recht. Vielleicht wollte eine höhere Instanz, dass das passierte.

»Ganz egal wie«, sagte Gertrude, »es wird Zeit, dass ihr beide geht.«

»Es wird Verdacht erregen«, sagte Hayden. »Rachel bittet mich um die Fotos vom Vergnügungspark, und ich verlasse plötzlich das Land.«

»Pixie, ich muss dir etwas erzählen …«

Er hatte an diesem Abend wie ein kleiner Junge geklungen, aber klangen Männer nicht immer so, wenn sie in Schwierigkeiten waren und gerettet werden mussten? Also hatte sie ihn gerettet. Sie hatte die Familie gerettet. Sie hatte sie alle gerettet. Wieder einmal.

Und hatte sie auch Theo gerettet?

Das spielte keine Rolle. Sie würde dieses Geheimnis bewahren. Wieder einmal.

Sie hatte aber auch ein neues Geheimnis erschaffen, eines, das den Jungen betraf, eines, das niemand kannte, nicht einmal Hayden.

Aber das spielte jetzt keine Rolle mehr. Nichts von alledem. Wieder einmal war es an Gertrude Payne, die Familie zu retten. Und das würde sie tun, koste es, was es wolle.

***

Max und Sarah betraten gerade das St. Barnabas Medical Center, um Cheryl Burroughs zu vernehmen, als Max' Handy klingelte. Ein kurzer Blick verriet ihm, dass Lauren Ford anrief.

»Einen Moment«, sagte er zu Sarah.

Er entfernte sich so weit, dass sie es nicht hören konnte. Sarah behielt ihn jedoch im Auge. Er hielt das Handy ans Ohr und sagte: »Was gibt's?«

»Ich hab das Ergebnis des Vaterschaftstests«, sagte Lauren. Sie sagte es ihm. Dann fragte sie: »Können Sie mir bitte mal erklären, was zum Teufel hier los ist?«

»Vielleicht hat das nichts zu bedeuten. Geben Sie mir eine Stunde.«

Er beendete das Telefonat und ging zurück zu Sarah.

»Wer war das?«, fragte sie.

»Äh, mein neuer Typ.«

»Schon wieder? Scheint ein bisschen notgeil zu sein.«

»Sarah.«

»Habt ihr euch im Ferienlager kennengelernt? Lebt er in Kanada?«

»Was?«

»Wer hat angerufen, Max?«

»Das wirst du gleich erfahren.«

»Was soll das denn heißen?«

»Wo ist Burroughs Ex-Frau?«

»In ihrem Büro.«

»Dann lass uns gehen.«

»Ihr neuer Mann ist auch da«, sagte Sarah. »Ronald Dreason.«

Max überlegte. »Sollen wir getrennt kämpfen und gemeinsam siegen?«

»Nein, Max. Ich finde, in dieser Angelegenheit müssen wir zusammenstehen. Ich lasse ihn in einem anderen Raum schmoren.«

Er widersprach nicht. Sie gingen den Flur entlang und betraten Cheryl Burroughs Büro. Cheryl Burroughs begrüßte sie professionell, als wären sie Patienten. Sie setzte sich hinter ihren Schreibtisch. Sarah und Max nahmen auf den beiden Stühlen davor Platz. Das Büro war sparsam eingerichtet. Max ließ den Blick über die Wände streifen, entdeckte aber weder Diplome noch sonstige Auszeichnungen.

Sarah überließ Max die Gesprächsführung. Max kam direkt auf den Punkt.

»Was hat Ihr Ex-Mann zu Ihnen gesagt?«

»Nichts.«

Wie bei Hilde Winslow. Max rutschte auf dem Stuhl nach vorne. »Er ist doch hergekommen, um mit Ihnen zu sprechen, oder?«

»Ich habe keine Ahnung, was er hier wollte«, sagte sie.

»Sie haben sich nicht unterhalten?«

»Er ist wieder rausgerannt, bevor er wirklich etwas sagen konnte.«

Sarah und Max sahen sich an. Sarah seufzte und übernahm: »Wir haben die Aufzeichnungen der Überwachungskameras, Dr. Burroughs.«

»Ich heiße jetzt Dreason«, sagte sie.

Sarah hatte schlechte Laune. »Ja, meinetwegen. Ihr Ex-Mann, der entflohene Häftling, der Ihren Sohn ermordet hat, war acht Minuten lang in diesem Büro, bevor Ihr jetziger Mann es betrat. Wollen Sie uns erzählen, dass er die ganze Zeit nichts gesagt hat?«

Cheryl ließ sich Zeit. Sie drehte sich um und sah aus dem Fenster. Da sah Max, dass ihre Augen noch leicht gerötet waren. Zweifelsohne hatte sie geweint. »Ich muss doch nicht mit Ihnen reden, oder?«

Sarah und Max sahen sich an.

»Wieso sollten Sie nicht mit uns reden wollen?«, fragte Sarah.

»Meine Patienten warten. Ich möchte, dass Sie gehen.«

Max fand, dass es an der Zeit war, die Bombe platzen zu lassen.

»Ihr Ex-Mann«, begann er, »ist nicht Matthews Vater, oder?«

Beide Frauen starrten ihn fassungslos an.

»Wovon sprechen Sie?«, fragte Cheryl.

In Sarahs Gesicht stand die gleiche Frage.

Cheryl sagte: »Natürlich ist David Matthews Vater.«

»Sind Sie sicher?«

»Worauf wollen Sie hinaus, Agent Bernstein?«

Sarah sah ihn an, als wollte sie sagen: Das würde ich auch gern wissen.

»Als Matthew ermordet wurde«, fuhr Max fort, »kannten Sie Ihren jetzigen Ehemann, Ronald Dreason, bereits. Das stimmt doch, oder?«

»Wir waren Kollegen.«

»Sie haben nicht miteinander geschlafen?«

Cheryl schluckte den Köder nicht. Sie erwiderte ganz ruhig: »Nein.«

»Sind Sie sicher?«

»Sehr«, sagte Cheryl. »Worauf wollen Sie hinaus, Special Agent? Bitte kommen Sie zur Sache.«

»Ich war bei der Staatsanwaltschaft, die den Mord an Ihrem Sohn bearbeitet hat. Sie hatte Matthews DNA noch vorliegen.«

Er sah, dass sich etwas in Cheryls Gesicht veränderte.

»Die DNA Ihres Ex-Mannes liegt ebenfalls vor. Bei allen verurteilten Straftätern wird eine Probe genommen. Also habe ich einen Vaterschaftstest angefordert.«

Cheryl Dreason schüttelte den Kopf.

»Der Test hat gezeigt, dass David Burroughs, der Mann,

der wegen Mordes an Matthew Burroughs verurteilt wurde, nicht der Vater des Jungen ist, dessen Leiche im Bett gefunden wurde.«

Sarahs Augen weiteten sich vor Überraschung. »Max?«

Cheryls Stimme war kaum noch ein Flüstern. »O mein Gott ...«

Max richtete seinen Blick auf Cheryl. »Dr. Dreason?«

Sie schüttelte nur den Kopf. »David war Matthews Vater.«

»Das Ergebnis der Staatsanwaltschaft ist eindeutig.«

»O mein Gott.« Tränen stiegen ihr in die Augen. »Dann hat David recht.«

»Womit?«

»Matthew ist noch am Leben.«

Als Rachel auf den Parkplatz eines PGA-Golf-Ladens am Rande des Garden State Parkway einbiegt, habe ich es endlich geschafft, auf mein altes E-Mail-Konto zuzugreifen. Es geht um eine acht Jahre alte E-Mail. Die Suchfunktion hilft mir, sie zu finden. Ich lese sie, um mich zu vergewissern. Dann lese ich sie noch einmal.

»David?«

Der Parkplatz des Golf-Ladens ist riesig, viel zu groß für den Laden, und ich frage mich, was hier noch alles gebaut werden soll. Ganz hinten am Waldrand parkt ein einzelnes Auto, ein Toyota Highlander. Zwischen ein paar Bäumen hindurch sehe ich einen Golfplatz. Gute Lage, denke ich.

»Wie ist es bei Cheryl gelaufen?«, fragt Rachel.

»Sie hat die Sache mit der Samenspende durchgezogen.«

Schweigen.

»Hast du das gewusst?«, frage ich.

»Nein.« Sie spricht leise. »David, das tut mir leid.«

»Das ändert aber nichts.«

Sie antwortet nicht.

»Auch wenn ich nicht der biologische Vater bin, ist er trotzdem mein Sohn«, sage ich.

»Ich weiß.«

»Und er ist von mir. Nicht, dass es wichtig wäre. Aber ich bin sicher.«

»Ich bin auch sicher«, sagt Rachel, als sie neben dem Toyota Highlander parkt.

Ein Mann mit einer Yankees-Kappe steigt aus dem Highlander.

Rachel sagt zu mir: »Gehen wir.«

Sie lässt den Schlüssel stecken, und wir gehen zum Highlander. Der Mann mit der Yankees-Kappe sagt: »Halten Sie sich beim Rausfahren rechts, nah an den Bäumen. Den Bereich erfassen die Videokameras nicht.«

Wir wechseln das Auto. So einfach ist das. Rachels Anwältin hat es arrangiert. Nachdem wir das Krankenhaus verlassen hatten, wurde uns beiden klar, dass wir uns darauf einstellen müssen, dass Ronald doch die Polizei ruft oder unsere Tarnung irgendwie aufgeflogen ist.

Rachel fährt wieder auf den Highway. Der Mann mit der Yankees-Kappe hat uns neue Wegwerfhandys auf den Autositz gelegt. Wir richten sie so ein, dass die Anrufe unserer alten Handys an diese neuen weitergeleitet werden. In einer wiederverwendbaren Einkaufstüte steckt auch ein Hammer. Bei einem Burger King an der Autobahn steige ich mit unseren alten Wegwerfhandys und dem Hammer aus, gehe zur Toilette, schließe mich in eine Kabine ein, zertrümmere die Handys mit dem Hammer und werfe die Überreste in einen Mülleimer.

Rachel hat unterdessen am Drive-Thru etwas zu essen geholt. Ich konnte Fastfood-Restaurants nie ausstehen. Jetzt ist ein Whopper mit Pommes schon fast so etwas wie eine religiöse Offenbarung. Ich verschlinge ihn.

»Und nun?«, fragt sie.

»Wir haben nur noch zwei Spuren«, sage ich zwischen den Bissen. »Den Vergnügungspark und die Fruchtbarkeitsklinik.«

»Ich habe Hayden gebeten, uns sämtliche Bilder zu besorgen, die die von der Firma beauftragten Fotografen gemacht haben.« Wir halten an einer roten Ampel. Rachel checkt ihr Handy. »Und tatsächlich ...«

»Was ist?«

»Hayden hat sich gemeldet.«

»Hat er die Fotos geschickt?«

Die Ampel wird grün, daher sagt Rachel: »Ich fahr rechts ran und guck mir das an.«

Sie nimmt die Ausfahrt zu einem Starbucks und parkt. Dann fummelt sie am Wegwerfhandy herum. »Sie sind in einer Art Cloud, auf die wir zugreifen müssen. Die Dateien sind zu groß, um sie herunterzuladen.«

»Geht das mit den Handys?«

»Ich glaub, wir brauchen einen Rechner. Ich hab meinen Laptop dabei, weiß aber nicht, ob man den orten kann, wenn ich da reingehe.«

»Das Risiko müssen wir wohl eingehen.«

»Ich hab ein VPN installiert. Vielleicht reicht das.«

Rachel greift in ihre Tasche und zieht einen superdünnen Laptop heraus. Sie schaltet ihn ein und geht auf die entsprechende Seite. Da wir nicht so lange darauf bleiben wollen, sehen wir uns die Fotos nur flüchtig an. Die Leute stehen alle vor diesem Aufsteller mit den Firmenlogos.

»Wie lange sollen wir hierbleiben, um sie durchzugucken?«, fragt sie.

»Ich weiß nicht. Wahrscheinlich ist es besser, wenn du fährst. Vielleicht ist es für sie schwieriger, ein bewegliches Ziel zu orten.«

»Das bezweifle ich zwar, aber okay.«

Ich gehe die Fotos weiter durch. Ich mache das ziemlich schnell, es kommt mir aber trotzdem wie Zeitverschwendung vor. Wenn man mit einem entführten Jungen in einen Vergnügungspark geht, posiert man nicht für den Fotografen. Oder doch? Es ist fünf Jahre her. Er ist gewachsen. Alle halten ihn für tot. Niemand bezweifelt das. Vielleicht würde man es also doch tun. Weil man glaubt, dass genug Zeit vergangen ist. Keiner wird einen Jungen entdecken, den er für tot hält. Und selbst wenn es etwas riskant ist, was soll man tun? Den Jungen für immer in einen Käfig sperren?

Ich blättere weiter in den Fotos herum, obwohl es mir sinnlos vorkommt. Ich fange an, einzelne Bilder zu vergrößern und mir die Leute im Hintergrund genauer anzusehen, weil ich hoffe, dort einen Treffer zu landen. Die Dateien sind so groß, dass ich auf den Aufnahmen so gut wie jedes Detail erkennen kann, wenn ich den Ausschnitt vergrößere. An einer Stelle entdecke ich einen kleinen Jungen, der etwa so alt wie Matthew gewesen sein könnte, aber als ich näher heranzoome, sind die Ähnlichkeiten nur oberflächlich.

Ich höre ein Handy surren. Es ist Rachels Wegwerfhandy. Sie checkt die Nummer, geht ran und winkt mich zu sich, damit ich mithören kann.

»Hallo?«

»Können Sie reden?«

»Ja, Hester.«

Hester Crimstein. Rachels Anwältin.

»Sind Sie allein?«, fragt Hester. »Sagen Sie nur Ja oder Nein. Nennen Sie keine Namen.«

Sie meint natürlich meinen Namen. Für den Fall, dass jemand mithört.

»Ich bin nicht allein«, sagt Rachel. »Aber ich kann reden. Was gibt's?«

»Also, das FBI hat mir gerade einen Besuch abgestattet«,

sagt Hester. »Raten Sie mal, wer jetzt eine Person of Interest für die ist?«

Rachel sieht mich an.

»Sie, Rachel«, sagt Hester. »Sie.«

»Ja, das dachte ich mir schon.«

»Sie haben ein Video von Ihnen aus dem Krankenhaus, in dem Ihre Schwester arbeitet, wie Sie da mit einem mutmaßlichen, entflohenen Sträfling und Ihrer niedlichen neuen Frisur herumlaufen. Die Verkleidung bringt nicht mehr viel. Ich habe dem FBI gesagt, dass Sie nicht die Person auf dem Video sind. Ich habe ihnen auch gesagt, dass das Video eine Fälschung ist. Außerdem habe ich gesagt, dass Sie, falls Sie es dann doch sein sollten, offensichtlich gezwungen werden, das zu tun. Ich habe denen noch so einiges erzählt, kann mich aber nicht mehr an alles erinnern.«

»Hilft mir das irgendwie?«

»Kein Stück. Die werden Sie zur Fahndung ausschreiben. Jeden Moment wird ein Foto von Ihnen mit Ihrer neuen Frisur in den Nachrichten erscheinen. Sie werden berühmt.«

»Wunderbar«, sagt Rachel. »Danke, dass Sie mir Bescheid gesagt haben.«

»Ein letzter Rat noch«, sagt Hester. »Für die Weltöffentlichkeit ist Ihr Schwager ein entlaufener Mörder. Einer der schlimmsten Sorte. Ein Kindermörder. Er hat einem Gefängnisdirektor seine Waffe gestohlen. Er hat einen Polizeibeamten so attackiert, dass er immer noch im Krankenhaus liegt. Verstehen Sie, was ich Ihnen sagen will?«

»Ich glaube schon.«

»Dann will ich es trotzdem noch einmal ganz deutlich machen. David Burroughs gilt als bewaffnet und extrem gefährlich. So wird man ihn auch behandeln. Wenn die Polizei ihn entdeckt, wird sie keinen Augenblick zögern, sondern sofort schießen. Sie sind meine Mandantin, Rachel. Ich will nicht, dass meine Mandanten in eine Schießerei geraten. Tote Mandanten zahlen keine Anwaltsrechnungen.«

Hester legt auf. Ich starre auf den Computerbildschirm und sehe ein Bild von drei Männern Anfang dreißig auf einem Riesenrad. Alle lächeln. Ihre Gesichter sind gerötet, und ich frage mich, ob das von der Sonne oder vom Alkohol kommt.

»Lass mich das alleine machen«, sage ich zu ihr.

Rachel sagt: »Psst.«

Ich lächle. Sie wird nicht auf mich hören, und ich werde nicht darauf bestehen – einfach weil ich sie brauche. Meine Finger werkeln immer noch auf dem Bildschirm herum, zoomen etwas heran, und dann kommt mir ein Gedanke.

»Das Bild von Matthew«, sage ich.

»Was ist damit?«

»Du sagtest, deine Freundin Irene hätte dir einen ganzen Haufen Fotos gezeigt?«

»Das stimmt.«

»Wie viele?«

»Ich weiß es nicht. Sie hatte mindestens zehn bis fünfzehn ausgedruckt.«

»Nachdem du Matthew auf einem entdeckt hattest, hast du sie vermutlich alle angeguckt?«

»Ja, hab ich.«

»Was waren das für Fotos?«

»Was meinst du?«

»Film, digital, Handy ...«

»Ach so. Ihr Mann Tom ist ein Fotofreak. Aber ich weiß es nicht genau. Ich habe Irene gefragt, ob sie noch mehr Fotos hat, sie sagte aber, dass das alles wäre.«

Ich sehe sie an. »Können wir die ziemlich witzige Irene erreichen?«

»Das hab ich noch versucht, kurz bevor ich zu dir nach Briggs gefahren bin, aber sie waren in Aspen bei einer Hochzeit. Ich glaube, sie sind gestern Abend zurückgekommen. Warum?«

»Vielleicht kann sie oder Tom das Bild vergrößern. Oder die anderen Fotos. So wie wir es hier machen. Damit wir uns das genauer ansehen können. Denn wer auch immer mit Matthew dort war, na ja, ich habe den Eindruck, dass sie ihn von den professionellen Fotografen ferngehalten haben. Bisher ist Tom der Einzige, von dem wir wissen, dass er ein Foto von ihm gemacht hat.«

»Du hoffst also, dass wir auf seinen Fotos weitere Hinweise finden.«

»Genau.«

Rachel überlegt. »Ich kann Irene nicht einfach anrufen.«

»Warum nicht?«

»Wenn die Meldung in den Nachrichten erscheint, dass die Polizei nach mir fahndet, und Irene das sieht …«

»Könnte sie Anzeige erstatten«, beende ich ihren Gedankengang.

»Davon würde ich ausgehen. Jedenfalls würde sie mich nicht mit offenen Armen empfangen.«

»Aber vielleicht ist sie ja noch nicht aus Colorado zurück.«

»Das Risiko dürfen wir nicht eingehen, David.«

Sie hat recht. »Wo wohnen die Longleys?«, frage ich.

»In Stamford.«

»Das ist nur gut eine Stunde von hier.«

»Und wie soll das dann laufen, David? Wir fahren hin, ich klingle und sage, dass ich mir die Fotos angucken will?«

»Genau.«

»Dann kann sie immer noch die Polizei rufen.«

»Wenn sie was gehört hat, siehst du es ihr am Gesicht an und wir hauen ab.«

Rachel runzelt die Stirn. »Klingt riskant.«

»Aber das Risiko müssen wir wohl eingehen. Lass uns hinfahren, wir können dann immer noch entscheiden, was wir machen.«

***

Das Waisenhaus in dem kleinen Balkanstaat gab dem Baby den Namen Milo.

Milo war in einer öffentlichen Toilette dem Tod überlassen worden. Niemand wusste, wer seine Eltern waren, also wurde er ins Waisenhaus gebracht. Er sah gesund aus, weinte aber die ganze Zeit. Er hatte Schmerzen. Ein Arzt diagnostizierte bei ihm das Melaine-Syndrom, eine seltene, aber tödliche Erbkrankheit, die durch ein defektes Gen verursacht wird. Diese Kinder erreichen nur selten das sechste Lebensjahr.

Unter normalen Umständen wäre ein Junge wie Milo innerhalb weniger Wochen gestorben. Um es ihm zu ermöglichen, das sechste Lebensjahr zu erreichen und dabei ein halbwegs erträgliches Leben zu führen, wäre ein enormer Geldbetrag erforderlich, und selbst dieses Waisenhaus, eines von vielen, die von einer großzügigen amerikanischen Familie finanziert werden, würde nicht einen so großen Teil seiner begrenzten Mittel für ein Kind einsetzen, das keine Chance hatte. Man müsste außergewöhnliche Maßnahmen ergreifen und hohe Summen aufwenden, um ein Leben zu verlängern, das selbst im besten Fall von Leid und Schmerzen geprägt wäre.

Die meisten Menschen würden wahrscheinlich der Aussage zustimmen, dass es am besten wäre, diesem Jungen einen ruhigen und vielleicht sogar barmherzigen Tod zu ermöglichen.

Aber genau das ist nicht passiert.

Hayden Payne, ein Mitglied der großzügigen amerikanischen Familie, hatte von der Notlage des Jungen gehört. Wie genau der Spross der vermögenden Familie Payne von diesem speziellen Fall erfahren hatte und warum er sich dafür interessierte, wusste niemand, auch wenn es natürlich Gerüchte gab. Die meisten Mitarbeiter wussten jedoch nicht, dass Hayden die Bitte geäußert hatte, ihn zu benachrichtigen, wenn ein Junge dieser Größe und mit diesen körperlichen Merkmalen gefunden wurde. Als Hayden hörte, dass der Junge außerdem todkrank war, wuchs sein Interesse noch. Im Waisenhaus wagte niemand die Frage zu stellen, warum dieser Mann einen Jungen mit einem solchen Profil suchte.

Und warum wagte es niemand? Ganz einfach. Weil die Paynes das Waisenhaus finanzierten.

Und was auch immer sie an Unzulänglichkeiten haben mochten, die Tatsachen ließen sich nicht leugnen: Ohne die Paynes gäbe es kein Waisenhaus, keine geretteten Kinder, keine Jobs.

Für alle jedoch, die Hayden mit dem kleinen Jungen gesehen hatten – und das waren nicht viele –, war Hayden Payne ein Geschenk des Himmels. Er verwöhnte Milo nach Strich und Faden. Das war Hayden extrem wichtig. Er tat alles, was in seiner Macht stand, um sicherzustellen, dass das kurze Leben des kleinen Jungen voller Freude sein würde. Er scheute keine Kosten. Fast jeden Tag unternahm er mit dem Jungen aufregende Abenteuer. Milo war einen Tag lang ein Feuerwehrmann und durfte auf dem großen Feuerwehrwagen mitfahren. An einem anderen Tag war er Polizist und war begeistert, dass er während der Fahrt auf den Knopf für die Sirene drücken durfte. Hayden nahm den Jungen zu Fußballspielen mit, wo er die Spieler in der Umkleidekabine begrüßen und vom Spielfeldrand zusehen durfte. Hayden ging mit Milo zu Pferderennen, Autorennen, Stadtfesten, in Zoos und Aquarien.

Hayden gestaltete Milos kurzes Leben so großartig wie nur möglich.

Er hätte das alles nicht tun müssen, aber es war Hayden wichtig. Hätte Hayden nicht eingegriffen, wäre Milo längst einen qualvollen Tod gestorben. Dank Hayden – dank Haydens Großzügigkeit – verlief die begrenzte Anzahl an Tagen, die der Junge zu leben hatte, glücklich und voller Freude. Hayden ist der Ansicht, dass man ihn für seinen Einsatz loben müsste. Er hätte nicht so vorgehen müssen. Er hätte es auch pragmatischer angehen können. Er hätte ein gesundes Kind auswählen können, das niemand vermisste. Für ihn wäre das einfacher gewesen. Es hätte auch viel besser funktioniert, weil Hayden die Tat schneller hätte ausführen können und kein so großes Risiko eingegangen wäre. Aber nein, Hayden wartete lieber auf den richtigen Augenblick. Er tat das Richtige. Handelte moralisch. Er suchte ein Leben, das ohnehin verloren war, und machte etwas Besonderes daraus, etwas Strahlendes. Uns allen war nur eine begrenzte Zeit auf dieser Erde vergönnt. Jeder von uns wusste das. Milos Zeit war durch Hayden Payne sowohl verlängert als auch ungemein bereichert worden.

Und dann, eines Tages, als die Zeit reif war, als der Junge genau die richtige Größe und das richtige Gewicht hatte, als alles für den Plan vorbereitet war und der kleine Milo trotz der Medikamente wieder zu leiden begann, flog Hayden mit ihm in einem Privatjet in die Vereinigten Staaten. Er fuhr mit ihm zu einem Haus in Massachusetts. Er gab dem Jungen ein leichtes Beruhigungsmittel, eines, das im Blut nicht nachweisbar war, und gerade so viel, dass er nichts spüren würde. Er brachte ihn die Treppe hinauf in das Zimmer des anderen Jungen. Er gab dem anderen Jungen das gleiche Beruhigungsmittel und trug ihn zum Auto. Schon vorher hatte er dafür gesorgt, dass der Whiskey, das Lieblingsgetränk des Vaters, ein etwas stärkeres Beruhigungsmittel enthielt.

Dann zog Hayden Milo den Marvel-Pyjama des anderen Jungen an.

Milo lag schlafend im Bett, als Hayden den Baseballschläger über seinen Kopf hob. Er schloss die Augen und dachte an Professor Tyler und den Rowdy in der achten Klasse und an das Mädchen, das nicht aufhören wollte zu schreien, an all die Male, die er vorher schon zugeschlagen hatte – immer aus gutem Grund. Er kanalisierte seine Wut und öffnete die Augen.

Hayden hoffte und glaubte, dass er Milo mit dem ersten Schlag getötet hatte.

Dann hob er den Schläger erneut. Und wieder. Und noch einmal. Und immer wieder.

Und in dem Moment, als er mit dem Jungen auf dem Payne-Anwesen ankam, als er endlich in Sicherheit war, geriet Hayden Payne seltsamerweise in Panik.

»Pixie, ich muss dir etwas erzählen …«

Was hatte er getan? Nach all der Planung, all den Jahren, die es gedauert hatte, diesen Fehler endlich zu korrigieren, warum plagten ihn plötzlich solche Zweifel? Angenommen, sagte er zu seiner Großmutter, er hätte einen schrecklichen Fehler gemacht. Angenommen, der Junge wäre gar nicht sein Sohn. Könnte er irgendwie die Zeit zurückdrehen und alles wieder in Ordnung bringen?

War es schon zu spät?

Aber wie immer hatte Pixie ruhig, besonnen und rational reagiert. Sie schickte Stephano, um sicherzugehen, dass Hayden keine Fehler gemacht und keine Spuren hinterlassen hatte, die zu den Paynes führen könnten. Und dann, nur um auch die letzten Zweifel zu zerstreuen, ließ sie Hayden einen Vaterschaftstest machen. Es dauerte einen ganzen Tag, bis das Ergebnis vorlag – ein Tag, der Hayden wie eine Ewigkeit vorkam –, aber am Ende verkündete Pixie stolz, der Test hätte bestätigt, dass Hayden das Richtige getan hatte.

Theo – ehemals Matthew – war sein Sohn.

Pixies Stimme holte ihn in die Gegenwart zurück. »Hayden?«

Er räusperte sich. »Ja, Pixie.«

»Du hast ihr die Fotos geschickt«, sagte Gertrude.

»Von zwei der vier Fotografen«, sagte Hayden. »Sie waren weit weg. Außerdem habe ich die Bilder selbst noch einmal durchgesehen.«

»Wie auch immer, ich denke, ihr beiden solltet jetzt gehen.«

»Wir fahren morgen früh«, sagte Hayden.

FÜNFUNDDREISSIG

W ir halten vor Irene und Tom Longleys mehr als groß-
zügigem Haus im Ranch-Stil am Barclay Drive in
North Stamford. Unterwegs hatte ich mir das Haus auf der
Online-Immobilienseite Zillow angesehen. Es steht auf einem etwa 4000 Quadratmeter großen Eckgrundstück und ist
826 000 Dollar wert. Es hat zweieinhalb Badezimmer und
hinten im Garten befindet sich ein Swimmingpool.

Ich liege auf dem Rücksitz und habe eine Decke über mich
gezogen, um nicht gesehen zu werden. Der Barclay Drive ist
eine typische Vorstadtstraße. Ein Mann, der allein im Auto
sitzt, würde hier sofort Aufmerksamkeit erregen.

»Alles okay bei dir?«, fragt Rachel.

»Bestens.«

Rachel nimmt ihr Wegwerfhandy. Sie ruft meins an. Ich
nehme ab. Wir testen kurz die Verbindung, wobei sie spricht
und ich nur zuhöre. So kann ich ihr Gespräch mit Irene,
Tom oder wer auch immer die Tür öffnet, mithören – falls
überhaupt jemand zu Hause ist. Primitiv, aber hoffentlich
effektiv.

»Den Schlüssel lass ich im Wagen«, sagt sie. »Falls was
schiefgeht, hau einfach ab.«

»Alles klar. Ich hab auch die Pistole noch. Wenn du geschnappt wirst, sag den Cops einfach, ich hätte dich dazu gezwungen.«

Sie sieht mich stirnrunzelnd an. »Okay ... vergiss es.«

Ich bleibe liegen und warte. Wir haben keine Kopfhörer, also drücke ich mir das Handy ans Ohr. Es ist seltsam, mich auf dem Rücksitz eines Autos zu verstecken, aber das ist mein kleinstes Problem.

Über das Handy höre ich Rachels Schritte und dann leise das Läuten der Türklingel.

Ein paar Sekunden vergehen. Dann sagt Rachel leise: »Es kommt jemand.«

Die Tür wird geöffnet und eine Frauenstimme sagt: »Rachel?«

»Hey, Irene.«

»Was machst du hier?«

Ihr Ton gefällt mir nicht. Ich bin sofort sicher, dass sie von der Fahndung weiß. Ich frage mich, wie Rachel damit umgeht.

»Also, die Bilder aus dem Vergnügungspark, die du mir gezeigt hast?«

Irene ist verwirrt: »Was?«

»Waren das Digitalfotos?«

»Ja. Moment, bist du deshalb hier?«

»Ich hab eins davon mit meiner Handykamera abfotografiert.«

»Ja, das habe ich mitgekriegt.«

»Ich frage mich, ob ich mir die anderen noch mal ansehen kann. Oder ob du mir die Dateien kopieren kannst.«

Stille. Eine Stille, die mir nicht gefällt.

»Pass auf«, sagt Irene, »warte einfach kurz, ich bin gleich wieder da.«

Ich weiß, dass das, was ich vorhabe, dumm ist, aber wieder folge ich meinem Instinkt. Instinkt ist überbewertet. Auf sein Bauchgefühl zu hören, ist ein Zeichen für Faulheit. Es ist eine Ausrede dafür, nicht nachzudenken, zu planen oder irgendwelche anderen Anstrengungen zu unternehmen, die für einen ordentlichen Entscheidungsfindungsprozess erforderlich sind.

Aber dafür habe ich keine Zeit.

Als ich aus dem Auto springe, habe ich die Waffe bereits in der Hand.

Ich renne zur Eingangstür. Selbst aus dieser Entfernung sehe ich, wie sich Irenes Augen vor Überraschung weiten. Sie erstarrt. Das ist gut. Ich habe befürchtet, dass sie ins Haus springt und die Tür zuschlägt. Aber jetzt habe ich auch die Waffe erhoben und richte sie auf sie.

Rachel sagt: »David?«, für ein *Was zum Teufel soll das?* bleibt ihr aber keine Zeit, denn noch bevor ich bei Irene bin, rufe ich halb schreiend, halb flüsternd: »Keine Bewegung.«

»O mein Gott, tun Sie mir nichts! Bitte!«

Rachel wirft mir einen finsteren Blick zu. Ich antworte mit einem, der besagt, dass ich keine andere Wahl habe.

»Hören Sie, Irene«, sage ich. »Ich will nur verhindern, dass Sie die Polizei rufen. Ich werde Ihnen nichts tun.«

Aber sie steht jetzt mit erhobenen Händen und weit aufgerissenen Augen da.

»Wir müssen nur die Fotos sehen«, sage ich. Ich lasse die Waffe sinken und ziehe das Foto heraus. »Sehen Sie den Jungen? Da im Hintergrund.«

Aber sie ist zu schockiert, um den Blick von mir abzuwenden.

»Sehen Sie hin«, sage ich ein wenig zu laut. »Bitte!«

Rachel sagt: »Lasst uns drinnen weiterreden, okay?«

Wir gehen rein. Irene kann den Blick nicht von der Waffe abwenden. Ich habe deshalb ein schlechtes Gewissen. Ganz egal, wie das Ganze ausgeht, sie wird nie mehr dieselbe sein. Sie weiß jetzt, was Angst ist. Sie wird nicht mehr schlafen können. Sie hat heute etwas verloren, das ich ihr in dem Moment genommen habe, als ich die Pistole auf sie richtete. Das machen Gewalt und Bedrohungen mit Menschen. Sie begleiten sie. Ihr Leben lang.

»Ich tu Ihnen nichts«, sage ich, plappere aber nur noch. »Ich habe die letzten fünf Jahre im Gefängnis gesessen, weil ich meinen Sohn umgebracht haben soll. Das habe ich aber nicht. Das ist er, da auf dem Bild. Deshalb bin ich ausgebrochen. Deshalb sind Rachel und ich hier. Wir suchen meinen Sohn. Bitte helfen Sie uns.«

Sie glaubt mir nicht. Oder es ist ihr egal. Auch sie folgt jetzt nur noch ihrem Instinkt. Dem ältesten Instinkt, dem Überlebensinstinkt.

»Er sagt die Wahrheit«, ergänzt Rachel.

Auch das spielt jetzt wohl keine Rolle mehr.

»Was wollen Sie von mir?«, fragt Irene panisch.

»Nur die Bilder«, sage ich. »Weiter nichts.«

Drei Minuten später stehen wir in Irenes Küche. Am Kühlschrank kleben Dutzende Fotos von Irene, Tom und den beiden Jungen. Irene setzt sich an die Küchenzeile und klappt mit zitternder Hand ihren Laptop auf. Mir fällt auf, dass sie immer wieder auf den Kühlschrank schaut. Ich weiß nicht, ob sie aus dem Anblick ihrer Familie Kraft schöpfen will, oder ob sie mich daran erinnern will, dass sie eine hat.

»Es wird alles gut«, sage ich zu Irene. »Ich verspreche es.«

Das scheint sie kaum zu beruhigen. Wieder verspüre ich einen Stich, nicht meinetwegen, sondern wegen dem, was ich ihr antue. Sie wird unschuldig in die Sache hineingezogen. Ich versuche, mich mit der Tatsache zu trösten, dass jeder Anflug einer posttraumatischen Belastungsstörung, den ich bei ihr heute vielleicht auslöse, nach meinem Freispruch wieder verschwinden könnte.

»Was soll ich tun?«, fragt Irene.

Rachel versucht, ihr tröstend die Hand auf die Schulter zu legen. Irene schüttelt sie ab.

»Bitte rufen Sie einfach die Fotos auf, die Sie an diesem Tag gemacht haben«, sage ich.

Irene ist so nervös, dass sie sich vertippt. Ich habe die Waffe eingesteckt, sodass sie sie nicht mehr sieht, aber sie bleibt der sprichwörtliche Elefant im Zimmer. Schließlich klickt sie auf einen Ordner, und eine Reihe Vorschaubilder erscheinen auf dem Bildschirm.

Sie erhebt sich von ihrem Hocker und fordert uns mit einer Geste auf zu übernehmen. Rachel nimmt Platz und klickt auf das erste Foto. Es zeigt einen der Jungen, der breit grinst und auf eine riesige grüne Achterbahn hinter sich deutet.

»Kann ich jetzt gehen?«, fragt Irene. Ihre Stimme zittert.

»Tut mir leid«, sage ich so sanft wie möglich. »Sie würden die Polizei rufen.«

»Das tu ich nicht. Versprochen.«

»Bleiben Sie einfach noch etwas bei uns, okay?«

Was soll sie machen. Ich habe schließlich eine Pistole. Wir klicken die Fotos an. Es gibt diverse Aufnahmen von Achterbahnen, kostümierten Personen und einer Art Delfin-Show. Wir sehen uns den Hintergrund aller Fotos genau an.

Schließlich kommen wir zu dem Foto, mit dem alles begann. Ich zeige darauf und frage Irene: »Der Junge im Hintergrund. Erinnern Sie sich an ihn?«

Sie sieht mich an, als stünde die richtige Antwort in meinem Gesicht.

»Nein, ich erinnere mich nicht an ihn. Tut mir leid.«

»Er hat ein rotes Muttermal im Gesicht. Hilft Ihnen das weiter?«

»Nein, tut mir leid. Ich weiß nicht … er steht nur im Hintergrund. Ich erinnere mich nicht an ihn. Tut mir leid.«

Rachel zoomt heran, und sofort fängt mein Herz an zu rasen. Die Qualität des Digitalfotos ist hervorragend, viel besser als das abfotografierte und ausgedruckte Bild, das Rachel mir im Besucherraum in Briggs gezeigt hat. Ich weiß nicht, wie viele Pixel diese Datei hat, aber als sie auf das Gesicht des Jungen klickt und die Plustaste drückt, um weiter heranzuzoomen, verspannt sich mein ganzer Körper. Ich sehe kurz zu Rachel hinüber. Sie sieht es auch. Alles ist klar und deutlich zu sehen. Bald nimmt das Gesicht des Jungen den gesamten Bildschirm ein.

Wir sehen uns gegenseitig an. Es gibt keinen Zweifel mehr. Es ist Matthew.

Oder ist das wieder nur Wunschdenken? Ein Wunsch, der Wirklichkeit wird. Ich weiß es nicht. Es ist mir auch egal. Als ich mich gerade frage, ob dies eine Sackgasse ist, fängt Rachel an, die rechte Pfeiltaste zu drücken. Das Bild bewegt sich langsam vom Gesicht des Jungen weg.

»Was machst du da?«, frage ich.

Rachel antwortet nicht. Sie drückt weiter auf die rechte Pfeiltaste. Das Bild wandert Matthews kleinen Arm hinauf zu seiner Hand. Und als Rachel seine Hand erreicht, stöhnt sie laut auf.

»Rachel.«

»O mein Gott.«

»Was ist?«

Sie deutet auf die Hand des Mannes, der die meines Sohnes hält. »Der Ring«, sagt sie.

Ich sehe den lila Stein und ein Wappen. Ich kneife die Augen zusammen, um es besser sehen zu können. »Sieht aus wie der Absolventenring einer Universität oder eines Colleges.«

»Genau«, sagt sie. Dann dreht sie sich zu mir um. »Es ist der Absolventenring der Lemhall University.«

SECHSUNDDREISSIG

Könntest du mir vielleicht mitteilen, was zum Teufel hier los ist, Max?«

Sarah fuhr. Max saß auf dem Beifahrersitz. Und obwohl sie auf die Straße sah, kam es ihm vor, als würde ihr Blick seine Haut durchbohren.

»Ich bin nicht sicher, ob Burroughs es getan hat.«

»Ob er was getan hat?«

»Ob er seinen Sohn umgebracht hat.«

»Bist du jetzt Strafverteidiger?«

»Nein«, sagte Max. »Ich bin Vollzugsbeamter.«

»Ein Vollzugsbeamter, der den Auftrag hat, einen entflohenen Häftling festzunehmen«, sagte Sarah. »Wenn er es nicht getan hat, gibt es Gerichte und Gesetze und ein komplettes Rechtssystem, das den Fehler wieder geraderücken kann. Das ist nicht dein Job. Es ist auch nicht mein Job. Unser Job ist es, ihn festzunehmen.«

»Unser Job ist es, für Gerechtigkeit zu sorgen.«

»Er ist aus dem Gefängnis ausgebrochen.«

»Das ist noch nicht endgültig geklärt.«

»Was?«

»Er hatte Hilfe. Das wissen wir beide.«

»Du sprichst vom Gefängnisdirektor.«

»Ja. Ich habe mit ihm gesprochen.«

Max berichtete von seinem Treffen mit Philip Mackenzie. Sarahs Gesicht wurde rot.

»Mein Gott«, sagte Sarah. »Wir müssen Mackenzie festnehmen.«

»Sarah ...«

»Hörst du dir eigentlich selber zu, Max? Die verarschen dich.«

»Der DNA-Test ...«

»... zeigt, dass Burroughs nicht der Vater ist. Was soll die Aufregung? Falls das überhaupt irgendeine Bedeutung hat, spricht das doch eher gegen ihn.«

»Wieso?«, fragte Max.

»Seine Frau. Die, bei der wir gerade waren, verschweigt uns etwas. Das hast du doch auch gemerkt, oder?«

»Eben.«

»Es ist ganz einfach, Max. Sie hatte eine Affäre. Oder einen Liebhaber. Wahrscheinlich war es sogar ihr jetziger Ehemann. Vielleicht ist Matthew von ihm, von diesem Dreason, und David Burroughs hat das herausbekommen.«

»Worauf Burroughs den kleinen Jungen umbringt?«

»Klar. Wieso nicht? Glaubst du, er wäre der erste gehörnte Ehemann, der den Sprössling seines Nebenbuhlers umgebracht hat? Aber so oder so – und das müsstest du eigentlich wissen, Max –, wir haben ein Rechtssystem, das solche Dinge regelt. Ist es perfekt? Nein. Du kannst in deiner Freizeit sämtliche Gefängnisse abklappern, nach Menschen suchen, die unschuldig einsitzen, und ihnen helfen, da rauszukommen. Tu das. Ich werde dich dafür bewundern. Aber befreie sie nicht aus dem Gefängnis, Max. Gib ihnen keine Waffen. Ermögliche ihnen nicht, das kaputt zu machen, was von unserem fehlerbehafteten, ramponierten System noch übrig ist. Wir müssen Burroughs festnehmen. Mehr nicht. Er ist ein bewaffneter und gefährlicher Verbrecher. Und so müssen wir ihn auch behandeln. Hast du das verstanden?«

»Ich will wissen, ob er es getan hat oder nicht.«

»Dann melde ich das«, sagte Sarah.

»Was meldest du?«

»Ich lass dich von dem Fall abziehen, Max. Du hast da nichts zu suchen.«

»Das würdest du mir antun?«

»Ich mag dich«, sagte Sarah. »Ich mag aber auch die Eide, die wir geschworen haben, und unser Rechtssystem. Du bist nicht ganz klar im Kopf.«

Ihr Handy surrte. Sie ging ran. »Jablonski.«

»Burroughs ist gerade in Connecticut in ein Haus eingebrochen. Er hat eine Frau mit vorgehaltener Waffe als Geisel genommen.«

***

Was hätte ich denn tun sollen?

Ich konnte Irene Longley ja nicht erschießen. Ich konnte sie nicht fesseln. Im Fernsehen sieht so etwas ganz gut aus, hier ging das aber einfach nicht. Vielleicht hätten wir ihr das Handy abnehmen und sie in einen Schrank sperren können, aber sie wollte, dass wir so schnell wie möglich verschwanden, weil ihre Jungs nach Hause kamen und sie so vorfinden würden. Ich wollte der armen Frau nicht noch mehr seelische Narben zufügen, ganz zu schweigen von dem Schock, den die beiden kleinen Jungs erleiden würden, wenn sie ihre Mutter in einem Schrank eingesperrt fanden.

Also flehten wir sie an, nicht die Polizei zu rufen. Wir erklärten ihr, so gut wir konnten, dass wir meinen Sohn retten wollten. Sie nickte, aber wie schon mehrfach erwähnt, tat sie das nur, um mich zu beschwichtigen. Sie hörte nicht zu. Also fuhren wir schnell weiter und hofften das Beste.

Was hätten wir sonst tun sollen?

Die Polizei würde uns ohnehin finden. Es war nur eine Frage der Zeit. Wir überlegten, ob wir halten und die Kennzeichen gegen die eines anderen Autos austauschen sollten, ob wir Hester Crimstein bitten sollten, uns ein anderes Fahrzeug zu schicken, oder ob wir uns einfach ein Uber-Taxi bestellen sollten. Aber schließlich kamen wir zu dem Schluss, dass uns das alles nur aufhalten würde.

Die Fahrt von Irenes Haus zum Payne-Anwesen würde gut zwei Stunden dauern. Die Polizei hatte keine Ahnung, wohin wir wollten. Rachel und ich beschlossen, dass es das Beste war, einfach loszufahren.

Das war das Endspiel. Es hatte keinen Sinn mehr zu fliehen.

Rachel hat mir das Steuer überlassen. Ich fahre schneller als erlaubt, aber nicht so schnell, dass man uns anhalten würde. Es ist ein eigenartiges Gefühl, nach fünf Jahren wieder Auto zu fahren. Es ist nicht so, dass ich es verlernt hätte. Der alte Spruch, dass man das Fahrradfahren nie verlernt, gilt offenbar auch fürs Autofahren. Aber da ich in den letzten fünf Jahren in einer Zelle verbracht habe, ist es eine seltsam belebende Erfahrung. Ich konzentriere mich einzig und allein darauf, meinen Sohn zu suchen, ihn zu retten und herauszubekommen, was in dieser schrecklichen Nacht wirklich passiert ist. Nur aus diesem einen Grund wollte ich aus dem Gefängnis ausbrechen. Meine eigene Freiheit war mir egal. Aber jetzt, wo ich draußen bin, wo ich am eigenen Körper erfahre, wie das Leben früher war, sehne ich mich nach dieser Freiheit. Ich will nicht sagen, dass ich sie als selbstverständlich angesehen habe. Aber als Matthew tot war, war sie einfach nicht mehr wichtig.

»Ich versteh das nicht«, sagt Rachel. »Warum sollte Matthew bei Hayden Payne sein?«

Ich habe einige Theorien, bin aber noch nicht bereit, sie laut auszusprechen.

»Soll ich ihn anrufen?«, fragt sie.

»Hayden?«

»Ja.«

»Und was willst du ihm sagen?«

Sie überlegt. »Ich weiß es nicht.«

»Wir müssen hinfahren.«

»Und was dann, David? Die Einfahrt ist mit einem Tor geschützt. Außerdem haben sie einen Sicherheitsdienst.«

»Ich verstecke mich wieder auf dem Rücksitz.«

»Ist das dein Ernst?«

»Wir dürfen ihn nicht vorwarnen.«

»Das ist mir schon klar, aber ich kann da auch nicht einfach aus heiterem Himmel auftauchen. Wir wissen noch nicht einmal, ob Hayden zu Hause ist.«

Eigentlich kommt es darauf jetzt auch nicht mehr an. Für uns gibt es nur noch ein Ziel. Das Payne-Anwesen in Newport an der Sheep Cove Bay. Falls Hayden Payne nicht da ist, parken wir irgendwo in der Nähe, verstecken uns und warten auf ihn.

Er hat meinen Sohn.

»Vielleicht sollten wir die Polizei rufen«, sagt Rachel.

»Und ihnen was sagen?«

»Dass Matthew lebt und wir glauben, dass er bei Hayden Payne ist.«

»Und was wird die Polizei deiner Ansicht nach mit dieser Information anfangen? Einen Haftbefehl gegen ein Mitglied einer der reichsten Familien des Landes ausstellen? Aufgrund ... von was? Dieses Fotos?«

Sie antwortet nicht.

»Und wenn dieser Junge zu einer Bedrohung für die

Payne-Dynastie wird, glaubst du, dass sie ihn dann anstandslos ausliefern – oder würdest du eher davon ausgehen, dass sie den Beweis vernichten?«

Ich sehe beim Fahren zu oft in den Rückspiegel, weil ich damit rechne, dass dort jeden Moment ein Streifenwagen mit Blaulicht auftaucht. Wir liegen gut in der Zeit.

»Sieh auf meinem Handy nach«, sage ich zu Rachel.

»Was?«

»Ich habe einen Screenshot von einer alten E-Mail gemacht. Sieh ihn dir an.«

Sie tut es. Als sie das Handy wieder weglegt, fragt sie: »Willst du darüber reden?«

»Dafür ist jetzt keine Zeit. Wir müssen uns auf unsere Aufgabe konzentrieren.«

Als wir auf die RI-102 kommen, haben Rachel und ich einen groben Plan ausgearbeitet. Sie greift zu ihrem Handy und ruft Hayden an.

Es klingelt in der Leitung. Ich spüre meinen Herzschlag bis zum Hals.

»Hallo?«

Die Stimme. Hayden Payne. Als ich sie höre, weiß ich es. Er hat meinen Sohn. Er hat ihn mir weggenommen. Ich glaube, ich weiß inzwischen sogar, warum. Aber das ist unwichtig.

Rachel räuspert sich. »Hey, Hayden.«

»Oh, Rachel. Alles in Ordnung mit dir?«

»Mir geht's gut.«

»Hast du die Fotos bekommen, die ich dir geschickt habe?«

»Ja, habe ich, danke. Deshalb ruf ich ja an. Können wir uns treffen?«

»Wann?«

»So in zehn Minuten.«

»Ich bin auf dem Payne Anwesen.«

»Ja, ich fahre gerade nach Newport rein. Kann ich vorbeikommen?«

Es entsteht eine lange Pause. Rachel sieht mich an. Ich versuche, ruhig zu atmen. Eine weitere Sekunde vergeht. Rachel hält es nicht aus.

»Ich würde gern mit dir über ein paar Fotos sprechen.«

»Hast du diesen mysteriösen Jungen auf einem von ihnen entdeckt?«, fragt er.

»Nein, ich glaube, in dem Punkt hattest du recht, Hayden.«

»Aha?«

»Ich glaube nicht, dass Matthew auf einem der Fotos zu sehen ist. Mein Neffe ist vor fünf Jahren gestorben. Ich glaube aber, dass jemand versucht, David eine Falle zu stellen.«

»Inwiefern?«

»Ich brauche deine Hilfe, um ein paar Personen auf den Fotos zu identifizieren.«

»Rachel, bei dieser Veranstaltung waren Tausende unserer Mitarbeiter. Ich war jahrelang im Ausland. Ich glaube wirklich nicht …«

»Aber du kannst mir doch trotzdem helfen, oder? Ich zeige dir einfach die Leute, die ich meine, dann kannst du dich vielleicht mal umhören? Ich bin schon fast bei euch am Tor. Hilfst du mir dabei?«

»Ist David bei dir?«

»Was? Nein.«

»Die Polizei glaubt, dass du etwas mit seiner Flucht zu tun hast. Es kam in den Nachrichten.«

»Er ist nicht bei mir«, sagt sie.

»Weißt du, wo er ist?«

Sofort sieht Rachel ihre Chance. »Nicht am Telefon, Hayden. Ich bin in fünf Minuten bei dir.«

Sie legt auf. An einer ruhigen Stelle halten wir kurz an. Ich öffne die Heckklappe, quetsche mich unter die schwarze Kunststoffabdeckung fürs Gepäck und schließe die Klappe wieder. Ich bin nicht zu sehen. Wir rufen uns gegenseitig an, damit ich später mithören kann. Rachel fährt weiter. Ich schalte sämtliche Töne meines Handys aus.

Ich liege in der Dunkelheit. Fünf Minuten später sagt Rachel: »Ich bin gleich am Wärterhäuschen.«

Ich höre ein paar gedämpfte Worte, dann nennt Rachel ihren Namen. Natürlich weiß ich nicht genau, was vor sich geht. Ich bemühe mich, in meiner dunklen Höhle vollkommen still zu liegen.

Mit aufgesetzt fröhlicher Stimme sagt Rachel: »Danke!«, worauf wir uns wieder in Bewegung setzen. Ich nehme das Handy ans Ohr.

»David, hörst du mich?«

»Ja, alles okay.«

»In etwa fünfzehn Sekunden bin ich in der Kurve, von der ich dir erzählt habe. Bist du bereit?«

»Ja.«

Wir haben das vorher abgesprochen. Die Straße hinauf zum Anwesen ist von immergrünen Sträuchern gesäumt. Rachel hatte mir gesagt, dass es auf dem Weg eine schwer einsehbare Kurve gibt, in der ich vielleicht – *vielleicht* – ungesehen aussteigen und mich dann im Gebüsch verstecken kann.

»Jetzt«, sagt sie.

Sie hält an. Ich schlüpfe hinten hinaus, setze mich auf den Boden und schließe die Heckklappe wieder. Das dauert keine drei Sekunden. Geduckt husche ich ins Gebüsch. Sie fährt weiter. Ich krieche auf die andere Seite der Sträucher. Als ich aufstehe, bietet sich mir eine mehr als beeindruckende Aussicht. Das Payne-Anwesen steht auf einer Klippe. Hinter einer großen Grünfläche erstreckt sich der Atlantik. Die Gärten zwischen den Rasenflächen müssen von den Göttern angelegt worden sein. Ich sehe Sträucher in Form von Tieren, Menschen und sogar Wolkenkratzern. Der Brunnen in der Mitte ist eine moderne Großskulptur, ein riesiger Kopf, der aus Spiegeln zusammengesetzt zu sein scheint, aus dessen Mund Wasser sprudelt. Er erinnert mich an David Černýs Metamorphosis in North Carolina. Die Villa liegt rechts oberhalb von mir. Ich hatte ein altes opulentes Herrenhaus erwartet, aber die Paynes haben sich für ein weißes, kubistisches Gebäude entschieden. Obwohl es ein moderner Bau ist, sind die Seiten mit Efeu bewachsen. Links scheint ein Golfplatz zu sein. Ich sehe nur zwei Löcher, aber es handelt sich ja auch um ein Privatgrundstück in bester Lage von Easton Bay – wie viele Löcher wären hier angemessen? Ich entdecke noch zwei Wasserfälle und einen Infinity-Pool, der in den Ozean übergeht.

Draußen ist niemand zu sehen. Bis auf das ferne Rauschen der sich brechenden Wellen ist es still.

Und nun?

Unser zugegebenermaßen ziemlich erbärmlicher Plan sieht vor, dass ich auf dem Grundstück herumschleiche und mich umsehe, in der Hoffnung, irgendetwas zu entdecken … einfach irgendetwas. Idealerweise Matthew. Ich weiß, ich weiß, aber einen besseren Plan haben wir nun einmal nicht. Rachel wird währenddessen mit Hayden reden. Ihn mit unseren Entdeckungen konfrontieren. Und wenn das alles nichts bringt? Wenn wir weder Matthew noch irgendwelche anderen Hinweise finden …?

Ich habe immer noch die Pistole.

Ich fühle mich seltsam sicher. Natürlich gehe ich davon aus, dass die ziemlich witzige Irene die Polizei gerufen hat.

Irgendwann werden sie uns auf einer Verkehrskamera oder sonst irgendwo entdecken und vielleicht sogar unseren Weg bis nach Newport verfolgen, aber das dauert. Ich gehe davon aus, dass wir noch Zeit haben.

Ich laufe die Auffahrt hinauf, halte mich dabei dicht am immergrünen Gebüsch. Als ich so nah am Haus bin, dass ich die Haustür sehe, ducke ich mich und beobachte, was geschieht. Rachel geht zur Tür. Ich bin wohl gut fünfzig Meter entfernt. Das Anwesen ist, wen wundert's, riesig.

Als Rachel sich der Eingangstür nähert, wird sie geöffnet.

Hayden Payne tritt aus dem Haus.

SIEBENUNDDREISSIG

Gertrude Payne beendete ihre Bahnen im Pool. In den letzten dreißig Jahren ist sie jeden Tag fünfundvierzig Minuten lang geschwommen. Meistens hielt sie sich hier in Newport auf, aber auch ihre Villa in Palm Beach und die Ranch in Jackson Hole hatten sowohl Innen- als auch Außenpools. Das war ihr wichtig. Die Bewegung tat ihr gut. Sie schwamm langsamer als früher, was in ihrem Alter kaum verwunderlich war. Als junges Mädchen wollte sie Leistungsschwimmerin werden, war aber bedauerlicherweise in einer Zeit gefangen, in der ihr Vater »Mädchensport« für Zeitverschwendung hielt. Dennoch liebte sie das Wasser, die Ruhe, die absolute Stille im Kopf, in der der gleichmäßige Rhythmus der eigenen Atemzüge alles andere übertönte.

Einer ihrer Urenkel hatte es »Pixies kleine Pause für die geistige Gesundheit« genannt.

Er hatte nicht unrecht.

Als sie aus dem Wasser stieg, reichte Stephano ihr ein Handtuch.

»Was gibt's?«

»Rachel Anderson ist gerade angekommen.«

Er erzählte ihr von Haydens Telefonat mit seiner alten Freundin von der Uni. Seit Burroughs aus dem Gefängnis ausgebrochen war, überwachten sie Haydens Telefonate. Hayden verhielt sich oft irrational, ja geradezu kindisch. Er reagierte sehr emotional, und seine Gefühlswelt war extrem instabil.

Als Stephano seinen Bericht beendet hatte, fragte Pixie: »Was sollen wir tun?«

»Die Sache gerät außer Kontrolle«, sagte Stephano.

»Du nimmst ihr nicht ab, dass sie seine Hilfe braucht, um jemanden auf den Fotos zu identifizieren?«

Stephano runzelte die Stirn. »Glauben Sie das?«

»Nein. Hast du einen Plan?«

»In den Nachrichten heißt es, Rachel Anderson hätte Beihilfe zur Flucht eines verurteilten Kindermörders aus einem Bundesgefängnis geleistet«, begann Stephano in seiner gewohnt sachlichen Art. Er erhob nie die Stimme. Er blieb immer ruhig, hatte sich immer unter Kontrolle, wurde nie nervös und regte sich nicht auf, ganz egal wie brenzlig die Situation auch war. »Ich will es kurzhalten. Wir sollten sie ergreifen, wenn sie hier ist. Wir finden heraus, wo sich David Burroughs versteckt hält. Sie muss es wissen. Wir suchen ihn. Wir lassen sie beide verschwinden. Endgültig. Ich lasse einen meiner Leute ihren Wagen wegfahren, sodass es Hinweise darauf gibt, dass sie das Anwesen wieder verlassen hat, falls die Polizei irgendwie dahinterkommt, dass sie hier war. Wenn jemand nach ihr fragt, sagen wir, dass sie sich ein paar Fotos ansehen wollte.«

»Also … verschwinden sie einfach?«, sagte Gertrude.

»So ist es.«

»Und die Polizei wird annehmen, dass sie geflohen sind?«

»Wahrscheinlich. Sie werden die Suche natürlich fortsetzen.«

»Aber sie werden sie nicht finden.«

»Niemals«, sagte Stephano.

»Und wenn sie es schon jemandem erzählt haben?«

Stephano lächelte. »Niemand würde ihnen glauben. Und selbst wenn, würden wir die Sache mithilfe Ihrer Anwälte und meiner Dienste schnell beenden.«

Gertrude überlegte. Das Vorgehen war nicht ganz neu. Der beste Weg, sich eines Problems zu entledigen, war es, sich des Problems zu entledigen.

»Eigentlich gibt es keine andere Möglichkeit, oder?«

Stephano antwortete nicht. Das war auch nicht nötig.

»Und wann kommt Rachel?«

»Sie ist gerade eingetroffen«, sagte Stephano. »Ich warte nur noch auf Ihre Zustimmung.«

»Die hast du.«

***

Hayden trat hinaus und umarmte Rachel. Sie ließ es zu und bemühte sich, nicht zu zucken oder sich zu sträuben. Jetzt war sie sich sicher. Es gab keinen Zweifel mehr. Sie spürte die Lügen, die Hinterhältigkeit, das Böse. Es hatte sich im Laufe der Jahre schon mehrfach angedeutet. Sein Hang zur Gewalt. Die vielen Situationen, in denen seine Familie seine Ausraster vertuscht hatte. Sie hatte das akzeptiert, ihn sogar gemocht, weil sie davon profitiert hatte. Er hatte sie damals gerettet. Das war ihr bewusst. Und deshalb war ihr Bild von ihm so verzerrt. Tief im Inneren hatte sie es gewusst. Sie hatte gemerkt, dass mit ihm etwas nicht stimmte, aber sie hatte die Täuschung zugelassen. Er hatte ihr geholfen. Außerdem war er reich und mächtig, und – ganz ehrlich – es war aufregend und machte Spaß, daran teilzuhaben.

»Schön, dass du mal wieder hier bist«, sagte Hayden und drückte sie immer noch an sich. »Es ist viel zu lange her, seit du das letzte Mal auf dem Payne-Anwesen warst.«

Als er sie losließ und ihr ins Gesicht sah, rang sie sich ein Lächeln ab.

»Was ist los?«, fragte Hayden.

»Können wir einfach ein bisschen im Garten spazieren gehen?«

»Klar. Aber ich dachte, du wolltest mir ein paar Fotos zeigen.«

»Das mache ich auch gleich. Aber ich würde vorher gern kurz mit dir reden, wenn das okay ist.«

Hayden nickte. »Das wäre schön.«

Sie gingen schweigend durch den Garten an der Seite des Hauses. Vor sich sah Rachel den Spiegelbrunnen und im Hintergrund rauschte das Meer.

»Es ist wunderschön hier, nicht wahr?«, sagte er.

»Ja.«

»Du siehst das genauso wie ich, stimmt's?«

»Ich weiß nicht recht, was du meinst, Hayden.«

»Wir beide sehen diese Schönheit. Wir beide erleben das Gleiche. Wir haben hier Angestellte. Wir haben Leute, die im Haus und draußen im Garten arbeiten. Sie haben Augen, genau wie ich, und sehen die gleiche Aussicht wie ich. Wir erleben das Gleiche. Wir haben hier keine besondere Aussichtsplattform nur für Reiche. Warum sind dann alle so neidisch auf uns? Wir sehen das Gleiche. Wir können alle die gleiche Freude empfinden.«

Das machte Hayden gern – sie kannte es schon –, er rechtfertigte sich immer wieder auf jede erdenkliche Art für seinen Reichtum. Aber in diesen Kaninchenbau wollte sie ihm im Moment nicht folgen. Sie ließ ihren Blick über die Hecke schweifen und suchte David, aber er war zu gut versteckt oder vielleicht auch gar nicht hier.

»Hayden?«

»Ja?«

»Ich weiß Bescheid.«

»Was weißt du?«

»Du hast Matthew.«

»Wie bitte?«

»Können wir die Dementis einfach überspringen? Ich weiß es, okay? Die italienische Schauspielerin hast du dir ausgedacht. Du bist ins Ausland gezogen, damit niemand den Jungen zu Gesicht bekommt. Deine Familie ist superreich, aber du stehst nicht im Fokus der Regenbogenpresse, also stehen die Paparazzi nicht Schlange, um Fotos von dem Sohn zu machen, den du angeblich aufziehst.«

Hayden ging mit hinter dem Rücken verschränkten Händen. Er blickte mit zusammengekniffenen Augen in den strahlend blauen Himmel.

»Ich konnte mir die Datei des Fotos beschaffen und es vergrößern«, fuhr sie fort. »Der Junge auf dem Bild hält die Hand eines Mannes. Es ist deine Hand, Hayden.«

»Und woher weißt du das?«

»Der Ring.«

»Denkst du, ich bin der einzige Mensch mit einem Absolventenring?«

»Warst du im Vergnügungspark? Ja oder nein?«

»Und wenn ich Nein sage?«

»Dann glaube ich dir nicht«, sagte Rachel. »Wessen Leiche war das in Matthews Bett?«

»Das klingt vollkommen irre, Rachel.«

»Ich wünschte, das wäre es. Das tu ich wirklich. David hat eine Theorie.«

»David Burroughs«, sagte Hayden und zwang sich zu einem Lachen. »Der entflohene Sträfling, dem du bei der Flucht geholfen hast.«

»Ja.«

»Oh, ich bin ganz wild darauf, sie zu hören.«

»Er glaubt, du wärst in mich verliebt gewesen.«

»Ach, das glaubt er also.«

»Ich hab es irgendwie gespürt. Ich meine, dass du auf der Uni in mich verknallt warst. Ich dachte, es läge daran, dass zwischen uns wegen des schrecklichen Erlebnisses eine Verbindung entstanden wäre.«

»Mit dem schrecklichen Erlebnis«, sagte Hayden mit einem leichten Anflug von Härte, »meinst du den Moment, in dem ich dich vor einer Vergewaltigung gerettet habe?«

»Ja, Hayden, genau den meine ich.«

»Du solltest mir dankbar sein.«

»Das war ich. Das bin ich immer noch. Aber wir sind damals falsch damit umgegangen. Wir hätten Anzeige erstatten und den Dingen ihren Lauf lassen müssen.«

»Dann wäre ich von der Uni geflogen oder Schlimmeres.«

»Dann hätte es vielleicht so sein sollen.«

»Dafür, dass ich dich gerettet habe?«

»Ja, wenn es so war, hätten die Verantwortlichen es wohl verstanden. Aber das werden wir nie erfahren. Stattdessen haben wir es geheim gehalten. Und so läuft das bei den Paynes immer, stimmt's, Hayden? Deine Familie nutzt ihre Möglichkeiten, um die Dinge, die sie nicht sehen oder wahrhaben will, aus der Welt zu schaffen.«

»O natürlich«, sagte Hayden. »Die Reichen sind böse. Was für eine verblüffende Erkenntnis.«

»Es ist keine Frage von gut oder böse. Man muss niemandem Rechenschaft ablegen.«

»Glaubst du an Gott, Rachel?«

»Was hat das damit zu tun?«

»Ich tue es. Ich glaube an Gott. Und schau, was er mir geschenkt hat.« Er breitete die Arme aus und drehte sich um seine eigene Achse. »Schau, Rachel. Sieh dir an, was Gott der Familie Payne geschenkt hat. Glaubst du, dass das reiner Zufall war?«

»Ja, das tue ich.«

»Unsinn. Weißt du, warum die Reichen das Gefühl haben, etwas Besonderes zu sein? Weil sie es sind. Entweder glaubt man an einen gerechten Gott, der uns belohnt – oder man glaubt, dass die Welt aus Chaos und Zufällen besteht. Woran glaubst du?«

»Chaos und Zufälle«, sagte Rachel. »Wo ist Matthew, Hayden?«

»Nein, nein, ich will Davids Theorie hören. Du sagtest, er hätte geglaubt, ich wäre in dich verliebt gewesen. Also fang damit an.«

»Das warst du, stimmt's?«

Er blieb stehen, drehte sich zu ihr um und breitete die Arme aus. »Wer sagt denn, dass ich es nicht mehr bin?«

»Und als ich Barb Matteson gebeten habe, einen Termin für Cheryl in der Fruchtbarkeitsklinik zu machen, hat sie dich informiert, stimmt's?«

»Und wenn sie es getan hätte?«

»Du wärst verärgert gewesen. Du wolltest mich für dich haben. Und dann möchte ich plötzlich ein Baby mit Spendersamen bekommen. Das hast du nicht ertragen.«

Hayden grinste. »Hast du dein Handy dabei?«

»Ja, habe ich.«

»Gib's mir.«

»Warum?«

»Ich will sichergehen, dass du dieses Gespräch nicht aufnimmst.«

Sie zögerte. Er grinste immer noch wie ein Irrer. Sie sah sich noch einmal um und versuchte, so unauffällig wie möglich nach David zu sehen. Keine Spur von ihm.

»Gib mir dein Handy, Rachel.«

Jetzt lag Schärfe in seiner Stimme. Sie hatte keine Wahl. Sie griff in ihre Tasche, in der Hoffnung, noch auflegen zu können, um die Verbindung zu David zu beenden. Aber er ergriff ihre Hand und verhinderte es.

»Au! Was zum Teufel, Hayden?«

Er griff in ihre Tasche, zog das Handy heraus und sah aufs Display.

»Was ist das denn für ein Handy?«

»Ein Wegwerfhandy.«

Er starrte es an. »Ich würde gern den Rest deiner Theorie hören, Rachel.«

»Wie hast du dich gefühlt, als du gehört hast, dass ich mich um Spendersamen bemühe?«, fragte sie.

»Genauso, wie ich mich gefühlt habe, wenn du mal wieder einen jämmerlichen, herablassenden neuen Freund hattest. Was für eine Verschwendung.«

»Du hättest mein Freund sein wollen«, sagte Rachel.

»Ja, das hätte ich sein müssen. Ich habe dich gerettet, Rachel. Du hättest mir gehören müssen.«

»Deiner Familie gehörte die Fruchtbarkeitsklinik.«

»Sprich weiter.«

»Es wäre für dich also kein Problem gewesen, mich auszutricksen. Hast du jemanden bedroht oder bestochen?«

»Ich gerate nur selten in die Situation, jemanden bedrohen zu müssen. Geld und Verschwiegenheitserklärungen reichen normalerweise.«

»Du hast veranlasst, dass sie *dein* Sperma für die Spende verwenden.«

Hayden schloss die Augen, lächelte, legte den Kopf in den Nacken und sah zum Himmel hinauf.

»Hier sind nur wir beide, Hayden. Du kannst mir die Wahrheit sagen.«

»Ich wünschte, du hättest das nicht getan.«

»Was getan?«

Er schüttelte den Kopf, das Lächeln war verschwunden.

»Was dachtest du denn, wie das hätte weitergehen sollen, Hayden?«

»Ich dachte, dass du meinen Sohn zur Welt bringst. Und dass ich dir das irgendwann hinterher erzählen würde.«

»Und das hätte mich dazu gebracht, mich in dich zu verlieben?«

»Vielleicht. Aber wir wären in jedem Fall eine Familie gewesen, nicht wahr? Schlimmstenfalls hättest du mich abgewiesen und mein Kind großgezogen. Aber die Chancen standen gut, dass du mich an deinem Leben teilhaben lassen würdest. Du bist keineswegs immun gegen den Einfluss meiner Familie. Erinnerst du dich an die Frühlingsferien, als wir mit dem Familien-Jet zu dieser Villa in Antigua geflogen sind? Dein Gesicht, Rachel. Du fandst es großartig. Du hast diese Partys genossen. Du hast das Gefühl der Macht genossen. Auch deshalb sind wir uns nähergekommen. Also ja, ich wollte, dass du von mir schwanger wirst. Warum hättest du einen anonymen Samenspender haben wollen, wenn du meinen Samen haben konntest?«

»Den Samen von jemandem, der in den Augen Gottes etwas Besonderes ist«, ergänzte sie.

»Genau. Fantastische Gene. Und jemand, der dich beschützt. Es hätte perfekt gepasst.«

»Das Problem war nur, dass ich nie in der Klinik war.«

»Ja. Deine Scharade hat alle im Berg Institute getäuscht.

Es steckt schon eine gewisse Ironie darin, wenn man so darüber nachdenkt. Du stehst hier und sprichst darüber, wie destruktiv es von meiner Familie war, die Geheimnisse zu begraben ...«

»... obwohl meine Schwester und ich genau das Gleiche getan haben.«

»So ist es, Rachel.«

»Wann hast du herausgefunden, dass es Cheryl war und nicht ich?«

»Als du nicht schwanger wurdest – Cheryl aber schon. Also bin ich zu der Klinik gefahren, in der du angeblich warst. Ich habe der Ärztin dein Foto gezeigt. Sie hat dich nicht erkannt. Dann habe ich ihr Cheryls Foto gezeigt ...«

Er zuckte die Achseln.

»Und dann?«

»Dann habe ich gewartet. Ich habe geplant. Ich habe sie beobachtet. David war sowieso nur noch ein Wrack. Das weißt du doch, oder? Die Ehe hätte nicht mehr lange gehalten. Cheryls Vorgehen – ihre Lüge – hat an ihm genagt. Ich glaube, er hat die ganze Zeit gewusst, dass der Junge nicht von ihm war. Also habe ich sie im Auge behalten. Ich habe geduldig gewartet.«

»Du hast ein anderes Kind umgebracht.«

»Nein, Rachel.«

»Jemand wurde in dieser Nacht ermordet.«

»Darum hat es so lange gedauert. Ich musste warten. Ich habe dem Kind ein spektakuläres Leben geschenkt.«

»Was willst du damit sagen?«

»Das spielt keine Rolle.«

»Für mich schon.«

»Nein, Rachel, du interessierst dich nur für den kleinen Jungen, den ich in jener Nacht gerettet habe. Meinen Sohn.«

»Du hast David die Schuld an dem Mord in die Schuhe geschoben.«

»Eigentlich nicht. Ich muss zugeben, dass ich schockiert war, als die alte Frau ausgesagt hat, sie hätte David mit dem Baseballschläger gesehen. Weißt du, was ich dachte?«

»Sag es mir.«

»Ich dachte, er hätte selber geglaubt, dass er die Tat begangen hat, also hat er den Schläger vergraben. Später habe ich erfahren, dass er irgendwie sauer auf seinen Vater war. Aber nein, ich hatte nicht vor, David lebenslang ins Gefängnis zu schicken. Er trug keine Schuld an alldem. Er hatte sein Bestes getan, um meinen Sohn zu erziehen. Ich wollte ihm nicht mehr als nötig wehtun.«

»Warum musste es so brutal sein?«

»Was hätte ich sonst tun sollen, Rachel? Ich konnte ja schlecht zugeben, dass ich meine Klinik dazu gebracht habe, meine Samenspende zu verwenden.« Er hob eine Hand. »Und bevor du mir jetzt von oben herab kommst, möchte ich dich daran erinnern, wer mit all dem angefangen hat. Das wart ihr beide, du und deine Schwester. Es waren eure Lügen.«

Rachel wusste, dass da etwas Wahres dran war. »Wer weiß davon?«

»Pixie, natürlich. Und Stephano. Das sind auch schon alle. Ich bin mit meinem Sohn hergekommen, nachdem ich den Tausch vollzogen hatte. Ich muss zugeben, dass ich in Panik geraten war. Ich habe befürchtet, einen schrecklichen Fehler begangen zu haben. Aber Pixie hat einen Vaterschaftstest machen lassen. Er hat ergeben, dass der Junge von mir ist. Wir haben dann noch fast ein halbes Jahr auf dem Payne-Anwesen gelebt. Ich habe das Anwesen nie verlassen. Am Anfang war der Junge noch sehr aufgewühlt. Er hat sehr viel geweint. Er hat nicht geschlafen. Er hat seine Mutter vermisst und … und David. Aber Kinder gewöhnen sich schnell an neue Situationen. Wir haben ihn Theo genannt. Wir haben uns die Geschichte über die italienische Schauspielerin ausgedacht, um seine Herkunft zu verschleiern. Schließlich bin ich mit ihm ins Ausland gegangen. Ich habe ihn in das exklusivste Internat in der Schweiz gesteckt. Und ich habe darauf gewartet, dass das verdammte Muttermal verschwindet. Der Arzt hat gesagt, dass das irgendwann geschehen würde. Aber das tat es nicht. Es hielt sich hartnäckig. Aber Matthew wurde ja nicht gesucht. Er galt als tot, nicht als vermisst. Doch die Ähnlichkeit zwischen ihm und dem Jungen, der …«

»Hayden?«

»Was ist?«

»Wir können das immer noch wieder geraderücken.«

»Und wie?«

»Gib Matthew zurück.«

»Einfach so?«

»Niemand muss erfahren, wo er war oder wer ihn hatte.«

»Ach, komm schon. Natürlich wird es jemand erfahren. Und du kannst nichts davon beweisen, Rachel. Das weißt du doch. Du wirst den Jungen nie in die Finger bekommen, und glaubst du wirklich, dass du einen Payne dazu zwingen kannst, einen Vaterschaftstest zu machen? Und was würde schon dabei herauskommen? Dass ich der Vater bin und Cheryl die Mutter. Ich werde behaupten, dass Cheryl und ich eine Affäre hatten.«

In diesem Moment trat David hinter einem Strauch hervor. Die beiden Männer starrten sich an.

Dann sagte David: »Wo ist mein Sohn?«

W o ist mein Sohn?«, frage ich.

Ich starre diesen Mann an, der mein Leben zerstört hat. Ich zittere am ganzen Körper.

Rachel sagt: »David.«

»Ruf die Polizei, Rachel.«

»Das kann sie nicht«, sagt Hayden. »Ich habe ihr Handy. Es würde sowieso nichts bringen. Ohne Durchsuchungsbeschluss darf die Polizei dieses Grundstück nicht betreten.« Er kommt auf mich zu. »Aber David, ich glaube, wir können das hinkriegen.«

Ich sehe erst Rachel an, dann ihn. »Wo ist Matthew?«

»Es gibt keinen Matthew. Den haben Sie umgebracht. Wenn Sie Theo meinen ...«

Das muss ich mir nicht anhören. Ich gehe auf das Haus zu. Wenn nötig, werde ich es auseinandernehmen. Das ist mir jetzt egal. Ich werde meinen Sohn wiedersehen.

Beide folgen mir. »Wollt ihr euch meinen Vorschlag nicht anhören?«, fragt Hayden.

Ich balle meine Hände zur Faust. Er ist zu weit weg, als dass ich ihn treffen könnte. »Nein.«

»Er ist nicht Ihr Sohn. Sicher wissen Sie das mittlerweile. Aber Ihnen wurde Unrecht getan. Ich hatte deshalb immer ein schlechtes Gewissen ..., weil Sie die Schuld auf sich genommen haben, weil Sie ins Gefängnis mussten. Also lassen Sie mich Ihnen helfen. Hören Sie mir zu, David. Die Paynes haben Mittel. Wir können Sie außer Landes bringen, Ihnen einen neuen Ausweis besorgen …«

»Sie sind ein Irrer.«

»Nein, hören Sie mir zu.«

Jetzt reicht es mir. Wir sind noch etwa zwanzig Meter von der Eingangstür entfernt. Ich drehe mich um, stürze mich auf ihn und packe ihn mit einer Hand an der Kehle.

Wieder sagt Rachel: »David.«

Aber das ist mir egal. Gerade will ich Hayden Payne zu Boden werfen, als eine andere Stimme, eine vollkommen ruhige Männerstimme, sagt: »Okay, das reicht.«

Der Mann ist muskulös gebaut und hat dunkle Haare. Er trägt einen schwarzen Anzug.

Außerdem hat er eine Pistole in der Hand.

»Lassen Sie ihn los, David«, sagt der Mann.

Der Mann spricht entspannt und ziemlich leise, dennoch zwingt mich sein Tonfall, ihm zuzuhören. Er hat diese kalten, toten Augen, wie ich sie aus dem Gefängnis nur zu gut kenne.

Und genau in diesem Moment habe ich eine Offenbarung.

Ich weiß nicht, ob es das richtige Wort ist, aber es trifft die Sache ziemlich gut. Das Ganze dauert nicht einmal eine Sekunde. Ich kenne Männer wie ihn. Ich kenne die Situation. Ich weiß, dass er bewaffnet ist und wir uns auf einem Privatgrundstück befinden. Ich weiß, dass er hier ist, um mich zu töten. Ich weiß, dass es nur darum geht, Rachel und Matthew zu schützen, und dass ich nichts zu verlieren habe.

Mit all dem im Hinterkopf reagiere ich sehr schnell.

Meine Hand ist immer noch an Haydens Hals. Ich ziehe ihn vor mich und nutze ihn für einen kurzen Moment als Schutzschild.

Mit der freien Hand greife ich zur Waffe.

Es ist nicht das erste Mal, dass ich eine Pistole in der Hand habe. Mein Vater war Polizist. Er hat großen Wert auf einen sicheren Umgang mit Schusswaffen gelegt. Adam und ich waren fast jeden Samstagnachmittag mit ihm und Onkel Philip auf dem Schießstand in Everett. Ich war ein ziemlich guter Schütze, nicht so sehr auf unbewegte Ziele, sondern besonders in den Simulationen, bei denen Pappfiguren in unregelmäßigen Abständen auftauchten. Manche davon waren Bösewichte, andere unschuldige Zivilisten. Diese Kategorien zu unterscheiden war nicht meine größte Stärke, aber ich erinnere mich noch ganz genau an die Worte meines Vaters.

Schieß nicht auf den Kopf. Schieß nicht auf Beine oder Arme, und versuch nicht, sie zu verwunden. Ziel mitten auf den Körper, da ist die Chance am größten, dass du ihn bei einem Fehlschuss trotzdem noch erwischst.

Der Mann merkt sofort, was ich vorhabe.

Er hebt seine Waffe. Aber meine Kühnheit, die Plötzlichkeit meines Handelns und die Tatsache, dass ich Hayden Payne vorübergehend als Schutzschild benutzt habe, verschaffen mir einen Vorteil.

Ich drücke dreimal ab.

Der Mann fällt zu Boden.

Hayden schreit auf und rennt in Richtung Eingangstür. Ich drehe mich um, will ihm folgen, doch dann sehe ich einen weiteren Mann, der eine Waffe zieht.

Ich zögere nicht.

Ich gebe drei weitere Schüsse ab.

Auch dieser Mann geht zu Boden.

Ich weiß nicht, ob die beiden Männer tot oder verletzt sind. Es ist mir auch egal. Hayden hat die Tür erreicht.

Ich renne zu dem Mann, der zuerst zu Boden gegangen ist. Seine Augen sind geschlossen, aber ich glaube, er atmet noch.

Ich habe keine Zeit, um nachzusehen. Ich beuge mich hinunter und reiße ihm seine Waffe aus der Hand. Dann drehe ich mich wieder zu Rachel um.

»Komm schon!«, rufe ich.

Rachel läuft los. Wir rennen zur Eingangstür. Ich fürchte schon, dass sie abgeschlossen ist, aber sie ist offen. Wer schließt schon die Haustür ab, wenn er an einem solchen Ort lebt? Wir kommen ins Foyer. Ich schließe die Tür hinter uns und reiche Rachel eine Pistole.

»David?«

»Zum Schutz. Falls jemand versucht, hier reinzukommen.«

»Wo willst du hin?«

Eigentlich weiß sie das. Ich bin schon auf dem Weg nach oben, von wo ich schnelle Schritte höre. Ich weiß nicht, wie viele bewaffnete Männer die Paynes hier haben. Auf zwei habe ich bereits geschossen. Mir ist es egal, auf wie viele ich noch schießen muss. Ich mache mir nur Sorgen, dass ich auch genug Patronen habe.

Das Haus ist komplett weiß, steril, es wirkt fast wie ein Krankenhaus. Die wenigen Farbtupfer nehme ich nur undeutlich wahr. Geräusche hallen durch den Flur. Ich folge ihnen.

»Theo!«

Haydens Stimme.

Ich umklammere die Waffe fester und gehe weiter. Eine alte Frau tritt aus einer Tür und sagt: »Hayden? Was ist hier los?«

»Pass auf, Pixie!«

Als die alte Frau sich umdreht, begegnen sich unsere Blicke. Ihre Augen weiten sich, als sie mich erkennt. Sie weiß, wer ich bin. Ich laufe weiter den Korridor entlang in die

Richtung, aus der Haydens Stimme kam. Die alte Frau rührt sich nicht. Sie bleibt stehen und starrt mich herausfordernd an. Ich bin nicht bereit, eine alte Frau einfach umzurennen, obwohl ich es, wenn nötig, tun würde. Aber ich glaube nicht, dass es nötig ist. Ich stürme an ihr vorbei und renne weiter.

»Pixie?«

Wieder Haydens Stimme. Er ist im Zimmer direkt links vor mir. Ich stürme hinein und hebe die Waffe, denn er wird mir jetzt sagen, wo mein Sohn ist, sonst ...

Und dann sehe ich Matthew.

Ich erstarre. Mit der Pistole in der Hand. Mein Sohn starrt zu mir hoch. Unsere Blicke treffen sich, und es sind immer noch die Augen meines Jungen. Auf dem Times Square habe ich gemerkt, was eine Reizüberflutung ist. Und in diesem Moment geht es mir wieder ähnlich. Diesmal jedoch kommen sämtliche Reize aus meinem Inneren – meinem Blut, meinen Adern, ein Rauschen, das mich komplett durchströmt, ohne hinauszukönnen, ohne jede Möglichkeit zu entkommen. Vielleicht zittere ich. Ich weiß es nicht.

Dann sehe ich die Hände auf seinen Schultern.

»Theo«, sagt Hayden, um einen ruhigen Tonfall bemüht, »das ist mein Freund David. Wir spielen gerade ein Spiel mit Pistolen, nicht wahr, David?«

Mein erster Gedanke ist seltsam: Matthew ist acht Jahre alt, nicht vier. Er wird nicht auf so einen Spruch hereinfallen. Ich sehe es ihm an. Etwas in mir will das Ganze auf der Stelle beenden, die Waffe erheben, diesen Wichser wegpusten und sich erst hinterher um die Folgen kümmern. Aber mein Sohn ist hier. Ob es mir gefällt oder nicht, das ist der Mann, den er als seinen Vater betrachtet. Mein Sohn hat keine Angst vor ihm. Das sehe ich. Aber er hat, und das zerreißt mir fast das Herz, Angst vor mir.

Ich kann Hayden nicht in Gegenwart von Matthew erschießen.

»David, das ist mein Sohn Theo.«

Ich spüre meinen Finger am Abzug. Ich habe schon auf zwei Menschen geschossen. Kommt es da auf einen weiteren an?

Von draußen höre ich ein Geräusch. Wie das ganze Haus ist auch dieses Zimmer modern und hat raumhohe Fenster. Ich gehe hin und sehe hinaus. Ein Hubschrauber erscheint und landet auf dem Rasen.

Die alte Frau, die Hayden Pixie genannt hat, kommt herein und stellt sich neben mich. »Komm jetzt, Theo. Es ist Zeit zu gehen.«

»Er geht nirgendwohin«, sage ich.

Pixie sieht mir in die Augen, und auf ihrem Gesicht zeigt sich der Anflug eines Lächelns. »Und wie sieht Ihr Plan aus, David? Wir haben die örtliche Polizei informiert. Freddy – das ist unser Polizeichef hier – ist schon unterwegs und bringt vermutlich die Hälfte seiner Leute mit. Die Polizei weiß natürlich, dass Sie bewaffnet und gefährlich sind und schon auf zwei Männer geschossen haben. Ich glaube, Stephano ist tot. Freddy mag Stephano. Sie haben einmal in der Woche zusammen gepokert. Wenn Sie Glück haben – wenn Sie die Waffe weglegen und sich mit hocherhobenen Händen auf den Rasen stellen –, werden Sie vielleicht, ganz vielleicht nicht erschossen.«

»Ich weiß, was Sie beide getan haben«, sage ich.

»Aber Sie werden es nie beweisen können. Welche Beweise haben Sie schon?«

Ich blicke zu Theo hinüber. Er wirkt nicht mehr besonders verängstigt. Er sieht eher verwirrt und nachdenklich aus, was mir fast das Herz bricht, weil mich dieser Gesichtsausdruck an seine Mutter erinnert.

»Was erwarten Sie?«, fährt Pixie fort. »Dass die Polizei bei dem Jungen einen DNA-Test macht? Niemals. Dazu brauchen sie einen Gerichtsbeschluss. Sie müssten einen Richter davon überzeugen, dass es einen zwingenden Grund dafür gibt, und wir kennen jeden Richter im Land. Wir haben die besten Anwälte. Wir arbeiten Hand in Hand mit sämtlichen Politikern. Noch bevor Sie wieder in Briggs sind und dort verrotten, wird Theo wieder im Ausland sein.«

»Außerdem«, fügt Hayden hinzu, »ist es genau so, wie ich es Rachel erzählt habe …, was glauben Sie, was ein Test ergeben würde?« Er grinst. »Wollen Sie einen Jungen großziehen, durch dessen Adern Payne-Blut fließt? Er ist mein Sohn.«

Ich werfe einen Blick auf die alte Frau und sehe, wie sich ein Schatten auf ihr Gesicht senkt.

Dann sage ich: »Nein, Hayden, das ist er nicht.«

Hayden sieht verwirrt aus. Er sieht die Frau an, die er Pixie nennt. Sie sieht zu Boden.

»Ich habe meiner Frau nie geglaubt, als sie sagte, dass sie es damals nicht durchgezogen hätte«, erkläre ich, »wahrscheinlich war es der Tropfen, der das Fass endgültig zum Überlaufen gebracht hat. Wir haben es mit Matthew noch einmal versucht, ich weiß aber nicht recht, ob unsere Ehe das durchgestanden hätte.«

Hayden sieht Pixie an. »Wovon spricht er?«

Ich hole mein Handy heraus. »Ich konnte mich in meinen alten E-Mail-Account einloggen. Hier. Die Mails sind acht Jahre alt. Als ich erfahren hatte, dass Cheryl in einer Fruchtbarkeitsklinik war, habe ich einen Vaterschaftstest machen lassen. Zwei, um genau zu sein. Um ganz sicherzugehen. Beide belegen, dass ich Matthews Vater bin.«

Haydens Augen quellen fast aus den Höhlen. »Das ist unmöglich«, sagt er. »Pixie?«

Sie beachtet ihn nicht. »Komm jetzt, Theo.«

»Hör nicht auf sie«, sage ich.

»Sie werden nicht auf mich schießen«, sagt sie.

»Aber ich.«

Es ist Rachel. Sie tritt mit der Pistole in der Hand in den Raum. »Hayden?«

Er schüttelt den Kopf.

»Lass mich raten«, sagt Rachel. »Du bist mit Matthew hergekommen. Du warst in Panik. Du hast dich gefragt, ob du das Richtige getan hast. Das hast du mir doch erzählt, stimmt's?«

Er schüttelt immer noch den Kopf. Die Sirenen kommen näher.

»Was hättest du denn gemacht, wenn der Vaterschaftstest ergeben hätte, dass du nicht der Vater bist? Wahrscheinlich hättest du die Wahrheit gesagt und alles gestanden.« Rachel sieht zu Pixie hinüber. »Das durfte sie nicht zulassen. Sie hat gelogen, Hayden. Du bist nicht der Vater. Eigentlich sollte das auch keine Rolle spielen. Bei einer Vaterschaft geht es nicht um Biologie. Aber er ist Davids Sohn. Der Sohn von David und Cheryl.«

Hayden klingt wie ein kleiner Junge. »Pixie?«

Ich höre Sirenen. Einen Moment lang denke ich, dass sie es abstreiten wird, aber dafür scheint sie nicht mehr genug Kraft zu haben. »Du hättest ihn zurückgegeben«, sagt sie. »Oder noch Schlimmeres. Auf jeden Fall hättest du die Familie zerstört. Also ja, ich habe dir das gesagt, was du hören wolltest – hören musstest.«

Polizeiwagen, mindestens zehn Stück, rasen die Auffahrt hinauf und halten in Formation vor dem Haus.

»Das spielt keine Rolle, Hayden«, sagt Pixie. »Ihr beiden müsst zum Hubschrauber.«

»Nein.«

Plötzlich meldet sich mein Sohn zu Wort.

»Ich will wissen, was hier los ist«, sagt Matthew.

»Das gehört alles zum Spiel, Theo«, sagt Pixie.

»Für wie dumm hältst du mich eigentlich?« Er sieht mich an. »Du bist mein Vater.«

Ich weiß nicht, ob das eine Frage oder eine Feststellung ist. Die Polizisten sind jetzt im Haus, rennen die Treppe hoch und brüllen, ich solle mit erhobenen Händen herauskommen und so etwas. Aber ich höre es kaum. Ich ignoriere das alles. Ich sehe nur meinen Sohn.

Meinen Sohn.

Ich bin versucht, auf die Knie zu fallen, aber Matthew ist ein achtjähriger Junge, kein Kleinkind. Ich sehe ihm in die Augen und sage: »Ja, ich bin dein Vater. Er hat dich entführt, als du drei Jahre alt warst.«

Mein Sohn sieht mich an. Unsere Blicke treffen sich. Er wendet sich nicht ab. Er blinzelt nicht. Ich auch nicht. Es ist der schönste Moment meines Lebens. Mein Sohn und ich. Zusammen. Und ich weiß es. Ich weiß, dass er es versteht.

Und während mir das bewusst wird, trifft die erste Kugel meinen Körper.

Ich stehe links neben meiner Tante Sophie, als der Sarg meines Vaters, ein schlichter Kiefernholzkasten, ins Grab abgesenkt wird. Philip und Adam Mackenzie gehören zu den Sargträgern. Junge, alte und längst pensionierte Polizisten sind in großer Zahl gekommen. Mein Vater hatte viele Freunde. Er war schon lange nicht mehr Teil ihres Lebens, aber sie sind gekommen, um sich ein letztes Mal zu verabschieden.

Ich spüre Onkel Philips Blick auf mir. Er nickt mir nur kurz zu, aber das sagt viel aus. Er war für mich da. Er wird immer für mich da sein.

Auf dem Payne-Anwesen wurde ich von drei Kugeln getroffen.

Es hätten leicht mehr sein können. Das erzählte man mir später. Aber Matthew ist zu mir gerannt. Als die Polizisten das sahen, hörten sie auf zu schießen. Ich war die ganze Zeit bewusstlos.

Ich spüre, wie sich eine kleine Hand in meine schiebt. Sie spendet mir Trost. Ich drehe mich zur Seite und lächle Matthew zu. Ich blicke an meinem Sohn vorbei zu Rachel hinüber, die Matthews andere Hand hält. Sie schenkt mir ein kleines Lächeln und mir wird warm ums Herz. Ich sehe ihr in die Augen und lasse sie wissen, dass alles okay ist.

Mein Vater war lange krank gewesen. Für ihn war die Zeit gekommen. Ich glaube, er hat lange genug durchgehalten, um mitzukriegen, dass ich entlastet wurde – und um seinen Enkel wiederzusehen.

Ich kann Ihnen gar nicht sagen, wie dankbar ich dafür bin.

Alle senken für das Kaddisch den Kopf. Ich bin der Erste in der Reihe, der feierlich Erde auf das Grab meines Vaters wirft. Tante Sophie ist die Nächste. Ich halte ihren Arm, mehr um mich selbst zu stützen als sie. Ich war zwei Monate im Krankenhaus, in denen ich sechsmal operiert wurde. Dass ich jemals wieder ohne Stock gehen kann, ist unwahrscheinlich, aber ich werde mir bei der Physiotherapie dafür den Arsch aufreißen.

Ich trotze gerne allen Widrigkeiten. Darin bin ich offenbar ziemlich gut.

Nach der Beerdigung fahren wir zurück zum alten Haus in Revere, um Schiwa zu sitzen. Die Geister sind natürlich da, scheinen sich heute aber aus Respekt ruhig zu verhalten. Keiner von uns ist religiös, trotzdem finden wir Trost in diesem Ritual. Freunde haben uns so viel Essen geschickt, dass wir das Fenway-Park-Stadion damit füllen könnten. Ich sitze auf dem niedrigen Stuhl, wie es Brauch ist, und lausche den Geschichten über meinen Vater. Das ist tröstlich.

Tante Sophie wird jetzt allein hier wohnen.

»Diese Gegend«, sagte sie zu mir, »ist das Einzige, was ich kenne.«

Das verstehe ich natürlich.

Als bei der Ankunft der Trauergäste eine kurze Pause entsteht, stupst Tante Sophie mich an und winkt kurz in Rachels Richtung, die gerade dabei hilft, eine weitere Platte mit Sloppy-Joe-Sandwiches aufzutragen.

»Also du und Rachel …?«, fragt sie.

»Ist noch zu frisch«, erwidere ich.

Tante Sophie lächelt. Sie will nichts davon wissen. »So frisch ist es auch nicht mehr. Ich freu mich sehr darüber. Und dein Vater hat das auch getan.«

Ich schlucke und starre die Frau an, die ich liebe. »Sie macht mich glücklich«, sage ich zu meiner Tante. Und ich bin mir nicht sicher, ob ich je im Leben etwas so ernst gemeint habe.

Special Agent Max Bernstein und seine Partnerin Sarah Jablonski kommen auf mich zu. Beide schütteln mir die Hand und sprechen mir ihr Beileid aus. Bernsteins Blick huscht durch den Raum.

»Ich weiß nicht, ob dies der richtige Zeitpunkt ist«, sagt Bernstein.

»Wofür?«

»Um Sie auf den neuesten Stand zu bringen.«

Ich sehe kurz seine Partnerin an und wende mich dann wieder an ihn. »Es ist der richtige Zeitpunkt«, sage ich.

Jablonski übernimmt. »Wir haben womöglich eine Spur zur Identität des Opfers.«

Der kleine Junge in Matthews Bett. Ich sehe Bernstein an.

»Die Paynes betreiben im Ausland ein Waisenhaus«, sagt er. »Mehr wissen wir im Moment noch nicht.«

»Aber wir werden es herausbekommen«, ergänzt Jablonski.

Ich glaube ihnen. Ich glaube jedoch nicht, dass mir das reichen wird.

Es hat drei Monate gedauert, bis ich aus dem Gefängnis entlassen wurde. Philip und Adam haben ihre Jobs verloren. Es gibt immer noch Gerüchte, dass Klage gegen sie erhoben wird, und sogar Rachel könnte wegen Beihilfe belangt werden. Auch um die beiden »Security-Männer«, die ich auf dem Payne-Anwesen erschossen habe, gibt es noch Diskussionen. Unsere Anwältin Hester Crimstein ist allerdings der Ansicht, dass das alles im Sande verlaufen wird. Ich hoffe, dass sie recht hat.

Ich muss mir die Beine vertreten, besonders das, das die Kugel abbekommen hat, also stehe ich auf. Ich will gerade in Richtung Küche gehen, bleibe dann aber wie angewurzelt stehen.

Nicky Fisher steht mit verschränkten Armen in der Ecke. Er beobachtet mich.

Nicky war letzte Nacht von seinem Wohnsitz in Florida direkt zu unserem Haus in Revere geflogen. Er hat mich gebeten herauszukommen, damit wir auf der Veranda unter vier Augen reden konnten. Meine beiden Gorilla-Freunde standen neben einem schwarzen SUV auf dem Gehweg. Sie winkten mir zu. Ich winkte zurück.

Nicky Fisher starrte in den sternenlosen schwarzen Himmel und sagte: »Das mit deinem alten Herrn tut mir leid.«

»Danke.«

»Erzähl mir alles, David. Lass nichts aus.«

Und das tat ich.

Wie Nicky Fisher hätten wahrscheinlich auch Sie gerne gehört, dass sowohl Gertrude als auch Hayden Payne mittlerweile lange Gefängnisstrafen verbüßen. Das tun sie nicht. Nachdem ich angeschossen wurde, erschien Max auf dem Payne-Anwesen. Onkel Philip hatte sich ihm anvertraut, daher wusste er über vieles Bescheid. Das half. Doch als mein Zustand wieder stabil war, wurde ich in die Krankenstation des Briggs Penitentiary verlegt. Die Mühlen der Justiz mahlen langsam. Wie die Paynes mir schon erklärt hatten, gab es kaum Beweise für irgendwelche Verbrechen, die Hayden oder seine Großmutter begangen hatten. Es gab keinen Hinweis darauf, dass Hayden in einen Mord oder eine Entführung verwickelt war, außer ... tja ..., dass er Matthew hatte.

Und es gab auch keinen Hinweis darauf, dass Gertrude Payne mehr wusste als das, was Hayden ihr erzählt hatte, dass dieser Junge sein Sohn wäre, dass er aus der Beziehung zu einer italienischen Schauspielerin stamme. Natürlich war das alles gelogen. Einige dieser Lügen waren leicht zu durchschauen. Aber mit einem mächtigen Team von Anwälten, Richtern und Politikern an seiner Seite, die jeden zur Verzweiflung treiben können, gelingt es einem, die Mühlen der Justiz vollständig zum Stillstand zu bringen.

Geld schmiert diese Mühlen und Geld kann sie zum Stillstand bringen.

All das habe ich Nicky Fisher gestern Abend auf der Veranda gesagt. Nicky Fisher hat zugehört, ohne mich zu unterbrechen. Als ich fertig war, sagte er: »Das geht so nicht.«

»Was geht so nicht?«

»Dass die damit durchkommen.«

Dann verließ Nicky Fisher die Veranda, und der SUV brachte ihn weg.

Jetzt ist er wieder da. Unsere Blicke begegnen sich, die des alten Mannes und meine, und auch er nickt mir zu. Aber dieses Nicken ist anders als das von Onkel Philip. Es jagt mir einen kalten Schauer über den Rücken, einen kalten Schauer, von dem ich nicht weiß, ob er gut oder schlecht ist.

Ich denke, er ist gut für mich – und schlecht für die Paynes.

Ich bahne mir einen Weg durch die Trauernden, nicke, lächle, schüttele Hände. Als ich in die Küche komme, sehe ich Ronald Dreason, Cheryls Ehemann, der hinten aus dem Fenster in unseren alten Garten blickt. Ich stelle mich neben ihn.

»Alles okay mit dir?«, fragt Ronald.

Ich nicke. »Danke, dass du gekommen bist.«

»Ist doch selbstverständlich«, sagt er.

Wir stehen nebeneinander und sehen aus dem Küchenfenster. Da steht Cheryl. Sie hält ihre vier Monate alte Tochter Ellie in den Armen. Ich werfe einen kurzen Blick auf Ronald, den stolzen Vater, und sehe, wie er ihnen zulächelt. Er liebt Cheryl. Auch darüber bin ich glücklich.

»Deine Tochter ist wunderschön«, sage ich.

»Ja.« Ronald platzt fast vor Stolz. »Ja, das ist sie.«

Und da, in meinem alten Garten, steht Matthew neben seiner Mutter.

Es ist alles noch ganz neu, aber im Moment teilen Cheryl und ich uns das Sorgerecht für unseren Sohn. Er verbringt eine Woche bei Cheryl und Ronald. Dann verbringt er eine Woche bei Rachel und mir. Bis jetzt läuft das ganz gut.

Und wie geht es Matthew sonst?

Er hat Albträume, aber weniger, als man erwarten sollte. Kinder sind sehr widerstandsfähig, er ganz besonders. Werden sich auf lange Sicht noch negative Auswirkungen ergeben? Alle halten das für wahrscheinlich, ich bin aber optimistisch. Er ist acht Jahre alt, ein seltsames Alter. Er ist alt genug, um das meiste zu verstehen. Man kann ihn nicht belügen oder die Geschehnisse der Vergangenheit beschönigen. Zum Glück hat Hayden Matthew gut behandelt, aber der Junge hat die meiste Zeit seines Lebens ohne Eltern in einem noblen Schweizer Internat verbracht. Er scheint seine Freunde und Lehrer mehr zu vermissen als den Mann, den er für seinen Vater hielt. Aber er hat gute Erinnerungen an Hayden. Er fragt mich, wie ein Mann, der so viel Böses tun konnte, so freundlich sein konnte. Ich versuche ihm zu erklären, dass die Menschen komplexere Geschöpfe sind, als wir ahnen, aber eine richtige Antwort habe ich nicht.

Ich beobachte, wie Cheryl die kleine Ellie ihrem Bruder in den Arm legt.

Matthew liebt seine Schwester. Er hält sie sanft, vorsichtig, als wäre sie aus Glas, aber sein Gesicht strahlt. Während ich ihn anstarre, meinen wunderschönen Sohn, spüre ich, wie Rachel ihren Arm um mich legt. Auch sie bleibt stehen und sieht zu. Das tun wir alle, die wir dafür kämpfen, ein gemeinsames Leben zu gestalten – und vielleicht sieht uns sogar mein Vater von irgendwoher dabei zu.

DANKSAGUNG

Der Autor (der sich hin und wieder gerne in der dritten Person nennt) möchte sich, ohne besondere Reihenfolge, bei folgenden Personen bedanken: Ben Sevier, Michael Pietsch, Wes Miller, Kirsiah Depp, Beth de Guzman, Karen Kosztolnyik, Lauren Bello, Jonathan Valuckas, Matthew Ballast, Brian McLendon, Staci Burt, Andrew Duncan, Alexis Gilbert, Janine Perez, Joseph Benincase, Albert Tang, Liz Connor, Rena Kornbluh, Mari Okuda, Rick Ball, Selina Walker, Charlotte Bush, Becke Parker, Sarah Ridley, Glenn O'Neill, Mat Watterson, Richard Rowlands, Fred Friedman, Diane Discepolo, Charlotte Coben, Anne Armstrong-Coben, Lisa Erbach Vance, Cole Galvin und Robby Hull.

An dieser Stelle weisen wir Autoren gewöhnlich darauf hin, dass alle Fehler bei uns liegen, aber ehrlich gesagt sind diese Personen die Experten. Warum sollte ich also den Ärger auf mich nehmen?

Ich möchte auch George Belbey, Kathy Cobrera, Tom Florio, Lauren Ford, Hans Laaspere, Barb Matteson und Wayne Semsey kurz erwähnen. Diese Menschen (oder ihre Angehörigen) haben großzügige Spenden an Wohltätigkeitsorganisationen meiner Wahl geleistet, damit ihr Name in diesem Roman erscheint. Wenn Sie sich in Zukunft auch daran beteiligen möchten, senden Sie eine E-Mail an giving@harlancoben.com.

Der Autor

Harlan Coben wurde 1962 in New Jersey geboren. Seine Thriller wurden bisher in 45 Sprachen übersetzt und erobern regelmäßig die internationalen Bestsellerlisten. Harlan Coben, der als erster Autor mit den drei bedeutendsten amerikanischen Krimipreisen ausgezeichnet wurde – dem Edgar Award, dem Shamus Award und dem Anthony Award –, gilt als einer der wichtigsten und erfolgreichsten Thrillerautoren seiner Generation. Er lebt mit seiner Familie in New Jersey. Mehr zum Autor und seinen Büchern unter www.harlancoben.com.

Harlan Coben im Goldmann-Verlag:

Honeymoon. Thriller · Totgesagt. Thriller · Kein Sterbenswort. Thriller · Kein Lebenszeichen. Thriller · Keine zweite Chance. Thriller · Kein böser Traum. Thriller · Kein Friede den Toten. Thriller · Das Grab im Wald. Thriller · Sie sehen dich. Thriller · In seinen Händen. Thriller · Wer einmal lügt. Thriller · Ich vermisse dich. Thriller · Ich finde dich. Thriller · Ich schweige für dich. Thriller · In ewiger Schuld. Thriller · In deinem Namen. Thriller · Suche mich nicht. Thriller · Der Junge aus dem Wald. Thriller · Nichts bleibt begraben. Thriller · Was im Dunkeln liegt. Thriller · Was im Dunkeln liegt. Thriller

Die Thriller mit Myron Bolitar:

Das Spiel seines Lebens · Schlag auf Schlag · Der Insider · Preisgeld · Abgeblockt · Böses Spiel · Seine dunkelste Stunde · Ein verhängnisvolles Versprechen · Von meinem Blut · Sein letzter Wille · Der Preis der Lüge · Nichts ruht für immer